SHOWDOWN AM NORDKAP

W. G. A. KNOBLOCH

SHOWDOWN
AM
NORDKAP

EINE HURTIGRUTEN-AFFÄRE

ROMAN

4. Auflage

Verlag: tredition GmbH, Hamburg
Umschlaggestaltung: W. G. A. Knobloch
Umschlagfotos: © Foto - Designer Axel M. Mosler, Dortmund
Lektorat: Herbert Striepens
Printed in Germany
ISBN: 978-3-8495-7567-0 (Paperback)
ISBN: 978-3-8495-7769-8 (e-Book)

Bibliografische Information der Deutschen Nationalbibliothek:
Die Deutsche Nationalbibliothek verzeichnet diese Publikation in der Deutschen Nationalbibliografie; detaillierte bibliografische Daten sind im Internet unter http://dnb.d-nb.de abrufbar.

Geschichten schreiben ist eine Art, sich das Vergangene vom Halse zu schaffen.

Johann Wolfgang von Goethe

Bergen, 09. Oktober 2011

In den einschlägigen Touristenführern wird Bergen als ausgesprochen regenreich beschrieben. Wieland hatte die in Westnorwegen liegende Hafenstadt an die zehnmal besucht, auch zu Jahreszeiten, in denen man nicht unbedingt erwarten durfte, ohne Regen davon zu kommen. Doch das Wetter hatte sich fast immer von der angenehmen Seite gezeigt. An richtig schlechtes konnte er sich nicht erinnern.

Bei seiner Ankunft am Airport Flesland sah es leider anders aus. Er hegte den Verdacht, das Wetter hatte die Absicht, sich an den Touristenführern zu orientieren. Denn über der Stadt hingen bleigraue Wolken, aus denen es anhaltend regnete. Dazu wehte zu allem Überfluss ein starker, böiger Wind. Das entsprach nun überhaupt nicht seinen Vorstellungen. Er hatte wesentlich besseres Wetter erwartet.

Wieland entschloss sich, für die Fahrt zur Innenstadt den Flybuss zu nehmen. Zwar wäre es bequemer gewesen, mit einem Taxi direkt bis zum Hurtigruten-Anleger zu fahren. Er hätte so allen Wetterunbilden aus dem Weg gehen können.

Doch das wäre die kostenintensivere Variante gewesen. Mit dem Flybuss kostete die halbstündige Fahrt lediglich 100 Kronen, war also die weitaus preisgünstigere Variante.

Wieland verstaute seinen Koffer im Gepäckfach des bereit stehenden Busses, stieg ein und wählte einen Fensterplatz. Der Bus füllte sich allmählich mit weiteren Fahrgästen. Die Mehrzahl waren Touristen wie er. In dem Moment, als der Bus losfuhr und auf die Straße nach Bergen einschwenkte, setzte sich ein junges Mädchen in Jeans, gelbem Anorak und bunter Wollmütze auf den freien Platz neben ihn. Es nickte ihm freundlich zu, leicht außer Atem.

Keine Minute später sprudelte es aus dem Mädchen nur so heraus. Es sprach, ohne ein einziges Mal Luft zu holen. »Bloß gut, dass ich den Bus noch erwischt habe. Wie lange fahren wir eigentlich nach Bergen? Ich nehme an, Sie fahren auch mit den Hurtigruten. Wann müssen wir denn am Schiff sein? Ich bin ja so aufgeregt! Wissen Sie, ich kenne mich hier doch gar nicht aus, so weit oben im Norden bin ich noch nie gewesen. Glauben Sie, wir werden dort oben auch Wale sehen? Ich bin ja so was von gespannt, das glauben Sie gar nicht.«

Wieland konnte ein Lachen nicht unterdrücken. »Alle Fragen auf einmal kann ich unmöglich beantworten. Was mich aber interessieren würde, woher wissen Sie eigentlich, dass ich aus Deutschland komme?«

»Das sieht man doch«, sagte das Mädchen.

»Aha, und woran erkennen Sie das?«

»Naja, Sie sehen eben deutsch aus. Herrgott, ich kann es nicht näher beschreiben, aber ich habe so ein Gefühl.«

»Weibliche Intuition, nehme ich an«, brummte Wieland und machte ein gespielt ernstes Gesicht.

»Eher nein. Von Kopenhagen aus waren wir im gleichen Flieger, ich saß gleich hinter Ihnen. Eins und eins zusammenzuzählen, ist doch nicht schwer, oder?«

Das Mädchen hielt die Hand vor den Mund und kicherte, wobei sich das von Sommersprossen besprenkelte Gesicht zunehmend aufhellte.

Wieland drohte scherzhaft mit dem Zeigefinger. Dann zeigte er hinaus auf eine Bergspitze. »Schauen Sie! Das ist der Ulriken. Man kann mit einer Schwebahn hinauffahren. Grandios, die Aussicht von da oben. Leider sieht man nicht viel vom Berg, das Wetter ist einfach zu schlecht.«

Regen trommelte gegen die Scheiben. Das Mädchen suchte zwar nach dem Berg, nahm diesen, als es ihn entdeckte, lediglich als schemenhaftes Gebilde wahr. Augenblicklich ließ das Interesse des Mädchens nach. Andere Dinge gingen ihm durch den Kopf. Von Wichtigkeit war, wo man in Bergen aussteigen musste, um möglichst unbeschadet vom Regen das Schiff zu erreichen. Also fragte das Mädchen Wieland danach.

Wieland zögerte einen Moment. »Wir steigen am Torget aus, schlage ich vor. Von da zum Schiff ist es nicht allzu weit. Haben Sie denn einen Regenschirm dabei?«

»Natürlich.«

»Aber wir können das Stück auch mit dem Taxi fahren, da bleiben wir mit Sicherheit trocken am Leib.«

Das Mädchen schüttelte den Kopf. »Ich vertraue Ihnen ganz und gar, es wird schon nicht so schlimm werden.«

Wie von Wieland vorgeschlagen, stiegen sie am Fischmarkt aus. Er zog die Kapuze seines wasserdichten Anoraks über den Kopf und seine Begleiterin spannte den Regenschirm auf. Sie liefen, die Koffer hinter sich herziehend, mit raumgreifenden Schritten den Strandkaien hinunter. Die Häuserfronten auf der linken Seite boten ihnen ein wenig Schutz vor dem Regen.

Zum Ziel, dem Puddefjorden, war es nur noch ein reichlicher halber Kilometer. Den Rest der Strecke schafften sie in knapp zehn Minuten. Keine allzu große Zeitspanne, doch reichte diese völlig aus, um sich die Hosenbeine der Jeans vom Regen völlig durchnässen zu lassen.

Sie sahen MS Trollfjord schon von Weitem. Ein wirklich

imposanter Anblick!

Am Hafenbecken angekommen, betrachteten sie aus allernächster Nähe das große Schiff. Mit seinen neun Decks überragte MS Trollfjord das Hurtigruten-Terminal um mehrere Meter. Vier dicke Taue, die vom Bug und Heck hinab zu den Pollern spannten, gaben dem Schiff sicheren Halt.

Wielands Blick wanderte nach oben, wo am schwarzen Schornstein weithin sichtbar das Zeichen der Hurtigruten-Reederei prangte, ein stilisiertes weißes H im roten Kreis.

»Das ist es«, sagte Wieland. Er nestelte an der Tasche seines Fotoapparates, die über der Schulter hing.

Das Mädchen schaute unter ihrem Schirm hervor. Der halb geöffnete Mund und die weit aufgerissenen Augen offenbarten, dass es beeindruckt war.

Sich gegen den Wind stemmend, schoss Wieland rasch ein paar Fotos. Während er mit der Digitalkamera das Schiff einfing, löste sich vom Heck ein kleiner Öltanker. Dieser hatte die Trollfjord für die kommende Fahrt mit Treibstoff versorgt. Das kleine Schiff tänzelte auf den Wellen, die der noch immer böige Wind im Hafenbecken erzeugte. Im Vergleich zum sich langsam entfernenden Tanker wirkte MS Trollfjord geradezu wie ein Riese.

»Supergeil!«, rief das Mädchen. Es sah ein solch großes Schiff offensichtlich zum ersten Mal.

Wieland deutete hinauf. »Sehen Sie, in Höhe von Deck 6 ist die Trollfjord durch eine Gangway mit dem Terminal verbunden, bereit zur Aufnahme der neuen Passagiere. Doch noch ist es nicht soweit, denn wir dürfen erst ab 16 Uhr an Bord.«

»Sie kennen sich gut aus, nicht wahr?« Das Mädchen schaute erneut unter dem tropfnassen Regenschirm hervor.

Wieland nickte bestätigend und fuhr fort: »Salons und Kabinen müssen erst gereinigt und geputzt werden. Mit den Kabinen wird in der Regel schon nach 10 Uhr morgens begonnen, denn für die 301 benötigt man entschieden mehr Zeit, als es die kurze

Zeitspanne hergibt, welche zwischen Ankunft und Bezugstermin liegt. In der kurzen Zeit eine Menge Arbeit.«

»Wow!« Das Mädchen schaute ihn mit großen Augen an. »Für mich sind das Böhmische Dörfer. Es ist schön, jemand dabei zu haben, der einem das alles so toll erklären kann.«

Während sie die Koffer in die Hand nahmen und in Richtung Terminal liefen, ergänzte er: »Alles benötigt eben seine Zeit. Auch das Beladen und Entladen der Fracht. Die Hurtigruten-Schiffe sind nämlich keine reinen Passagierschiffe, auch wenn es auf den ersten Blick so aussehen mag. Der Historie geschuldet wird auch Fracht befördert, ob im Bauch der Schiffe oder teilweise an Deck, so wie das bei einigen der älteren Schiffe noch geschah. Sei es nun frisch gefangener Fisch aus dem Norden, Säcke mit Düngemitteln, Baustoffe aller Art oder Pkws für den einen oder anderen Autohändler und anderes mehr. Vielleicht haben wir mal die Gelegenheit, uns die Ladedecks anzuschauen.«

Im Terminal empfing sie wohlige Wärme, dazu eine Menge erwartungsfroher Menschen. Diese scharten sich um den Check-in-Schalter oder saßen in losen Grüppchen in der Wartezone. Man unterhielt sich angeregt. Im allgemeinen Sprachgewirr waren überwiegend deutsche und englische Wortfetzen zu vernehmen. Entgegen Wielands Befürchtung ging das Einchecken recht zügig voran. Schon nach zehn Minuten hatten er und seine Begleiterin die Koffer los und die Bordkarten in der Hand.

»Ich glaube, es ist an der Zeit, dass ich mich vorstelle«, sagte das Mädchen. »Ich bin die Inga Dornbusch aus Hannover.«

»Schön, Inga«, entgegnete Wieland und nannte seinen Namen. Dann holte er für beide aus dem Automaten einen Cappuccino. Sie setzten sich an einen soeben frei gewordenen Tisch.

»Wieland, nun müssen Sie mir aber sagen, woher Sie all ihr Wissen haben?«

»Okay«, sagte er und rührte den Schaum des Cappuccino unter. »Die Schiffsreise, die von der Hurtigruten Group ASA in deren Werbung als *die schönste Seereise der Welt* angepriesen wird, habe ich schon mehrfach unternommen. Ich bin sozusagen ein Wiederholungstäter. Während meiner Fahrten hatte ich die eine oder andere Gelegenheit, mal hinter die Kulissen des Schiffbetriebs zu schauen. Ich hatte auch Einblicke in Bereiche, die den Passagieren normalerweise verborgen bleiben. Auch mit den Abläufen an Bord kenne ich mich ganz gut aus. So kann ich mir vorstellen, was in diesem Moment in etwa an Bord passiert.«

»Stark!« Inga war beeindruckt. Sie nahm einen Schluck aus dem Becher, den sie mit beiden Händen umfasste, um sich so die noch immer klammen Finger zu wärmen.

»Und, was machen wir nun?« Sie sah ihn erwartungsfroh an.

Wieland musterte über seinen Becher hinweg das hübsche Wesen, welches soeben im Begriff war, sich vertrauensvoll an ihn zu hängen. Er hatte in all den Jahren so manche Überraschung erlebt, aber mit dieser hatte er weiß Gott nicht gerechnet.

Das Mädchen war ihm von Anfang an sympathisch gewesen. Bei ihrem Anblick musste er unwillkürlich an Pippi Langstrumpf denken. Dies wegen der Sommersprossen und der kurzen Zöpfe, welche mit ihren weißen Schleifchen lustig unter der bunten Wollmütze hervor lugten. Wenn überhaupt, dann war Inga so etwas wie die ältere Ausgabe von Pippi. Auch hatte sie dunkelblondes statt rotes Haar.

Das circa ein Meter fünfundsechzig große, schlanke Mädchen hatte bei ihm den Beschützerinstinkt geweckt, sodass er sich plötzlich in der Rolle eines väterlichen Freundes wiederfand. Die logische Folge war, nun auch Ingas Fremdenführer zu spielen, was ihm, zugegebener Maßen, nicht unangenehm war.

Wieland setzte die inzwischen leer getrunkene Tasse ab und schaute Inga über die Brille hinweg an. »Mein weiterer Programmpunkt ist, mich in Bergen ein wenig umzusehen. Die Trollfjord wird pünktlich 22.30 Uhr ablegen. Inga, wenn Sie sich mir also anschließen wollen? Bis zur Abfahrt bleiben uns noch ganze fünf Stunden.«

»Toll! Ich komme natürlich gerne mit.« Inga strahlte. Ihre Jeans war inzwischen wieder trocken, also stand der Unternehmung nichts mehr im Weg.

Inga fokussierte sich auf das neue Ziel, den Weg zurück in die Innenstadt. Das schlechte Wetter ignorierte sie. Schließlich hatte Wieland ihr versichert, Bergen sei immer einen Besuch wert und würde selbst bei Regen nichts von seinem Charme verlieren.

Es mochte an der späten Nachmittagsstunde liegen, vielleicht auch am niedergehenden Regen, wenn auf dem Torget nur noch wenige Verkaufsstände ihre Waren anboten. Hauptsächlich frisch gefangenen Fisch und anderes Meeresgetier, das noch unter die Leute musste. Für beide kein Grund, um auf dem Fischmarkt länger zu verweilen, auch wenn Inga den einen oder anderen im Eisbett liegenden Fisch interessiert aus der Nähe betrachtete. Darunter einige meterlange Barsche, deren halb geöffnete Mäuler mit den spitzen Zähnen Inga erschauern ließen. In ihren Augen waren das die reinsten Mordwerkzeuge. Vorsichtshalber ging sie an anderen Ständen in etwas größerem Abstand vorbei, denn sie war sich gar nicht so sicher, ob die großen Fische tatsächlich auch alle tot waren.

Vor einem der Stände wurde Wieland von einem älteren Mann in einem dunkelblauen Anorak angerempelt. Dieser schien über den Zusammenstoß erschrockener zu sein als der Betroffene. Der Mann stammelte ein paar unverständliche Worte, die weder eine Entschuldigung waren oder sonst etwas in dieser Richtung.

Wieland hatte den Eindruck, dass das Geschehnis den Mann verwirrte. Denn dieser blieb einen Moment lang wie angewurzelt stehen. In dem Bruchteil dieser einen Sekunde nahm Wieland das Gesicht des Mannes, welches von einem breitkrempigen Filzhut beschattet wurde, schemenhaft wahr. Das kurzzeitige Erstarren des Mannes und dann dessen Eile, sich aus dem Staub zu machen, kamen Wieland sonderbar vor. Als der Mann in der Menschenmenge untertauchte, die sich an der unweit entfernten Straßenkreuzung vor einer Fußgängerampel bildete, hatte Wieland den Zwischenfall allerdings bereits vergessen.

Wieland hatte sich vorgenommen, Tyskebryggen einen Besuch abzustatten. Die ehemaligen Handelskontore der Hanse, die seit 1979 zum Weltkulturerbe der UNESCO gehören, waren für ihn ein unbedingtes Muss.

Schon von Weitem sahen sie die lange Front der siebzehn Kaufmannshäuser, die dicht aneinander gebaut auf einzigartige Weise das Stadtbild von Bergen prägten. Mit ihren roten, gelben und weißen Fassaden stachen die Häuser dem Betrachter unweigerlich ins Auge.

»Aus der Ferne wirken die spitzgiebeligen Häuser irgendwie verspielt«, fand Inga. »Fast so, als wären es Bauten aus einem Spielzeugbaukasten.«

»Ein netter Vergleich«, schmunzelte Wieland. »Aber im Ernst, sie sind natürlich *das Aushängeschild* von Bergen und für jeden Hobbyfotografen ein beliebtes Motiv.«

Als wäre das ihr Stichwort gewesen, zückte Inga eine kleine, kompakte Kamera und schoss ein paar Fotos. Auch Wieland holte seine Digitalkamera hervor. Zwar besaß er bereits unzählige Fotos mit demselben Motiv, was ihn aber nicht davon abhielt, die farbenfrohen Fassaden der mehrstöckigen historischen Holzhäuser erneut abzulichten.

Anschließend steuerte Wieland auf eine schmale Gasse zu, deren Gehwegbelag aus massiven Holzbohlen bestand. Durch den engen Zugang gelangten sie ins Innere des weitläufigen Komplexes.

»Es gibt hier einundsechzig historische Bauten«, erläuterte er. »Im Wesentlichen beherbergen die Häuser Künstlerwerkstätten, Souvenirläden, Boutiquen und Büros. Eine eigene Welt, in die einzutauchen sich wirklich lohnt.«

Wieland schritt voran und führte Inga in einen großen, gepflasterten Innenhof. Dort stießen sie auf eine seltsam anmutende Holzskulptur. Wieland konnte sich nicht erinnern, diese früher schon einmal gesehen zu haben. Das ungewöhnliche Kunstwerk von etwa sechs Meter Länge stellte einen riesigen, furchterregend wirkenden Raubfisch dar. Inga war entzückt und schoss erneut ein paar Fotos.

Dem schlechten Wetter geschuldet waren wenige Touristen unterwegs. Eine kleine Gruppe Japaner zog schnatternd und fotografierend an ihnen vorbei. Eine Minute darauf kamen ein paar junge Mädchen daher, die ziemlich geräuschvoll den Abschied einer zukünftigen Braut von deren Mädchendasein feierten. Sie waren sämtlich kostümiert, trugen Schwesterntrachten und Hauben mit dem roten Kreuz darauf. Unter den Mädchen herrschte eine ausgelassene Stimmung, wohl auch wegen des Alkohols, den man aus Weinflaschen ausgiebig zu sich nahm.

»Eine schöne Sitte«, sagte Inga und schaute den Mädchen hinterher, die alsbald fröhlich lärmend in einer Gasse Schutz vor der Nässe suchten.

Wieland meinte herauszuhören, dass Ingas Stimme ein wenig traurig klang. Er fragte sich, was wohl der Grund dafür sei.

Sie schlenderten weiter durch das Innere des Komplexes. Eine Weile stöberten sie interessiert in einem der kleinen Lädchen herum, in dem echtes Kunsthandwerk angeboten wurde, nicht dieser zum Teil scheußliche Kitsch, den die Souvenirläden massenhaft in ihren Sortimenten hatten.

In Bryggen hatten sie nun fast eine Stunde verbracht, was Wieland in Anbetracht des Wetters für ausreichend hielt. Bei ihm meldete sich zudem ein leises Hungergefühl. Außer der mageren Kost im Flieger hatte er nichts im Magen. Abends würde es zwar eines von den legendären skandinavischen Buffets geben, die auf den Hurtigruten-Schiffen zum Standard gehörten, aber bis zum Abend war es noch eine ganze Weile hin.

»Inga, bei dem Wetter hat es wenig Sinn, weiter herumzuziehen«, meinte Wieland. »Ich schlage deshalb vor, wir wärmen uns etwas auf. Hier in Bergen gibt es übrigens eine ausgezeichnete Fischsuppe. Wie wäre es mit einer kleinen Zwischenmahlzeit?«

»Okay, wenn Sie meinen.«

Sie liefen zurück in Richtung Straße. Am Ende der Gasse führte eine Holztreppe hinauf in das Fischrestaurant Enjørningen. Eine an der Wand hängende Tafel wies auf die Lokalität hin. Wieland nickte zufrieden. »Hier sind wir richtig. Inga, folgen Sie mir einfach.«

Sie suchten sich einen Tisch vor einem der Fenster aus. Durch dieses hatten sie einen herrlich freien Blick auf den Hafen. Am Nebentisch saßen drei weitere Gäste, ansonsten war der nicht allzu große Gastraum leer.

Inga schlug die Speisekarte auf, die vor ihr auf dem Tisch lag, und studierte diese gründlich. Mit jeder neuen Seite, die sie aufschlug, veränderte sich ihr Minenspiel. Es zeigte, dass ihr etwas gegen den Strich ging.

»Ist irgendetwas nicht in Ordnung?«, fragte Wieland.

Inga nickte. Sie war entsetzt. »Die Preise! Sehen Sie ...« Sie schob ihre Speisekarte Wieland zu und deutete mit dem Finger auf die Preise mehrerer Fischgerichte. »Hier und hier! Gott, ist das teuer. Wieland, wollen wir uns das wirklich antun?«

Wieland hob ein wenig die Schultern. »Na ja, nun sitzen wir einmal hier. Aufstehen und wieder gehen, das wäre mir äußerst unangenehm.«

»Also, ich als arme Studentin kann mir das hier einfach nicht leisten.«

Einen Moment war Wieland ratlos. Dann sagte er: »Okay,

Inga, dann lade ich Sie einfach …«

Weiter kam er nicht. Denn in dem Augenblick stürmte eine Serviererin die Treppe hinauf und rief etwas auf Norwegisch in den Raum.

Inga schaute Wieland an. »Verstehen Sie, was sie will?«

Wieland, der sich nach den Worten der Serviererin sofort erhoben hatte, nickte. »Soweit ich verstanden habe, hat ein Brandmelder angeschlagen. Wir sollen schnell das Haus verlassen.«

Inga riss ihre Umhängetasche, die sie auf dem freien Stuhl neben sich abgelegt hatte, an sich und sprang auf. Der Stuhl, auf dem sie eben noch gesessen hatte, fiel polternd um. Sie eilte zur Treppe. Wieland und die anderen Gäste folgten ihr.

Auf der Treppe nach unten sagte Inga: »Was Besseres kann uns nicht passieren, Wieland.«

Die aus dem Restaurant laufenden Gäste versammelten sich auf dem breiten Gehweg an der Straße. Inmitten der etwa fünfzehn Personen warteten Wieland und Inga darauf, ob irgendetwas passierte.

»Das war Hilfe im allerletzten Moment«, sagte Inga und hielt sich die Hand vor den Mund. Es fiel ihr schwer, ein Lachen zu unterdrücken. »Gott muss uns erhört haben … Allerdings sehe ich weder Feuer noch Rauch.«

»Ich schätze, es war blinder Alarm«, war Wieland überzeugt. Seine Einschätzung bestätigte sich, denn eine Minute darauf trat die Serviererin von vorhin auf den Gehweg, rief etwas und winkte die Restaurantgäste wieder herein.

»Sehen Sie, Inga. Ich hatte mit meiner Vermutung recht.«

»Sie wollen doch nicht etwa wieder zurück?«, fragte Inga, die befürchtete, Wieland hätte diese Idee.

»Nein«, sagte Wieland und lachte amüsiert auf. »Um Gotteswillen! Mein Appetit ist verflogen. Nee, ich habe jetzt Lust auf ein schönes Bier.«

Inga schüttelte den Kopf. »Wieland, bitte seien Sie mir nicht böse, ich möchte lieber in ein Kaufhaus gehen. Ich habe in der Eile des Kofferpackens was vergessen. Ich möchte das unbedingt noch schnell kaufen. Sagen Sie, wo finde ich denn ein ordentliches Kaufhaus?«

»Gleich hinter dem Fischmarkt. Kommen Sie, ich zeige es Ihnen.«

Am Fischmarkt angekommen, wies Wieland in die Richtung, die Inga einschlagen musste. »Dreihundert Meter weiter die Straße hinauf. Inga, sehen Sie das große Gebäude? Das ist das Kaufhaus.«

Inga erspähte es und wollte sogleich loslaufen. Doch Wieland hielt das Mädchen einen Moment lang am Arm fest. Er deutete hinüber auf das große am Kopfende des Hafenbeckens stehende Haus. Mit seiner mehrgliedrigen Fassade aus Holz und Glas war es nicht zu übersehen.

»Inga, Sie finden mich nachher in Zachariasbryggen. Ich schlage vor, Sie kommen dorthin. Ist das in Ordnung?«

»Ist okay. Also, bis später.«

»Inga, im Erdgeschoss ganz hinten ist die Hanseaten Bar.«

Inga nickte verstehend, schaute kurz zum Eingang des Gebäudes und lief dann straffen Schrittes los. Wieland sah ihr einen Augenblick hinterher. Er wollte sehen, ob sie die richtige Richtung einschlug. Doch das Mädchen lief schnurstracks auf das erwähnte Kaufhaus zu. Das beruhigte ihn.

Wielands Hosenbeine waren während des Bummelns durch Bryggen wieder nass geworden, an den Beinen ein nicht eben er hebendes Gefühl. Nun saß er in der Hanseaten Bar bei einem frisch gezapften Hansa Bier und genoss die Wärme des Raumes.

Bei ihm stellte sich eine starke Vorfreude auf das Kommende ein. Selbst nach all seinen Fahrten auf verschiedenen Hurtigruten-Schiffen, verteilt über einen Zeitraum von fünfundzwanzig Jahren, war jede neue Reise für ihn immer wieder ein besonderes Erlebnis. Sicherlich, es gab rund um den Globus andere Möglichkeiten, Interessantes und Neues kennenzulernen. Doch Wieland zog es immer wieder in den Norden, entlang der norwegischen Küste. Auch wenn die Schiffe immer die gleichen 34 Häfen anliefen und die Küstenlandschaft stets dieselbe blieb. Für ihn verlor diese Art zu reisen nie an Attraktivität. Er war gefangen von der Großartigkeit der norwegischen Küste, die von Bord eines Schiffes betrachtet, ihre ganze Schönheit offenbarte.

Im Allgemeinen stand Wieland Werbebotschaften eher skeptisch gegenüber. Der Slogan, mit dem die Hurtigruten Group ASA für die Hurtigruten warb, mochte für manchen zwar etwas überheblich klingen. Im Grunde traf dieser aber den Nagel auf den Kopf. Wieland war überzeugt, wer mit den Hurtigruten einmal unterwegs gewesen war, würde Ähnliches wie er empfinden.

Aus den Gedanken zurück, schaute Wieland sich in der Bar um. Als Bauingenieur interessierten ihn nicht nur die Bauten, sondern auch die Räumlichkeiten darin, und auch, wie diese Räume eingerichtet waren.

Was in der Bar ins Auge fiel, war natürlich der lange Tresen, bestehend aus massivem Holz. Die Fensterfront ging hinaus zum Hafen, die nassen Scheiben erschwerten jedoch die Sicht.

Draußen, auf der Terrasse, war kein Mensch zusehen. Bei dem trüben Wetter kein allzu großes Wunder. Drinnen herrschte ein diffuses Licht, erzeugt von den Lampen, die über dem Tresen hingen.

Wieland bestellte ein zweites Bier. Es dauerte keine Minute, und schon hatte er ein frisch gezapftes Halbliterglas Hansa Bier vor sich stehen. Kleine Biere schenkte man in Norwegen nicht aus, damit hielt man sich gar nicht erst auf. Hätte er ein kleines verlangt, wäre er auf völlige Verständnislosigkeit gestoßen.

Wegen der Kühle des Bieres war das Glas stark beschlagen. Wieland zeichnete mit dem Zeigefinger Figuren auf das Glas und sah sich beiläufig in der Bar um.

Hinter seinem Rücken rasselte ein Spielautomat. Es hört sich an, als spuckte der Apparat Münzen aus. Nichts von Belang, da war das junge Pärchen, welches links neben ihm am Tresen saß und ziemlich verliebt tat, wesentlich interessanter. Der junge Mann kroch förmlich in seine Begleiterin hinein. Das hübsche Mädchen, welches Wieland auf keine Achtzehn schätzte und das im linken Nasenflügel einen kleinen Silberring trug, kicherte unablässig.

Für Wielands Ohren fiel das Kichern einige Oktaven zu hoch aus, was ihn alsbald nervte. Ein Grund, sich von der Turtelei abzuwenden und dem Mann seine Aufmerksamkeit zu schenken, der halb verdeckt am äußeren Thekenrand saß.

Trotz des etwas schwachen Lichtes erkannte er in dem Mann jenen, der ihn auf dem Fischmarkt angerempelt hatte. Dessen Gesicht lag zwar im Halbdunkeln, doch das wenige Licht genügte, um zumindest das Profil des Mannes studieren zu können. Die scharfen Gesichtszüge des Mannes, den er auf etwa siebzig schätzte, kamen ihm seltsam bekannt vor. Zumindest sah der Mann irgendjemanden ähnlich. Nur, wer das hätte sein können, darauf kam Wieland nicht, sosehr er auch in seinen Erinnerungen kramte.

Er konnte sich natürlich irren, das war gut möglich. Sein Gefühl sagte ihm jedoch etwas anderes. Er überlegte kurz und kam zu dem Schluss, dass das Objekt seiner Betrachtung ein Landsmann sein musste, also kein Norweger. Das lag nahe, schließlich kannte er relativ wenige Norweger. Wahrscheinlich hätte er sich an einen solchen sofort erinnert.

Wieland nahm sich dennoch vor, der Sache auf den Grund zu gehen und den Mann bei der nächsten Gelegenheit anzusprechen. Leider ergab sich diese Möglichkeit nicht, denn der Mann stürzte, nachdem er kurz in Wielands Richtung geschaut hatte, den Rest seines Bieres hinunter, glitt von seinem Hocker und war eine Sekunde später verschwunden.

Na, dann eben nicht, dachte Wieland. Aber vielleicht konnte der Mann hinter dem Tresen ihm ja auf die Sprünge helfen. Er kramte in seinen Englischkenntnissen und fragte: »Do you know the man who has just left the restaurant, Sir?«

Der Barkeeper zuckte mit der Schulter und entgegnete in fast akzentfreiem Deutsch, es tue ihm leid, aber er habe den Mann noch nie gesehen.

Wieland war erstaunt. »Sie wissen, woher ich komme?« Er hatte sich die größte Mühe gegeben, sein mühsam angelerntes Englisch möglichst authentisch klingen zu lassen.

Der Barkeeper grinste. »Ich habe viele Jahre in Deutschland gearbeitet, außerdem ist meine Mutter Deutsche. Ich erkenne jeden Deutschen auf Anhieb. Du musst dich also nicht wundern.«

Indem Wieland ebenfalls zum Du überging, so wie in Norwegen allgemein üblich, entwickelte sich eine angeregte Unterhaltung. Der blonde Norweger erzählte dem gespannt zuhörenden Deutschen von seinen Erlebnissen in dessen Heimat. Wieland erfuhr, in welchen Regionen Deutschlands der Norweger unterwegs gewesen war, und in welchen Städten er gelebt und womit er sein Geld verdient hatte. Als der Norweger erwähnte, er habe sogar eine Zeit lang in Dresden als Barkeeper gearbeitet, schlug Wieland überrascht mit der flachen Hand auf den Tresen.

»Ich glaub es einfach nicht! Da sitzt man im schönen Norwegen und trifft gleich am ersten Tag einen Einheimischen, der einem beim Bier wie beiläufig erzählt, er kenne Dresden. Dresden ist nämlich meine Heimatstadt, mein Guter.«

Wieland erhob sein halb volles Glas und prostete dem Barkeeper zu. »Übrigens, ich bin der Wieland.«

»Und ich bin Ole Einar«, sagte der Barkeeper und schob Wieland ein Glas Aquavit über den Tresen. »Dafür hast du bestimmt noch ein paar Minuten. Der geht aufs Haus. Skål.«

Wieland bedankte sich und stieß mit Ole Einar an. »Für einen

LINIE habe ich immer Zeit. Guck doch mal bitte, wann dieser Aquavit über den Äquator geschippert ist, und mit welchem Schiff.«

Ole Einar schob die Flasche mit dem goldgelben Inhalt zu Wieland hinüber. »Schau bitte selbst nach …«

In diese Szene platzte Inga hinein, die vom schnellen Laufen leicht erhitzt war. Sie nahm ihre bunte Strickmütze ab und setzte sich neben Wieland.

»Wieland, Sie werden es nicht glauben, im Kaufhaus sind die Handläufe der Rolltreppen beheizt, einfach unglaublich!«

Wieland bestätigte das mit einem Nicken. »In Norwegen ist es im Winter verdammt kalt. Da muss man halt was tun. Die Norweger sind ein unglaublich praktisches Volk. Nicht wahr, Ole Einar?«

Der zwinkerte Wieland zu. Dann wandte er sich ab, um für einen weiteren Gast ein Bier zu zapfen. Damit fertig, gesellte er sich wieder zu den beiden Deutschen.

»Wieso duzt ihr euch eigentlich nicht?«, fragte er Wieland.

Ehe der eine Antwort fand, erklärte Inga: »Wir haben uns erst heute kennengelernt. Außerdem ist er der Ältere, ich als junges Ding kann ihm das ja schließlich nicht anbieten. Er hätte es längst tun können, ich hätte nichts dagegen gehabt.« Sie schaute Wieland schelmisch an.

»Diesem Mädchen kann man einfach nichts abschlagen, Ole Einar«, sagte Wieland. Und zu Inga gewandt: »Inga Dornbusch, hiermit biete ich dir für immer und ewig das Du an, nimmst du das an?«

»Sollte ich?« Inga lachte hell auf, rutschte von ihrem Hocker und hielt Wieland den gespitzten Mund hin.

»Halt!«, rief Ole Einar. »Dazu gehört aber auch, miteinander anzustoßen.« Er schob den beiden Deutschen über den Tresen einen LINIE zu.

Wieland und Inga taten wie geheißen und gaben sich einen Kuss. Den Aquavit tranken beide in einem Zug. Inga schüttelte sich. Man sah, sie war Hochprozentiges nicht gewöhnt.

»Ich wollte vorhin nicht eurer Gespräch unterbrechen«, sagte Inga und bat um ein Glas Wasser.

»Wo waren wir vorhin stehen geblieben?« Wieland schaute Ole Einar an.

»Du wolltest doch nachschauen, was auf dem Etikett steht.«

»Stimmt!« Wieland beugte sich ein kleines Stück vor und schob die Flasche näher zum Licht. Er rückte die Brille zurecht, schaute durch den Flascheninhalt auf die Rückseite des Vorderetiketts und entzifferte mühsam das Gedruckte.

»12.01.2009 bis 14.05.2009, Schiffsname: M/V Tønsberg. Somit hat der Aquavit vier Monate Zeit gehabt, um zur Reife zu kommen. Ein edler Tropfen, überhaupt keine Frage.«

»Ich sehe, du verstehst was vom LINIE Aquavit.«

»Und ob, Ole Einar. Man schmeckt buchstäblich die edlen Kräuter, die zusammen mit dem Aroma aus den Sherryfässern diesen exzellenten Geschmack ausmachen.«

Wieland rutschte ein wenig auf dem Hocker herum. Nach einer Kunstpause erklärte er: »Ich kann euch auch sagen, wer den LINIE herstellt und wie man auf die Idee kam, den Aquavit zweimal über den Äquator schippern zu lassen.«

»Na, dann leg mal los.« Ole Einar nickte Wieland aufmunternd zu. Dessen Mimik signalisierte, dass er nur zu gern bereit war, der Aufforderung nachzukommen.

Wieland rückte seine randlose Brille zurecht und schaute erst Inga, dann Ole Einar an. Während er mit den Händen die Flasche zärtlich umfasste, dozierte er mit sonorer Stimme: »Es ist lange her, Freunde. Man sagt, 1805. Damals war ein Schoner aus Norwegen auf den Weltmeeren unterwegs, um eine Ladung Aquavit in Eichenfässern nach Australien zu befördern. Nun ergab es sich, dass der Besteller verstorben und der Kapitän gezwungen war, die Fässer wieder mit zurück nach Norwegen zu nehmen, was bedeutete, der Aquavit überquerte zum zweiten Mal den Äquator.«

»Soweit kenne ich die Geschichte«, sagte Ole Einar.

»Warum lässt du mich diese dann erzählen?«

»Ich möchte gern deine Variante hören, Wieland.« Ole Einar zwinkerte Inga zu.

Wieland sammelte sich. »Also gut, bringen wir die Geschichte zu ihrem Ende. Nachdem die Fässer wieder in Norwegen landeten, stellte irgendjemand fest, dass der Aquavit auf einmal feiner und sanfter schmeckte. Man fand die Erklärung darin, dass die Eichenholzfässer, in denen vorher ein kräftiger Sherry lagerte ...«

»Ein Oloroso«, ergänzte Ole Einar.

Wieland hob die Augenbrauen. »Du sagst es, mir war der Name kurz entfallen.« Ehe er wieder den Faden aufnahm, nahm er einen Schluck. »Die Quintessenz der Geschichte ist, seither lässt die Arcus A/S Norway mit den Schiffen der Wilhelmsen-Redeerei die Fässer nach Australien und von dort zurück schippern.«

»Weil …?«, schob Ole Einar ein.

»… die Reife von LINIE durch die Lagerung in den Eichenholzfässern, wegen der klimatischen Unterschiede während der langen Reise und der sanften Bewegung der See entsteht.« Wieland schaute in die Runde, als erwarte er Beifall.

Ole Einar tat ihm den Gefallen. Er klatschte in die Hände. »Genauso ist es, Wieland. Du hast es irgendwo gelesen, nicht wahr? Ihr Deutsche seit gründlich und hinterfragt alles. Ich bin beeindruckt und hätte es nicht besser erklären können.«

Inga klatschte gleichfalls in die Hände. »Nun kann uns auf dem Schiff nichts mehr passieren. Mit *solch* einem Experten an Bord.«

»Ich danke euch, Inga und Ole Einar. Danke für die Blumen. Sich mit dir zu unterhalten, Ole Einar, war das reinste Vergnügen. Leider müssen wir langsam los, das Schiff wartet nicht.«

»Für einen kleinen LINIE reicht eure Zeit aber noch …« Ole Einar füllte drei Gläser.

Wieland nickte ergeben. Für einen LINIE war er natürlich immer zu haben. »Die Drei übernehme aber ich«, beharrte er.

Ole Einar hob in gespielter Ergebenheit die Hände. Wielands braun gebranntes Gesicht strahlte, wobei sich um die Augen zahlreiche Lachfältchen bildeten.

Inga schob Ole Einar den Aquavit zurück. »Bitte nicht böse sein, aber einen Zweiten vertrage ich nicht. Der Erste hat mich schon umgehauen.«

Wieland bedauerte das zwar, aber er trug schließlich die Verantwortung, das Mädchen unbeschadet zurück auf das Schiff zu bringen. Man musste vernünftig sein.

»Ole Einar, aber Inga wird sicherlich nichts dagegen haben, wenn wir beide schnell noch auf die norwegisch-deutsche Freundschaft trinken.« Und als Wieland das leere Glas zurück auf den Tresen setzte, sagte er: »Der erste Tag auf norwegischem Boden fällt bei Weitem besser aus, als ich mir das vorgestellt habe.«

Man drückte sich zum Abschied mit großer Herzlichkeit die Hände. Obwohl der Tag noch nicht zu Ende war, wusste Wieland, er würde diesen in sehr guter Erinnerung behalten. Mit Inga an der Seite, die wieder ihre bunte Strickmütze aufsetzte, machte er sich auf den Weg zurück zum Schiff.

An Bord bedienten Inga und Wieland sich am reichhaltigen Buffet, welches mit allerlei einheimischen Köstlichkeiten auf wartete. Wieland häufte auf seinen Teller Garnelen, Muscheln, nahm dazu etwas Brot, während Inga sich mehr an die Salate hielt. Sie suchten sich einen Zweiertisch und fingen mit Genuss zu essen an. Man schwieg eine Weile. Jeder hing seinen Gedanken nach.

Anderen Passagieren schien es an diesem ersten Abend ganz ähnlich zu gehen, denn lange und laute Unterhaltungen wurden an keinem Tisch geführt. Es ging gedämpft zu. Wieland empfand das als angenehm, jedenfalls in diesem Moment. Aber die

Atmosphäre, das wusste er, würde am nächsten Abend eine andere sein.

Nach zwei Minuten eröffnete Inga die Unterhaltung. Es wäre für sie untypisch gewesen, länger als drei Minuten zu schweigen.

»Wieland, hast du das Gefühl, dass ich mich an dich hänge? Mir wäre das nämlich peinlich. Aber ich brauche einfach einen Menschen, mit dem ich mich unterhalten kann. Ich kenne doch niemanden hier. Außerdem habe ich mitgekriegt, was du alles im Kopf hast. Von dir kann ich `ne Menge lernen. Auch finde ich, dass du ausgesprochen unterhaltsam bist. Und … ich habe Vertrauen zu dir.«

Wieland legte das Messer zur Seite, mit dem er versucht hatte, eine hartnäckige Muschel zu knacken. Er sah Inga in die Augen und lächelte.

»Mädchen! Erstens gefällt es mir, dass du dich an mich hängst, wie du es ausdrückst. Zweitens, ich hätte gern so eine Tochter wie dich gehabt. Also, hast du irgendwelche Fragen?«

»Nein, nein!«, Inga lachte. »Mir fällt gerade ein riesengroßer Stein vom Herzen.«

Wieland fand, es war der Zeitpunkt gekommen, um von seiner Frau Eva zu erzählen. Inga hörte aufmerksam zu und stellte die eine und andere Frage. Von ihr erfuhr Wieland, dass sie in einem Vorort von Hannover aufgewachsen war, nun in Hannover an der Leibnitz-Universität Sozialwissenschaft und Sport studierte. Sie hatte sich mühsam das Geld für die Reise zusammengespart. Ein Kindheitstraum von ihr war, einmal hoch in den Norden zu fahren.

»Wieland, und du kommst tatsächlich aus Sachsen?«, fragte Inga ungläubig. »Du hast ja gar keinen sächsischen Akzent.«

»Warum das so ist, erzähle ich dir später einmal und vielleicht noch ein paar andere Dinge. Jetzt sollten wir an Deck gehen, und zwar schleunigst. Wir dürfen auf keinen Fall die Abfahrt verpassen, es ist schon deutlich nach 22 Uhr.«

Bergen erstrahlte an diesem mild gewordenen Oktoberabend in einem Meer funkelnder Lichter, hinter denen sich das Farbenfrohe der Häuser nur erahnen ließ. Es war trocken geblieben und die Außentemperatur betrug immerhin noch zwölf Grad.

Sie waren an Deck gegangen und verfolgten mit Interesse das Ablegemanöver. Die Trollfjord trat pünktlich um 22.30 Uhr ihre zwölftägige Reise an.

Das Schiff glitt in die Nacht hinaus, die Lichter der Stadt hinter sich lassend. Kein Wind wehte, kein Laut war zu hören. Über dem Schiff lag eine ungewöhnliche Stille.

Von den oberen Decks aus war das Fahrwasser in der Dunkelheit kaum auszumachen. Lediglich die zum Heck auslaufenden Bugwellen mit den Schaumkronen obenauf, beleuchtet vom Licht, welches aus den unteren Kabinenfenstern fiel, ließen erkennen, dass sich das Schiff zügig vorwärts bewegte.

Wieland hatte, ehe sie mit dem gläsernen Aufzug hinauf auf Deck 9 gefahren waren, noch schnell seine Kopfhörer aus der Kabine geholt. Nun nahm er sie ab und reichte sie Inga. Sie lauschte eine Weile, dann summte sie leise mit. Der Song »sail away« von Enya gefiel ihr, er passte gut zu ihrer momentanen Stimmung.

Die Trollfjord bahnte sich ihren Weg durch den Scherengarten vor Bergen. Die Route führte vorbei an kleinen und größeren Inseln, die in der Dunkelheit kaum auszumachen waren. Schließlich näherte sich das Schiff der Askøy-Brücke.

Sie sahen beide nach oben. Eine Lichterkette beleuchtete die Fahrbahn, sodass die über die Brücke fahrenden PKWs erkennbar waren. Die Fahrgeräusche drangen hinunter bis zu ihnen und unterbrachen die nächtliche Stille.

Ein erlebnisreicher Tag fand sein Ende. Es war bereits kurz nach 23 Uhr. Zeit für beide, um die Kabinen aufzusuchen. Inga ahnte, dass sie nicht gleich einschlafen würde, ihr gingen einfach zu viele Dinge durch den Kopf.

Sie verabredeten sich für 8 Uhr auf Deck 5 zum Frühstück. Danach würden sie gemeinsam auf Außendeck 6 ein paar Runden drehen.

Måløy, 10. Oktober 2011

Die 3000 Einwohner zählende Ortschaft Måløy mit dem großen Fischereihafen lag bereits hinter ihnen. Die Liegezeit dort hatte nur eine halbe Stunde betragen, von 7.00 bis 7.30 Uhr. Für einen Landgang eine zu kurze Zeitspanne, weit wäre man nicht gekommen. Außerdem hatte Wieland an diesem Morgen nur schwer aus dem Bett gefunden. Nicht unbedingt ein Beinbruch, denn es war zu der frühen Stunde noch nicht einmal richtig hell gewesen.

Er hatte in aller Ruhe duschen wollen, was sich leider als nicht durchführbar erwies, es sei denn, er hätte sich überwinden können, es mit kaltem Wasser zu tun. Aus irgendeinem Grund funktionierte die Mischbatterie nicht. Bei allen Hebelstellungen kam stets nur eiskaltes Wasser aus dem Hahn. So blieb ihm nichts weiter übrig, als nicht geduscht am Frühstückstisch zu erscheinen.

Sie trafen sich vor der Tür zum Restaurant »Saga Hall«. Wie Inga es geschafft hatte, vor ihm da zu sein, obwohl sie nach eigener Aussage eine notorische Langschläferin war, blieb ihr Geheimnis. Einen müden Eindruck machte sie auch nicht, ganz im Gegenteil.

Gestern hatte Inga ihre dunkelblonden Haare zumeist unter der bunten Wollmütze versteckt, jetzt trug sie diese offen und zu einem Pferdeschwanz gebunden. Wieland fand, damit wirkte ihr Gesicht schmaler. Sie sah an diesem Morgen insgesamt fraulicher aus.

»Schau nur!«, rief sie begeistert und deutete auf den Speiseplan. Dieser hing seitlich an der Wand, war in drei Sprachen abgefasst und kündigte die Speisefolge für das abendliche Dinner an.

»Als Vorspeise gibt es Klippfischbolinhos mit Tomatensalat, dann als Hauptspeise Hühnchen Livéche mit Gemüserisotto, Paprikasauce und Linsenragout. Und zum Abschluss Apfelkuchen mit Vanilleeis. Gott, ich werde auf der Reise bestimmt ein Kilo zunehmen.«

Wieland musste unwillkürlich lachen. Am Morgen auf diese Art begrüßt zu werden, trieb die Müdigkeit aus den Augen.

»Lass uns erst einmal frühstücken«, sagte er.

Sie desinfizierten ihre Hände mit einer der Sprühflaschen, die auf einem Tischchen standen, und betraten das Bordrestaurant. Dort wurden sie vom Bedienungspersonal freundlich begrüßt. Die Frau hinter dem kleinen Empfangstresen erkundigte sich nach den Kabinennummern und dann noch, wo sie zum Dinner gerne sitzen wollten. Am Abend gäbe es nur reservierte Plätze, nicht die freie Tischwahl, wie jetzt beim Frühstücksbuffet. Die Norwegerin meinte, für sie beide käme zum Beispiel Tisch 58 in Betracht. Das sei ein runder Sechsertisch im hinteren Bereich, an dem sie bereits mehrere deutsche Passagiere platziert habe. Nach einem kurzen Blick auf den Tischplan stimmten Inga und Wieland zu.

Sie bedienten sich am reichhaltigen Buffet und fanden an einem der großen Fenster zwei freie Plätze. Der Blick auf die See war grandios.

Vorerst drehte sich Ihr Gespräch um Belanglosigkeiten. Bald aber schien es Wieland so, als hatte Inga irgendetwas auf dem Herzen. Deshalb beendete er das Wortgeplänkel und sagte: »Nun rück‘ schon raus mit der Sprache, Inga. Du willst mir doch etwas sagen.«

Sie nickte. »Mir sind heute Nacht, als ich nicht einschlafen konnte, einige Dinge durch den Kopf gegangen. Es hat zwar `ne Weile gedauert, doch dann habe ich die Lösung gefunden.«

»Für was?«, fragte er, neugierig geworden.

Sie zögerte einen kurzen Moment, dann sagte sie: »Du hast doch gestern gesagt, du hättest gern so eine Tochter wie mich. Wie wäre es also, wenn wir uns heute Abend am Tisch als Vater und Tochter vorstellen täten?«

Wieland fiel beinahe die Gabel aus der Hand. Alles hätte er erwartet, nur das nicht.

»Wie kommst du denn auf die Idee?«

»Naja, wegen unseres Altersunterschieds! Wir sind schließlich kein Paar, wenn du verstehst, was ich meine. Lass die anderen denken, Vater und Tochter sind auf Reisen. Das führt nicht zu Spekulationen und wir haben unsere Ruhe.«

Er nahm einen Schluck Kaffee zu sich. Eigentlich gar keine schlechte Idee, dachte er. Die Vater-Tochter-Variante hört sich irgendwie plausibel an. Lustig war diese allemal. Er war bereit, das Spiel mit zu spielen. Vorher wollte er aber noch etwas geklärt wissen. »Gut und schön. Was ist aber mit unseren Nachnamen?«

»Na, ganz einfach! Dann war ich eben schon mal verheiratet.«

Wieland konnte nicht mehr an sich halten und prustete los. Was dazu führte, dass er sich an einem Bissen verschluckte und ihm die Tränen kamen. Als der Hustenanfall vorüber war und Wielands Gesichtsfarbe von Rot wieder in die Normalfarbe wechselte, sagte er sich, es muss der Herrgott gewesen sein, der ihm dieses Mädchen geschickt hatte. Wohl zu dem Zweck, um erkennen zu können, auf welchen Umwegen Frauen denken.

»Auf diesen Schachzug kann wirklich nur eine Frau kommen. Inga, Vater ist gut und schön, können wir nicht einfach sagen, ich sei dein Onkel?«

Sie schaute ihn entgeistert an »Onkel? Das glaubt uns doch kein Mensch. Man würde erst recht denken, wir schliefen miteinander.« Und nach kurzem Zögern: »Du wirst doch nicht etwa die Absicht haben …?«

Wieland hob abwehrend die Hände. »Natürlich nicht!«

Ingas Gesicht bekam einen seltsamen Ausdruck, den er nicht recht deuten konnte. War es ein Fehler gewesen *natürlich nicht* zu sagen? Hatte er in ihren Augen falsch reagiert? Er suchte nach Worten, um zu relativieren und gleichzeitig Klarheit zu schaffen.

»Ich finde dich wahnsinnig attraktiv, Inga. Verstehe mich aber bitte nicht falsch. Wenn ich zwanzig Jahre jünger und nicht glücklich verheiratet wäre, dann wäre das vielleicht ein Thema. Du bist ein hübsches, attraktives Mädchen, das weißt du. Ich bin sehr gerne mit dir zusammen, und das genieße ich auch.«

Inga lächelte und hob drohend den Finger. »Da hast du dich gerade noch mal aus der Affäre gezogen. Gut, dann will ich dir einfach mal glauben.«

»Okay, dann machen wir es so, wie du vorgeschlagen hast. Ich meine, die Tochter-Vater-Geschichte.«

»Fein, ich wusste es!« Sie klatschte in die Hände wie ein kleines Mädchen, das vom Weihnachtsmann beschenkt wird.

»Als Vater muss ich aber einiges mehr wissen von dir, denkst du nicht auch? Sag mal, wie alt bist du eigentlich. Ich darf dich das doch fragen, oder?«

»No Problem. Ich bin im Juni sechsundzwanzig geworden.«

»Hätte ich nicht gedacht, du siehst wesentlich jünger aus.«

Inga lachte. »Danke für das Kompliment. Meine Großmutter sagt, ich sei trotz meiner sechsundzwanzig eine unreife Göre. Ich glaube, sie hat damit nicht einmal Unrecht.«

»Na, ganz so würde ich das nicht sehen«, sagte Wieland mit einem leichten Lächeln. »Aber erzähle ruhig weiter von dir, mich interessiert vor allem deine Kindheit.«

Inga, Garbsen 1992 / 1998

Warum müssen Mama und Papa immer nur streiten? Papa ist besonders laut, man hört ihn im ganzen Haus. Bloß gut, dass ich nicht dabei sein muss, ich halte das nämlich nicht aus. Mir tut Mama leid, denn sie kann sich nicht richtig wehren, aber helfen kann ich nicht, ich bin mit meinen sieben Jahren einfach noch zu klein. Wenn ich könnte, dann würde ich Papa so richtig die Meinung sagen, doch das traue ich mir nicht. Ich habe Angst, dass er mich schlägt.

Ich setze mich aufs Bett und nehme Millie in den Arm. Millie kann zwar nicht sprechen, verstehen tut sie mich aber schon. Sie schaut mich klug mit ihren blauen Augen an. Ihr kann ich alle meine Geheimnisse anvertrauen. Auch das mit Mama und Papa, was mich so traurig macht. Millie weiß aber auch keinen Rat. Wir können nur zusammen halten und nicht hinhören. Nicht hinhören ist gar nicht so leicht. Ich muss mir die Ohren zuhalten, damit das geht. Ich kann mir aber nicht dauernd die Ohren zuhalten, das strengt nämlich an.

Ich schlüpfe mit Millie unter die Bettdecke. Jetzt ist es endlich still und wir haben unsere Ruhe. So ist es schön. Schön warm und kuschelig. Unter der Decke und mit Millie an der Seite fühle ich mich geborgen, fast so, als würde Mama mich in den Arm nehmen.

Mama kommt herein, zieht ein wenig die Bettdecke herunter und gibt mir einen Kuss. Das Streiten ist vorbei, endlich!

»Ingamaus«, sagt Mama. »Es tut mir ja so leid, ich sehe doch, wie du leidest. Ich verspreche dir, es wird ein Ende haben. Ich sorge dafür, dass wir unsre Ruhe bekommen.«

»Müssen wir weggehen, Mamie?«

»Nein, Ingamaus, du brauchst keine Angst zu haben. Wir müssen nicht weggehen. Dein Vater wird gehen.«

Ich bin glücklich. »Dann gibt es keinen Streit mehr?«

»So ist es und wir müssen auf niemanden mehr Rücksicht nehmen, das verspreche ich dir. Wenn du morgen früh aufwachst, ist dein Vater bereits weg. Du wirst ihn also nicht mehr sehen. Ich werde dich in Zukunft in die Schule fahren. Du musst aber versprechen, bei der Hausarbeit zu helfen. Den Beruf kann ich nicht aufgeben. Ab jetzt muss ich allein für uns sorgen. Ingamaus, mach dir aber bitte keine Sorgen, ich schaffe das schon.«

»Ich bin ja so froh, Mama! Und ich verspreche, ich helfe dir. Jeden Tag.«

Diese Nacht werde ich gut schlafen, das weiß ich schon jetzt.

Meine beste Freundin Laura versteht mich, wenn ich ihr sage, so einen Vater wie ihren hätte ich auch gern gehabt. Der ist einfach toll! Er hat so viel Verständnis für uns, dass ich es kaum beschreiben kann. Mit ihm kann man sich richtig vernünftig unterhalten, er ist keine Spur überheblich und kehrt auch nicht den Erwachsenen heraus. Er ist sich überhaupt nicht zu fein, sich mit uns Dreizehnjährigen abzugeben. Laura liebt ihren Vater abgöttisch.

Ich wünschte, Mama würde mal so jemanden finden. Ich wäre froh, sie hätte das Glück. Leider waren alle Männer, die in unser Haus kamen, und von denen Mama hoffte, sie würden bleiben, bald wieder verschwunden. Gut, ich gebe zu, ich hab‘ es denen nicht einfach gemacht. Soll ich aber jeden x-beliebigen akzeptieren? Schließlich ist das ja auch mein Haus!

Mama ist immer noch auf der Suche. Und von meinem Vater haben wir lange nichts gehört. Müssen wir auch nicht, denn die Eltern sind schon seit Jahren geschieden. Die Alimente zahlt er auch nicht, der Schuft! Aber Mama will deswegen nichts unternehmen. Sie sagt, wir kommen auch so zurecht. Ich sehe das allerdings anders. Ansonsten kann mein Vater bleiben, wo der Pfeffer wächst. Und vielleicht findet Mama doch noch `nen Mann, mit dem ich und der mit mir zurechtkommt. Wünschen täte ich es der Mama schon. Ich bin mir sicher, eines Tages wird es jemanden geben, den auch ich akzeptieren kann. Aber es ist eben schwer, jemand zu akzeptieren, wenn man solch einen Mann kennt wie Lauras Vater.

Es ist gut, dass Großmutter da ist. Mit ihr kann ich alles bereden, so wie ich es mit Millie getan habe, als ich noch klein war. Großmutter meint, es wäre gut, wenn ich wieder einen Vater hätte. Ein Mann gehöre ins Haus. Sie ist dennoch sehr stolz auf ihre Tochter. Wie Mama alles schafft, Beruf und Haushalt unter einen Hut zu bringen, unser Haus und den Garten in Schuss zu halten, das ist schon `ne tolle Leistung. Zwar helfe ich ihr fleißig, die Hauptarbeit erledigt aber sie. Außerdem bringt sie die Kosten für meinen Klavierunterricht und auch den Beitrag für den Sportverein auf. Gut, die Großeltern helfen schon mal aus, wenn das Geld knapp wird.

Wenn ich mit dem Gymnasium fertig bin, möchte ich gern studieren. Am liebsten etwas, was mit Sport zu tun hat. Seit ich vor drei Jahren im Verein mit der rhythmischen Sportgymnastik begonnen habe, kann ich mir gar nicht mehr anderes vorstellen, als später mal was in dieser Richtung zu machen. Ich würde gern mit Kindern arbeiten, vielleicht als Trainerin. Da ich in der Schule ganz gut bin, kann ich vielleicht sogar auf ein Stipendium hoffen. Bis dahin ist aber noch ganz schön viel Zeit.

Sonntag gehe ich mit Großvater fischen. Er ist zwar kein großer Redner, aber ich verstehe mich fast wortlos mit ihm. Von ihm kann ich viel Praktisches erlernen. Manchmal nehmen wir auch Laura mit, doch die ist nicht so für die Ausflüge in die Natur. Trotzdem verstehe ich mich mit ihr wirklich toll. Wir hängen fast jeden Tag miteinander rum. Ich finde, eine echte Freundin ist schon was wert.

Ålesund, 10. Oktober 2011

Nach dem Frühstück lief Wieland hinunter zur Rezeption und beanstandete die Mischbatterie. Man versprach ihm, sich sofort darum zu kümmern. Wenn der Mangel behoben sei, würde er so schnell wie möglich Bescheid bekommen.

Wieland suchte seine Kabine auf, um sich fürs Laufen fertig

zu machen. Er hatte mit Inga verabredet, sich mit ihr in einer Minute auf Deck 6 zu treffen. Schnell zog er warme Kleidung an und als letzte Haut den winddichten Anorak. Damit würde er allen Wetterunbilden trotzen.

Vor Antritt der Reise hatte Wieland den Vorsatz gefasst, jeden Tag vor dem Frühstück straffen Schrittes zehnmal Deck 6 zu umrunden, was in etwa einer Laufstrecke von 2500 Meter entsprach. Im Grunde war Wieland ein fauler Läufer. Aber er hatte geschworen, es würde keinerlei Zugeständnisse mehr an den inneren Schweinehund geben.

Für die zwei Geschosse hinauf benutzte er keinen der Lifte, was ebenfalls zu seinem Vorsatz gehörte. Er nahm die Treppe im hinteren Teil des Schiffes. Als er das Außendeck betrat, schlug ihm heftiger Wind entgegen. Vom Bug her wehte eine steife Brise und es war ziemlich frisch.

Bis zur Anlandung in Torvik um 10.15 Uhr würde es noch gut eine halbe Stunde dauern, also hatten sie genügend Zeit, um ihre Runden zu drehen. Inga traf er dort, wo die Rettungsboote hingen. Sie hatte um die Haare einen weißen Seidenschal gebunden, trug eine flauschige Jacke, schwarze Leggins und Turnschuhe. Sie sah wie eine richtige Joggerin aus.

»Es kann losgehen!«, rief sie in den Wind hinein.

Sie liefen Runde um Runde, wobei ihnen das Laufen durch den Ausblick versüßt wurde. Sie konnten in alle Richtungen schauen, von Backbord aus auf die bewegte See und von Steuerbord auf die zerklüftete Küstenlandschaft. Auf einer ihrer Runden zeigte Wieland hinüber zur Küste.

»Inga, kein Vergleich zu den heimatlichen Waldspaziergängen, eine herrlich freie Sicht.«

»Bei uns in Niedersachsen gibt es nicht so viel Wald. Dafür kann man Radtouren durch Felder und Wiesen unternehmen. Sonntags bin ich immer irgendwo unterwegs. Magst du denn Spaziergänge nicht, Wieland?«

»Nur Waldspaziergänge nicht. Bei uns in der Dresdner Heide

kenne ich jeden Baum, jeden Strauch. Und ich kenne beinahe jedes Eichhörnchen, das über die Waldwege hoppelt.«

Inga bekam einen Lachanfall und blieb abrupt stehen. So herzlich und lang andauernd hatte Wieland noch nie einen Menschen lachen sehen. Es schien überhaupt kein Ende zu nehmen und steckte derart an, dass auch er lachen musste. Die Pause kam ihm ganz gelegen. Vom schnellen Laufen war er etwas außer Atem geraten. Inga dagegen wirkte wie ein unruhiges Rennpferd kurz vor dem Start. Sie bewegte selbst im Stehen noch die Füße und trippelte unruhig auf der Stelle.

Nach der Lauferei verweilten sie ein paar Minuten mittschiffs an der Reling, um zusammen mit anderen Passagieren das Anlegemanöver im Hafen von Torvik zu verfolgen.

Die Trollfjord nahm einige wenige Paletten mit Waren an Bord, nichts, was ihr Interesse geweckt hätte. Auch hinter dem Hafen gab es kaum etwas zu sehen. Da waren ein paar Wiesen, auf denen ein paar bunt gescheckte Kühe friedlich ästen, und ein paar rote und gelbe Holzhäuser. Lediglich auf die teilweise bewaldeten Berge im Hintergrund lohnte sich der Blick. Diese thronten mächtigen Kulissen gleich über der kleinen Ortschaft.

Sie trennten sich, denn Inga wollte unbedingt noch in die Sauna. Er hatte sich für einen Rundgang durch das Schiffinnere entschieden. Sie verabredeten, sich kurz vor Ålesund wieder auf Deck 6 zu treffen.

Wieland suchte seine Kabine auf, um sich des Anoraks zu entledigen. Für den Rundgang genügte ihm ein leichter Pullover. Und da er Durst verspürte, beschloss er, auf Deck 5 in der Cafeteria einen Milchkaffee zu trinken. Dort angekommen, setzte er sich an einen freien Tisch, von dem aus er die vorbeidefilierenden Passagiere beobachten konnte.

Während er den Milchkaffee in kleinen Schlucken genoss, sah er sich die in sein Blickfeld kommenden Passagiere aufs Genaueste an. Seit er auf Hurtigruten-Schiffen unterwegs war, war es seine Angewohnheit, die Nationalitäten dieser Personen zu erraten. Er hatte dafür im Laufe der Jahre einen siebten Sinn entwickelt und lag mit seinen Einschätzungen oftmals gar nicht so falsch.

Ihm fiel eine Frau auf, die sich schräg gegenüber hinsetzte. Er schätzte ihr Alter auf Mitte vierzig. Keine Norwegerin oder Engländerin, er tippte auf eine Süddeutsche. Die dunklen, halblangen Haare und die tiefbraunen Augen hätten auch einer Südeuropäerin gehören können, einer Italienerin oder Griechin. Dagegen sprachen ihre beherrschten, fast abgezirkelt wirkenden Bewegungen. Ihnen fehlte das typisch quirlige Element, das Frauen eigen ist, die aus südlichen Gefilden stammten. Ohne Zweifel, sie war attraktiv, wenn auch keine ausgesprochene Schönheit. Sie war jedoch der Typ Frau, dem man als Mann hinterher schaute. Vielleicht gerade deshalb, weil sie sich in keine gängige Schublade stecken ließ.

Wieland wandte den Blick ab. Gott, er hatte schließlich nicht vor, seiner Frau untreu zu werden. Er liebte Eva nach den zwanzig Ehejahren immer noch so, als hätte er sie eben erst kennengelernt. Wieland hätte sie gern bei sich gehabt. Dem stand leider ihre Abneigung gegen die in ihren Augen unheimliche norwegische See entgegen. Als Kind beinahe in einem Feuerwehrteich ertrunken, war ihre Furcht, die sich beim Anblick jeder größeren Wasserfläche unweigerlich einstellte, bis heute geblieben. Sie war ihm zuliebe zwar ein einziges Mal auf einem Hurtigruten-Schiff mitgefahren. Leider hatte das Wetter in der ersten Woche nicht so mitgespielt, wie sie sich das vorgestellt hatte. Es war überhaupt nicht sommerlich gewesen, obwohl sie für den Reisebeginn Anfang Juli gewählt hatten. Das mäßige Wetter war natürlich kein Umstand, um Evas traumatische Ängste zu beseitigen.

Selbst in der zweiten Woche, als weiter oben im Norden sich das Wetter von der besten Seite zeigte, es keine Sonnenuntergänge mehr gab, weil die Sonne über dem Horizont stehen blieb, ehe sie langsam wieder in die Höhe stieg, änderte sich nichts an ihrem Befinden. Was ihn natürlich enttäuschte. Wegen des einzigartigen Naturschauspiels hatte er etwas anderes erwartet. Trotz des Appells, sie möge sich doch bitte die schönen Momente der Reise vor Augen führen, gelang es ihm nicht, ihr eine weitere Fahrt mit den Hurtigruten schmackhaft zu machen. Seiner Vorliebe für die Hurtigruten tat das zwar keinen Abbruch, er bedauerte nur, seine Leidenschaft für den Norden fortan wieder allein ausleben zu müssen. Was Eva, weil sie eine kluge Frau war, ihm ab und an auch gestattete. Die jetzige Reise war nun schon die dritte nach 2003 und die zwölfte seit Mitte der achtziger Jahre. Nun ja, ganz allein würde er auf der Reise nicht sein, das Schicksal hatte ihm schließlich eine erwachsene Tochter beschert. Er schmunzelte in sich hinein.

Nach dem gedanklichen Ausflug trank Wieland den Rest des Milchkaffees und schaute dorthin, wo soeben noch die dunkelhaarige Frau gesessen hatte. Doch diese war schon wieder unterwegs. Er sah sie ein paar Meter weiter im Bord-Shop verschwinden.

Auf Deck 8 blieb Wieland vor dem rechten Eingang zur Panorama-Lounge stehen. Einige auf einem Tisch liegende Prospekte weckten seine Aufmerksamkeit. Er las: Edvard Grieg, MS Trollfjord, October 2011. An der Wand hing ein DIN-A4-Bogen mit den Zeitangaben: 10.00 Uhr und 14.30 Uhr.

Wieland blätterte in einem der Prospekte. Auf *English* und *German* wurde ein musikalisches Event ankündigte. An Bord der Trollfjord befand sich der norwegische Pianist Rune Alver, welcher zweimal am Tag ein Klavierkonzert gab. Als Moderator fungierte Eilif B. Løtveit, ein Grieg-Experte.

Wieland war überrascht. Man hatte dieses Highlight bei der Buchung seiner Reise mit keinem Wort erwähnt. Das 10 Uhr Konzert hatte er aus Unkenntnis nun schon versäumt, das um 14.30 Uhr wollte er aber auf keinen Fall verpassen.

Inzwischen war es kurz vor 11.30 Uhr. Das Schiff näherte

sich dem Hafen von Ålesund. Wenn es ein Städte-Ranking geben würde, dann müsste Wielands Meinung nach die Stadt Ålesund auf der Liste ganz weit oben stehen. Neben Bergen und Trondheim war Ålesund die Stadt, die er am meisten mochte. Das lag vor allem am Stadtberg Aksla, von dem man eine fantastische Aussicht hatte.

Wieland schaute auf die Uhr. Es wurde langsam Zeit, sich fertig zu machen und Ausschau nach Inga zu halten. Er zog in der Kabine rasch den Anorak über. Man wusste an der Küste schließlich nie, wie das Wetter in der nächsten Stunde werden würde, zumal Inga und er einen Großteil der drei Stunden, die ihnen zur Verfügung standen, oben auf dem Aksla verbringen würden.

Wieland ging an Deck. Man sah den Stadtberg bereits, und obenauf das Restaurant Fjellstua. Dieses hob sich durch seine helle Fassade von der üppigen Vegetation des Berges deutlich ab. Das herbstlich bunte und noch immer dichte Blattwerk ergab ein prächtiges Bild, wobei die Pastelltöne von einem kräftigen Rot untermischt wurden.

Inga stand an der Reling und blickte auf die sich nähernde Stadt. Wieland machte sie auf den Berg aufmerksam und wies mit ausgestrecktem Arm auf die imposante Erhebung. »Inga, schau! Das ist der berühmte Stadtberg von Ålesund. Ist das nicht ein toller Anblick?«

Das Schiff drehte um 180 Grad und näherte sich mit gedrosselter Fahrt dem Kai. Es dockte mit der Backbordseite an. Die Klappe zu den Ladedecks befand sich auf dieser Seite, deshalb der notwendige Schwenk.

Das Anlegemanöver verfolgten wie immer zahlreiche Passagiere und unten auf dem Kai etliche Einheimische. Darunter eine junge Frau mit Kinderwagen, die wohl ihren Ehemann erwartete. Ob es jemand von der Besatzung oder ein Passagier war, bekamen Inga und Wieland nicht mehr mit. Sie waren bereits unterwegs, um von Deck 4 aus an Land zu gehen.

Angetrieben vom Hydrauliksystem löste sich die Gangway aus der Bordwand. Sie sank lautlos dem Kai entgegen. Es dauerte einige wenige Sekunden, dann setzte sie mit einem lauten Scheppern auf dem Beton der Kaianlage auf.

Ein Strom erwartungsfroher Passagiere ergoss sich auf die Kaianlage, um zu den bereitstehenden Bussen zu laufen.

*****

Die Frau wartete in halber Höhe. Der Mann brauchte eine Weile, um die Stufen hinauf zu klettern. Sein Atem ging schnell und stoßweise. Es dauerte etliche Minuten, ehe er sich von dem Aufstieg erholte und zurück in den normalen Atemrhythmus fand.

»Wollen wir es wirklich tun?«, fragte er verunsichert.

Sie schaute ihn mit den dunklen Augen mahnend an. »Lieber, wir hatten doch ausgemacht, es darauf ankommen zu lassen, und einen besseren Ort als hier oben gibt es nicht.«

Er sah sich um, dann nickte er bestätigend. Die abseitige Lage und der steile Hang luden geradezu ein, das Vorhaben durchzuführen. Nur ein wenig Geduld war gefragt. In wenigen Minuten würden sie mit ihm allein sein.

»Bist du sicher, dass er kommt? Ich meine, er könnte mit den anderen auch den Bus genommen haben.«

Sie schüttelte den Kopf. »Ich habe dir doch gesagt, sein Name steht nicht auf der Liste.«

Ihr Blick schweifte über die unter ihnen liegende Stadt. Es zogen einige Nebelschwaden herauf. Für die Touristen sicherlich nicht das, was diese sich vom Wetter erhofften. Für ihr Vorhaben kam der Nebel jedoch wie gerufen.

»Wir haben einen gewissen Vorsprung, er wurde vorhin irgendwo aufgehalten. Ein Glücksumstand, sonst hättest du die Stufen nicht vor ihm geschafft.«

Obwohl gerade erst siebenundsechzig, war er nicht mehr der Agilste. Die Belastbarkeit hielt sich in gewissen Grenzen.

»Und das Mädchen heute Morgen an seinem Tisch?«

»Ich glaube nicht, dass es zu ihm gehört. Er hat keine Kinder, und für eine Liebschaft ist es zu jung. Das Mädchen wird zufällig an seinem Tisch gesessen haben. Er wird allein sein, wenn er heraufkommt.«

*****

Sie wurden an der Rezeption abgefangen. Die junge Frau am Counter, eine hübsche groß gewachsene Blondine, winkte Wieland heran und teilte ihm mit, die Installation einer neuen Mischbatterie in Kabine 490 würde sich leider verzögern. Deshalb müsse er die Kabine tauschen. Da aber eine gewisse Anzahl freier Kabinen zur Verfügung stehe, könne er eine andere beziehen. Sie überreichte ihm die Schlüsselkarte für Kabine 622.

»Sag mal, Inga, welche Kabinennummer hast eigentlich du?«

»Die 763, warum?«

Wieland entzifferte den Namen der jungen Frau auf deren Namensschild. »Frau Johannsen, könnte ich vielleicht eine Kabine neben 763 bekommen?«

Die Frau schaute in ihren Computer. »Kein Problem, die 767 ist ebenfalls frei. Sie können selbstverständlich auch diese beziehen.« Sie tauschte die Schlüsselkarten aus.

Inga schaute Wieland schelmisch an und flüsterte ihm zu: »Der Vater sollte immer in der Nähe der Tochter sein, nicht wahr?«

Frau Johannsen wandte sich erneut an Wieland. »Wir bedauern natürlich das Malheur und müssen uns für die Unannehmlichkeiten bei Ihnen entschuldigen.« Ihr Lächeln war herzlich. »Wenn Sie beim Umzug Hilfe benötigen, das Bordpersonal steht Ihnen jederzeit zur Verfügung.«

Wieland bedankte sich. »Ach, wissen Sie, ich mache das schon allein. Ich werde allerdings erst später umziehen, den Trip hinauf zum Aksla möchte ich auf gar keinen Fall versäumen. Vielleicht hilft mir ja auch meine Tochter.«

»Selbstverständlich, Herr Schrader. Das respektieren wir natürlich. Wir wünschen Ihnen weiterhin eine angenehme Reise.«

Auf dem Weg zur Gangway stieß Inga Wieland in die Seite. »Das ist für die Tochter, Angeber! Übrigens, von der Sache mit der Dusche hast du mir vorhin ja gar nichts erzählt.«

»Einfach deswegen, weil ich nicht geduscht am Frühstückstisch saß. Verstehst du?«

Sie prustete los. »Köstlich! Ich glaube es nicht.«

Wieland lächelte hintergründig und machte innerlich einen Luftsprung. Denn er hatte eine sogenannte *Glückskabine* gebucht, was bedeutete, nicht er konnte sich eine Kabine auswählen, sondern er bekam an Bord eine beliebige Kabine zugewiesen. Der Reisepreis für eine solche Kabine war dementsprechend niedriger. Nun bekam er für den gleichen Preis eine Kabine oben auf Deck 7. Etwas Besseres hätte ihm gar nicht passieren können.

Froh gestimmt machten sich beide auf den Weg in Richtung Stadtpark. Sie hielten sich nur kurz mit Sightseeing auf, um alsbald die Treppe in Angriff zu nehmen, die im Stadtpark ihren Anfangspunkt hatte und deren 418 Stufen hinauf auf den Berg führten.

Als sie etwa ein Viertel der Stufen geschafft hatten, blieben sie stehen und genossen den Ausblick. Die anfangs noch vorhandenen Nebelschwaden wichen langsam einem teilweise blauen Himmel, aus dem die Sonne durch immer größer werdende Wolkenlücken auf sie herab strahlte. Diese tauchte die Jugendstilhäuser unten am Hafen in ein helles, freundliches Licht, sodass die Schatten, welche die Wolken auf die Dächer und

Fassaden geworfen hatten, nach und nach verschwanden.

Indem sie Rufe der Begeisterung ausstieß, zwischendurch aber auch in andächtiges Schweigen verfiel, genoss Inga den herrlichen Anblick. Um sie dabei nicht zu stören, blieb Wieland eine Weile stumm. Erst nach gefühlten fünf Minuten holte er sie in die Wirklichkeit zurück.

»Inga, wir müssen weiter, wenn wir nach ganz oben wollen. Die Aussicht von dort ist noch grandioser, das kann ich dir versprechen.«

»Natürlich!« Sie riss sich von dem Anblick los und stieg mit ihm in angemessenem Tempo die Stufen weiter nach oben.

An einer Kehre, etwa in halber Höhe, begegneten sie einem Pärchen, das im Schutz der aufsteigenden Felswand und mehrerer Büsche auf einer Bank saß. Der Mann hatte seinen breitrandigen Hut tief ins Gesicht gezogen, sodass für Wieland nur die Mundpartie und das Kinn sichtbar waren. Die Frau hingegen erkannte er sofort, es war jene vom Schiff, die ihm vor einer Stunde aufgefallen war.

»Hallo!« Wieland lüftete höflich seine Mütze. Die Frau lächelte flüchtig. Wieland fand das Lächeln seltsam, es wirkte irgendwie gequält.

Der Mann auf der Bank blieb reglos sitzen. Naja, sagte sich Wieland, nicht jeder ist ein freundlicher Mensch. Aber vielleicht hatte der Mann irgendein gesundheitliches Problem und er beurteilte die Situation am Ende falsch. Schon wollte er fragen, ob er behilflich sein könne, hielt aber beim Blick in das abweisende Gesicht der Frau seine Worte zurück.

»Unfreundliche Leute«, sagte Inga, als sie die Stufen weiter nach oben stiegen. Sie konnte nicht einmal sagen warum, aber die Frau war ihr auf Anhieb unsympathisch gewesen. Und das Benehmen des Mannes fand sie irgendwie merkwürdig.

»Ich habe die Frau nach unserer Lauferei in der Cafeteria gesehen«, erwähnte Wieland.

»Ach! Und ich sah sie, als ich nach der Sauna im Shop Ansichtskarten kaufte. Da sah ich an ihrer Seite auch diesen Mann, derselbe, der vorhin neben ihr auf der Bank saß.«

Man hatte endlich den Aufstieg geschafft. Zwar war Wieland leicht außer Atem geraten und schnaufte nun ein wenig, doch der Aufstieg hatte sich wie immer gelohnt. Er führte Inga zur Aussichtsterrasse auf der Restaurantvorderseite.

Sie genossen den Blick über Ålesund und die Inseln, die hinter der Stadt verstreut in der Ferne lagen. Inga fing das herrliche Panorama ein und hörte gar nicht mehr auf zu fotografieren. Erst als Wieland sagte, vom Restaurantinneren sei die Aussicht mindestens genauso schön, wandte sie sich ihm wieder zu.

Als sie das Restaurant betraten, fanden sie zu ihrem Leidwesen die ganze Busladung vom Schiff vor. Glücklicherweise war die Ausfluggesellschaft im Aufbruch begriffen. Das Restaurant leerte sich in wenigen Minuten und es kehrte schnell Ruhe ein. Wieland steuerte auf die lange Fensterfront zu. Er deutete auf einen der Tische. »Komm, wir nehmen hier Platz. Von hier haben wir eine wunderbare Aussicht.«

Sie bestellten zwei Milchkaffees, ein Stück Apfelkuchen und einen Keks. Letzteren für Inga, die meinte, zu viele Kalorien täten ihr nicht gut.

Die Aussicht war wirklich fantastisch. Ålesund zeigte sich von der schönsten Seite.

»Den Blick auf die Stadt und über die Inseln zu beschreiben, würde mir äußerst schwer fallen«, sagte Inga. »Mir würden einfach die Worte fehlen. Der Ausblick ist gewaltig, fast schon überirdisch schön. Ich könnte eine ganze Stunde so dasitzen und nur schauen.« Dankbarkeit erfasste sie. Nach einer Minute des Schweigens sah sie ihm in die Augen: »Wieland, ich bin ja so froh, dass du mir das alles hier zeigst.«

In diesem Moment, und nicht eben passend zu Ingas emotionaler Äußerung, musste er an das Schiffsunglück vom September denken. Er sah vor seinem geistigen Auge die Nordlys unten am Kai liegen. Das Hurtigruten-Schiff war kurz vor Ålesund havariert und wurde, weil die Maschine ausgefallen war, zur Außenmole des Hafens geschleppt und am Kai festgemacht. Er kam nicht umhin, Inga davon zu berichten.

»Weswegen ist denn das Schiff havariert?«

»Wegen eines Brandes im Maschinenhaus. Das Schiff ist knapp einer Katastrophe entgangen. Zwei Besatzungsmitglieder sind durch den Brand umgekommen und es gab Rauchvergiftungen. Zeitungsberichten zufolge hat die Besatzung durch ihr professionelles Verhalten aber Schlimmeres verhindert.«

»Wie konnte es zu dem Brand kommen?«

»Ich kenne es auch nur aus Zeitungsberichten. Es soll an einer nicht richtig befestigten Kraftstoffpumpe, die man zuvor neu eingebaut hatte, gelegen haben. Es sei unkontrolliert Kraftstoff ausgelaufen, der sich dann an den heißen Maschinenteilen entzündete.«

Inga riss die Augen auf. »Schrecklich! Kann so was auf unserem Schiff auch passieren?«

»Bestimmt nicht«, beruhigte Wieland. »Die Hurtigruten-Schiffe haben einen enorm hohen Sicherheitsstandard. Es ist wahrscheinlich, dass nach dem Unglück alle Schiffe noch mal untersucht wurden. Du musst also keine Bedenken haben.«

Der Wirt der Fjellstua trat an den Tisch, um das Geschirr abzuräumen. Offenbar hatte er Wielands Worte vernommen. Er nickte bedeutungsschwer und wies aus dem Fenster. »Die Innenstadt musste wegen der enormen Rauchentwicklung zeitweise evakuiert werden. Ich konnte von hier oben alles beobachten, auch die Schieflage des Schiffes.«

»Es gab einen Wassereinbruch«, bestätigte Wieland.

Inga hielt die Hand vor den Mund. »Das hört sich ja schlimm an. Was ist denn noch alles passiert?«

Der Wirt deutete in Richtung des Fjordes. »Nun, durch den Einsatz von Pumpen und mit Hilfe eines Kranes konnte die Nordlys stabilisiert werden. Jetzt liegt sie hinten in Sula in der

Fiskerstrand-Werft.«

»Danke für die Erläuterungen«, sagte Wieland und gab dem Wirt die Hand.

»Mich beeindruckt das immer wieder«, sagte Inga. »Viele Norweger sprechen deutsch, man fühlt sich deswegen gar nicht so sehr als Ausländer, eher schon, als gehöre man dazu.«

Sie verabschiedete sich und folgte Wieland. Es ging die gleichen 418 Stufen hinab, die hinauf geführt hatten. Der Abstieg vollzog sich in einem rascheren Tempo. Schon nach zehn Minuten erreichten sie das Stadtzentrum. Sie hatten fast noch eine Stunde, um sich in Ruhe umzuschauen. Inga interessierte sich in erster Linie für die Jugendstilhäuser auf der anderen Seite des Hafens und auch für die Kirche, deren Turm die Hausdächer überragte. Wieland sah sich erneut in der Pflicht, die Rolle des Fremdenführers zu übernehmen.

Der Weg führte sie vorbei an den schönen Jugendstilhäusern bis zum Apotheker Torget, von dort weiter die leicht ansteigende Kirke Gata hinauf zur Ålesund Kirche. Schon von Weitem sahen sie die Menschenansammlung. Es war Sonnabend und der Tag, an dem Hochzeitsfeierlichkeiten stattfanden. Inga und Wieland bekamen somit die Gelegenheit, sich ein Bild von einer hiesigen kirchlichen Hochzeit zu machen, wenn auch die eigentliche Trauung bereits vorüber war. Sie erreichten in dem Moment die Kirche, als sich ein Teil der Hochzeitsgesellschaft vor dem Portal für die Erinnerungsfotos versammelte.

Die Gesellschaft, die sich für den Fotografen vor dem Kirchenportal aufbaute, bestand aus etwa fünfundzwanzig Personen, augenscheinlich dem engeren Familienkreis des jungen Brautpaares. Darunter befanden sich auch vier kleinere Kinder und ein Baby, welches von einer groß gewachsenen Frau in weißer Bluse und blauem langen Rock im Arm gehalten wurde. Die Männer trugen ohne Ausnahme dunkle Anzüge, während einige der Frauen in farbenfrohe Trachten gekleidet waren.

»Inga, wie ich sehe, bewunderst du die Trachten der Frauen«, sagte Wieland.

Die Trachten hatten es ihr derart angetan, dass sie sich daran gar nicht sattsehen konnte. Verträumt sagte sie: »Ja, sind sie nicht wunderschön?«

»Sie sind wirklich schön anzusehen, da muss ich dir zustimmen. Es scheint unterschiedliche Trachten zu geben, kaum eine gleicht im Aussehen und in der Farbgebung der anderen.«

Eine ältere Dame mit silberweißem Haar, die mit ihnen zusammen nahe des Denkmals stand, das man zum Gedenken an die Gefallenen des zweiten Weltkrieges an der Kirchhofsmauer errichtet hatte, und die ebenso die Hochzeitsgesellschaft mit einem gewissen Interesse betrachtete, sagte in gut verständlichem Deutsch: »Das unterschiedliche Aussehen der *bunaden,* wie die Trachten auf Norwegisch heißen, hat wenig mit Mode zu tun, sondern folgt im Wesentlichen der Tradition. Es gibt regionale Unterschiede, denn jede Region hat ihre bunad. Die meisten bunaden leiten ihren Namen von der Region ab, aus der sie stammen.«

Inga wandte sich der Frau zu. »Somit gibt es für Ålesund eine eigene bunad?«

»Nein, die Ålesund-Kommune, die zu Sunnmøre, der südlichsten Küstenregion der Provinz Møre og Romsdal gehört, hat keine spezielle bunad hervorgebracht. Es gibt hingegen Sunnmøre-bunaden, Nordmøre-bunaden oder Romsdal-bunaden. Zur Küstenregion Sunnmøre gehören neben Ålesund auch die Kommunen Sula und Ulstein. Ich nehme an, Sie fahren mit dem Postschiff und haben diese Namen schon einmal gehört.«

»Ja«, sagte Wieland. »Von Sula haben wir im Zusammenhang mit der verunglückten Nordlys gehört. Das Schiff war doch dort in der Werft, nicht wahr?«

»Richtig, ein tragischer Unglücksfall.«

Inga deutete auf eine junge Frau in der vordersten Reihe der vor dem Kirchenportal stehenden Hochzeitsgesellschaft. Deren bunad bestand aus einer weißen Bluse, die am Halsansatz durch eine große Silberbrosche zusammengehalten wurde, einem schwarzen Mieder, verziert mit Stickereien aus verschiedenen Rottönen und dem langen gleichfarbigen Faltenrock. Unter dem Rock waren gerade noch ein paar schwarze Strümpfe erkennbar.

»Aus welcher Region stammt diese bunad dort?«

Die Frau lächelte. »Nun, ich kenne auch nicht alle bunaden. Man sagt, es gibt circa zweihundert verschiedene. Doch diese, das kann ich mit Sicherheit sagen, ist eine Sunnmøre-bunad, also eine aus unserer Region.«

»Und die bunad, die von dem Mädchen da vorn getragen wird? Die mit dem roten Mieder, das mit Stickereien besetzt ist, welche wohl Schneekristalle symbolisieren?«

»Oh … da bin ich mir nicht ganz sicher.« Die Norwegerin überlegte einen Moment. »Die bunad könnte eventuell aus Hordaland stammen. Die Hauptstadt der Provinz ist Bergen. Was ich mit Sicherheit sagen kann, ist, dass das Mädchen unverheiratet ist.«

»Kennen Sie es denn?«, fragte Inga neugierig.

»Aber, nein!« Die Norwegerin lachte. »Ich erkenne das an den roten Strümpfen.«

Wieland kombinierte. »Also tragen verheiratete Frauen schwarze und unverheiratete rote Strümpfe, richtig?«

»So ist es«, bestätigte die ältere Dame.

»Mein Vater ist ein schlauer Fuchs.« Inga warf Wieland einen schelmischen Blick zu.

Der schaute Inga mit einer vielsagenden Miene an und stieß sie leicht in die Seite. Er fand, sie übertrieb. Der netten Norwegerin die Tochter vorzuspielen, das musste nicht sein. Es genügte völlig, wenn sie es auf dem Schiff tat.

Inga tat so, als hätte sie seinen mahnenden Blick nicht bemerkt. »Nur gut, dass die Sonne scheint und die Temperaturen angenehm sind, so können wir die Trachten in ihrer vollen

Pracht bewundern. Stellt euch mal vor, es würde regnen, das wäre doch eine Katastrophe, oder?«

Ihr Interesse galt nun auch dem Brautpaar. Sie betrachtete es mit unverhohlener Neugier, wobei in ihr Gesicht dieser undefinierbare Ausdruck zurückkehrte, der Wieland schon in Bergen aufgefallen war, als in Bryggen diese Mädchen in ihren Schwesterntrachten den Abschied ihrer Freundin von deren Mädchendasein feierten. Irgendetwas beschäftigte Inga. Sie schien beim Anblick des Brautpaares an etwas erinnert zu werden, was sie stark berührte. Wieland machte sich erneut so seine Gedanken.

Das Brautpaar, sie in einem langen weißen Kleid, seitlich ins Haar gestecktem Schleier und einem Blumenstrauß in der Hand, er im dunklen Einreiher mit heller Weste und silberfarbenem Binder, machte einen glücklichen Eindruck. Es lächelte in die Kamera. Aber man sah den frisch Vermählten trotz des Lächelns an, wie ergriffen sie waren.

Inga schien sich an dem Brautpaar nicht satt sehen zu können. Nur langsam löste sich ihr Blick von dem schmucken Paar. Erst als der Fotograf mit seiner Arbeit fertig war und die Gesellschaft am Portal sich auflöste, kehrte die Unbekümmertheit in Ingas Gesicht zurück.

»Wann trägt man eigentlich eine bunad?«, wollte Wieland von der älteren Dame wissen, auch um Inga aus ihren Gedanken zu reißen.

»Zu Hochzeiten wie dieser hier, zu Taufen, Feierlichkeiten und natürlich zum Nationalfeiertag am 17. Mai. Ich sehe, Sie sind sehr interessiert. Gibt es nicht auch in Deutschland Trachten?«

Inga kam Wieland zuvor. »Ja, schon. Wir beide kommen aber aus einem Landstrich, wo es solche Traditionen kaum gibt. Was mich noch interessieren würde, wo bekommt man eine bunad und was kostet eine solche eigentlich? Und … wenn ich fragen darf, wo haben Sie so gut Deutsch gelernt?«

Die Norwegerin lachte. Sie schritt mit ihnen die Straße in Richtung Hafen hinunter. »Mein Deutsch habe ich in der Schule gelernt. Offensichtlich war ich eine fleißige Schülerin.«

Inga schaute sie bewundernd an. »Ich habe schon vorhin auf dem Aksla gesagt, ich bin begeistert, wie viele Norweger unsere Sprache sprechen.«

»Nun ja.« Das aparte Gesicht der älteren Dame legte sich in feine Falten. »Wir Norweger haben schließlich eine Vergangenheit, die uns mit Deutschland konfrontierte. Ich will Sie als Vertreter einer jüngeren Generation aber nicht mit den alten Geschichten belasten, dazu ist der Krieg viel zu lange her. Freuen wir uns doch, wie gut sich unsere Völker heute verstehen.«

»Es tut gut, so etwas aus dem Mund einer so netten Dame, wie Sie es sind, zu hören«, sagte Wieland und erwiderte mit Herzlichkeit den Abschiedsgruß der Norwegerin, die ihnen beide Hände hinhielt und freundlich lächelte.

Auf dem Weg zum Schiff sagte Inga: »Die alte Dame ist nun gar nicht dazu gekommen mir die Frage zu beantworten, wo man eine bunad kaufen kann und was eine solche kostet. Oder werden diese etwa in Handarbeit selbst geschneidert?«

»Darauf werden wir im Laufe unserer Reise sicherlich eine Antwort erhalten«, tröstete Wieland. »Ich kann mir auch gut vorstellen, dass man uns in den *Husfliden*-Läden dazu etwas sagen kann.«

»Was bedeutet Husfliden?«, wollte Inga wissen.

»Husfliden nennt sich eine Vereinigung norwegischer Handwerker. Das Wort Husflid bedeutet so viel wie Heimkunst. Die Handwerker verkaufen ihre Produkte zudem in einer eigenen Handelskette. Du wirst somit in vielen Orten solche Geschäfte finden. Vielleicht ist dir in Bergen ja Bryggen Husflid aufgefallen, wo es die handgestrickten Norwegerpullover gab?«

»Das Geschäft in dem schmalen roten Holzhaus in Bryggen, nicht wahr?«, erinnerte sich Inga.

»Genau! Du hast ein gutes Gedächtnis.«

»Großmutter sagt, ich hätte ein fantastisches Gedächtnis. Vielleicht stimmt das sogar. Was ich einmal gelesen oder gesehen habe, das vergesse ich nicht so schnell. Deshalb fällt mir das Lernen überhaupt nicht schwer. Und im Übrigen, ich habe auch einen guten Orientierungssinn.«

»Na, wenn das so ist, dann führe uns mal ganz schnell zum Schiff zurück. Wir müssen uns beeilen.«

»Kein Problem!«, sagte Inga und bog links in die Straße ein, die nach Wielands Kenntnis auf kürzestem Weg zum Hafen führte. Was bewies, dass das Mädchen nicht geflunkert hatte.

Sie schafften es noch rechtzeitig zum Klavierkonzert. Eilif B. Løtveit hatte mit der Einleitung eben erst begonnen. Er stimmte die Zuhörer, die sich zahlreich im Panoramasalon versammelt hatten, auf Norwegisch und Deutsch auf das Musikevent ein. In seiner Eigenschaft als Musikkonsulent des Edvard-Grieg-Museums in Bergen und anerkannter Grieg-Experte sprach er zum Thema – Edvard Grieg als Mensch und Künstler – die Einführungsworte. Im Plauderton wob er manche Anekdote aus dem Leben des Komponisten ein.

Der Pianist, ein Mann mit energischem Kinn und lockigem grau melierten Haar, referierte den ersten Programmpunkt auf Englisch. Danach setzte er sich an den Flügel und griff mit großer Geste in die Tasten. Es wurde still im Salon. Leise und gefühlvoll erklangen die Auftaktakkorde zu »Hochzeitstag auf Trollhaugen«.

*****

Man hatte lange darüber diskutiert, was eigentlich schief gelaufen war. Sie gestand ihre Fehleinschätzung ein, denn wie sie auf dem Berg erkennen musste, schien er doch mit dem Mädchen verbandelt zu sein. Die Frage war nur, auf welche Weise?

»Gut, ich habe mich geirrt«, gab sie widerwillig zu. »Es war ein Fehler, einen zweiten wird es nicht mehr geben.«

»Was schlägst du also vor?«

»Wir müssen herausfinden, was er vorhat. Es kann doch kein Zufall sein, dass Schrader an Bord ist. Es steckt mit hundertprozentiger Sicherheit eine Absicht dahinter.«

Er schaute sie mit müden Augen an. »Und, was hast du dir vorgestellt?«

Sie lächelte hintergründig. »Ich habe vor dem Frühstück an der Rezeption seine Kabinennummer erfragt. Das dumme Mädchen hat mir die Geschichte, die ich auftischte, ohne Weiteres abgenommen und gezwitschert wie ein Singvögelchen. Dann habe ich am Vormittag nach seiner Kabine gesehen und in der Dusche jemand hantieren gehört. In dem Kartenschlüsselhalter neben der Tür steckte eine Karte, wahrscheinlich die, welche die Person, die sich in der Dusche zu schaffen machte, dort hinein gesteckt hatte. Die Person wird die Karte nun vermissen.«

Er kam nicht umhin, ihr seine Bewunderung auszudrücken. »Du bist eine raffinierte Person!«

Doch er wollte nicht den Eindruck erwecken, als überließe er ihr das Feld. Es lag schließlich zu allererst in seinem Interesse, das Problem einer Lösung zuzuführen. »Marion, ich schätze deine Ideen. Doch es ist wohl meine Sache zu entscheiden, wie wir weiter vorgehen. Ich möchte nicht, dass wir wieder im Nebel stochern.«

»Ach, Richard! Du bist doch auf mich angewiesen, das weißt du. Und ich hatte bisher immer die besseren Ideen. Erinnere dich nur an den Fall Michaelis. Am Ende ist doch alles so gelaufen, wie du es wolltest.«

Er schaute sie mit einem verlorenen Lächeln an. Was sie sagte, war nicht von der Hand zu weisen. Ohne sie war er beinahe hilflos. Es war nur verdammt schwer, sich das ständig vor Augen führen zu müssen. Aber Marion war seine Stütze. Wie sie ihm Michaelis vom Hals geschafft hatte, das war wirklich beeindruckend gewesen.

»Also, was schlägst du vor, Marion?«, fragte er mit matter Stimme.

»Wir werden seiner Kabine einen Besuch abstatten. Er ist mit dem Mädchen in diesem Konzert. Eine sehr gute Gelegenheit. Es wird schnell gehen, mehr als einen Koffer wird er nicht dabei haben. Vielleicht finden wir einen Hinweis, was seine Anwesenheit auf dem Schiff erklärt. Es muss einen Grund geben. Ich vermute nach wie vor, er will unsere Existenz zerstören. Richard, wenn dir das Mädchen mal allein unter die Finger gerät, versuche bitte herauszubekommen, in welchem Verhältnis sie zu ihm steht, du weißt schon. Es wäre schon wichtig, das zu wissen.«

*****

Das Konzert endete mit dem *Zug der Zwerge*. Rune Alver blieb nach dem letzten leise verhallenden Ton einen Moment lang reglos sitzen, ehe er sich erhob, um mit einer tiefen Verbeugung den Beifall der Zuhörer entgegen zu nehmen.

Inga klatschte begeistert. »Ich bin zwar kein ausgesprochener Grieg-Fan, aber hier an Bord und dazu noch mit dieser Sicht auf die See und die Berge, da bleibt einem doch gar nichts anderes übrig, als ins Schwärmen zu geraten. Es ist einfach wundervoll!«

Wieland ging es ähnlich. Auch er hatte die letzte Stunde sehr genossen. Die Musik passte wie keine zweite zu der grandiosen Landschaft, die an ihrem Schiff vorüberzog. Er freute sich bereits auf das Konzert am nächsten Tag.

»Ich glaube, ich werde erst einmal umziehen«, riss er Inga aus ihrer Schwärmerei.

»Ich helfe dir natürlich.«

Gemeinsam stiegen sie hinab auf Deck 4 und folgten dem langen, schmalen Gang, der zu seiner Kabine führte. Er öffnete mit der Schlüsselkarte die Zugangstür.

Schon beim Eintreten hatte er das Gefühl, dass irgendetwas nicht stimmte. Weshalb, konnte er nicht sagen. Aber da war etwas, was die Alarmsensoren im Gehirn aktivierte. Sie meldeten ihm, pass auf, hier erwartet dich etwas.

Inga bemerkte die Spannung in seinem Gesicht. »Ist irgendwas?«

Wieland nickte. Seine Blicke strichen langsam über das Mobiliar und richteten sich schließlich auf den Garderobenschrank auf der rechten Seite. Eine Tür stand halb offen. Er zögerte einen Moment. Dann öffnete er die Tür ganz, warf einen Blick ins Innere und zeigte dorthin, wo auf einem Kleiderbügel sein Anorak hing.

»Ich könnte schwören, ich hätte ihn nicht auf diesen Bügel hier gehängt, sondern auf den daneben … Außerdem bin ich mir sicher, dass die Tür geschlossen war, als ich ging.«

Inga schaute ihn verwundert an. »Also, ich würde mir nie merken können, wo ich was hingehängt habe und welche Tür ich zugemacht habe oder nicht. Da streikt mein fotografisches Gedächtnis. Denkst du etwa, es hat sich jemand an deinen Sachen zu schaffen gemacht?«

»Ich bin mir fast sicher. Am besten, ich schaue mal in die Taschen und auch in den Koffer.«

Inga setzte sich auf die Couch, die parallel zur Bordwand unter dem Bullauge stand. Sie schaute zu, wie er die Seitentaschen des Anoraks leerte.

Wieland schüttelte den Kopf, alles schien vorhanden zu sein. Auch mit den Innentaschen verhielt es sich nicht anders. »Es fehlt nichts. Mit dem Inhalt des Anoraks ist alles in Ordnung. Also, schauen wir mal in den Koffer.«

Während er den Koffer aufs Bett bugsierte, angelte Inga einen Labello-Stift aus ihrer Umhängetasche und bearbeitete ihre trockenen Lippen. Damit fertig stand sie auf und warf einen Blick ins Bad.

»Die Mischbatterie in der Duschkabine fehlt«, stellte sie fest. »Auf den Anschlüssen sind nur Pfropfen drauf.«

Wieland nahm ihre Bemerkung gar nicht wahr. Er öffnete rasch den Kofferdeckel. Auf den ersten Blick schien es so, als würde sich alles an seinem Platz befinden. Er schaute nach dem Fotoapparat, den er sicherheitshalber vor dem Konzertbesuch darin verwahrt hatte, nahm ihn heraus und schaltete auf Betrieb. Er wählte die Funktion Bilder anschauen. Auf dem Display erschien eine Aufnahme von Eva, also eine, die er vor Längerem gemacht hatte. Er scrollte durch die Aufnahmen, mal vor und mal zurück. Egal, in welche Richtung er scrollte, das Ergebnis blieb immer gleich.

»Merkwürdig! Inga, es fehlen zwei, drei Aufnahmen von denen, die ich gestern erst gemacht habe. Bilder, als wir in Bryggen waren. Die habe ich doch nicht etwa gelöscht? Nein, das kann nicht sein! Außerdem dürfte das Bild von Eva nicht erscheinen, wenn ich den Fotoapparat anschalte.«

Wieland dachte einen Moment nach. Dann schaute er Inga an und sagte im Brustton der Überzeugung: »Inga, da war jemand an meinem Koffer!«

»War der Koffer denn verschlossen?«

»Sicher! Ich verlasse niemals die Kabine, ohne ihn abzuschließen.«

Sie stand auf und schaute sich die Schlosser am Koffer an.

»Richtig altmodisch ... Der hat ja noch Schlösser, für die man so winzig kleine Schlüssel benötigt. Sag mal, wie alt ist eigentlich der Koffer?«

Wieland verzog das Gesicht. »Vielleicht zwanzig Jahre, der hat mich auf fast all meinen Reisen begleitet. Und passiert ist nie was.«

»Meiner hat ein Zahlenschloss, das kann keiner ohne Weiteres knacken. Aber die Schlösser da, die kann ich mit einer Haarspange öffnen. Wollen wir wetten?«

Sie griff in ihre Umhängetasche, wühlte darin herum und förderte nach einer Minute angestrengten Suchens eine Haarspange zutage.

»Gib mir bitte mal die Schlüssel«.

Wieland tat ihr den Gefallen. Inga verschloss damit den Koffer. »Da wollen wir doch mal sehen …«

Sie fummelte mit der Haarspange in einem der Schlösser herum. Es dauerte keine drei Sekunden, da machte es Klick und der Überwurf sprang auf.

Wieland staunte. »Eine beeindruckende Vorführung. Inga, wo lernt man denn diese Tricks?«

»Ich kenne da jemanden …«, sagte sie ausweichend.

»So …? Deine Vorführung ist aber kein Beweis dafür, dass tatsächlich jemand den Koffer auf *diese* Art geknackt hat. Das ist nur eine Vermutung, mehr nicht. Für mich steht lediglich fest, dass der Koffer geöffnet wurde, auf welche Weise auch immer.«

Einen Moment lang schien Wieland ratlos zu sein.

»Was willst du also tun?«, fragte Inga.

»Darüber bin ich mir noch nicht im Klaren. Der einzige Beweis wären die gelöschten Aufnahmen. Dem Schiffspersonal allerdings verständlich zu machen, dieser Tathergang sei das Motiv für den Einbruch gewesen, würde mir äußerst schwer fallen. Ich vermute, man würde mir sowieso nicht glauben. Ich werde also nichts tun.«

»Ist wohl das Beste so«, pflichtete ihm Inga bei. »Da du ohnehin in die andere Kabine umziehst, besteht vielleicht nicht mehr die Gefahr, von dem Einbrecher belästigt zu werden. Trotzdem, Wieland, in der nächstgrößeren Stadt kaufen wir für dich einen neuen Koffer, okay?«

Wieland war angetan von ihrem Sinn fürs Praktische. Er lächelte Inga zu. »Die berühmte weibliche Fürsorge …«

»Na, wenn du nicht selber drauf kommst!«

Die nächste große Stadt würde Trondheim sein. Molde, das

sie am Abend anliefen, schien ihm wegen des nicht allzu langen Aufenthaltes keine gute Wahl zu sein. Für eine Einkaufstour war die eine Stunde einfach zu knapp. Sein Koffer musste also bis morgen noch seinen Dienst tun. Er packte das Gepäckstück und rollte es aus der Kabine, gefolgt von Inga, die die Tür hinter sich zuschnappen ließ.

In der neuen Kabine räumte Wieland den Koffer aus und verstaute einen Großteil der Kleidung im Schrank. Dann duschte er ausgiebig. Anschließend zog er frische Unterwäsche und ein anderes Hemd an.

Als er eine halbe Stunde später Deck 6 betrat, entdeckte er Inga, die mittschiffs an der Reling stand und sich angeregt mit einem Schiffsoffizier unterhielt. Das Gespräch schien sich um die über ihren Köpfen hängenden Rettungsboote zu drehen, denn der Offizier zeigte mit der Hand mehrmals hinauf.

Als Inga Wieland erblickte, verabschiedete sie sich von dem Offizier und lief ihm entgegen.

»Es gibt ja so vieles, was ich nicht weiß«, sagte sie. »Wieland, stell dir vor, in so ein Boot passen hundertfünfzig Passagiere. Wenn man die insgesamt vier Boote betrachtet und dazu noch die Rettungsinseln, dann kann uns wirklich nichts passieren. Außerdem, der Offizier weiß, wovon er spricht. Er ist zufällig der Safety Officer, also derjenige, der für die Sicherheit auf dem Schiff und die Koordinierung der eventuell notwendigen Rettungsmaßnahmen verantwortlich ist. Mich beruhigt, alle Offiziere an Bord sind Norweger. Da gibt es keinerlei Sprachprobleme.«

»Genau!«, pflichtete Wieland bei. »Das macht den Unterschied zu manchem Kreuzfahrtschiff aus. Da kommt es schon mal vor, dass Offiziere verschiedene Sprachen sprechen. Ob die im Ernstfall und unter Druck immer alle Anweisungen des Kapitäns verstehen, ist zu bezweifeln.«

»Da können wir hier ja von Glück reden.«

»Vielleicht nicht von Glück, das System auf den Hurtigruten ist einfach ein anderes. Das ist auch ein Grund, weshalb viele Reisen nicht unbedingt ein Schnäppchen sind. Sicherheit und Qualität haben eben ihren Preis.«

Inga stimmte zu. »Ja, das muss wohl so sein. Ist auch irgendwie verständlich.«

»Mal `ne Frage, Inga. Wie hast du dich denn mit dem Offizier verständigt?«

»Wir haben uns auf Italienisch unterhalten.«

Wieland glaubte, sich verhört zu haben. »Italienisch?«

»Ja, hatte ich dir vergessen zu erzählen, dass ich neben dem Studium noch Italienisch lerne?«

»Das hast du! Aber was ist mit dem Offizier?«

Inga nahm Wieland beim Arm und lotste ihn hinunter auf Deck 5, wo sie in der Cafeteria ein freies Plätzchen fanden. Wieland holte für sie beide einen Cappuccino.

»Also, der Offizier«, nahm Inga den Faden auf, »er heißt übrigens Anders Stjernen, hat sein Italienisch auf einem Kreuzfahrtschiff gelernt. Auf einer Costa-Dingsbums, oder wie der Pott hieß. Da hat es ihm aber nicht besonders gefallen und er ist wieder zurück nach Norwegen. Wenigstens hat er die Sprache erlernt. Und da ich inzwischen ganz gut Italienisch spreche, haben wir uns eben auf Italienisch verständigt. So einfach ist das.«

Es offenbarten sich ungeahnte Talente. Wieland war jedenfalls beeindruckt.

*****

Sie waren für die erste Sitzung um 18.30 Uhr eingeteilt. Wieder trafen sie sich vor dem Bordrestaurant. Dieses Mal war Wieland vor Inga da. Ihm war ein bisschen seltsam zumute. Er musste an die geplante Vater-Tochter-Inszenierung denken.

Er sah Inga inmitten anderer Passagiere den Gang entlang

kommen. Sie trug Stiefeletten mit halbhohen Absätzen, die schlanken Beine steckten in schwarzen gemusterten Strumpfhosen, ihr schwarzer, leicht ausgestellter Rock endete zwei Handbreit über dem Knie. Was er sah, bescherte ihm ein Aha-Erlebnis, gleichzeitig beunruhigte es ihn ein wenig.

Als sie näher trat und sich wie selbstverständlich bei ihm unterhakte, registrierte er weitere Details ihres Outfits. Inga trug einen schwarzen ärmellosen Rollkragenpullover, der von einer Bernsteinkette geschmückt wurde. Die Haare hatte Inga aufgesteckt, und hinten drapierte eine schwarze Samtschleife das Haargeflecht.

Wieland flüsterte Inga zu: »Töchterchen, musstest du dich so aufpeppen? Ich fürchte, du erregst damit nur unnötiges Aufsehen.«

»Wieso, gefalle ich dir nicht?«

»Natürlich gefällst du mir. Ich frage mich allerdings, welche Reaktionen du an unserem Tisch hervorrufen wirst.«

Sie schritten durch das recht gut gefüllte Restaurant und hielten Ausschau nach Tisch 58. Sie fanden den Tisch weiter hinten nahe der ovalen Buffetanlage, die dem Küchenpersonal nun dazu diente, die Speisen, die man aus der Küche herangeschafft hatte, von Platten und aus Kasserollen auf die Teller zu verteilen. Im Moment war man dabei, die Vorspeisenteller herzurichten.

Drei Passagiere saßen bereits am Tisch, eine ältere Frau und zwei Männer unterschiedlichen Alters. Wieland trat heran und stellte sich und Inga wie abgesprochen vor.

»Guten Abend! Wir wurden diesem Tisch zugeteilt. Mein Name ist Schrader und das hier … das ist meine Tochter.«

Die Frau, oder besser gesagt ältere Dame, nickte nur kurz und sagte: »Mecklenburg, angenehm.« Sie betrachtete Inga mit einem langen, vielsagenden Blick. Wieland dagegen wurde mit einem äußerst kurzen bedacht.

Der Passagier links von der Dame, ein älterer Herr mit weißem Haar und Schnur- sowie Kinnbart, lächelte freundlich.

»Herbert Langenstein, schönen guten Abend. Entschuldigen Sie bitte, wenn ich sitzen bleibe.« Er deutete auf den Stock, der an seinem Stuhl lehnte, und hob mit Bedauern seine Hände.

Der andere, ein Mann Ende dreißig mit über der Stirn gelichtetem Haar, erhob sich und bot Inga eilfertig einen Stuhl an. Sich ihr zuwendend, sagte er: »Bitteschön, Fräulein Schrader!«

Und anschließend zu Wieland: »Ich bin Dietmar Wollenweber aus München. Sehr erfreut!«

Inga lächelte und setzte sich. Wieland nahm rechts neben ihr Platz.

»Damit es nicht zu Missverständnissen kommt, mein Nachname ist Dornbusch, so wie das Gestrüpp, an dem man sich so arg wehtun kann.« Inga schaute in die Runde, als wollte sie sich überzeugen, ob ein jeder die Richtigstellung verstanden habe. Anschließend richtete sie ihren Blick auf die ältere Dame. »Und Sie kommen aus Mecklenburg?«

Wieland wagte nicht, in Ingas Gesicht zu schauen. Ihre Frage schien eine Retourkutsche auf den Blick zu sein, mit welchem die Frau sie eingangs bedacht hatte. Er unterdrückte nur mühsam ein Grinsen.

Die Körperhaltung der Angesprochenen versteifte sich. »Da haben Sie sich verhört, junge Frau. Mein Name ist Mecklenburg. Frau Mecklenburg! Wenn Sie sich das bitte merken könnten!«

Inga machte eine entschuldigende Geste. »Selbstverständlich, Frau Mecklenburg!«

»Ich nehme an, Frau Dornbusch, Sie sind verheiratet?«, erkundigte sich Dietmar Wollenweber. »Ich frage deshalb, weil man mir gesagt hat, dieser Tisch sei nur für Alleinreisende reserviert. Entschuldigung, so habe ich das jedenfalls verstanden.«

Inga sah ihm geradewegs in die Augen. »Ich bin geschieden, Herr Wollenweber. Letztes Jahr. Und nun ist Papa der Mann an meiner Seite.«

Wieland, der sich am Gespräch bisher nicht beteiligt hatte, strich sich über den Dreitagebart und rückte die Brille zurecht. »Meine Tochter hatte den unbedingten Wunsch, mal mit auf die Hurtigrute zu kommen.«

»Ach!«, sagte Langenstein. »Gehe ich richtig in der Annahme, Sie sind schon öfters gefahren?«

Wieland nickte bestätigend. »Schon mehrfach, ich liebe den Norden. «

»Dann können Sie uns ja in Bezug auf die Ausflugsziele ein paar Tipps geben. Ich würde mich darüber freuen.«

»Gerne! In Trondheim kann ich Ihnen einen Stadtrundgang empfehlen, dabei sollte die Besichtigung des Nidaros-Doms nicht fehlen. Ich werde mit meiner Tochter ebenfalls zum Dom kommen, zuvor jedoch die Festung Kristiansten besichtigen. Von dort oben hat man eine wunderbare Aussicht über die Stadt. Kommen Sie doch einfach mit.«

»Die Festung werde ich mir schenken müssen …« Langenstein deutete erneut auf seinen Stock. »Ein kleine Verstauchung, nichts von Bedeutung. Es wird von Tag zu Tag besser.«

»Wo ist eigentlich die sechste Person?«, fragte Inga in die Runde. »Es stehen doch sechs Gedecke auf dem Tisch.«

Ehe jemand antworten konnte, wurden die Vorspeisenteller serviert, was die Aufmerksamkeit aller beanspruchte.

»Oh, *Klippfischbolhinos*, ein wahrer Genuss!« Inga strahlte, als wäre es ihre Leibspeise.

Frau Mecklenburgs Miene schien in etwa auszudrücken, Kindchen, du wirst doch nicht etwa sagen wollen, dass du weißt, was *Bolhinhos* sind. Sie verzog den Mund zu einem minimalen Lächeln. Dann nahm sie mit spitzen Fingern das Vorspeisenbesteck in die Hand.

Wielands Sensoren schalteten auf Alarm. Er ahnte, zwischen der vornehm tuenden Dame und Inga würde es irgendwann krachen. Freundinnen fürs Leben würden die beiden wohl nicht werden.

»Entschuldigung!« Eine etwas blass aussehende Dame mittleren Alters trat an den Tisch. »Der Seegang hat mir ein wenig zu schaffen gemacht. Deshalb meine Verspätung. Nun hat der ja gottseidank nachgelassen. Ach ja, ich bin Annegret May, und wie ich sehe, die letzte fehlende Person an diesem Tisch. Einen schönen guten Abend allerseits.«

Annegret May nahm zwischen Herrn Langenstein und Wieland Platz.

Langenstein sagte: »Schön, dann sind wir ja komplett. Drei Damen und drei Herren, das passt ja wunderbar.«

Die Dame Mecklenburg bedachte ihn mit einem gezwungenen Lächeln. Für Wieland ein Zeichen, dass diese sich in der Runde nicht unbedingt wohlfühlte. Sie machte auch keinerlei Anstalten, irgendein Gespräch führen zu wollen. Sie thronte nach wie vor in kerzengrader Haltung auf dem Stuhl und schien völlig desinteressiert zu sein. Mit der hochgeschlossenen hellbeigen Seidenbluse, der Porzellanbrosche unter dem steifen Kragen und der strengen Frisur ähnelte sie einer Gouvernante, so wie man sie in uralten Filmen zu sehen bekommt. Wieland stellte fest, sie hatte das *Frau* ausdrücklich betont. Er fand allerdings, die Bezeichnung *Fräulein* würde eher passen.

Der Hauptgang folgte, Hühnchen *Livéche.*

Frau Mecklenburg richtete ihren Blick auf Inga, als erwarte sie, dass sich diese auch hierzu äußern würde. Inga tat so, als bemerkte sie den Blick nicht.

Wieland stieß Inga unter dem Tisch leicht an, was diese als Aufforderung verstand, der Dame Mecklenburg mit ein paar Worten den Wind aus den Segeln zu nehmen.

Inga kostete von dem Hühnchen, ehe sie das Wort ergriff. »Superb! Sehr zart das Hühnchen. Mit Liebstöckel verfeinert. Vorzüglicher Geschmack. Ich verwende manchmal auch Selleriekraut, ist mir fast lieber.« Inga hatte es leichthin gesagt, so als stünde Hühnchen *Livéche* täglich auf ihrem Speiseplan.

Wollenweber, der links neben Inga saß und ihr an den Lippen hing, sagte anerkennend: »Da spricht die Meisterköchin!«

Die Dame Mecklenburg bekam urplötzlich Schluckprobleme und fing heftig an zu husten. Sie ergriff ihre Handtasche, zog ein gehäkeltes, winziges Taschentüchlein hervor, um es sich schnell vor den Mund zu halten. In der Annahme, sie habe sich verschluckt, klopfte Langenstein ihr kräftig den Rücken.

»Gut, gut!«, wehrte die Mecklenburg unwirsch ab und schaute verschämt nach links und rechts.

Langenstein erhob sein Weinglas. »Ich mache mal den Vorreiter. Da wir uns in dieser angenehmen Runde zusammengefunden haben, scheint es mir angebracht, wenn wir einmal gemeinsam auf unser Wohl anstoßen, auf das Kennenlernen und die schönen Tage hier auf dem Schiff. Zum Wohle allerseits!«

Alle ergriffen ihre Gläser, auch die Dame Mecklenburg. Dann wurde das Hühnchen *Livéche*, mit Gemüserisotto und Linsenragout in andachtsvoller Stille und mit Genuss verzehrt. Selbst Inga schaffte es, mehr als fünf Minuten zu schweigen.

Der Nachtisch, warmer Apfelkuchen mit Vanilleeis, war offenbar zu profan, als dass sich Inga hierzu geäußert hätte. Sie fragte Wieland, ob er so gut sei, ihr das Vanilleeis abzunehmen. »Diese Kalorienbombe will ich mir auf keinen Fall antun.«

Wollenweber warf ein: »Na, da übertreiben Sie aber! Wenn ich Sie so ansehe …«

Frau Mecklenburg erhob sich, nahm ihre braune Handtasche vom Stuhl und schaute kurz reihum. Mit schwacher Stimme sagte sie: »Ich darf mich für heute verabschieden, das Bett ruft. Ich nehme an, ich werde Sie morgen beim Konzert wiedersehen?«

Auf dieses Stichwort hatte Annegret May gewartet. Sie wandte sich an die am Tisch Verbliebenen. »Waren Sie denn heute auch bei den Konzerten? Ein wunderbares Erlebnis, nicht? Ich habe diese Reise extra wegen der Konzerte gebucht. Edward Grieg war schon immer meine große Leidenschaft.

Zwar kannte ich den Pianisten noch nicht, ich finde aber, er interpretiert Grieg wirklich ausgezeichnet. Finden Sie nicht auch?«

Wieland hatte sein Stichwort. »Ich habe bei der Buchung gar nicht gewusst, was mich erwarten würde. Ich musste umbuchen. Ursprünglich wollte ich mit der Nordlys fahren, selbiges Schiff, welches im September havariert ist. Man hat davon in den Zeitungen und auch im Fernsehen berichtet. Ist es jemanden von Ihnen vielleicht wie mir ergangen?«

Alle schüttelten die Köpfe. Es fragte aber auch niemand nach, was mit der Nordlys eigentlich passiert war.

Wollenweber wandte sich an Inga. »Und dann hat Ihr Vater Sie ebenfalls auf unser Schiff gebucht? Konnten Sie sich denn so schnell freimachen? Ich meine, von Beruf, Familie und sonstigen Verpflichtungen?«

»Auf Ihre Frage eine direkte Antwort! Ich bin Studentin, da ist man zeitlich flexibel.« Inga legte ihre Hand auf Wielands linke. »Papa wusste natürlich, dass ich gern in den hohen Norden reisen würde, das war schließlich einer meiner Kindheitsträume. Ja, und da hat er eben gesagt, Ingalein, komm doch einfach mit auf die Reise. Und nun bin ich hier. Ist das nicht wunderbar?«

Die Unterhaltung lief in eine Richtung, die Wieland nicht so recht behagte. Da unterdessen alle am Tisch mit ihrer Nachspeise fertig waren, war für ihn der geeignete Zeitpunkt gekommen, um die Runde zu verlassen. Er erhob sich, deutete eine leichte Verbeugung an und warf Inga einen auffordernden Blick zu. »Sie werden uns beide entschuldigen, meine Tochter und ich wollen in der Bar zur Abrundung des Tages noch einen kleinen Drink nehmen. Wir wünschen allseits einen schönen guten Abend.«

Auf dem Weg hinauf zur Bar sagte Inga: »Schade, das Gespräch fing gerade an, interessant zu werden.«

»Ich glaube, fürs Erste hat der Smalltalk gereicht. Inga, du darfst mich nicht überfordern. Es ist gar nicht so einfach, sich nicht zu verplappern.«

»Verzeihung, Wieland.« Sie machte ein schuldbewusstes Gesicht.

Man fand am halbrunden Bartresen zwei freie Plätze und machte es sich auf den Hockern bequem. Wieland studierte sogleich die bereitliegende Getränkekarte. Der Keeper kam heran und schaute ihn fragend an. Wieland winkte ab und meinte, er müsse erst einmal in Ruhe das Getränkeangebot durchgehen und würde sich melden, wenn er bereit sei, eine Bestellung aufzugeben. Was der Keeper sogleich akzeptierte und sich einem Gast widmete, der, wie Wieland vermutete, wohl für eine größere Gesellschaft verschiedene Getränke bestellte.

Inga schaute sich unterdessen in der Bar um. Im Hintergrund bemühte sich ein Solomusiker um gute Stimmung, getanzt wurde auf der kleinen Tanzfläche jedoch nicht. Allerdings waren die Tische alle gut besetzt. Die Atmosphäre, die dort herrschte, konnte durchweg als locker bezeichnet werden. Inga gefiel, was um sie herum passierte. Sie hatte ihrerseits nun das Bedürfnis, eine nette Unterhaltung zu führen.

»Wieland, bis du nicht bald mit der Karte durch?«

»Inga, entschuldige bitte! Was würdest du denn gerne trinken, vielleicht ein Gläschen trockenen Sekt?«

»Oh ja, das wäre nicht schlecht.«

»Ich für meinen Teil werde einen Scottish Single Malt trinken. Wie ich sehe, haben die hier einen 16-jahrigen *Isle of Jura*. Einen solchen habe ich vor zig Jahren das letzte Mal im Glas gehabt.«

»Wieland, mir scheint, du bist nicht nur ein Kenner vom Aquavit, sondern auch von allen möglichen Whiskysorten.«

Wieland hob bescheiden abwehrend die Hände. »Ein wenig nur, man ist schließlich in der Welt herumgekommen. Da lernt man dies und das dazu.«

Er bestellte die Getränke. Inga nahm sich vor, ihn später auf sein Wissen zu testen. Jetzt war es ihr wichtiger, etwas über sein Leben zu hören, denn bisher hatte er nur wenig von sich preisgegeben.

»Wieland, ich glaube, jetzt bist du mal an der Reihe, was von dir zu erzählen«, sagte sie und hob ihr Sektglas.

»Skål, Inga!« Er stieß sein Glas, in dem fingerbreit der Whisky goldgelb schimmerte, vorsichtig gegen das ihre. Nach dem ersten winzigen Schluck gingen seine Mundwinkel in die Höhe.

»Teufel, ist der gut! Sanft und nussig. Die Süße kommt übrigens vom *Oloroso*, die Lagerung ist ähnlich wie beim LINIE. Aber das wolltest du sicherlich nicht von mir hören. Du hast natürlich recht, ein bisschen was von mir musst du natürlich wissen. Nur, womit fange ich am besten an?«

*****

Als sie Wieland und das Mädchen bemerkten, die vorn am Bartresen hockten, fuhren sie hoch und eilten zum heckseitigen Ausgang. Über die hintere Treppe erreichten sie Deck 6 und suchten dort die Kabine Nr. 687 auf.

Sie schaltete das Licht ein, verriegelte die Tür und zog am Fenster die Vorhänge zu. Er schenkte inzwischen aus der auf dem Schreibtisch stehenden halb vollen Rotweinflasche zwei Gläser ein.

»Richard, dass er dich fotografiert hat, steht fest«, sagte sie, setzte sich auf die Couch und nippte an ihrem Glas.

»Ja, zweimal in Bryggen und dann, als ich Zachariasbryggen betrat. Du warst nur zweimal mit auf dem Bild, nämlich in Bryggen. Statt mit mir ein Bier trinken zu gehen, bist du zu diesem Kiosk an der Ecke gelaufen und hast Zeitungen gekauft.«

»Wir haben in der Kabine zwar nichts weiter gefunden, was uns weiter hilft … leider. Allerdings waren die Bilder eindeutig, daran ist nicht zu rütteln. Es war allerdings äußerst unklug von dir, die Aufnahmen zu löschen. Ihn wird es stutzig machen, wenn er es bemerkt.« Sie schaute ihn strafend an. Ihr Blick sprach Bände.

Er sagte nichts. Denn er wusste, er hatte einen wirklich dummen Fehler begangen. Er biss sich auf die Unterlippe.

»Und, was schlägst du jetzt vor?«, fragte sie

Er zuckte mit den Schultern. Im Augenblick fiel ihm nicht viel ein. Zudem brauchte er einen Moment, um die Rüge zu verdauen, die, wie er zugeben musste, durchaus berechtigt war. Früher wäre ihm ein solcher Lapsus nicht passiert. All die Jahre ohne eine Aufgabe wie früher hatten dazu geführt, dass er vollkommen aus der Übung gekommen war. Allerdings, das gab er zu, war er nie *der* Stratege gewesen. So auch jetzt nicht, als es darum ging, ihr weiteres Vorgehens zu planen. Sein Kopf war total leer.

Hingegen reifte in ihrem Hirn ein Gedanke. Weil sich dieser aber noch entwickeln musste und damit noch nicht spruchreif war, schwieg sie. Es würde etwas dauern, bis sie sich *ihm* gegenüber äußern würde. Erst mussten sich die Details zu einem Ganzen fügen. Danach müssten sie allerdings rasch handeln, das war ihr jetzt schon klar. Es müsste allerdings funktionieren, denn eine zweite Chance bekämen sie so schnell nicht wieder.

»Wir haben noch diese Schlüsselkarte?«, fragte sie.

»Natürlich!« Er griff in seine Jackentasche und hielt sie hoch. »Schau, hier ist sie.«

»Gut! Für heute ist es zu spät. Richard, du musst morgen im Laufe des Tages, wenn er wieder unterwegs ist, unbedingt prüfen, ob sie noch funktioniert. Es ist möglich, was ich nicht hoffe, dass derjenige, dem die Karte fehlt, den Verlust gemeldet hat. In diesem Fall wäre es sehr wahrscheinlich, dass man den Code gelöscht hat. Dann müssten wir die Problemlösung, an der ich arbeite, leider aufgeben. Das hieße, wir müssten uns umorientieren, was uns erneut ein Stück weit zurückwerfen würde.

Ach ja, du solltest doch mit dem Mädchen sprechen, war sie denn nie allein?«

Er schüttelte den Kopf. »Immer ist dieser Kerl dabei!«

»Sie war heute in der Sauna«, sagte sie. »Vielleicht sauniert sie morgen wieder. Ich werde mich dazu gesellen und versuchen, mit ihr ins Gespräch zu kommen.«

»Gute Idee! Mache das, vielleicht erfahren wir ja doch was, obwohl ich nicht glaube, dass sie involviert ist. Mich interessiert aber schon, wieso die beiden ständig zusammenhängen.«

Sie zog die Stirn in Falten. »Wir leben seit ein paar Jahren in der Ungewissheit, er könnte irgendwann wieder auftauchen und unsere Existenz gefährden. Ich möchte dem endlich ein Ende setzen. Ich könnte mir in den Hintern beißen, wir hätten Schrader schon in Marxzell ausschalten sollen.«

»Stimmt, damit hast du natürlich recht, Liebling«, sagte er und trank den Rest Rotwein. Dann begann er, sich fürs Bett bereit zu machen. Sie hörte, wie er im Bad die Zähne putzte. Sie hätte gern noch eine Zigarette geraucht, was in der Kabine leider untersagt war. Vielleicht würde sie später noch mal an Deck gehen. Sie musste in Ruhe nachdenken. Die Zigarette würde dabei helfen.

Sie verfiel ins Grübeln. Der bisherige Misserfolg nagte an ihr. Entmutigen lassen würde sie sich aber keinesfalls, auch wenn einiges schief gelaufen war. Sie kannte sich selbst gut genug, in gewissen Situationen konnte sie eiskalt sein. Auch jetzt würde sie keine Schwäche zeigen. Wäre er den Berg allein hochgekommen, dann hätte sich das Problem schon längst erledigt. Beim nächsten Mal durfte nichts mehr schief gehen. Auf gar keinen Fall!

Sie wischte alle negativen Gedanken beiseite, trank ihr Glas aus und setzte sich an den Schreibtisch. Sie fing an, sich vor dem Spiegel die Haare zu bürsten. Wie eine Dreiundfünfzigjährige wirkte sie nun wahrlich nicht, fand sie. Manche Vierzigjährige wäre froh, so auszusehen wie sie. Aber sie tat schließlich was dafür. Joggen, Fitnessstudio, Sauna, gute Kosmetik und nicht zu vergessen, die gesunde Ernährung. Auf Richard musste sie aufpassen, der tat für seine Gesundheit einfach zu wenig. Die Atemprobleme, die er neuerdings hatte, bereiteten ihr Sorgen. Siebenundsechzig, das war doch kein Alter! Er trank in der letzten Zeit einfach viel zu viel. Sie würde in Zukunft besser auf in achtgeben müssen.

Sie stand auf und schaute ins Bad. Er war mit der Abendtoilette fast fertig. In ihr Gesicht stahl sich ein gewisses Lächeln. Wenn etwas funktionierte, dann war es das Eine. Er war noch genauso wild auf sie wie am ersten Tag.

Trondheim, 11. Oktober 2011

Die Trollfjord legte pünktlich gegen sechs Uhr am Morgen am Kai in Trondheim an.

Wieland stand kurz vor halb sieben auf, lief auf Deck 6, um nach dem Wetter zu schauen und seine zehn Runden zu drehen. Er war zufrieden, denn die aufgehende Sonne schickte ihre ersten Strahlen aus einem vollkommen wolkenlosen Himmel. Auch die Außentemperatur war für die frühe Stunde mit acht Grad recht passabel. Es empfing ihn ein wirklich schöner Morgen.

Während des Laufens warf er einen Blick auf die Stadt und die Festung Kristiansten, welche linker Hand voraus weithin sichtbar auf einer Anhöhe thronte. Er wäre am liebsten sofort losgezogen, was aber aus dem einfachen Grund nicht ging, weil er halb acht mit Inga zum Frühstück verabredet war. Sie würden also frühestens gegen acht Uhr loskommen.

Nach der letzten Runde ging er duschen. Eine Viertelstunde später suchte er das Bordrestaurant auf.

Inga kam fünf Minuten später. Sie sah verschlafen aus und schien wenig Lust zu verspüren, sich die Speisekarte anzuschauen, so wie gestern. Sicherlich wirkte der Sekt vom vorherigen Abend noch nach oder besser gesagt, der von heute Morgen. Seine *Lebensbeichte* hatte etwas länger gedauert. Inga hatte immer mehr Details hören wollen und fragte ständig nach. Vor allem deshalb hatte sich die Sitzung bis in die frühen Morgenstunden hingezogen.

Inga trug ihre Jeans. Die Haare hatte sie wieder zu den zwei lustigen Zöpfen geflochten. Auch wenn sie gestern Abend eine wirklich tolle Figur gemacht hatte, Wieland gefiel sie so einfach besser.

»Guten Morgen, Wieland! Ich hoffe, du hast gut geschlafen?«

»Leidlich.« Er lotste sie an einen Zweiertisch.

»Dir sieht man gar nichts an, ich könnte dich beneiden! Dabei hast du mindestens drei oder vier Whiskys getrunken. Wieland, ich muss doch schrecklich aussehen, nicht? Trotz alledem, es war ein ungeheuer interessanter Abend.«

Wieland rührte Milch in seinen Kaffee. »Freut mich, das zu hören. Ich glaube, vor zwei sind wir nicht ins Bett gekommen.«

»Ich erinnere mich, der Barkeeper musste ganz schön auf dich einreden, ehe du Anstalten machtest, aufzustehen. Er hatte alle Mühe, uns aus der Bar zu bekommen. Außerdem musste er mit dir zum Abschluss einen Whisky trinken. Wieland, deine Rechnung möchte ich nicht sehen.«

»Ich auch nicht!«, sagte Wieland trocken und schaute in Ingas leicht mitgenommenes Gesicht. Er ahnte, dass sie wieder etwas auf dem Herzen hatte. Also fragte er sie.

»Ich konnte wie immer nicht gleich einschlafen, also ging mir einiges durch den Kopf. Dabei bin ich auf etwas gestoßen, was mir Kopfzerbrechen macht.«

Wieland war neugierig, was es dieses Mal war. Er setzte vorsichtshalber erst einmal die Kaffeetasse ab.

»Nach deiner Lebensbeichte gestern und dem Vorfall mit dem Fotoapparat ging mir nämlich ein Licht auf.«

»Weibliche Intuition?«

»Dieses Mal vielleicht. Aber egal, es muss doch irgendwo einen Zusammenhang geben, nicht? Also, ich sehe das so …« Sie beugte sich vor und senkte die Stimme. »Da ist jemand aus deiner Vergangenheit, der befürchtet, du könntest ihn erkennen. Es muss jemand sein, der dir übel mitgespielt hat und der nun befürchtet, du könntest dich vielleicht rächen.«

Wieland unterbrach: »Also, mir klingt das ein bisschen nach Räuberpistole.«

»Derjenige könnte aber auch einen weiteren Grund haben.«

»Und, der wäre?«

Inga schaute unauffällig nach beiden Seiten und vergewisserte sich, ob auch wirklich niemand zuhörte. Da dies der Fall war, fuhr sie fort, ihm ihre Gedanken darzulegen. »Derjenige könnte eine Schandtat vorhaben. Nun befürchtet er, du könntest ihm, weshalb auch immer, ein Kreuz durch die Rechnung machen. Er ist in Panik! Und dadurch neigt er zu unbedachten Handlungen!«

Wieland schaute ungläubig. »Du meist, derjenige will verhindern, dass ich ihn erkenne?«

»Zum Beispiel. Könnte doch so sein, oder etwa nicht?« Inga richtete sich auf und schaute Wieland mit einer Miene an, die deutlich ausdrückte, wie überzeugt sie war.

»Na gut«, sagte Wieland. »Nehmen wir das mal so an. Demnach ist er hier auf dem Schiff und hat mich erkannt, richtig?«

»Genau, und er ist dir, ohne dass du es bemerkt hast, irgendwo vor die Linse gekommen. Deshalb waren die Aufnahmen weg, denn *er* hat sie gelöscht. *Er*, Wieland! In der Hoffnung, du würdest es nicht bemerken. Ist doch klar, oder?«

Wieland war beeindruckt von ihrer Logik. Trotzdem mochte er nicht an ihre Geschichte glauben. Er vermutete, Inga hatte im Fernsehen zu viele Krimis gesehen und nun ging die Phantasie mit ihr durch. »Ich glaube eher, dass an meinem Koffer jemand vom Personal war.«

»Und warum fehlt dann nichts?«

»Vielleicht ist derjenige oder diejenige überrascht worden, da gibt es mehrere Erklärungen.«

Inga verzog enttäuscht den Mund. »Schade, Wieland. Dabei finde ich meine Version ziemlich plausibel. Aber wenn du meinst, dann belassen wir es bei deiner Annahme. Ich hoffe nur, du irrst dich nicht.«

*****

Eine halbe Stunde später waren sie auf dem Weg zur Festung Kristiansten. Der Fußmarsch entlang des Stadtteiles Nedre Elvehavn zur Linken, über die Bakkebru zum anderen Ufer des Nidelven und hinauf auf den Hügel, dauerte keine zwanzig Minuten. Oben erwartete sie der blanke Sonnenschein.

Sie kletterten auf das begrünte Plateau des sternförmigen Festungswalls, wo mehrere Batterien altertümlicher Kanonen von der früheren Aufgabe der Festung zeugten. Die hatte darin bestanden, die Stadt und den Hafen vor Angreifern zu schützen.

Ingas Blick schweifte über das unter ihr liegende Trondheim und den Nidelven, der sich in zwei großen Bögen durch die Stadt wand. Sie geriet ins Schwärmen: »Ein wundervoller Ausblick!«

Wieland erklärte ihr, zu welchem Gebäude die hochaufragende grüne Kirchturmspitze gehörte und wie der Park hieß, der hinter dem Fluss lag. »Den Nidaros-Dom schauen wir uns auf dem Rückweg an, ich erzähle dir dann mehr.«

Wieland schoss ein paar Fotos und dann noch eins von Inga, die lachend einen Fahnenmast umarmte. Der ragte hoch in den Himmel. Oben, an dessen Spitze, flatterte die norwegische Landesfahne.

Sie stiegen auf der Stadtseite vom Wall und bogen in eine schmale Straße ein, die ziemlich steil den Berg hinab führte. Links, am Straßenrand, fiel Inga ein etwa ein Meter hoher Metallrahmen auf, dessen Schild mit SYKKELHEISEN TRAMPE – BICYCLE LIFT beschriftet war. Von diesem Schild aus folgte bergab dem linksseitigen Gehweg eine bündig in die Straße eingelassene Metallschiene.

Staunend blieb Inga stehen. »Ein Fahrradlift! So was habe ich noch nie gesehen, den finde ich wirklich genial. Ich frage mich nur, warum der Mann dort sein Fahrrad den Berg hoch schiebt, wenn es den Lift gibt?« Sie zeigte auf den älteren Herrn, der ihnen entgegen kam und etwas außer Puste war.

»Weil der Lift seit 2010 außer Betrieb ist. Die Unterhaltung ist den Stadtvätern wohl zu teuer.«

»Schade!« Inga war fassungslos. »Da hat jemand mal eine geniale Idee, und schon funken die Bürokraten dazwischen. In Norwegen scheint es nicht anders zu sein als in Deutschland.«

»Vielleicht gibt es in Trondheim zu wenig Fahrradfahrer?«

Inga schüttelte den Kopf. »Glaube ich nicht. Die Trondheimer müssten nur was tun, drum kämpfen, dann geht bestimmt wieder was. Also, bei uns in Hannover käme man gar nicht erst auf die Idee, sowas stillzulegen. Und wenn, dann würden wir den Stadtvätern gehörig einheizen.«

»Hannover ist flach, Inga. Da braucht man keine Lifte.«

»War vielleicht ein dummer Vergleich …«

Wieland lachte. »Ich wollte dich doch nur ein wenig auf den Arm nehmen.«

Nun lachte auch Inga. »Wieland, aber mal was ganz anderes. Du kennst ja Hannover, das hast du mir erzählt. Wie viele Jahre hast du dort eigentlich gelebt, sag‘ noch mal? Waren es fünfzehn oder sechzehn Jahre? Deshalb hast du ja auch keinen sächsischen Dialekt. Den hast du dir damals in Hannover abgeschliffen, nicht?«

»Stimmt«, brummte Wieland. »Um es genau zu sagen, ich habe von 1978 bis 1994 in Hannover gelebt.«

»Wieland, das werde ich mir jetzt bestimmt merken, das verspreche ich dir.«

Sie waren am Fuß der bergigen Straße angekommen. Vor ihnen lag die hölzerne Gamle Bybro, eine ehemalige Zugbrücke. In die davor befindliche Straßenkreuzung mündete rechter Hand die »Nedre Bakklandet«, eine schmale, gepflasterte Straße, welche an den Rückseiten der am Nidelven liegenden alten Speicherhäuser vorbei führte.

»Lass uns erst mal `nen Kaffee trinken«, sagte Wieland und deutete auf ein dunkelrot angestrichenes Haus in der Häuserzeile auf der rechten Straßenseite.

»Das ist die Dromedar Kaffebar, hier gibt es den besten Kaffee weit und breit. Jedes Mal, wenn ich in Trondheim bin, lege ich hier eine kleine Kaffeepause ein.«

Sie traten durch die Tür, über der ein Metallschild hing. Auf diesem stand der Name der Bar, zusammen mit der Abbildung eines Dromedars.

In der kleinen Kaffeestube war es ziemlich eng. Vor den beiden großen Fenstern mit den stark verbreiterten Fensterbänken standen je zwei Stühle. An beiden Stirnwänden stand jeweils ein kleiner runder Tisch. Leider waren alle Stühle belegt.

Sie schauten auf die Tafel hinter dem Tresen, auf der die Kaffeesorten mit den dazu gehörigen Preisangaben aufgelistet waren, wie *Café Latte, Cordado, Con panna, Americano, Machiato* und andere mehr. Links daneben reihten sich auf einem Regal jede Menge Tüten mit Kaffeemischungen, die man käuflich erwerben konnte, aneinander.

Wieland bestellte für beide einen Café Latte. Sie fanden draußen an einem der drei Tische, die unmittelbar an der Hauswand standen, vier freie Stühle vor. Sie beschlagnahmten die zwei, von denen sie den besten Blick über die Straße hatten.

Inga nahm einen ersten Schluck und sprach noch mal das Thema vom Frühstückstisch an. »Wieland, auf den gelöschten Fotos muss ja wer drauf gewesen sein, nicht? Wer, das wissen wir nicht. Fällt dir vielleicht irgendjemand ein, den du in Bergen gesehen hast?«

Wieland wollte schon verneinen, als ihm einfiel, dass er in der Bar in Zachariasbryggen gerätselt hatte, wer der Mann am Tresen sei, der so eilig aufgebrochen war. Aber auch jetzt machte es nicht Klick bei ihm. Er hatte in dem dämmrigen Licht nicht allzu viel von seinem Gesicht gesehen. Er konnte sich nur an die krumme, scharfe Nase erinnern.

»Inga, in der Bar in Bergen sind wir doch wegen des Aquavits ins Fachsimpeln geraten, du erinnerst dich noch? Bevor du dazu kamst, hatte noch ein Mann am Tresen gesessen. Der sah irgendjemandem ähnlich, aber ich kann beim besten Willen nicht sagen, wem.«

»Schade! Dann hätte sich der Kreis vielleicht geschlossen«, sagte Inga mit Bedauern in der Stimme. »Nun ist der Kerl wohl auf dem Schiff und führt irgendwas im Schilde. Damit ist doch zu rechnen, oder?«

Wieland kam nicht umhin, über diese Möglichkeit nachzudenken. Sollte wirklich jemand an ihm irgendein Interesse haben? Er konnte sich beim besten Willen kein vernünftiges Motiv vorstellen. Trotzdem fand er es bezaubernd, dass Inga sich seinetwegen den Kopf zerbrach.

Sie standen auf, um sich auf den Weg zum Nidaros-Dom zu machen. Dieser führte sie über die Gamle Bybro, dann auf der anderen Flussseite durch den Hadrianspark bis hin zum Kirchgarten. Sie liefen die Kieswege entlang und betrachteten den einen und anderen am Weg stehenden Grabstein. Viele waren verwittert und die Innschriften nur schwer zu entziffern.

»Die Menschen sind früher oftmals sehr alt geworden, sieh nur hier«, sagte Wieland und zeigte auf einen Stein, auf dem die Innschrift gerade noch lesbar war.

Inga entzifferte Datum und Schrift. »Der Mann ist sechsundneunzig geworden, ein stolzes Alter!«

»Ich führe es auf seine gesunde Lebensweise, den Verzehr von viel Fisch und die jodhaltige Seeluft zurück. Der hier ist kein Einzelfall.«

»Also, Fisch werden wir auf dem Schiff genug zu essen bekommen, nehme ich an«, sagte Inga. Sie verwies außerdem noch auf die Seeluft, ihre eigenen guten Kochkünste, welche, wie sie schamlos zugab, hauptsächlich aus den Speisen ihres Lieblingsitalieners und dem Mensaessen bestanden. Aber Spiegelei, Omelette und Tomatensalat könne sie perfekt, versicherte sie. Diese Äußerung passte zwar nicht unbedingt zu dem Ort, an dem sie sich gerade befanden. Trotzdem konnte Wieland ein Schmunzeln nicht unterdrücken.

Sie liefen seitlich am Kirchenbau entlang, bis hin zu dessen markanter Vorderseite. Das große kreisrunde Ornamentfenster in der Fassade und die beiden Ecktürme erinnerten Inga ein wenig an die Kathedrale Notre Dame in Paris. Die nächste Führung begann 11.15 Uhr. Zu spät für sie. Die Trollfjord würde bereits 12 Uhr ablegen. Für einen Bummel durch die Gassen der Altstadt reichte die Zeit aber allemal.

»Also, dann will ich dir wenigstens was über die Geschichte des Doms …«, fing Wieland an.

Inga, die bereits ein paar Meter über den Vorplatz gelaufen war, drehte sich um und rief: »Das kannst du mir alles auf dem Weg erzählen!«

Sie folgten der Munkegatan und erreichten bald schon den Torget, in dessen Mitte die hoch aufragende Olav Tryggvason-Säule stand, die den zentralen Punkt der Stadt symbolisierte. Nach dem sie von allen Seiten den hoch oben auf seiner Säule thronenden Wikingerkönig und Stadtgründer fotografiert hatten, erinnerte Inga: »Wir dürfen ja nicht vergessen, für dich einen neuen Koffer zu kaufen.«

Sie bogen rechts ab, fanden nach kurzem Suchen in der quirligen, von vielen Menschen bevölkerten Fußgängerzone das Einkaufcenter *mercur*, in dem es eine Verkaufsabteilung gab, die Reisekoffer aller Art und Größe im Sortiment hatte. Wieland schaute sich suchend um und entschied sich spontan für einen schwarzen Lederkoffer.

»Ich würde keinen aus Leder nehmen«, riet Inga. »Schau dir doch diesen hier mal an.« Sie deutete auf einen silbergrauen Koffer aus Kunststoff.

»Wieland sieh', er hat vier Rollen, ein Zahlenschloss und besteht aus widerstandsfähigem Polykarbonat, ist schön leicht, aber auch stabil und sehr formschön. Genau das, was du eigentlich brauchst. Gut, ich gebe zu, der ist nicht ganz billig, aber er soll ja schließlich ein paar Jahre halten.«

»Na gut«, sagte Wieland, der nicht knausrig sein wollte. »Warum nicht den? Ich sehe, du hast einen Sinn fürs Praktische, wahrscheinlich auch fürs Optische. Ich gebe ja zu, dass der Koffer was hermacht.«

Er bezahlte und sie einigten sich, noch eine halbe Stunde durch die Gassen zu schlendern. Wieland bemerkte, seine Begleiterin brauchte wohl noch etwas Zeit für einen Schaufensterbummel. Schließlich gab es ja jede Menge Geschäfte und Boutiquen, die anzuschauen sich wirklich lohnte. Inga stellte fest, in Trondheim war man, was die neueste Mode anging, auf dem aktuell neuesten Stand. Nur, und das war der Haken, es war alles ein bisschen teurer als zu Hause.

Sie fanden eine Bank mit einem Geldautomaten. Wieland hob mit seiner MasterCard eintausend Kronen ab, um für die weiteren Landausflüge genügend Barmittel zur Hand zu haben. Er wusste ja nicht, was er noch benötigen würde.

Als sie auf dem Weg zum Schiff an der Haltestelle des Flybussen vorbei kamen, notierte sich Wieland die Abfahrzeiten. Denn die Hurtigruten-Reise endete in acht Tagen wieder hier in Trondheim. Und Wieland hatte sich ausdrücklich vorgenommen, mit dem Flybussen hinaus zum Airport zu fahren. .

*****

Das Nachmittagskonzert begann 14 Uhr. Rune Alver eröffnete es mit der Ballade Op. 24, Variationen über eine Norwegische

Volksmelodie.

»Musik zum Träumen«, sagte Inga.

Zu ihnen gesellte sich Herbert Langenstein. Während der musikalischen Stunde wurde nicht gesprochen, höchstens geflüstert und ein jeder war bemüht, sich möglichst geräuscharm zu bewegen, abgesehen von einer einzigen Ausnahme. Ausgerechnet die Person, die rechts neben Wieland saß, fiel unangenehm auf. Die ältere Dame kramte unablässig in ihrer Handtasche und schien überhaupt nicht zu bemerken, wie störend das war. Der Höhepunkt wurde erreicht, als die Frau aus der Handtasche etwas ans Tageslicht beförderte, was in eine Plastikfolie gewickelt war. Die Frau versuchte nun, das Innere herauszuschälen, wobei die Folie unangenehm laut knisterte. Das Knistern hielt mindestens eine volle Minute an.

Wieland fand das Verhalten rücksichtslos. Einige der Zuhörer blickten bereits in seine Richtung. Er gab der Frau deshalb mit einem Handzeichen zu verstehen, sie solle doch endlich mit dem Knistern aufhören. Doch diese begriff nicht, was er ihr mit der Geste sagen wollte. Inga, die das mitbekam, hielt die Hand vor den Mund und konnte gerade noch ein Kichern verhindern. Allerdings färbten sich ihre Wangen verdächtig rot.

Rune Alver schien ebenfalls irritiert zu sein. Unverhofft und völlig überraschend mischte sich ein falscher Ton in sein bisher so leicht und elegant klingendes Klavierspiel.

»Psssssst!« Wieland fasste die Dame am Arm.

Just in diesem Moment gewann die Dame den Kampf mit der Folie. Sie hielt ein dickes Knäuel Wolle in der einen und Stricknadeln in der anderen Hand. Ohne auf ihre Umgebung zu achten und ohne sich im Entferntesten bewusst zu sein, eine Mitschuld am Ausrutscher von Rune Alver zu haben, begann sie seelenruhig an einem Schal zu stricken.

Inga, die sich immer noch die Hand vor den Mund hielt, stand auf und verlies eiligen Schrittes die Panorama Lounge.

Nach dem Ende des Konzerts verabredeten Wieland und Langenstein sich kurzerhand zu einem Bier. Sie suchten die Bar auf Deck 9 auf. Dort fanden sie an einem der großen Fenster einen freien Tisch.

*****

Inga genoss die Dämpfe in der Sauna. Die Intensität der Luftfeuchtigkeit war ihr dem Grunde nach egal, wenn sie nur spürte, wie wohl sie sich fühlte. Als leidenschaftliche Saunagängerin reagierte sie stets positiv auf feuchte Hitze. Inga genoss es, völlig losgelöst dazusitzen, am ganzen Körper zu schwitzen und dabei herrlich zu entspannen.

In der Frau, die zehn Minuten nach ihr die Sauna betrat, erkannte sie sofort diejenige Person wieder, der sie zusammen mit Wieland auf dem Aksla begegnet war. Die Frau schien sich an die Begegnung allerdings nicht zu erinnern, jedenfalls zeigte diese keine diesbezügliche Reaktion. Für Inga nicht unbedingt überraschend, wenn sie an die abweisende Haltung dachte, mit der die Frau Wieland entgegen getreten war. Jetzt machte die Frau ein etwas freundlicheres Gesicht. Sie setzte sich ans andere Ende der Bank und sprach sogleich Inga an: »Junge Frau, finden Sie nicht auch, dass unsere Reise ein ganz besonderes Erlebnis ist?«

»Unbedingt«, sagte Inga zögerlich und beäugte die Frau voller Misstrauen.

»Und denken Sie nicht auch, dass das Bordpersonal ausgesprochen freundlich ist? Also, mein Mann und ich, wir können uns überhaupt nicht beklagen. Man ist hier ja so hilfsbereit. Und das Essen … ist es nicht fantastisch?«

Eigentlich wollte Inga einfach nur entspannen. Das Geschwätz der Frau passte ihr gar nicht in den Kram.

»Entschuldigung, meine Liebe!« Die Frau rückte näher und streckte Inga die Hand hin. »Ich bin Marion Kräutner.«

»Angenehm … ich bin Inga Dornbusch«, sagte Inga, wobei

das *angenehm* mühsam über ihre Lippen kam.

»Reisen Sie denn mit Ihrem Mann? Entschuldigung, wenn ich so neugierig bin. Mich interessieren einfach die Menschen, mit denen ich unterwegs bin.«

Inga fühlte sich nach wie vor belästigt und überlegte, ob sie die Frage überhaupt beantworten sollte. Sie entschied sich, um nicht den Eindruck von Maulfaulheit zu erwecken, auf das Gespräch einzugehen. Ob sie immer wahrheitsgemäß antworten würde, war eine ganz andere Geschichte. Der Frau ging schließlich einen feuchten Kehricht an, mit wem und warum sie hier auf dem Schiff war.

»Also, ich bin mit meinem Vater an Bord.«

»Ihr Vater?« Die Kräutner schien erstaunt zu sein.

»Ja, hatte ich doch gesagt!«, sagte Inga schnippisch. Und um der Frau ein wenig die Luft abzuschneiden, entschloss sich Inga, in die Lügenkiste zu greifen. Die Frau hatte einfach nichts anderes verdient, fand sie. Unsympathisch war ihr die Kräutner sofort gewesen, schon als diese herein gekommen war. Genauso, wie gestern auf dem Aksla. Inga hatte deren abweisendes Gesicht noch vor Augen.

Das Gesicht der Kräutner erstarrte für eine Millisekunde, dann sagte sie in bemüht freundlichem Ton. »Ihr Vater ist sicherlich stolz, eine solche Tochter zu haben, nicht wahr?«

Sie musterte Inga auf eine Weise, die der überhaupt nicht gefiel. Inga empfand den Blick der Frau als unverschämt. Unwillkürlich zog sie ihr Handtuch fester um den Körper.

»Eigentlich ist mein Vater ein Eigenbrötler, der kümmert sich nur um seine Hobbys. Stellen Sie sich vor, der spielt den ganzen Sommer über nur Golf. Dass er mich mitgenommen hat, hat nur den Zweck, weil er jemanden braucht, der ihn vom Trinken abhält. Ich hoffe doch, Ihr Mann ist da ein bisschen anders.«

»Kindchen!«, entfuhr es der Frau. »Solche schlimmen Worte aus Ihrem Mund! Sie tun mir ja furchtbar leid. Naja, vielleicht sehen Sie das mit Ihrem Papa ein bisschen zu negativ. Ist vielleicht auch eine Mentalitätsfrage. Mein Mann ist gottseidank ein eher häuslicher Typ. Also, wir kommen ja aus dem Saarland, und woher, wenn ich fragen darf, kommen Sie?«

Inga hatte immer mehr das Gefühl, hier wolle sie jemand ausfragen. Deshalb setzte sie die Flunkerei bedenkenlos fort.

»Wir kommen aus Niedersachsen, genauer gesagt, aus Hannover. Vater ist Journalist und ich bin Studentin.«

Die Frau senkte den Kopf und rutschte nervös auf der Bank herum. Inga stellte fest, dass deren Gesicht eine Spur von Verwunderung ausdrückte.

»Schreibt ihr Papa denn für Zeitungen?«, wurde Inga prompt gefragt.

»Ja, für die FAZ, den Spiegel und den Stern. Hauptsächlich!«

»An was arbeitet er denn im Moment? Schreibt er auch hier auf dem Schiff?«

Zu viele Fragen! Doch Inga machte die Flunkerei langsam Spaß. »Sehen Sie, das ist eben das Dumme. Papa lässt sich nicht gern über die Schulter schauen. Ich vermute aber, er schreibt wieder mal an einem aufsehend erregenden gesellschaftspolitischen Artikel.«

Inga hatte den Eindruck, dass die Kräutner irgendein Problem hatte. Deren Gesichtsfarbe wechselte urplötzlich. Auch meinte Inga, ein leichtes Flackern in den Augen zu erkennen.

»Oh, ist Ihnen etwas?«, fragte Inga, mehr interessiert als erschrocken.

»Nein, nein!« Die Kräutner wehrte ab. »Es ist nichts.«

Inga stand auf, um die Sitzung zu beenden. Im Hinausgehen drehte sie sich nochmal kurz um und sagte: »Ich wünsche Ihnen weiterhin eine angenehme Reise. Und es wäre schön, wenn Sie meinen Vater nicht Papa nennen würden!«

Marion Kräutner schluckte. Die Kleine war ganz schön frech. Dick aufgetragen hatte das Mädchen. Sich als Tochter von dem Kerl auszugeben, war wirklich ein starkes Stück. Wenn sie es nicht besser wüsste, man hätte der Kleinen tatsächlich auf den

Leim gehen können. Was das Mädchen wohl bezweckte? In dem kleinen Hirn schien manches durcheinander zu gehen. Anders war das Ganze nicht zu erklären. Oder steckte gar System dahinter? Fest stand, die Kleine führte sie an der Nase herum, weshalb auch immer. Aber eines musste sie neidlos anerkennen, die Kleine hatte einen wirklich süßen, kleinen Hintern.

*****

Wieland und Langenstein hatten sich ein Bier geholt und an einem der großen Panoramafenster Platz genommen. Sie stießen mit den Gläsern an. Nach dem ersten Schluck schauten beide hinaus auf die See. MS Trollfjord fuhr an kleinen Inseln und Felsformationen vorüber. Der Trondheimsfjord lag bereits ein gutes Stück hinter ihnen. Weit draußen, zwischen den Inseln, konnten sie die sanfte Krümmung der Horizontlinie ausmachen.

Nach einer Minute der Besinnung fragte Langenstein: »Herr Schrader, wie finden Sie denn die Gesellschaft an unserem Tisch?«

»Ehe ich darauf antworte, schlage ich vor, dass wir uns mit den Vornamen anreden.«

»Einverstanden, ich heiße Herbert.«

Nachdem Wieland auch seinen Vornamen genannt hatte, ging er auf die gestellte Frage ein. »Schon seltsam, unsere Tischrunde. Sie möchte ich davon aber ausdrücklich ausnehmen, Herbert. Herr Wollenweber und die Dame Mecklenburg sind schon gewöhnungsbedürftig. Letztere muss wohl noch auftauen, denke ich. Man sollte ihr vielleicht ein wenig Zeit lassen.«

»Ganz meine Meinung«, pflichtete Langenstein bei.

Sie schwiegen eine Weile und widmeten sich ihren Getränken. Dann ergriff Langenstein das Wort. »Da wir nun jeden Abend mindestens eineinhalb Stunden zusammen am Tisch verbringen, würde ich mir etwas wünschen …«

»Nämlich?«

»Was halten Sie davon, wenn jeder von uns etwas aus seinem Leben erzählt, was ihm besonders wichtig ist, über was er gern sprechen möchte. Jeder hatte doch Lebenssituationen, die es ihm Wert sind, darüber zu reden. Ich hatte als Gymnasiallehrer viel mit jungen Menschen zu tun, vielleicht ein Thema, das interessieren könnte … Wieland, haben Sie außer Inga noch weitere Kinder?«

Wieland schätzte Langenstein als integren Menschen ein, was ihn zu der Überlegung veranlasste, ob es nicht angebracht sei, die Wahrheit zu sagen. Er hatte das Gefühl, Langenstein würde Inga und ihn verstehen.

»Herbert, ich muss Ihnen ein Geständnis machen, Inga und ich sind gar nicht verwandt.«

Langenstein setzte sich ruckartig im Sessel auf. »Sie wollen damit doch nicht etwa sagen, dass Inga gar nicht Ihre Tochter ist?«

»So ist es«, sagte Wieland und berichtete, warum man die Vater-Tochter-Geschichte in die Welt gesetzt hatte. Schon nach Wielands ersten Worten fing Langenstein zu schmunzeln an.

»Und das wollen Sie die ganze Zeit durchhalten?« Langenstein lachte amüsiert.

»Was bleibt mir übrig? Ich kann Inga doch nicht bloßstellen.«

»Ich finde, das müssen Sie auch nicht. Auf mich können Sie sich verlassen, ich halte dicht.«

»Ich wusste es«, sagte Wieland, sichtlich erleichtert.

Langenstein lehnte sich wieder zurück. »Wieland, was halten Sie davon, wenn wir uns einfach duzen. Ich bin der Ältere und schlage Ihnen das vor.«

»Gerne, Herbert.« Wieland hob sein Bierglas und stieß mit Langenstein an. »Um aber auf deine Frage zurückzukommen, Herbert, ich selbst habe keine Kinder. Meine Frau hat aber einen Sohn mit in die Ehe gebracht. Der ist inzwischen erwachsen und selbständig. Nun aber zurück zu deinem Vorschlag, Herbert. Diesen finde ich wirklich gut, und ich glaube, auch ich hätte einiges zu erzählen. Was vielleicht nicht unbedingt immer lustig ist, aber keineswegs uninteressant. Ich schlage vor, du machst heute Abend den Anfang. Und mit meiner Geschichte warten wir bis morgen.«

»Einverstanden. Ich hoffe, wir bekommen in den Laden etwas Leben rein.«

Das Schiff näherte sich unterdessen dem Stokksund. Für Wieland der rechte Augenblick, um sich von Herbert Langenstein zu verabschieden. »Herbert, die Durchfahrt darfst du auf gar keinen Fall verpassen.«

Er erzählte noch kurz die Geschichte des deutschen Kaisers Wilhelm II, der seinerzeit mit seinem Segelschiff in der Gegend unterwegs gewesen war, der Kaiser war ja als ausgesprochener Norwegenliebhaber bekannt. Sein Schiff hatte im vorliegenden Fall Kurs auf den engen Stokksund genommen. Der Überlieferung zufolge soll Kaiser Wilhelm dem Lotsen in der engen Passage ins Ruder gegriffen haben, weil er nervös geworden war. Der Lotse reagierte, indem er sagte, hier bin ich der Chef! Dann soll er den Kaiser weggeschickt haben.

»Na, dann bin ich ja mal gespannt«, sagte Herbert Langenstein.

Wieland machte sich auf den Weg, um sich wie vereinbart vor den Aufzügen auf Deck 7 mit Inga und dem Safety Officer zu treffen. Inga hatte Anders Stjernen um die Erlaubnis gebeten, die Stokksunddurchfahrt von der Brücke aus verfolgen zu dürfen und hatte Wieland in die Bitte mit eingeschlossen. Der war natürlich sofort Feuer und Flamme gewesen.

*****

Herbert Langenstein verfolgte von Deck 6 aus, wie das Schiff den Stokksund ansteuerte. Als das Schiff mit verringerter Fahrtgeschwindigkeit in die erste enge Durchfahrt einbog, war er stark beeindruckt. Ihn faszinierte, wie dicht das große Schiff an den Felsen vorbei fuhr.

Ein Deck über ihm, auf der Kommandobrücke, war es im wahrsten Sinn des Wortes reine Routine. Bei den anwesenden Offizieren war keine Nervosität zu verspüren, auch dann nicht, als man von Automatik auf Handsteuerung überging.

Anders Stjernen, der Inga und Wieland auf die Brücke begleitet hatte, machte sie kurz mit den beiden dort diensttuenden Offizieren bekannt, dem Chief Officer Jesper Gundersen und dem Navigation Officer Marit Janson, welcher sich zu Ingas und Wielands Überraschung als junge Frau von knapp dreißig Jahren entpuppte. Nach der kurzen Vorstellung verließ Anders Stjernen die Brücke, nicht ohne die beiden Zaungäste noch einmal ausdrücklich darum zu bitten, möglichst keine lauten Gespräche zu führen. Allerdings dürften sie sich völlig frei auf der Brücke bewegen und auch fotografieren, ganz nach Belieben.

Die beiden Offiziere hatten hinter dem mehrere Meter breiten Leitstand in hochlehnigen Ledersesseln Platz genommen. Der Leitstand, bestückt mit mehreren Kontrollmonitoren und einer Vielzahl nautischer und sonstiger Armaturen, deren Zweck sich den Gästen vorerst nicht erschloss, nahm den zentralen Platz in der Brückenmitte ein. Weil sich die Norweger in ihrer Landessprache verständigten, wenn sie ihre äußerst knapp gehaltenen Dialoge führten, wussten die Brückengäste natürlich nicht, was die beiden Offiziere miteinander besprachen. Klar war nur, dass es um Belange ging, die mit der Navigation in der Stokksundpassage zu tun hatten.

Die Schulterstücke auf der dunkelblauen Uniformbluse von Marit Janson wiesen zwei breite goldene Streifen auf. Die junge blonde Frau mit dem Pferdeschwanz – ein Laie hätte sie sicherlich nicht in dieser verantwortungsvollen Position erwartet, so auch Wieland nicht – machte auf die Brückengäste einen souveränen Eindruck, nicht anders als der etwa zehn Jahre ältere

Chief Officer. Sie überwachte die Bildschirme, um den Kurs des Schiffes zu kontrollieren, während der Chief Officer mit den zwei joystickähnlichen Steuerelementen die Trollfjord auf Kurs hielt. Die Zeiten mit Steuerrad und Lotse waren längst vorbei. Elektronische Signale, empfangen und ausgehend vom Leitstand, regelten all das, was man in früheren Zeiten mithilfe der Sprech- und Telefonanlage, dem Sextanten und der Arbeit am Seekartentisch bewerkstelligt hatte.

Die Brückengäste registrierten die aufmerksamen Blicke, welche die Schiffsoffiziere wechselweise auf die Bildschirme und Geräte richteten. Angespannt wirkten sie dabei nicht, nur konzentriert.

Inga, die gebannt durch die frontseitigen Fenster blickte, bemerkte, dass Teile der Fahrstrecke mit kleinen roten Bojen markiert waren. Sie fragte Wieland leise nach deren Zweck.

»Sie geben den Fahrbereich vor, den das Schiff unbedingt einhalten muss«, erklärte Wieland.

Der Chief Officer, dessen Schulterstücke drei goldene Streifen aufwiesen, hatte offensichtlich Ingas Frage mitbekommen. Er wandte sich ihr kurz zu und sagte auf Englisch: »Die beiden engen Durchfahrten, diese hier, die wir eben durchfahren haben und die zweite, die nach der Brücke dort kommt, sind maximal sechzig bis siebzig Meter breit, nicht eben sehr viel für ein Schiff wie unsere Trollfjord. Die Bojen markieren die schmale Gasse, in der wir uns bewegen müssen, um sicher die Engstellen passieren zu können.«

Voraus spannte sich über den Sund eine hohe, schmale Brücke. Oben standen etliche Neugierige, die hinab auf das Schiff schauten und heftig winkten. Die Grüße wurden von fast allen Passagieren, die auf Deck 6 standen, freudig erwidert.

Hinter der Brücke drehte die Trollfjord nach Backbord und steuerte in langsamer Fahrt auf die zweite Engstelle zu. Auch diese schmale Passage, die wie die vorherige zu beiden Seiten von steil ins Wasser abfallendem Fels flankiert wurde, erforderte von den Offizieren höchste Aufmerksamkeit.

Zu Ingas Beruhigung wurde die Passage ebenso souverän gemeistert wie die vorherige. »Ich muss wirklich sagen«, rutschte es ihr mit einem Seufzer der Erleichterung heraus, »Ein bisschen Herzklopfen hatte ich schon.«

Nachdem der schwierige Teil der Strecke hinter ihnen lag und das Schiff langsam in den breiten Teil des Sundes einschwenkte, der zur offenen See führte, schauten Inga und Wieland sich interessiert auf der Brücke um und ließen sich vom Chief Officer einige der Instrumente auf dem Leitstand erklären. Sie erfuhren, was GPS, Sattelitennavigation und Radar für die Navigation des Schiffes bedeuteten und dass alle Geräte in doppelter Ausführung vorhanden waren. Sollte einmal ein Gerät ausfallen, was selten vorkäme, wie der Chief Officer versicherte, ist immer ein zweites vorhanden, sodass zu jeder Zeit die Navigation auf elektronischem Weg gewährleistet ist. Zwar seien auch Seekarten aus Papier an Bord, dies nur für den absolut seltenen Fall, dass sämtliche elektronischen Navigationsgeräte ausfielen. Jesper Gundersen sagte, in seiner zwanzigjährigen Tätigkeit als Schiffsoffizier sei das nicht einmal vorgekommen. Jedenfalls könne er sich an keinen derartigen Fall erinnern.

»Und was sind das für Geräte dort?«, fragte Inga auf Englisch und deutete auf eines der an den Brückenaußenseiten stehenden Pulte.

»Das dort und das auf der anderen Seite der Brücke, das sind die Seitenleitstände, von denen wir das Schiff steuern, wenn wir an den Hafenmolen anlegen. Das erfordert eine entsprechend freie Sicht, deshalb diese beiden zusätzlichen Leitstände.«

Wieland schaute indessen interessiert am Hauptleitstand auf einen Bildschirm mit elektronischer Seekarte. Die Route des Schiffes war erkennbar eingezeichnet. Es wurde stets die exakte Position des Schiffes angezeigt. Marit Janson deutete mit dem Finger auf den Punkt, an dem die Trollfjord sich im Moment befand.

Auf der Brücke gab es an der rückseitigen Wand, in die etliche Einbauschränke integriert waren, auch einen kleinen Bereich zum Hinsetzten. Dieser bestand aus zwei gemütlichen Polsterstühlen und einer an der Wand befestigten Tischplatte. Auf dieser standen ein winziges Aquarium und eine Blumenvase mit gelben Teerosen. Links daneben, an den Kopfenden der Schränke, machte Inga zwei Reihen kleiner offener Fächer aus, in denen verschiedenfarbige Tücher steckten.

»Inga, das sind Flaggen«, klärte Wieland das neugierig hinaufschauende Mädchen auf. »Es gibt in der Seefahrt unheimlich viele nautische oder, verständlicher gesagt, Signalflaggen. Solche Flaggen dienen nicht nur als allgemeine Erkennungszeichen, sondern diese werden auch dazu benutzt, um festgelegte Signale an andere Schiffe zu übermitteln.«

»Aha! … Nun bin ich voll im Stoff. Wenn ich das alles zu Hause erzähle, die denken glatt, ich hätte einen Kurs auf der Volkshochschule absolviert.«

Wieland lachte. »Inga, ich glaube, wir sollten uns langsam von den beiden Offizieren verabschieden. Was meinst du?«

»Natürlich! Du hast recht.«

Sie bedankten sich herzlich bei Marit Janson und Jesper Gundersen für ihre Geduld und Freundlichkeit.

*****

Sie beratschlagten. Der Plan hatte feste Formen angenommen, sodass sie ihm vorschlug, zu handeln, und zwar schnell.

»Was war denn nun mit dem Mädchen?«, flocht er ein.

»Die wollte mir tatsächlich weismachen, Schrader sei Journalist!« Sie lachte pikiert auf. »Damals, in Marxzell, war er ein Baumensch, und daran hat sich meines Wissens auch nichts geändert. Aber wegen der Kleinen müssen wir uns keine Gedanken machen, die wird uns nicht im Weg stehen.«

Er wollte von ihr nun endlich hören, wie das letzte Detail des Planes aussah. »Spann mich nicht weiter auf die Folter, wie bringen wir es denn nun zu Ende?«

»Ich war heute unten auf Deck 4 und habe die Lage gepeilt. Von seiner Kabine bis zu der Tür, die hinaus zu dem dortigen Arbeitsdeck führt, sind es nur ein paar Meter. Wenn wir es in den frühen Morgenstunden tun, wird uns niemand in die Quere kommen.«

»Ist denn die Tür nicht verschlossen?«, fragte er.

»Doch! Aber ich kenne den Zugangscode. Ich konnte jemanden von der Besatzung unauffällig über die Schulter schauen. Ich stand nur einen halben Meter hinter ihm.«

»Wird ihn das nicht stutzig gemacht haben?«

Sie lachte kurz auf. »Bestimmt nicht, ich habe ihm gesagt, mein Mann hat irgendwo auf Deck 4 sein Handy verloren, nach dem ich suche. Dann zückte ich mein Handy und tat so, als würde ich dich anrufen und mit dir reden. Ich habe ihm gesagt, du hättest inzwischen dein Handy wiedergefunden, die ganze Aufregung wäre also umsonst gewesen. Ja, und dann habe ich mich freundlich von ihm verabschiedet.«

»Marion, du hast eben für alles eine Idee.«

Sie nickte selbstgefällig. »Aber sicher! Beim Planen müssen alle Eventualitäten eingerechnet werden.«

»Gut gemacht! Und wann soll es nun losgehen?«

Sie sagte ihm die Stunde. Er fand, der Zeitpunkt war gut gewählt. Dieses Mal würde es funktionieren.

*****

Beim Dinner fehlte Annegret May, was wohl an der unruhigen See lag. Im Restaurant blieb der eine und andere Stuhl frei. Für Wieland nichts Neues, denn dem Seegang war nicht jeder gewachsen. Dabei war die Windstärke fünf noch relativ moderat Von richtigem Seegang konnte noch nicht gesprochen werden.

Frau Mecklenburg warf heute keinen missbilligenden Blick auf Inga. Diese trug Jeans und den grünen Pulli, also nichts, was einer kritischen Betrachtung bedurft hätte. Somit fing der Abend recht harmonisch an.

Es gab eine Blumenkohlsuppe mit geröstetem Pökelschinken. Inga vermied es, sich hierzu zu äußern. Erst bei der Forelle im Kräuterbett taute sie auf.

»Die Miesmuscheln sehen als Garnierung zwar sehr hübsch aus, sind aber gar nicht mein Fall. Papa, möchtest du?« Sie schob Wieland den Teller hin. Für Muscheln aller Art war dieser immer zu haben. Es schien somit alles in bester Ordnung zu sein. Doch Wieland traute dem Braten noch nicht. Dies jedoch zu Unrecht, wie sich herausstellen sollte.

Inga hob sacht den Fenchel an und sagte: »Der passt zur Forelle, nur der Rahmspinat scheint mir ein wenig fehl am Platz zu sein. Besser wäre ein Lauchgemüse gewesen. Oder, was denken Sie?«

Inga schaute fragend in die Runde. Sie vermied allerdings, Blickkontakt mit der Dame Mecklenburg aufzunehmen.

Wollenweber stimmte zu. »Fisch und Spinat passen irgendwie nicht zusammen. Das ist auch meine Meinung.«

Natürlich, dachte Wieland, wann würde Wollenweber Inga nicht recht geben?

»Kindchen«, sagte die Mecklenburg »Hier muss ich Ihnen voll zustimmen. Ich finde die Komposition ebenfalls ungewöhnlich.«

Inga nickte der Mecklenburg unmerklich zu, wobei sich in ihr Gesicht ein kleines Lächeln stahl.

Wieland machte ein zufriedenes Gesicht. Alles schien sich zu regeln. Man sollte einen Menschen nicht vorschnell verurteilen. Er tauschte einen Blick mit Herbert Langenstein. Dieser lächelte still in sich hinein. Wieland hätte gern dessen Gedanken gelesen.

»Herrschaften«, sagte Wieland. »Morgen früh überqueren wir

den Polarkreis. Wir sollten nun tippen, wann das geschehen wird. Ich habe hier ein paar Zettel mitgebracht, auf denen wir die Uhrzeit eintragen können. Die Zettel kommen in eine Verlosung. Wer die genaue Uhrzeit tippt oder dieser am nächsten kommt, erhält einen Preis. Würden Sie denn alle mitmachen?«

»Ja, natürlich!« Allgemeine Zustimmung. Was Wieland veranlasste, die Zettel zu verteilten.

»Haben Sie eine Vorstellung, wann die Überquerung in etwa stattfindet?«, wollte Wollenweber wissen.

Wieland zuckte mit den Schultern. »Ich bin ja schon mehrmals über den Polarkreis gefahren. Es ist es mir allerdings nie gelungen, die exakte Uhrzeit vorherzusagen. Ich hatte immer nur eine ungefähre Vorstellung.«

Wollenweber hakte nach. »Und die wäre?«

»Ich denke, wir werden den Polarkreis zwischen 7.20 Uhr und 7.40 Uhr überqueren.«

»Das ist ja eine recht konkrete Vorhersage«, warf Herbert Langenstein ein und strich sich über den Kinnbart.

»Viel Glück beim Raten!«, sagte Wieland.

Ein jeder betrachtete nachdenklich seinen Zettel. Es brauchte eine kleine Weile, ehe man sich entschloss, eine Uhrzeit zu notieren. Wollenweber füllte als Erster seinen Zettel aus, Frau Mecklenburg war die Letzte. Sie brauchte relativ lange, ehe sie den Stift ansetzte.

Wieland sah Herbert Langenstein an. »Nun mal was anderes. Herbert, du hast als ehemaliger Gymnasiallehrer einiges erlebt. Willst du uns davon nicht ein wenig erzählen?« Wieland schaute reihum. »Ich kann mir vorstellen, wenn jeder ein bisschen aus seinem Leben plaudert, könnte das unsere Abende noch interessanter gestalten. Was halten Sie von dem Vorschlag?«

Wollenweber bekundete mit einem mehrmaligen Nicken sein Interesse. Frau Mecklenburg sagte, sie würde sehr gern zuhören. Sie untermalte ihre Worte mit einem kleinen Lächeln.

Inga klatschte begeistert in die Hände. »Papa hat immer solch wunderbare Ideen!«

»Ich will mich nicht mit fremden Federn schmücken, aber die Idee hatte dieser Herr.« Wieland zeigte auf Herbert Langenstein.

Der nickte und strich sich über den Bart. »Ja, so ist es. Ich hatte Wieland deswegen angesprochen und wir waren uns einig, dass ich beginne. Ich habe zwar was im Kopf, von dem ich glaube, es könnte interessieren, aber ...«

Wieland fiel ihm ins Wort: »Du hattest als Gymnasiallehrer doch sicherlich mit Jugendlichen, also mit heranwachsenden Menschen zu tun, die nicht immer leicht zu händeln waren. Man hört ja ab und an Dinge. Der Job eines Lehrers, stelle ich mir vor, muss manchmal ganz schön nervenaufreibend sein. Herbert, wie war es denn mit Drogen, gab es da irgendwelche Probleme?«

»Wenn du mich so fragst, dann fällt mir eine Begebenheit ein. Ich hoffe nur, es langweilt niemanden, wenn ich davon berichte.«

Alle schüttelten die Köpfe. Herbert Langenstein schaute zufrieden in die Runde und begann mit den Worten: »Also, ich erinnere mich an folgendes ...«

Herbert Langenstein - Lyon-Fahrt 1969

Es war meine erste Klassenfahrt, die ich als junger Lehrer an einem Gymnasium im westlichen Münsterland verantwortlich organisieren und leiten sollte. Drei Jahre hatte ich die Klasse bis zum 10. Jahrgang geführt und nun war im April 1969 die Planung der Frankreichfahrt abgeschlossen und nach langer Zugreise Lyon erreicht. Überraschend schnell waren die 18 Schüler – eine reine Jungenklasse – den wartenden Gasteltern zugeteilt.

Vormittags besuchten die Jungen den Unterricht des Partner-Gymnasiums, nachmittags hatten die französischen Kollegen ein Besichtigungs- und Aktionsprogramm organisiert. Höhepunkt war eine Ganztagsunternehmung in das alpine Wintersportgebiet Grenoble, das auch im April noch von imposanten meterhohen Schneemassen bedeckt ist.

Die Busfahrt dauerte knapp drei Stunden. Früh ging es los, als Zeitpunkt für die Rückfahrt legten wir 16 Uhr auf dem zentral gelegenen Busparkplatz fest. Pünktlich drängten die Jungen zur Rückreise in die Wärme des Busses.

Zwei Schüler fehlten noch. Nach zwanzig Minuten des Wartens erklärte sich der begleitende Kollege bereit, im Ort noch einmal zu schauen, ob vielleicht orientierungslos Umherirrende nach dem richtigen Weg suchten. Als er allein zurückkam, beschlossen wir, noch eine viertel Stunde zu warten, dann aber los zufahren.

Die Hoffnung, die Verlorengegangenen schon bei ihren Gasteltern anzutreffen, erfüllte sich nicht. Bei meinem Gastkollegen verbrachte ich die Nacht mit bangem Warten in Telefonnähe. Die nächtlichen Stunden schienen sich ins Unermessliche zu dehnen.

Gegen vier Uhr früh die erlösende Nachricht: »Wir sind zurück, Entschuldigung! Wir haben super nette Jugendliche getroffen und die Zeit total vergessen!«

Inzwischen hatte ich Telefonate mit der Schulleitung in Deutschland geführt und das Vorkommnis geschildert. Die Entscheidung der Schulleitung: sofortige Rückkehr der Schüler. Vereinbarungsgemäß müssen bei groben Verstößen die Eltern die betroffenen Jungen abholen. Außerdem werden die Schüler mit sofortiger Wirkung von der Privatschule entlassen.

Mein Plan für das weitere Vorgehen: die übrigen Schüler über das rücksichtslose Verhalten möglichst schnell informieren, die Gasteltern verständigen und die gastgebende Schule unterrichten.

Ich bitte die Schulleitung der französischen Partnerschule, die deutschen Schüler so frühzeitig aus dem Unterricht zu entlassen, dass sich alle um 12 Uhr auf dem Bahnhofsvorplatz versammeln können.

Um 11.45 Uhr stehen wir erwartungsvoll beisammen, um 12 Uhr treffen Norbert und Dieter ein. Nach der kurzen Erklärung »Wir haben den Bus verpasst.« und »Es tut uns leid!« ist es bei mir, vor den versammelten Mitschülern ihr Verhalten streng zu rügen. Es fallen Worte wie 'rücksichtslos', 'ohne Verantwortungsbewusstsein' und ich muss ihre sofortige Abreise ankündigen.

Dann Norbert: »Der verlorene Sohn wurde anders empfangen!«

Diese Bemerkung trifft mich wie ein Faustschlag. Ich unterrichtete in dieser Klasse Deutsch und Religion und wir hatten die Beispielgeschichte vom 'Verlorenen Sohn' aus dem Neuen Testament in letzter Zeit eindringlich besprochen. Kann ich jetzt noch glaubwürdig sein? Werde ich meinem Anspruch, jederzeit authentisch zu sein, noch gerecht?

Die Schüler sind entlassen, ich bleibe mit Norbert und Dieter zurück. Diese schildern mir ihre Begegnung mit französischen Jugendlichen, wie sie abends eingeladen wurden und in eine LSD-Party gerieten, auf der auch sie Drogen konsumierten.

Sie haben ein Geschenk für mich dabei: Ein Mini-Foto-Album mit Selbstportraits, das sie um die Ecke in einem Fotoautomaten gemacht hatten: »Unserem Partner H.L.«

Der Nachmittag ist mit Organisationsaufgaben ausgefüllt. Die Heimreise von Norbert und Dieter lässt sich nicht nur einfach anordnen. Norbert hat vor gut einem Jahr seinen Vater infolge einer Krebserkrankung verloren, seine Mutter steht als Blumenverkäuferin auf dem Wochenmarkt. Eine Zugreise nach Lyon, um ihren Sohn abzuholen, kann sie nicht bezahlen.

Dieters Mutter, alleinerziehend, von Beruf Zahnärztin, kann das Abholen ihres Sohnes kurzfristig organisieren.

Die Schulleitung in Deutschland teilt mir mit, dass Norberts

Mutter mit der selbständigen Rückreise ihres Sohnes einverstanden ist, Dieter aber von seiner Mutter in Lyon abgeholt wird.

Die planmäßige Abfahrt des Zuges von Lyon nach Deutschland soll laut Fahrplan 0.47 Uhr erfolgen. Ich verabrede mich mit Norbert um Mitternacht in der Bahnhofshalle.

Beim Betreten des Bahnhofs höre ich die näselnd melancholischen Weisen einer Mundharmonika. Norbert hockt im Lotossitz vor einer Säule, Mundharmonika spielend.

Ich bitte ihn, mit in das Restaurant zu kommen, ich spendiere ein Getränk und einen kleinen Imbiss.

Niedergedrückt und nahezu wortlos sitzen wir beieinander, als das Radio im Restaurant sein abendliches Programm beendet. Es ist Mitternacht. Zur Stunde null erklingen die schicksalsschweren Eingangstakte der 5. Sinfonie von Beethoven und drücken auf unser Gemüt, heben uns in eine emotionale irreale Welt.

Ich sitze Norbert gegenüber. Dieser legt seine Hände vor das Gesicht. Er wird von einem Weinkrampf geschüttelt. Kurze Zeit später zwingt er sich zur Gelassenheit.

»Beethoven kann man eigentlich nur verstehen, wenn man Drogen konsumiert hat.«

Ich begleite Norbert zum Bahnsteig und wünsche eine gute Fahrt. Anders ist die Situation mit Dieter. Dieser hat mir anvertraut, dass er schon verschiedentlich Drogen konsumiert hat, seine Mutter aber nichts davon wissen dürfe. Auch verkündet er mir, dass er die lange Zugfahrt neben oder gegenüber seiner Mutter sitzend nicht ertragen könne, eher würde er aus dem Zug springen!

Am folgenden Tag gegen Mittag soll die Mutter eintreffen. Als Treffpunkt wählen wir das Internatsgebäude der Partnerschule. Ich treffe mich dort mit Dieter und bitte anschließend die Internatsleitung um einen Gesprächsraum.

Es folgen getrennte Gespräche, zuerst mit der Mutter, dann mit Dieter, dann das Gespräch zu dritt. Mir gehen alle Kommunikationsregeln für Konfliktfälle durch den Kopf, vergesse aber alle Theorie in der konkreten Situation. Es gelingt mir Anspannung, versteckte Wut und Aggression bei der Mutter und beim Sohn zurückzudrängen.

»Bitte regeln Sie nichts während der Heimreise. Sprechen Sie mit Ihrem Sohn erst morgen über das Vorgefallene!«

Im Gespräch mit der Mutter habe ich erreichen können, dass Mutter und Sohn mit dem Flugzeug nach Deutschland zurückfliegen. Gegen Abend können in dem letzten Flug nach Deutschland noch zwei Plätze gebucht werden. Ein Taxi bringt beide zum Airport in Lyon und ich wünsche auch hier eine gute Reise.

Bis heute ist der Kontakt zu den beiden ehemaligen Schülern geblieben. Ihren weiteren Lebensweg kennzeichnen Höhen und Tiefen, respektable Erfolge wie deprimierendes Abgleiten in existentielle Notlagen. Aus dem Lehrer-Schülerverhältnis ist ein freundschaftlich vertrauensvoller Umgang miteinander entstanden, den die Beteiligten immer wieder als anregend und bereichernd erleben.

Bodø, 12. Oktober 2011

Zwischen Nesna und Ørnes stand in den frühen Morgenstunden des 12. Oktobers ein Highlight bevor, die Überquerung des Artic Cirkel. Somit wäre es am zurückliegenden Abend für die Passagiere von MS Trollfjord ratsam gewesen, den Wecker zu stellen, um dieses Ereignis nicht zu verpassen. Wieland hatte natürlich daran gedacht und Inga entsprechend instruiert. Sie hatten die Weckzeiten ihrer Handys auf 7.00 Uhr gestellt, mit der Absicht, pünktlich ab 7.15 Uhr auf Deck 6 zu sein.

Es war noch immer dunkel, allerdings wölbte sich ein sternenklarer Himmel über das Schiff. Ziemlich weit draußen am Horizont war ein feiner, heller Streifen erkennbar, ein Vorbote der aufgehenden Sonne. Die Flagge hinten am Heck bewegte sich kaum, es war fast windstill. Von den Schiffspropellern aufgeworfen, legten unzählige Schaumkronen eine helle, mehrere Hundert Meter lange Spur in die dunkle See. Sie markierten die Wegstrecke, die das Schiff in den vergangenen Minuten zurückgelegt hatte.

»Im Dunkeln wirkt die See beinahe unheimlich«, sagte Inga.

»Du sprichst wie meine Frau.« Wieland erinnerte sich an die Ängste von Eva, mit der sie – sehr zu seinem Bedauern – auch diese Reise abgesagt hatte.

»Frauen sprechen eben aus, was sie empfinden.«

Wieland nickte. »Damit magst du recht haben. Wir Männer neigen nicht immer dazu, die Gefühle offen zu zeigen.«

»Aber Gefühle hast du in diesem Moment, oder?«

»Natürlich habe ich welche. Aber um dem Klischee zu entsprechen, ich zeige sie selten. Ich bin nämlich ein sehr kontrollierter Mensch. Eva sagt, ich müsse mehr aus mir heraus gehen. Also, im Moment genieße ich einfach nur still. Die Fahrt durch die Norwegische See ist für mich die pure Erholung. Andere besuchen Seminare, um ihr angekratztes Ego auf Vordermann zu bringen, mir genügt, mich in einen Flieger zu setzen und auf Hurtigruten-Reise zu gehen. Das ist vielleicht sogar preiswerter, und der Erholungswert ist enorm. Als ich meine erste Hurtigru ten-Reise hinter mir hatte – ich bin seinerzeit auf der guten alten Narvik gefahren – , bekam ich nachher eine solche Schaffens kraft, das kannst du dir gar nicht vorstellen. Ich flunkere dir nichts vor.«

Inga schaute ihn mit einem Blick an, den er nicht sogleich zu deuten wusste. Aber es war ein Blick, der ihn nicht beunruhigte.

»Muss nicht gleich diese kleine Insel kommen? « Inga beugte sich ein wenig über die Reling und schaute nach vorn.

»Dort drüben ist erst einmal der Hestmannen zu sehen, siehst du den Berg mit der zylindrischen Spitze?«

Inga sah im sich zaghaft aufhellenden Dunkel den gewaltigen Berg, der auf der einen Seite steil abfiel und sich auf der anderen sanft neigte.

»Toll dieses Bild. Wirklich!«

Wieland zupfte sie am Arm. »Inga, schau! Die kleine Insel kommt auf uns zu, ich kann die Weltkugel bereits erkennen.«

Die Trollfjord näherte sich in gedrosselter Fahrt der winzigen Felseninsel. Auf einem steinernen Sockel thronte – fast zum Greifen nahe – die stilisierte, metallene Weltkugel. Als sie auf gleicher Höhe waren, ertönte dreimal hintereinander die Schiffssirene, ein Weckruf in der stillen Morgenstunde.

»Fast hätte ich vergessen, auf meine Uhr zu schauen!«, rief Inga in die Sirenentöne hinein.

Wieland schaute von seiner Armbanduhr auf. »Ich habe 7.28 Uhr und ein paar Sekunden ermittelt. Den genauen Zeitpunkt werden wir erst im Zuge der Polarkreistaufe erfahren. Ich kann aber jetzt schon sagen, mit meiner Einschätzung liege ich auch dieses Mal ein gutes Stück daneben.«

»Ich auch«, sagte Inga. Es klang enttäuscht.

Wieland fand ein paar tröstende Worte. Da Inga von Natur aus ein sonniger Typ war, hielt sich die Enttäuschung in Grenzen. Sie war mit ihren Gedanken außerdem wieder ein Stück voraus.

»Jetzt könnten wir doch unsere Runden drehen, nicht?«

Wieland nickte. »Es kommt in der nächsten Stunde nichts Aufregendes, abgesehen einmal von der grandiosen Landschaft, die an uns vorüberzieht. Diese können wir aber auch beim Laufen genießen.«

In Runde sechs oder sieben bemerkte Inga die Frau aus der Sauna. Diese stand mit einem Mann an der Reling, unweit des heckseitigen Fahnenmastes. Ihr Begleiter hatte die Mütze tief ins Gesicht gezogen und den Kragen des Anoraks aufgestellt.

Inga wollte Wieland auf das Paar aufmerksam machen. Doch

der Mann setzte sich in Bewegung, gefolgt von der Frau, die noch schnell ihre Zigarettenkippe in das aufschäumende Heckwasser schnippte. So entging Inga ein Blick in das Gesicht des Mannes.

Der Anblick der Frau weckte bei Inga unangenehme Gefühle. Weil es negative Empfindungen waren, schob sie diese kurzerhand beiseite. Stattdessen erkundigte sie sich nach der zehnten Runde bei Wieland, was ihnen die nächsten Stunden bringen würden.

»Wir werden im Laufe des Vormittags den Svartisen sehen, den zweitgrößten Gletscher Norwegens. Im Sommer gibt es einen Ausflug dorthin. Man fährt mit einem kleinen Kutter in den Holandsfjord, bis man ganz nahe am Gletscher ist.«

»Jetzt freue ich mich erst mal auf einen Kaffee«, sagte Inga und machte zum Abschluss noch ein paar Dehnungsübungen. Sie legte abwechselnd die Fersen auf den Handlauf der Reling, drückte das jeweilige Bein durch und fasste mit den Händen nach der Fußspitze. Ihr Oberkörper lag dabei waagerecht auf dem Bein. Eine Übung, die Wieland den größten Respekt abnötigte.

»Wenn ich an meine steifen Knochen denke!«

Aber auch einige der vorbeischlendernden Passagiere schauten sich diese Vorführung an, zumeist mit ungläubigem Staunen. So was hatte man hier wohl noch nicht gesehen. Eine ältere Frau blieb interessiert stehen und sagte: »Also, als ich noch so jung war …«

*****

Auf dem Kai in Bodø stand Linda Skjertoft, Inhaberin des kleinen Wollgeschäftes in der Kongens Gate. Sie beobachtete mit Interesse das Anlegemanöver der Trollfjord, die pünktlich 12.30 Uhr festmachte. Nach dem Herunterlassen der Gangway hatte sie erwartet, ihren Großvater zu erblicken. Doch das war nach zehn Minuten des Wartens noch immer nicht der Fall. Eine große Anzahl von Passagieren kam die Gangway herunter, nur eben nicht der Großvater.

Sie war beunruhigt. Denn sie wusste, mit ihm war nicht mehr so viel los. Um der Möglichkeit auf den Grund zu gehen, es könnten ihn vielleicht gesundheitliche Gründe aufgehalten haben, stiefelte sie die Gangway empor und betrat das Schiff.

Auch im Vorraum zur Rezeption war der Großvater nicht zu entdecken, was ihre Unruhe steigerte. Daher entschloss sie sich, die junge Frau am Counter zu befragen.

»Entschuldigen Sie bitte, ich wollte meinen Großvater abholen.«

Die junge Frau, auf deren Namenschild Annika Johannsen stand, schaute freundlich von ihrem Bildschirm auf.

»Ach ja, Herrn Skjertoft, nicht wahr?«

»Richtig! Wissen Sie, wo ich ihn finde, er wollte eigentlich auf dem Kai sein. Dort war er aber nicht.«

Annika Johannsen überlegte. »Vielleicht hat er sich für ein Stündchen hingelegt und hat nun die Ankunft verpasst.«

»Wo könnte ich ihn denn finden?«

»Wissen Sie, ich habe ihn gestern oben auf Deck 9 angetroffen, wo er sich im Schutz der Decksaufbauten in einem Schlafsack zum Schlafen niedergelegt hatte. Das hat mir leidgetan, es herrschte ja ein ziemlich böiger Wind. Also habe ich Herrn Skjertoft angeboten, die eine Nacht in einer nicht benutzten Kabine zu verbringen. Selbstverständlich ohne jegliche zusätzliche Kosten.«

»Das sieht meinem Großvater wieder einmal ähnlich«, sagte Linda Skjertoft. »Der Großvater hat schon immer an den Fahrtkosten gespart. Für die Strecke von Rørvik nach Bodø, so dachte er wohl, könne er die eine Nacht einfach so an Deck verbringen. Frau Johannsen, nun sagen Sie mir bitte, in welcher Kabine er genächtigt hat.«

»In Kabine 490. Zwar ist zurzeit die Dusche nicht benutzbar, aber schlafen kann man darin schon.«

»Vielen Dank, Frau Johannsen.« Linda Skjertoft war erleichtert. Sie folgte der Wegbeschreibung und bog in den schmalen Gang links von der Rezeption ein. Fast am Ende fand sie Kabine 490, deren Tür verschlossen war. Sie klopfte. Doch alles Klopfen half nichts, die Tür wurde nicht geöffnet.

Linda Skjertoft ahnte Schlimmes. Sie eilte zurück zur Rezeption. Mit Annika Johannsen im Schlepptau suchte sie erneut die Kabine 490 auf. Frau Johannsen öffnete kurzerhand mit einer Schlüsselkarte die Kabinentür. Linda Skjertoft war auf einiges gefasst, doch die Befürchtung erwies sich als grundlos. Die Kabine war leer.

»Wo kann er nur sein?«, rätselte Linda Skjertoft. Sie konnte sich das Verschwinden des Großvaters nicht erklären.

Auch Annika Johannsen war ratlos. Sie informierte deshalb den Zahlmeister und bat um seine Hilfe. Daraufhin durchsuchte eine kleine Mannschaft ganze zwei Stunden das Schiff. Nachdem man alle Passagierdecks, Salons und Toilettenräume inspiziert hatte, blieben nur noch die Arbeits- und Mannschaftsräume übrig. Vielleicht hatte sich der Großvater ja in einer Tür geirrt und war im Labyrinth der Arbeitsdecks gelandet, hatte von dort den Weg nicht mehr zurück gefunden. In der Mannschaftsmesse, die sie nach den Laderäumen kontrollierten, war er ebenfalls nicht. Die anwesenden Mannschaftsmitglieder, die man befragte, hatten jedenfalls keinen älteren Herrn bemerkt. Ihnen wäre jemand, der dort nichts zu suchen hatte, mit Sicherheit aufgefallen.

Auch die Suche in den Werkstatträumen und der Müllverbrennungsanlage, wo eine Anzahl von Containern stand, in denen der Müll getrennt aufbewahrt beziehungsweise für die teilweise Verbrennung auf offener Seestrecke gesammelt wurde, brachte keinen Erfolg. Es blieben somit nur noch die beiden Maschinenräume übrig. Diese durchsuchte man allerdings nur pro forma, denn bei dem Höllenlärm, der darin herrschte, hätte es der Gesuchte bestimmt nicht lange ausgehalten. Die Suche endete, ohne dass man fündig geworden war.

Annika Johannsen war überzeugt, Linda Skjertofts Großvater hätte das Schiff nicht unbemerkt verlassen können. Wer das Schiff verlässt, wird ohne Ausnahme vom Überwachungssystem erfasst. Es wird immer der Code der Schlüssel- oder Fahrkarten eingescannt. Auch eine Befragung des Personals, das an der Gangway Dienst tat, ergab keinen erhellenden Hinweis. Der Großvater war und blieb verschwunden.

Linda Skjertoft war völlig ratlos. Als es vom Großvater noch immer kein Lebenszeichen gab, nachdem sie längst wieder zu Hause und die Trollfjord bereits ein gutes Stück in Richtung Lofoten unterwegs war, entschloss sie sich zu einer Vermisstenanzeige bei der örtlichen Polizei.

*****

Der Weg von MS Trollfjord führte von Stamsund die Lofoten hinauf in Richtung Svolvær, dem Hauptort der Inselgruppe. Dieser sollte 21 Uhr erreicht werden. Für das Dinner blieb also Zeit genug, man würde nichts verpassen. Sollte man doch einmal etwas versäumen, dann gab es auf der Rückreise eine zweite Gelegenheit, denn das Schiff lief auf der Route – mit Ausnahme von Vadsø – alle Häfen zweimal an.

Auf der Speisekarte standen heute würzige Schweinerippchen mit Apfelchutney, Rotkohl, Portweinsauce und dazu gebackenen Amandie Kartoffeln. Vorher wurde ein Meeresfrüchtecocktail nach Vestfjord Art auf Bruschetta mit Salat serviert. Ehe Inga zu dem Dreigang-Menü ihren Kommentar abgeben konnte, ergriff Frau Mecklenburg das Wort.

»Eine gewagte Komposition«, sagte diese und wandte ihren Blick den überrascht drein schauenden Tischgenossen zu. »Ich hätte eher ein Sauerkraut erwartet, aber schauen wir doch mal, was der Küchenchef kreiert hat. Er wird sich etwas dabei gedacht haben. Guten Appetit allerseits!«

Wieland schluckte. Inga hob die Hand vor den Mund und prustete mit einer Intensität hinein, dass selbst die Leute vom Nachbartisch aufmerksam wurden und herüber schauten. »Entschuldigung …«, sagte sie mit halb erstickter Stimme. »Es ist alles richtig, was Sie sagen, Frau Mecklenburg. Nur, ich wollte soeben das Gleiche sagen.«

Inga hielt es kaum noch auf dem Stuhl. »Aber, Sie waren … eben einen Tick … schneller.« Sie wand sich förmlich beim Lachen. Ihr Lachen steckte an. Zuerst fiel Dietmar Wollenweber ein, dann Herbert Langenstein und auch Annegret May. Nur Frau Mecklenburg und Wieland schafften es, sich einigermaßen zu beherrschen, obwohl auch diese sich eines Lächelns nicht erwehren konnten.

»Ein lockerer Auftakt des heutigen Abends«, stellte Herbert Langenstein trocken fest. »Lassen wir uns also das Essen schmecken. Auch ich wünsche einen guten Appetit.«

Eine Minute blieb es still am Tisch. Als Wieland Inga anschaute, brach diese erneut in ein helles Lachen aus.

»Oh, Gott!« Sie hielt die Hand vor den Mund. »Ich halte es nicht aus!« Sie sprang auf und lief in Richtung Ausgang davon.

»Was hat sie nur?«, fragte Annegret May.

Wieland fühlte sich in der Pflicht. »Nichts Schlimmes. Sie wird bald wieder am Tisch erscheinen. Inga ist eben ein sehr emotionaler Mensch.«

Zu Wieland gewandt, sagte Wollenweber: »Wollen wir wetten, Inga wird sich auch heute den Nachtisch schenken.«

In Wielands Ohren klang das so, als wollte Wollenweber die Million-Dollar-Frage stellen.

»Da mögen Sie recht haben, aber sollten wir ihr das nicht selber überlassen?«

»Sorry!« Wollenweber hob die Hände. »Damit Sie mich nicht falsch verstehen, mir genügt mein Nachtisch.«

»Hatte ich auch so aufgefasst.«

Frau Mecklenburg, die langsam auftaute, sagte: »Verschleierte Bauernmädchen … welche Fantasie! Ich meine die Apfelmusspeise, die uns die nette Serviererin als Nachspeise gleich servieren wird. Man muss schon sagen, der Fantasie sind keine Grenzen gesetzt.«

Wieland war froh, dass Inga noch nicht zurück war. Wahrscheinlich wäre diese einem weiteren Heiterkeitsausbruch erlegen gewesen. Und wer weiß, was dann noch passiert wäre?

»Wieland, heute ist dein Abend«, brachte Herbert Langenstein Sachlichkeit in die Tischrunde.

Als Herbert Langenstein diese Worte sprach, kehrte Inga an den Tisch zurück. »Ja, Papa, heute bist du dran. Gleich wird es ein bisschen ernster werden. Achtung Leute!«

Wieland schaute in die Runde. »Ich glaube, heute Abend ist nicht der rechte Zeitpunkt, um von Dingen zu reden, die unsere ausgelassene Stimmung trüben könnten. Ich hatte nämlich vor, Ihnen etwas aus meiner Studentenzeit zu erzählen, was nicht unbedingt erfreulich ist und für mich einen Einschnitt im Leben bedeutete. Ich möchte die Geschichte gern auf morgen verschieben. Ich hoffe, Sie sehen mir das nach. Ich würde jetzt gern in der Bar etwas Ordentliches trinken. Herbert, du kommst doch mit?«

In der Bar herrschte die gewohnt lockere Atmosphäre. Wieland widmete sich der Getränkekarte, während Inga und Herbert Langenstein über ein Thema sprachen, welches nichts mit der Erkundung zu tun hatte, mit der Wieland sich im Augenblick befasste. Denn der versuchte unter den Whisky-Sorten diejenige herauszufinden, von der er glaubte, diese noch nicht zu kennen. Als er in der Karte auf *Bruichladdig The Laddie Ten 10 yo* stieß, schlug sein Herz eine kleine Nuance höher.

»Liebe Inga, lieber Herbert, heute möchte ich euch zu einem Whisky einladen, von dem ihr sagen werdet, den habe ich damals auf den Hurtigruten genossen, unter Freunden, und in einer Stimmungslage, die ich im Nachhinein als außerirdisch bezeichnen würde.«

Inga stieß Wieland in die Seite. »Papa, nun übertreibe bitte nicht!«

Herbert Langenstein zwinkerte Wieland zu. Der grinste. Die beiden Männer verstanden sich ohne Worte.

»Für mich bitte nur ein winziges Glas Sekt«, sagte Inga.

»Inga, du verpasst was, glaube mir. Somit werden Herbert und ich allein diesen Scottish Whisky probieren, mit der Wahrscheinlichkeit, in neue Sphären des Genusses vorzustoßen.«

»Papa ist heute besonders poetisch«, sagte Inga spöttisch und warf Herbert Langenstein einen vielsagenden Blick zu.

»Ich kenne Wieland zu wenig«, sagte dieser. »Er scheint aber ein Kenner zu sein, zumindest, was gewisse Spirituosen angeht.«

»Spirituosen?« Wieland glaubte sich verhört zu haben. Er richtete sich auf seinem Barhocker auf. »Lieber Herbert, Whiskys sind keine Spirituosen, Whiskys sind reine Philosophie. Nichts mehr und nichts weniger! Du wirst das erkennen, wenn deine Nase mit dem Aroma Bekanntschaft schließt.«

Wieland betrachtete sein Glas, in dem goldgelb der Whisky schimmerte. »Skål!« Er hob das Glas an die Nase, ehe er einen winzigen Schluck nahm. »Ich schmecke Moos … wartet einen Moment … und Harz, ein runder Geschmack, meine Lieben.«

Man sah Herbert Langenstein an, dass er beeindruckt war.

»Nun, ihr Lieben«, sagte Wieland. »Nun wird es Zeit, dass ihr euch duzt. Herbert, du als der Ältere, willst du meiner Tochter nicht das Du anbieten?«

Der Angesprochene zögerte einen kurzen Moment, hielt dann sein Glas Inga entgegen und sagte: »Ich bin der Herbert. Also, wenn Sie gestatten, ich würde mich über das Du freuen.«

»Gerne, Herbert!«

Sie stießen mit den Gläsern an. Einen Moment lang widmete sich jeder seinem Getränk, wobei besonders Wieland einen rundum zufriedenen Eindruck machte.

»Herbert«, richtete sich Inga an Langenstein. »Deine Geschichte gestern hat mich stark beeindruckt. Die werde ich so schnell nicht vergessen. Auch wenn das Ereignis etliche Jahre zurückliegt, so ist das Problem immer noch aktuell … ich meine, das mit den Drogen.«

»Wie ist es damit an deiner Uni?«, fragte Herbert Langenstein.

»Och, eigentlich ist mir da nichts bekannt. Aber ich kenne ja nicht jeden Studenten.«

Herbert Langenstein schnitt ein neues Thema an. »Inga, ich habe dich noch nicht einmal mit ′nem Handy in der Hand gesehen, bei jungen Mädchen wirklich eine Seltenheit. Als ich kürzlich mit dem Bus in die Stadt gefahren bin, saß so ein junges Ding wie du neben mir und spielte die ganze Fahrt über an seinem Handy herum. Eine Haltestelle darauf kamen zwei weitere Mädchen hinzu, die es ihm gleichtaten. Ich bin überzeugt, die Mädchen hätten später nicht sagen können, wer neben ihnen saß. Und von der am Fenster vorbeiziehenden Stadt haben die Drei bestimmt nichts gesehen. Ich frage mich, nehmen die jungen Leute überhaupt noch was wahr?«

»Das digitale Zeitalter fordert eben seinen Tribut«, sagte Wieland sarkastisch. »Da kommen wir Alten nicht mehr mit. Jedes hat seine Zeit. Man sollte nicht in zu engen Rahmen denken.«

Inga schüttelte den Kopf. »Ganz so ist es nicht, Papa. Ich zum Beispiel muss nicht ständig mein iPhone griffbereit haben. Das ist eine Sache der Selbstorganisation. Klar, ohne geht heute nichts mehr. Muss ich aber ständig erreichbar sein und mich ständig jemandem mitteilen? Ich glaube, nein.«

Sie schaute sich in der Bar um. »Ich sehe nur eine einzige Person, die telefoniert. Schon mal ein gutes Zeichen, oder?«

»Es wäre schlimm, wenn es auf den Hurtigruten wie im Bus zugehen würde«, brummte Wieland.

Tromsø, 13. Oktober 2011

Von Svolvær ging die Fahrt nach Harstadt, das 6.45 Uhr am nächsten Morgen erreicht wurde.

Ehe sich Wieland und Inga zum Frühstück einfanden, drehten sie die obligatorischen Runden auf Deck 6.

Zum Frühstück trug Inga schwarze Jeans und dazu einen Norwegerpullover, im Nacken wippte wieder der freche Pferdeschwanz. Wieland konnte sich des Eindrucks nicht erwehren, dass sie auf ihr Make-up besonders viel Sorgfalt verwandt hatte. Zwar waren die Lippen nicht geschminkt, aber Lidstriche und Lidschatten betonten auffällig die dunklen Augen.

»Inga, ich sehe dir doch an, du hast wieder was auf dem Herzen. Ist das nicht so?«

Sie wirkte verlegen. »Ja, schon … Du erinnerst dich doch an Anders Stjernen? Also, der hat heute Nachmittag frei. Er hat vorgeschlagen, uns durch Tromsø zu führen. Ist das nicht der Hammer?«

Wieland glaubte nicht richtig gehört zu haben. »Du meinst, der Schiffsoffizier will mit uns beiden …?«

»Ja!« Inga strahlte. »Toll, nicht?«

»Ich glaube eher, er will nur mit dir …«

»Nein, nein!«, wehrte Inga ab. »Ich habe zur Bedingung gemacht, dass du mitkommst. Mit ihm allein werde ich nicht gehen. Das würde ich dir nicht antun.«

Er hätte nichts dagegen gehabt, wenn die jungen Leute allein losgezogen wären. Aber Inga wollte ihn, warum auch immer, dabei haben. Trotzdem war Wieland zwiegespalten. Das fünfte Rad am Wagen wollte er auf keinen Fall sein. Er antwortete deswegen etwas zögerlich. »…gut, dann erkunden wir eben zu dritt die Stadt.«

Inga biss herzhaft in ihr Brötchen. Mit vollem Mund sagte sie: »Das wird wahnsinnig interessant werden, Wieland. Ich freue mich jetzt schon darauf.«

Er fragte sich, ob sie sich auf die Stadt oder auf den jungen Mann freute. Wahrscheinlich auf beides, mutmaßte er.

Von Harstadt dauerte die Fahrt etwa sechseinhalb Stunden, ehe die Trollfjord gegen 14.30 Uhr Tromsø erreichen und gegenüber der Eismeerkathetrale festmachen würde.

Auf dem Weg dorthin stand die obligatorische Polarkreistaufe auf dem Programm, ein Highlight, besonders natürlich für alle Neulinge. Wieland wusste, was auf diese zukam. Als er Inga erzählte, wie die Taufe ablief, erlosch schlagartig ihr Interesse. »Eiswürfel in den Kragen, wer denkt sich denn so was aus?«

»Es ist schließlich keine Äquatortaufe, Inga! Wir befinden uns jenseits der gemäßigten Zone im polaren Bereich. Ich fürchte, da musst du durch. Es sei denn, du willst ungetauft bleiben. Das kann ich dir nicht empfehlen, schließlich darf man es sich mit Neptun nicht verderben. Übrigens, der wird hier manchmal auch *Ægir* genannt. In der nordischen Mythologie ist es der Name für den Riesen der See und findet sich in der Erzählung der Edda wieder.«

Die Zeremonie fand auf Deck 9 statt. Ein Großteil der Passagiere war anwesend und wartete gespannt darauf, was sich in den nächsten Minuten tun würde. Es dauerte auch nicht lange, bis der Kapitän in Begleitung des Obersteuermanns und einer Dame der Reiseleitung erschien. Der Kapitän hatte eine Papierrolle in der Hand, die er aufrollte und in mehreren Sprachen etwas von toten Seemännern, Fischen und Mächten des Meeres ablas, das vielfach nicht verstanden wurde. Was aber von untergeordneter Bedeutung war, die eigentliche Attraktion stellte schließlich Neptun dar. Der erschien dann auch bald und fuchtelte wie wild mit seinem Dreizack herum. Dabei bediente er sich einer Sprache, die nun wirklich kein Mensch verstand.

Alles war so weit, um die Taufe vornehmen zu können. Die Passagiere stellten sich geduldig an und nahmen, wenn sie an der Reihe waren, das kalte Eis in Empfang. Die Reiseleiterin lüftete die Pullover- oder Hemdkragen, sodass Neptun die Eiswürfel, die er mit einer Schöpfkelle aus einem Sektkühler angelte, dem jeweiligen Täufling hinten in den Kragen schütten konnte. Die meisten Frauen kreischten laut auf, aber auch mancher Mann gab lautstark seinem Schrecken Ausdruck. Doch nicht jeder Täufling unterzog sich dieser Prozedur.

Inga, die sich durchgerungen hatte, teilzunehmen, hatte die Taufe bald hinter sich. Sie hielt ihr *Polarsirkelsertifikat* in der Hand, welches bescheinigte, dass sie an Bord von MS Trollfjord am 12. Oktober 2011 den Polarkreis bei 66° 33‘ überquert hatte.

»Nun bist du würdig, das Nordpolarmeer zu befahren«, sagte Wieland und reichte Inga einen Aquavit. Frauen der Schiffsbesatzung, die allesamt Trachtenkleider trugen und Tabletts mit Getränken bereithielten, versorgten die Passagiere in angemessener Weise. Wieland hatte sich ebenfalls ein Glas Aquavit besorgt, obwohl er an der Taufe nicht teilnahm. Als alter *Fahrensmann* hatte er seine Taufe längst hinter sich.

Inga trank den Schnaps mit Verachtung. »Das wird hoffentlich mein Letzter sein.«

Was Wieland zwar nicht verstand, aber er kannte inzwischen Ingas Abneigung, was die härteren Alkoholika anging.

»Komm, lass uns das Morgenkonzert anhören?«, schlug er vor. Bis Tromsø war es noch eine Weile hin, sie würden ja erst am Nachmittag das Paris des Nordens erreichen.

Auf dem Weg in die Panorama-Lounge erzählte Wieland Inga, was er in Bezug auf die Polarkreistaufe vor Jahren erlebt hatte.

»Es war seinerzeit auf der Nordkapp. Ich schlenderte durch das Schiff, als mich der Reiseleiter ansprach, ob ich nicht Neptun spielen wolle. Ich war natürlich völlig überrascht. Auf meine Frage, weshalb er mich ausgesucht habe, erhielt ich die Antwort, mein Bart würde gut ins Bild passen. Inga, ich muss hinzufügen, damals trug ich einen Vollbart und war noch nicht so grau wie heute.«

»Und hast du?«, fragte Inga, neugierig geworden.

»Ja, ich habe. Ich sollte mich abends um sieben in der kleinen Pantry einfinden, die sich auf Deck 4 hinten im Schiff befand. Dort angekommen, traf ich Nils an, den Reiseleiter. Auch der Chefingenieur war anwesend. Letzterer hielt eine Flasche Aquavit in der Hand, wovon er mir ein Glas einschenkte. Und es folgte ein Zweites. Als er mir ein Drittes einschenken wollte, hob ich abwehrend die Hand. Ich hatte schließlich nicht vor, mich zu betrinken. Man hatte es gut gemeint und angenommen, ich müsse mir für meinen Auftritt erst einmal Mut antrinken.«

»Und was war dann?«

»Ich habe mir überlegt, in welcher Sprache sprichst du, wenn du mit dem Dreizack auf die Passagiere losgehst. Norwegisch kann ich nicht, Englisch ein wenig. Aber es sind an Bord immer auch andere Nationen vertreten. Denen hätte ich mich natürlich nicht verständlich machen können. Um allen gerecht zu werden, wählte ich kurz entschlossen eine Sprache, die gar keine war, aber deren Laute klangen, als würde ein alter Wikinger schrecklichen Lärm machen. Jedenfalls bildete ich mir ein, in etwa einen solchen Ton zu treffen. Ich stürzte also mit Perücke, langem Gewand, Fischernetz mit Fischen aus Plastik darin und Dreizack brüllend auf die Täuflinge los. Ansonsten lief alles so ab, wie du es eben erlebt hast. Es gibt allerdings noch etwas hinzuzufügen. Am anderen Tag kam mir an Deck eine amerikanische Lady entgegen, grüßte und sagte anerkennend: Good Job! Was mich ein klein wenig mit Stolz erfüllte.«

»Unglaublich!« Inga lächelte. »Es gibt wohl nichts, was du nicht schon mal mitgemacht hast.«

»Aber jetzt kommt erst der Clou! Ein Jahr darauf war ich mit dem Wagen unterwegs. Zurück nach Hause bin ich eine Teilstrecke mit der Nordkapp gefahren, von den Vesterålen bis hinunter nach Trondheim. Und wie ich über Deck laufe, kommt mir der Nils vom letzten Jahr entgegen und fragt mich, ob ich nicht Neptun spielen wolle. Ob du es glaubst oder nicht, der hat mich nicht wiedererkannt. Aber ich ihn! Also frage ich Nils, haben wir das nicht schon letztes Jahr gemacht? Da erkennt er mich und wir beide lachen uns halb krank.

»Und weiter?«

»Ich habe natürlich wieder den Neptun gespielt. Eigentlich gibt es auf der südgehenden Route keine Polarkreistaufe. Es war aber eine Gruppe amerikanischer Touristen an Bord. Denen zuliebe inszenierte man nun eine solche Taufe und ich war wieder derjenige, der mit dem Dreizack herumfuchtelte.«

»Langsam wirst du mir unheimlich«, sagte Inga und lachte. »Nur schade, dass ich damals nicht dabei war, ich hätte mich köstlich amüsiert.«

*****

Es war ein ziemlich sonniger Tag. Die Temperatur betrug am Nachmittag immerhin fast zehn Grad, gerade richtig für einen Ausflug. Wieland war gespannt, welches Programm Anders Stjernen vorschlagen würde.

Sie trafen sich auf dem Kai in der Nähe der Gangway. Der Safety Officer kam ihnen in voller Uniform entgegen. Wieland musste zugeben, der Norweger gab eine wirklich gute Figur ab. Mit seinen fast ein Meter neunzig überragte er Inga um ein erhebliches Stück und Wieland mindestens um fünf Zentimeter.

»Hey!«, sagte er und schüttelte Wieland kräftig die Hand. »Wir kennen uns ja bereits. Ich freue mich, Ihnen und Ihrer Tochter etwas von Tromsø zeigen zu dürfen?«

Teufel! Inga hatte also auch ihm den Bären aufgebunden. Wenn das bloß nicht schief ging!

»Sie sprechen ja doch deutsch?« Wieland war erstaunt.

Inga klärte auf. »Ich hab‘ dir zwar gesagt, dass wir uns auf Italienisch unterhalten haben, was ja stimmte. Anders spricht aber auch deutsch. Sein Großvater ist vor langer Zeit aus Deutschland eingewandert. Wenn du dabei bist, Papa, dann spricht Anders natürlich unsere Sprache, gar keine Frage! Ich schlage außerdem vor, ihr duzt euch. Einverstanden?«

Die Männer nickten zustimmend.

Inga wandte sich an Anders Stjernen. »Was haben wir heute vor?«

Das kann ja lustig werden, dachte Wieland. Inga übernimmt mit einer Selbstverständlichkeit das Zepter, ich muss aufpassen, nicht untergebuttert zu werden.

»Die ganze Zeit kann ich nicht bei euch bleiben, mein Dienst beginnt in zwei Stunden.« Anders Stjernen hob bedauernd die Schultern. »Aber für einen kleinen Stadtbummel reicht meine Zeit.«

»Inga, da du das erste Mal hier bist, sollten wir uns vielleicht zuerst die Eismeerkathetrale anschauen«, schlug Wieland vor.

»Ist das die weiße Kirche da drüben, die so markant ins Auge sticht?«

»Ja, genau die«, bestätigte Anders Stjernen. »Das Kirchenschiff ähnelt in seiner Bauweise aneinander gereihten dreieckigen Eisschollen, so habe ich mir das als kleiner Junge immer vorgestellt. Dabei symbolisieren die Dreiecke Trockenfischgestelle, wie man sie entlang unserer Küste findet. Der hintere Giebel besteht aus einem riesigen dreieckigen Fenster, dessen Glasmosaik das größte in ganz Europa ist und die Wiederkunft Christi darstellt. Wenn wir hinüber wollen, müssen wir dort über die Brücke laufen.« Er zeigte auf die lange Brücke, die mit den vielen schlanken Pfeilern über den Sund ans andere Ufer führte.

»Ich muss nicht unbedingt in die Kirche«, sagte Inga. »Das Flair der Stadt finde ich interessanter. Wie ich sehe, ist ganz schön Betrieb auf den Straßen. Lass uns einfach das ansehen, wovon du denkst, das könnte uns interessieren. Wer hat schon die Gelegenheit, sich von einem Tromsøer die Stadt zeigen zu lassen.«

Wieland war überrascht. »Du bist von hier, Anders?«

»Ja«, sagte Inga. »Hatte ich es vergessen zu sagen?«

Wieland nickte. »Umso schöner ist es, Anders dabei zu haben. Vielleicht kann er uns ein paar Ecken zeigen, in die man als Tourist nicht unbedingt kommt.«

»Ich kann euch ja mal in die Gegend führen, in der ich zu Hause bin. Wollt ihr? Es ist gar nicht weit.«

Der Weg führte sie durch das Hafengelände zur Statue von Roald Amundsen. Wieland und Inga schossen das übliche Erinnerungsfoto.

»Der Stadtkern von Tromsø befindet sich auf der Insel, auf der wir uns im Moment befinden«, erklärte Anders Stjernen. »Die Insel trägt den Namen Tromsøya. Hier hatten viele Expeditionen ins Eismeer ihren Ausgangspunkt. Als Roald Amundsen zur Eroberung des Nordpols ansetzte, hatte auch er die Absicht, von hier zu starten. Ihr kennt sicherlich die Geschichte.«

Wieland nickte. »Während seiner Vorbereitung machte die Nachricht die Runde, dass die beiden Amerikaner Cook und Peary ihm zuvorgekommen waren. Amundsen änderte daraufhin seine Pläne und nahm den Südpol ins Visier, den er dann auch als erster Mensch erreichte.«

»… und Scott zuvor kam«, ergänzte Inga.

Wieland nickte »Ein Wettrennen, das für Scott äußerst tragisch endete.«

»Allerdings bestanden Zweifel an den Erfolgen von Peary und Cook«, warf Anders Stjernen ein. »Cook wurde übrigens von der Universität Kopenhagen 1910 die Nordpoleroberung aberkannt, nachdem man nochmals seine Aufzeichnungen überprüft hatte. Somit kommt Amundsen dennoch als möglicher Nordpoleroberer infrage, da er 1926 zusammen mit ein paar anderen Männern, darunter Umberto Nobile, mit dem Luftschiff Norge nachweislich den Nordpol überflog.«

Inga nickte zufrieden. »Somit bleibt zumindest ein Teil des

Ruhms in Norwegen.«

Der Kirkegata folgend, erreichten sie die Tromsø Domkirke, deren in einem satten Dunkelgelb gehaltene Fassade ins Auge stach. Den Bau der im neogotischen Stil errichteten Kirche hatte man, wie das ovale blaue Schild neben dem Portal auswies, im Jahr 1861 vollendet.

»Die Kirche ist vollständig aus Holz gebaut. Es ist die evangelisch-lutherische Bischofskirche des Bistums Nord-Hålogaland. Das Bistum gehört zur Provinz Troms«, sagte Anders Stjernen. Nicht ohne Stolz fügte er hinzu: »In dieser Kirche habe ich meine Taufe erhalten.«

»Hast du noch eine Erinnerung daran?«, fragte Inga.

Anders Stjernen lachte. »Ich war damals kein Jahr alt!«

»Ich bin aber auch ein dummes Huhn, das hätte ich mir natürlich denken können!«

»Apropos Huhn, seht mal auf das Schild an dem Lichtmast vor uns«, sagte Wieland, als sie den kleinen Park vor der Kirche durchquerten. Am Mast war in reichlich zwei Meter Höhe ein Pappschild befestigt, auf dem dreisprachig in fetten Druckbuchstaben stand: *Vennligst ikke mat fuglene – Leage siivui ale biepma – Please do not feed the birds.*

»Bitte nicht die Vögel füttern. Das lese ich aus dem englischen Text heraus. Was aber ist das für eine Sprache in der Mitte?«, fragte Wieland den Schiffsoffizier.

»Die Sprache in der Mitte ist *Sami*, also die Sprache, die von der samischen Bevölkerungsgruppe gesprochen wird«, erklärte Anders Stjernen. »Die Samen sind die eigentliche Urbevölkerung. Sie leben im Norden von Norwegen, aber auch in Schweden, Finnland und Russland. Ein Zentrum der Samen in Norwegen ist Karasjok, dort ist auch der Sitz des autonomen Parlaments der Samen. Übrigens wurde in Karasjok die bisher tiefste Temperatur in Norwegen gemessen. Am ersten Januar 1886 waren das -51,4°C.«

»Beim Wort *biepma* denke ich unwillkürlich an Piepmatz«,

warf Inga ein.

Anders Stjernen hob die Schultern. »Ich kann dazu leider nichts sagen, samisch spreche ich nicht.«

»Ist auch nicht so wichtig, das Wort *biepma* klingt nur so lustig, finde ich jedenfalls.«

Sie liefen weiter und bogen am Ende des Parks in die Storgata ein, die Haupteinkaufsstraße von Tromsø, in der es nur so von Menschen wimmelte. Während sie der Straße folgten, erzählte Anders Stjernen den beiden Deutschen etwas über die Stadt und deren Bewohner.

»Wie ihr seht, es sind eine Menge junge Leute unterwegs. Darunter sind viele Studenten. An der Uni von Tromsø studieren etwa 8.800, es ist immerhin die viertgrößte Universität von Norwegen.«

»Und die nördlichste der Welt«, warf Wieland ein.

»Richtig!«, bestätigte Anders Stjernen. »Im Übrigen gibt es in einem Teil der Uni eine Ausstellung, die sich der Geschichte und Kultur der Samen widmet. Wenn wir ein bisschen mehr Zeit hätten, würde sich ein Besuch dort lohnen.«

Inga nickte. »Wirklich schade! Wäre bestimmt interessant. Aber vielleicht lässt sich das irgendwann nachholen.«

»Außerdem haben wir hier ein Universitätsklinikum mit etwa 4.500 Angestellten«, sagte Anders Stjernen. »Das Klinikum ist der wichtigste Arbeitgeber in der Region. Tromsø selbst hat circa 70.000 Einwohner, es ist die größte Stadt in Norwegens Norden. Im Jahr 1940 war Tromsø sogar kurzfristig die Hauptstadt des Landes, als der südliche Teil einschließlich Oslo von der deutschen Wehrmacht besetzt war.«

»Ja, dieser Scheißkrieg!«, fluchte Wieland.

»So makaber das auch klingen mag, ohne den Scheißkrieg, wie du sagst, würde es mich gar nicht geben. Wenn du meinen Großvater kennen gelernt hast, Wieland, wirst du verstehen, was ich meine.«

Wieland wurde neugierig, aber er beschloss, nicht nachzufragen. Er wollte das heikle Thema Zweiter Weltkrieg nicht unbedingt zum Gesprächsinhalt machen. Obwohl nach dem Krieg geboren, hatte er doch ein Gefühl von Schuld, wenn von der deutschen Besetzung Norwegens die Rede war. Sein Unterbewusstsein sagte ihm zwar, du selbst hast damit absolut nichts zu tun. Dennoch, es war sein Land gewesen, von dem das Übel ausgegangen war.

Anders Stjernen schien zu spüren, was in Wieland vor sich ging. Er wechselte daher schnell das Thema.

»Ein berühmter Sohn unserer Stadt ist übrigens der Kapitän und Reeder Richard With, der Gründer der Postschifflinie. Er wurde hier im Jahr 1846 geboren.«

Froh über den Themenwechsel, gab Wieland sogleich sein Wissen zum Besten: »Seine erste Fahrt führte ihn im Jahr 1893 mit dem Dampfschiff Vesterålen von Trondheim nach Hammerfest, nicht wahr?«

»Wie ich sehe, du bist umfassend informiert«, sagte Anders Stjernen und bog linker Hand ab in die Fredrik Langes gata. Die Straße wurde zu beiden Seiten von modernen Geschäfts- und Bürogebäuden flankiert. Zweihundert Meter weiter ging die Fredrik Langes gata in den Kongsbakken über, der leicht bergauf führte. Diesem folgend erreichten sie eine Parkanlage unterhalb des massiven Gebäudes, welches ihnen schon von Weitem wegen des auffälligen ockerfarbenen Fassadenanstrichs und der Turmspitze aufgefallen war. Es hob sich durch seine Bauart von der übrigen Bebauung deutlich ab.

»Es sieht wie ein Schulgebäude aus«, fand Inga.

Anders Stjernen bestätigte Ingas Vermutung: »Das hast du richtig erkannt.«

Als sie die Vorderfront des Gebäudes erreichten, fiel ihnen ein ähnlich blaues Schild auf, wie zuvor an der Domkirke. Man hatte es links von den drei im Portal nebeneinander angeordneten Eingangstüren anbracht. Es informierte über einen Teil der Geschichte des Schulgebäudes.

»Die Kongsbakken-Schule wurde im Jahr 1833 eröffnet, damals als Real- und Mittelschule«, erklärte Anders Stjernen. »Heute ist sie ein Gymnasium. Ich habe es selbst einige Jahre besucht und habe gute Erinnerungen an diese Zeit.«

Inga stieß Wieland an und sagte: »Anders war mit Sicherheit ein guter Schüler.«

So wie sie es sagte, war sie felsenfest davon überzeugt. Wieland hütete sich, ihre Aussage anzuzweifeln. Außerdem hätte er keinen Grund dazu gehabt, schließlich kannte er Anders kaum. Eines schien aber klar zu sein, Inga hatte an dem blonden Norweger einen Narren gefressen. Vieles deutete darauf hin, dass sie sich in ihn verknallt hatte.

Anders Stjernen wies ein Stück die Straße hinunter. »Wir sind jetzt auf der Petersborggata, mein Elternhaus befindet sich unweit von hier. Wir brauchen die Straße nur etwa dreihundert Meter hinunter in diese Richtung laufen.«

»Dann tun wir es einfach«, sagte Inga und lief los.

»Inga, halt!« Anders Stjernen hielt die Davoneilende zurück. »Zuerst besuchen wir meinen Großvater. Der wird sich freuen, ehemalige Landsleute begrüßen zu können. Er macht übrigens einen fantastischen Kaffee.«

»Okay, und wo wohnt dein Großvater?«

Anders Stjernen zeigte bergauf. »Nur ein Stück den Kirkegårdsvegen hinauf, etwa zweihundert Meter.«

Das Haus, in dem Anders Stjernes Großvater wohnte, war ein ganz normales zweistöckiges Holzhaus, so wie es viele in der Stadt gab. Auf den ersten Blick machte es einen etwas ungepflegten Eindruck, was in erster Linie am Fassadenanstrich lag. Dieser bedurfte einer dringenden Erneuerung. Aus nicht ersichtlichen Gründen fehlte der gelbe Anstrich an mehreren Stellen. Ansonsten schien das Haus intakt zu sein. Auf der rechten Seite führte außen eine Holztreppe hinauf ins Obergeschoss. Auf diese zusteuernd, forderte Anders Stjernen seine Begleiter auf, ihm zu folgen. Sie stiegen hinauf und betraten ein Podest, von dem eine Tür ins Hausinnere führte. Der Norweger betätigte mehrmals den links neben der Tür befindlichen Klingelknopf. Es dauerte eine Minute, ehe sich schlurfende Schritte näherten.

»Großvater ist zweiundneunzig, da braucht es eben seine Zeit«, entschuldigte sich Anders Stjernen.

Die Tür öffnete sich und es erschien die Gestalt eines Mannes, die zwar etwas gebeugt dastand, ansonsten aber keineswegs den Eindruck erweckte, die Neunzig bereits überschritten zu haben. Das vom Wetter gegerbte Gesicht unter dem dichten weißen Haar war von tiefen Falten gezeichnet, es hätte aber auch einem deutlich jüngeren Mann gehören können. Daran änderte auch der dichte Schnauzbart nichts, der ebenso weiß wie das Haupthaar war. Nase und Wangen wiesen eine leicht rötliche Färbung auf, die darauf hindeutete, dass Anders Stjernens Großvater kein Alkoholverächter war.

»Hey, Großvater!«, begrüßte Anders Stjernen den alten Mann. »Ich habe dir ein paar Gäste aus Deutschland mitgebracht. Ich hoffe, wir überrumpeln dich nicht.«

Der Großvater betrachtete die unerwarteten Gäste einige Sekunden lang ohne eine Regung. Dann machte sich auf seinem Gesicht langsam ein breites Lächeln Platz. Die stahlblauen Augen unter den buschigen Augenbrauen hellten sich merklich auf. Jedenfalls meinte Inga, dies zu erkennen. Ihr war der alte Mann auf Anhieb sympathisch.

»Kommt rein, ihr Lieben«, sagte der Großvater und schlurfte seinen Gästen voran ins Wohnzimmer.

Das Wohnzimmer war nicht sehr geräumig, es hatte allerdings ein großes breites Fenster neben der Balkontür, das viel Licht hereinließ.

Inga war hellauf begeistert, als sie bemerkte, welch herrliche Aussicht man auf die Stadt unten, die Tromsøbrua und den Hausberg von Tromsø hatte, der steil und mächtig jenseits des Sundes aufragte.

»Ein Traum!«, rief sie aus.

Wieland, der neben sie trat, konnte das nur bestätigen. Auch er war fasziniert. Der herrlich freie Blick ließ die Enge des Wohnzimmers völlig vergessen. Der alte Mann musste sich hier einfach wohlfühlen, für Wieland gar keine Frage.

Der Schiffsoffizier stellte die mitgebrachten Gäste vor. »Großvater, das sind Inga und Wieland, Passagiere auf meinem Schiff. Ich kann mir vorstellen, es interessiert die beiden, wie sich ein Deutscher wie du nach Norwegen verirrt hat.«

Wieland, der bei der Vorstellung leicht zusammenzuckte, weil schon wieder von ihm als Ingas Vater die Rede war, warf seiner angeblichen Tochter einen keineswegs freundlichen Blick zu. Doch Inga schien seine Reaktion nicht zu bemerkten. Zumindest tat sie so, als wäre ihr sein Blick entgangen. Sie hatte sich inzwischen auf das etwas durchgesessene Plüschsofa zwischen zwei Kissen gesetzt und fragte den Großvater, ob sie ihm beim Kaffeekochen helfen könne.

»Nee, min Deern«, sagte der Großvater. »Bleib mal sitzen, das ist allein meine Sache. Ich weiß ja nicht, wie gut du Kaffee kochen kannst, meinen wirst du jedenfalls nicht ablehnen.«

Der Großvater verließ den Raum. Sie hörten, wie er sich nebenan in der Küche zu schaffen machte.

»Großvater haut wiedermal auf den Putz!« Anders Stjernen lachte amüsiert auf. »Aber sein Kaffee ist wirklich legendär. Er holt den von irgendwoher, aber woher, das verrät der alte Schmuggler nicht.«

»Wieso Schmuggler?«, wollte Inga wissen.

Anders legte einen Finger auf den Mund. »Dieses Wort hört Großvater gar nicht gern. Dabei erzählt der alte Schwerenöter ganz gerne von seinen Touren, von denen er seinen Kaffee, vor allen Dingen aber Alkohol mitbringt. Geschmuggelt natürlich, was wohl sonst.«

Wieland hatte es sich in einem der beiden Sessel bequem gemacht. Diese bildeten zusammen mit dem alten Sofa, der massiven Kommode, einem dreibeinigen runden Tisch und dem großen Fernsehapparat das ganze Mobiliar.

»Geht denn dein Großvater noch heute auf Schmuggeltour?«, fragte er. »Ist er nicht zu alt dafür?«

»Da kennst du Großvater schlecht. Der bewegt sich zwar nicht mehr so schnell wie früher, doch das Autofahren beherrscht er noch immer. Mit seinem alten Volvo ist ihm kein Weg zu weit. Allerdings sind die Fährverbindungen von Tromsø nicht so ideal, wie die von Bergen aus, wo die Familie vor meiner Geburt gelebt hat. Aber er wird euch sicherlich davon erzählen, darauf wette ich.«

»Mich interessiert natürlich, wann dein Großvater nach Norwegen gekommen ist«, sagte Wieland. »Das muss ja schon länger her sein.«

Sie hörten des Großvaters Stimme von der Tür her: »Fast siebzig Jahre ist das her, wenn man die Kriegsjahre und die paar Jahre, in denen ich nicht hier sein konnte, mit einrechnet.«

Er war zwar noch nicht mit dem Kaffeekochen fertig. Das hinderte ihn jedoch nicht daran, seine Ohren aufzusperren, um ja nichts von dem zu verpassen, was in seinem Wohnzimmer vor sich ging.

»Dein Großvater war bereits während des Krieges hier?« Wieland war überrascht.

»Ja, als Soldat. Er war hier stationiert, genauer gesagt in Bergen. Ein Teil der Flotte der deutschen Kriegsmarine hatte dort einen Stützpunkt. Großvater war Maschineningenieur auf einem Minensucher.«

Der Großvater kam mit einem Tablett aus der Küche, auf dem eine mit einem Blumenmuster geschmückte blauweiße Kaffeekanne und vier dazu passende Kaffeetassen standen. Der alte Mann hatte auch an ein Schälchen mit Zucker und ein kleines Milchkännchen gedacht.

Inga sprang auf, nahm dem Alten das Tablett ab und verteilte die Kaffeetassen. Dann schenkte sie ein.

»Die Deern ist flink, wie ich sehe«, sagte der Großvater mit einem anerkennenden Blick. »Bei mir geht alles ein bisschen langsamer, das bringen die Jahre mit sich. Wenn auch die Knochen nicht mehr richtig wollen, im Kopf bin ich immer noch klar. Das ist die Hauptsache. Und gegen den alten Torben Utlander von nebenan bin ich noch ein richtig junger Spund. Gott sei's gedankt.« Der Großvater ließ sich neben Inga auf das Sofa fallen. »Das Geschwätz eines alten Mannes wird euch wenig interessieren, denke ich. Euch hat sicherlich etwas anderes hergeführt.«

Anders Stjernen schüttelte den Kopf. »Unsere Gäste haben den Wunsch, abseits von den Touristenwegen etwas vom Leben in der Stadt kennenzulernen. Und da hab' ich mir gedacht, hier sind sie richtig. Außerdem kannst du ihnen als ehemaliger Landsmann deine außergewöhnliche Geschichte erzählen.«

»Ja«, hakte Wieland ein. »Im Grunde kennen wir Norwegen nur aus der Sicht von Touristen. Uns interessiert schon, wie die Einheimischen leben und was abseits der Touristenwege passiert. Hinzu kommt, Ihre Biografie scheint außergewöhnlich zu sein, sodass man einfach neugierig werden muss. Wir wollen ja nicht aufdringlich sein, aber die Worte Ihres Enkels haben natürlich unser Interesse geweckt. Ach ja, wie dürfen wir Sie eigentlich ansprechen?«

Der Großvater strich sich über seinen Schnauzbart. »Sagt einfach Johan zu mir, es lässt sich so einfacher miteinander snaggen.«

Nachdem Inga an ihrer Kaffeetasse genippt hatte, warf sie dem Großvater einen anerkennenden Blick zu. »Der Kaffee ist wirklich exzellent, das muss man schon sagen!«

Großvater Johan lächelte breit. »Wie ich sehe, die Deern versteht was vom Kaffee.«

Wie Anders Stjernen schien auch sein Großvater an Inga Gefallen zu finden. Er legte die linke Hand auf ihren Arm und sagte: »Min Deern, wenn ich dich so ansehe, dann muss ich an meine verstorbene Frau denken. Kaja hatte ebensolche Augen wie du. Dunkel und geheimnisvoll. Ich kann gut nachvollziehen, dass Anders dich mag.«

Anders bemerkte, dass Ingas Wangen sich sichtlich röteten. Er stieß seinen Großvater in die Seite. »Großvater, bringe nicht unsere Gäste in Verlegenheit, deswegen sind sie nicht hergekommen!«

»Schon gut, Anders«, brummte der Großvater. »Ich wurde nur an Kaja erinnert, das war ein selten schöner Moment.«

Wieland wandte sich dem Alten zu. »Es würde uns wirklich freuen, Johan, wenn du uns erzählen könntest, wie du nach Norwegen gekommen bist. Das scheint ja eine interessante Geschichte zu sein. Wenn ich dich so höre, schließe ich draus, du musst irgendwo aus der Nähe von Hamburg stammen.«

Johan nickte. »Gut erkannt, Wieland. Ich bin als Johannes Magnussen in Hamburg geboren, im Stadtteil Finkenwerder und auch dort aufgewachsen. Es ist etliche Jährchen her, als ich zum letzten Mal in Hamburg war. Eigentlich hatte ich damals die Absicht, mich in Dänemark mit dem nötigen einzudecken. Ich bin dann mit der Fähre von Bergen hinüber nach Hirtshals gefahren und habe einfach die Fahrt fortgesetzt, um nach …«

Anders unterbrach seinen Großvater. »Es interessieren weniger deine Alkoholbeschaffungsfahrten, davon kannst du später erzählen. Wir haben leider nur noch eine Stunde, dann muss ich zurück aufs Schiff. Erzähle unserem Besuch doch bitte, wie du es geschafft hast, ein Norweger zu werden.«

Der Großvater setzte die inzwischen leer getrunkene Kaffeetasse ab. Sein Blick wanderte zum Fenster hinaus. Die Augen hefteten sich nicht auf die Stadt, die unter ihnen lag, oder den Berg jenseits des Sundes. Sie schienen in eine viel weitere Ferne zu blicken. Auf seinem Gesicht erlosch das Lächeln und machte einer ernsten Miene Platz. Dann fing er zu reden an. Am Anfang mit stark gedämpfter Stimme und mir kurzen Pausen zwischen den Sätzen.

Norwegen September 1943

Am späten Abend des 24. September 1943 nahm das Minensuchboot M 382, auf dem ich seit dessen Indienststellung ab Anfang 1942 als Maschineningenieur Dienst tat, Kurs auf den Flottenstützpunkt nahe Bergen. Nach dem Einsatz im norwegischen Küstenvorfeld freute ich mich auf ein paar Tage der Ruhe mit hoffentlich reichlich Ausgang. Ich brauchte wieder etwas Abstand zum Militärdienst, der nach wie vor so gar nicht mein Ding war. Zu Kriegsbeginn gerade einmal einundzwanzig Jahre alt, war es mir nicht vergönnt gewesen, auf Handelsschiffen die Weltmeere zu befahren, so wie ich mir das in meinen Jugendträumen immer vorgestellt hatte. Der Krieg machte mir einen dicken Strich durch die Rechnung. Amerika und Australien, Bali und Hawaii, all das rückte in immer weitere Ferne. Jetzt hieß der Einsatzbefehl: Vaterlandsverteidigung im Feindesland.

Kaum dass ich meine Ausbildung als Maschineningenieur hinter mir hatte, fand ich mich bei der 22. Minensuchflottille wieder, Einsatzgebiet Mittelnorwegen. Gut, es hätte mich wesentlich schlimmer treffen können. In Norwegen stationiert zu sein, das war allemal besser als Panzergrenadier in Russland. Das Schicksal hatte es mit mir einigermaßen gut gemeint, wofür ich ihm dankbar war.

Es gab manchmal Momente, wo ich mich so gar nicht als Besatzer im fremden Land fühlte. Mir gefiel Norwegen ausgesprochen gut und ich fand, die Leute hier unterschieden sich gar nicht so sehr von denen bei mir zu Hause. Dieser positive Eindruck trug maßgeblich dazu bei, den Entschluss zu fassen, die norwegische Sprache zu erlernen, welche ich dann auch bereits nach einem Jahr recht gut beherrschte. Gegenüber meinen Kameraden sah ich mich nun ein gutes Stück im Vorteil. Jetzt hatte ich die Nase vorn, wenn es hieß, sich bei den norwegischen Mädchen interessant zu machen.

Um in Ruhe eine Zigarette rauchen zu können, begab ich mich hinauf an Deck. Es war recht windig und die aufgewühlte See war im Dämmerlicht kaum auszumachen. Natürlich hätte ich vorsichtiger sein müssen, es gab schließlich Dienstvorschriften, die klar und eindeutig waren. Doch manchmal meint man eben, über den Dingen zu stehen. Der eine kleine Schritt, den ich machte, war einfach zu viel. Ich rutschte aus, vermutlich auf einer Öllache, welche ich dummerweise übersehen hatte. Das wäre an sich nicht weiter schlimm gewesen, wenn sich das Unglück nicht unmittelbar an der Schanzenverkleidung ereignet hätte. Um die Zigarettenkippe ins Wasser zu schnippen, war ich sehr nahe an diese herangetreten. Und ein kleiner Moment der Unachtsamkeit genügte, um auf dem rutschigen Deck das Gleichgewicht zu verlieren.

Das Folgende spielte sich in Sekundenschnelle ab. Ich fiel, ehe ich reagieren konnte, über die Schanzenverkleidung und stürzte kopfüber in die Fluten. Plötzlich fand ich mich in einem Strudel von Luftperlen wieder, die zur Wasseroberfläche stiegen. Um nicht tiefer herabzusinken, ruderte ich wild mit den Armen und Beinen. Als ich wieder an die Wasseroberfläche kam, sichtlich geschockt und kaum in der Lage einen klaren Gedanken zu fassen, war vom Minensucher M 382 nichts mehr zu sehen.

Nachdem ich den Rest des Salzwassers ausgespien hatte, sandte ich dem sich entfernenden Bootsverband mit der mir noch verfügbaren Lungenkraft verzweifelte Hilferufe hinterher. Doch es gab keinerlei Anzeichen dafür, dass meine Rufe gehört wurden. Der Verband der sechs Minensucher, zu dem M 382 gehörte, hatte sich inzwischen so weit entfernt, dass meine Hilferufe nutzlos verhallten. Wäre M 382 nicht das letzte Boot im Verband gewesen, hätte vielleicht die Chance bestanden, sich bemerkbar zu machen. Doch es gab kein Boot, das M 382 folgte.

Langsam wurde mir bewusst, in welcher Situation ich mich

befand. Die Rettungsweste, deren Tragen auf Deck von 382 Vorschrift war, hielt mich zwar sicher an der Wasseroberfläche. Mir war allerdings klar, in der kalten See würde ich es nicht allzu lange aushalten können. Die Lage, in der ich mich befand, schien völlig hoffnungslos zu sein. Schon spürte ich, wie in mir die Kälte hochkroch.

Ich ahnte, meine letzte Stunde war nicht mehr fern. Doch dann, den nahenden Kältetod vor Augen, vernahm ich ein vertrautes Geräusch. Ich war sicher, das unregelmäßige Stottern eines Schiffsmotors zu hören, nicht weit von der Position entfernt, an der ich hilflos in den Wellen trieb. In mir erwachte schlagartig neues Leben. Wer sich auch immer in der Nähe befand, der war meine letzte Hoffnung. Also schrie ich, was die Lungen hergaben.

Nur wenige Minuten darauf näherte sich ein Fischkutter. Der dunkle Rumpf schob sich an mich heran und der schwache Schein einer Lampe traf mein Gesicht. Mein erster Gedanke war: gerettet! Ich winkte freudig erregt den vermeintlichen Rettern zu. Wer mit dem Fischkutter unterwegs war, das konnte ich natürlich nicht wissen. Ich ging erst einmal vom Naheliegenden aus, nämlich davon, dass es norwegische Fischer waren, die im Schutze der Dunkelheit ihrem Gewerbe nachgingen.

Nachdem man mich an Bord gehievt hatte, schaute ich mich neugierig um. Meine anfängliche Freude über den Umstand, wieder Schiffsplanken unter den Füßen zu haben, machte rasch einem Gefühl des Unbehagens Platz. Denn an Deck des etwa zwanzig Meter langen Kutters befanden sich, soweit ich das feststellen konnte, mindestens zehn Personen, darunter auch eine junge Frau. Die Mehrzahl dieser Leute hatte mit Fischfang so wenig zu tun, wie ich mit Schweinezüchten. Das sah man auf den ersten Blick. Hier lief irgendetwas ab, was mit Fischfang nicht das Geringste zu tun hatte. Außerdem offenbarten die Mienen der Leute, dass man nicht gerade begeistert war, einen Deutschen aus dem Wasser gefischt zu haben. Mit einem

Offizier der Deutschen Kriegsmarine konfrontiert, wandelte sich die Hilfsbereitschaft schnell in unverhohlenes Misstrauen.

Man beriet einige Minuten, was man tun sollte. Ich nahm an, die Leute gingen davon aus, ich verstünde kein Norwegisch. Jedenfalls unterhielt man sich in meiner Gegenwart ziemlich ungeniert. Somit kam ich schnell dahinter, wohin der Hase lief. Ich war auf einem Boot gelandet, welches auf dem Weg nach Großbritannien war, genauer gesagt, zu den Shetlandinseln. An Bord waren Männer, die Norwegen den Rücken kehrten, um sich in England dem Widerstand gegen Hitler-Deutschland anzuschließen. Wie ich später erfuhr, sollten auf der Rückfahrt Radiogeräte ins Land geschmuggelt werden. Die deutsche Besatzungsmacht hatte erst im August sämtliche Radios im Land requiriert, zumindest die, deren man habhaft werden konnte. Es sollen etwa 500.000 gewesen sein. Mit dieser Maßnahme wollte man verhindern, dass die norwegische Bevölkerung feindliche Sender empfing, wie zum Beispiel die BBC.

Ich war also bei Widerstandskämpfern gelandet, wie schön! Damit schlitterte ich von einer schlimmen Lage in die nächste. Wie ich schnell mitbekam, war ein Teil der Leute dafür, mich wieder über Bord zu werfen, und zwar so rasch wie möglich. Der andere, gemäßigte Teil, wollte mich in England den Behörden übergeben, was für mich die Kriegsgefangenschaft bedeutet hätte.

Man bekam allerdings ein Problem. Der Kutter war manövrierunfähig geworden. Die stotternde Maschine gab nämlich in dem Moment endgültig ihren Dienst auf, als man sich mit meiner Person befasste. Das bedeutete, England war vorerst nicht zu erreichen. Aber auch die Rückkehr zur norwegischen Küste schien infrage zu stehen. Die Sorge der Kutterbesatzung galt somit vorrangig der streikenden Maschine. Ich wurde erst einmal zur Nebensache erklärt. Eine Situation, aus der ich eine leise Hoffnung schöpfte.

Man brachte mich unter Deck und fesselte mir die Hände.

Die junge Frau, die mit an Bord war, bestimmte man dazu, mich im Auge zu behalten. Eigentlich war sie ein Mädchen von vielleicht achtzehn, neunzehn Jahren. Eine dunkelhaarige Schönheit mit leicht schräg gestellten Mandelaugen.

Wir beschnupperten uns eingehend. Aus den Blicken, mit denen mich das Mädchen musterte, konnte ich nicht schließen, was es von mir hielt. Allerdings deutete auch nichts darauf hin, dass es in mir einen Feind sah. Fast meinte ich, in den Mundwinkeln des Mädchens ein leichtes Lächeln zu erkennen. Was es auch immer war, Abweisung sah anders aus. Ein kleiner Lichtblick in der misslichen Lage. Offenbar sah das Mädchen in mir den »lieben Fritz«, wie wir Deutschen ironisch von den Einheimischen genannt wurden. Wir Soldaten spielten uns gegenüber der weiblichen Bevölkerung nämlich gerne als Kavaliere auf.

Ich fasste Mut und machte dem Mädchen ein Angebot. Auf Norwegisch sagte ich: »Vielleicht kann ich euch ja helfen!«

»Oh, Tysker, du sprichst unsere Sprache?« Das Mädchen schürzte überrascht die Lippen.

»Ja, ganz gut. Was aber entscheidender ist, ich bin Maschineningenieur und kenne mich mit Schiffsmotoren bestens aus. Ich kann euren Motor wieder in Gang bringen.«

Die Miene des Mädchens erhellte sich schlagartig. Doch dann huschte ein Schatten des Misstrauens über sein Gesicht. »Du willst dich nur interessant machen, um den Kopf aus der Schlinge zu ziehen!«

Ich beteuerte: »Nein! Bestimmt nicht! Es ist wahr, was ich sage.«

Das Mädchen blieb weiterhin skeptisch. »Und wer sagt mir, dass du nicht lügst?«

Mit dem Kinn deutete ich auf den Ärmel der Uniformjacke. »Siehst du die Schraube? Die ist das Symbol für das maschinentechnische Personal. Ich bin Maschineningenieur! Mädchen, das kannst du mir glauben.«

»Na gut! Ich werde es unserem Anführer sagen.« Das Mädchen sprang auf, als wäre es elektrisiert.

»Halt!«, rief ich. »Ich hätte da eine Bedingung ...«

Es ratterte in meinem Gehirn. Mir gingen die verschiedensten Möglichkeiten durch den Kopf. Was war angebracht und was nicht? Ob die Leute überhaupt bereit sein würden, mir entgegen zu kommen, das galt es rasch herauszufinden. Das Motto musste sein: Eine Hand wäscht die andere. Mein Rettungsanker in der misslichen Situation! Ich sah am Ende nur eine einzige Lösung. Und die teilte ich dem Mädchen kurzerhand mit.

Es lächelte spöttisch. »Tysker, du bist ein schlauer Fuchs. Ich werde unserem Anführer darlegen, was du vorschlägst. Ich denke, er wird damit einverstanden sein.«

»Wie ist dein Name, Mädchen?«, fragte ich.

»Kaja«, sagte das Mädchen knapp. Dann kletterte es die kurze Stiege hinauf.

Ich blieb etwa zehn Minuten allein. Das Boot schlingerte deutlich in dem stärker werdenden Seegang. Ohne Motorkraft gegen die Wellen anzugehen, war ein Ding der Unmöglichkeit. Wenn es nicht bald gelingen sollte, das Boot flott zu machen, konnte es richtig unangenehm werden.

Ein bulliger Mann Mitte vierzig, gefolgt von einem verschlossen wirkenden jüngeren Mann, polterte die Stiege hinunter. Die Männer setzten sich mir gegenüber an den schmalen Holztisch. Der Ältere sah mir direkt in die Augen. Er fixierte mich eine Minute, ehe er fragte: »Tysker, du bist Maschineningenieur?«

Ich nickte stumm.

»Wenn du den Bootsmotor in Gang bringst, werden wir dich dorthin bringen, wohin du möchtest. Einverstanden?« Der Wortführer stand auf. Für ihn war die Unterredung beendet.

»Gut«, sagte ich. »Ich muss nur eines vorausschicken. Was ich tun kann, weiß ich noch nicht. Es wird vielleicht nur eine behelfsmäßige Reparatur möglich sein. Für diesen Fall rate ich dringend davon ab, die Fahrt in Richtung England fortzusetzen. Wenn es gelänge, zurück zur Küste zu kommen, wäre das bereits optimal.«

Der Bullige nickte. »Wahrscheinlich hast du recht. Für uns steht viel auf dem Spiel. Aber auch für dich. Denke daran!«

»Lasst uns also keine Zeit verlieren und führt mich ins Maschinenhaus.«

»Tysker, keine Spielchen!« Der Jüngere zeigte auf seine Pistole im Hosengürtel. Dann nahm er mir flink die Handfessel ab. Der Ältere knurrte etwas und ging voraus.

Kaja hatte das Gespräch von der Einstiegsluke aus verfolgt. Als ich an ihr vorbei ging, lächelte sie wieder ihr leicht spöttisches Lächeln. Ihre dunklen Augen schauten mich auf eine ganz besondere Weise an. In diesem Augenblick wusste ich, diese Augen würde ich nie vergessen.

*****

Die beiden Deutschen hatten der Erzählung des alten Johan mit wachsendem Interesse gelauscht. Die Frage, wie er zum norwegischen Staatsbürger geworden war, hatte er allerdings noch nicht beantwortet.

Johan schien die unausgesprochene Bitte zu erahnen. Als er den Blick seines Enkels zur Uhr bemerkte, sagte er: »Ich werde euch nur noch kurz erzählen, wie es …«

Inga unterbrach ihn. »Und Kaja ist dann deine Frau geworden, nicht wahr, Johan?«

Der Alte grinste. »Das war der beste Fang meines Lebens!«

»Und wann habt ihr geheiratet?« Wieland drängte nun auch auf die Fortsetzung.

»Den Motor habe ich natürlich in Gang gebracht. Das war gar nicht so schwer. Wir sind zurück zur Küste gefahren, die Überfahrt nach England wäre wirklich riskant gewesen. Außerdem hatte ich nicht das geringste Interesse, in Kriegsgefangenschaft zu geraten. Also bewertete ich den Aussetzer des Motors schlimmer als er tatsächlich war.«

Johan machte eine kleine Pause. Sein Blick wanderte zu den gerahmten Fotografien an der Wand.

»Was den Norwegern ihr Pech war, war mein Glück. Ich hatte nämlich zur Bedingung gemacht, mich über die grüne Grenze nach Schweden zu bringen. Von der Kriegsspielerei hatte ich gründlich die Nase voll. Außerdem hätte die deutsche Seite aus mir wahrscheinlich einen Deserteur gemacht und mich standrechtlich erschossen.«

»Mit Schweden, das hat doch dann geklappt, oder?« Inga platzte beinahe vor Neugier.

»Natürlich, sonst säße ich nicht hier!«, krähte Johan vergnügt. »Bis wir dort waren, das hat ein paar Wochen gedauert. Wir mussten uns ja quer durch Norwegen bewegen. Von Narvik aus haben wir es dann geschafft.«

Inga hakte nach. »Und wer war *wir*?«

»Das waren Kaja und ich. Wir sind mit falschen Papieren gereist, die wir von der Widerstandsgruppe bekommen haben. Übrigens als Ehepaar. Was gar nicht so weit hergeholt war, denn Kaja und ich waren uns rasch sehr nahe gekommen. Auf der Reise haben wir Anders Mutter gezeugt. Die kleine Mari kam im Sommer 44 in Schweden auf die Welt.«

Johan erhob sich und zeigte auf eine der gerahmten Fotografien an der Wand. »Das ist Kaja. Sie hatte eine samische Mutter, deshalb auch ihre dunklen Augen und das dunkle Haar. So ganz leicht hatte sie es als Kind und junges Mädchen nicht. Die samische Urbevölkerung war in Norwegen lange Zeit nur geduldet. Das hat sich in jüngster Vergangenheit gottseidank geändert. Die Samen sind als ethnische Minderheit inzwischen anerkannt.«

»Wo sie ihr Parlament haben, hatte ich euch ja schon gesagt«, warf Anders Stjernen ein.

Inga schaute diesen prüfend an. »Anders hat wenig von seiner Großmutter. Nach wem kommt er eigentlich?«

»Nach seinem Vater und vielleicht auch ein wenig nach mir«, sagte Johan mit nicht zu überhörendem Stolz. »Seine Schwester Taja ist dagegen so dunkel wie du, min Deern.«

Wieland und Inga wollten nun endlich wissen, wie der Großvater zu seiner Staatsbürgerschaft gekommen war. Also fragte Wieland ihn danach.

»Jo, das war ziemlich einfach. Kaja und ich haben 1944 im Exil geheiratet. Und nach dem Krieg sind wir zurück nach Norwegen gegangen. Aufgrund meiner Heirat und auch, weil der Anführer der Widerstandsgruppe, jener vom Fischkutter und ein vom norwegischen König nach Kriegsende hochdekorierter Widerständler, sich für uns einsetzte, gab es keinerlei Probleme bei der Einbürgerung. Wir haben uns in Kajas Heimatstadt Bergen niedergelassen und ich bin dann etliche Jahre auf norwegischen Schiffen zur See gefahren. Mein Jugendtraum wurde dann schließlich doch noch wahr. Später sind Anders Eltern, sie sind beide Akademiker, aus Berufsgründen nach Tromsø gezogen. Und als Kaja nicht mehr da war, haben sie mich hergeholt.«

»Meine liebe Großmutter ist mit 85 im vorigen Jahr gestorben«, ergänzte Anders.

»Jo, und ich alter Knochen lebe noch. Wenn mir Kaja auch fehlt, das Leben genieße ich trotzdem noch!« Johan schlurfte zur Kommode und förderte eine halb volle Flasche Whisky zutage.

»Nur ein kleines Gläschen zum Abschied?«, fragte er, als er Anders Blick auf die Armbanduhr bemerkte.

»Großvater, das tut uns wirklich leid, aber wir müssen los.«

»Schade, aber vielleicht kommt ihr auf der Rückfahrt noch mal vorbei, das Schiff liegt doch, soweit ich weiß, fast zwei Stunden unten am Kai.«

Der Abschied fiel kurz aber herzlich aus. Man bedankte sich für die Gastfreundschaft und versprach, ganz bestimmt vorbei zu kommen. Das wäre allerdings kurz vor Mitternacht. Doch der Großvater versicherte, viel Schlaf brauche er ohnehin nicht mehr.

Anschließend führte Anders die beiden Deutschen zu seinem Elternhaus in der Petersborggata. Er machte vor einem roten Holzhaus Halt, welches eine Veranda mit oben aufgesetztem Balkon, weiße Faschen um die Fenster und eine grün gestrichene Eingangstür hatte.

Inga bemerkte: »Anders, es sieht verlassen aus«,

Anders nickte. »Richtig. Meine Eltern sind zu einer Gastvorlesung in Oslo, im Moment ist niemand zu Hause. Ich würde euch gern das Innere zeigen, aber ich muss leider den Rückweg antreten. Wenn ihr noch die Ølhallen besuchen wollt, müsst ihr die Straße ein Stück weiter gehen und euch dann scharf links halten. Ihr findet schon den Weg.«

Anders verabschiedete sich. Inga winkte ihm hinterher.

Sie liefen wie beschrieben hinunter in Richtung Mack Ølbryggene, der nördlichsten Brauerei der Welt. Ein paar Straßen weiter stießen sie wieder auf die Storgata und sahen alsbald den roten Backsteinbau, auf dessen Fassade weithin sichtbar der riesige Schriftzug *Mackøl* prangte.

Am Gebäudeteil auf der gegenüberliegenden Straßenseite machten sie das Reklameschild der Ølhallen aus. Unterhalb des Schildes führte eine kleine Treppe ins Kellergeschoss.

Sie stiegen die wenigen Stufen hinab und traten ein. Für Wieland war es, wenn er in Tromsø war, jedes Mal ein unbedingtes Muss, ein hier gebrautes Bier zu trinken.

Die Gewölbe und dicken Mauerwerkspfeiler unterteilten den Bierkeller in mehrere Abteilungen. Der lange Biertresen mit der Batterie an Zapfhähnen ordnete sich gegenüber dem Eingang an. Die Flächen zwischen den Pfeilern waren minimal ausgeleuchtet. Zusammen mit dem Backsteinmauerwerk, dem roten Mosaikfußboden und den rustikalen Holztischen und Bänken schuf das eine Atmosphäre, der man eine gewisse Gemütlichkeit nicht absprechen konnte.

Wieland führte Inga an den Biertresen. An allen neun Zapfhähnen befanden sich Schilder, versehen mit den Namen der Biersorten. Inga, die sich mit Bier überhaupt nicht auskannte, schaute ein wenig ratlos drein.

Wieland bestellte für Inga ein Arctic Beer und für sich ein Mack Gull, in der Annahme, damit für beide das Richtige ausgewählt zu haben. Sie setzten sich in der Nähe der Eingangstür an einen der rohen Holztische und ließen die Bierkeller-Atmosphäre auf sich wirken.

»Schau nur, dort steht ein Eisbär!« Inga war entzückt.

Das ausgestopfte Tier maß etwas mehr als zwei Meter und sah selbst im jetzigen Zustand gefährlich aus. Inga stand auf und stellte sich vor den Bären.

»Bitte, Wieland, mach ein Foto!«

Das weit aufgerissene Maul des Bären, in dem zwei Reihen dolchartiger Fangzähne blitzten, ließ erkennen, mit welch fürchterlichen Waffen das Tier ausgestattet war, auch wenn es nun ausgestopft und harmlos vor der roten Backsteinwand stand.

Inga betrachtete auf dem Display die Aufnahme. »Gruselig! Das sieht ja aus, als würde sich der Bär auf mich stürzen.«

Sie wandte sich ab und schaute sich im Keller um. Außer ihnen saßen noch acht oder neun Leute an den Tischen, darunter einige Typen, die nicht sehr vertrauenserweckend aussahen.

»Allein würde ich hier nie reingehen!« Inga schüttelte sich.

»Ich tue es auch nur, weil es an der Küste nichts Vergleichbares gibt. In der Regel sind Bierhallen eher selten. Aber es sind nicht immer nur solche Typen wie diese da zu Gast. Ich bin hier schon mit sehr netten Leuten ins Gespräch gekommen. Zugegeben, das hier ist eher Männersache. Von mir aus können wir aber auch gehen, wenn du magst.«

»Ich will dich nicht drängen. Eine Erfahrung war es allemal.«

Wieland trank sein Bier aus. Inga hatte kaum die Hälfte ihres Bieres getrunken. Nicht weil das Arctic ihr nicht geschmeckt hätte, der halbe Liter war für sie einfach zu viel.

Sie verließen den Bierkeller und liefen die Storgata hinunter in Richtung Hafen. Sie kamen an verschiedenen Läden, kleinen Cafés, Bars und einem Supermarkt vorbei, schauten mal da und dort hinein, ohne sich allzu lange aufzuhalten. Im Supermarkt deckten sie sich mit ein paar Flaschen Mineralwasser ein, denn die wurden dort preisgünstiger verkauft als auf dem Schiff.

Auf dem Rest der Wegstrecke genossen sie das bunte Treiben auf den Straßen und den herrlichen Sonnenschein.

*****

Als Wieland an der Rezeption vorbeikam, wurde er von Frau Johannsen angesprochen. Sie machte auf ihn einen verstörten Eindruck. Das ansonsten ständige Lächeln war aus dem Gesicht gewichen.

»Herr Schrader, ich muss Sie bitten, mir ins Büro zu folgen. Da sind zwei Kriminalbeamte, die gern mit Ihnen sprechen würden.«

Wieland glaubte, sich verhört zu haben. »Kriminalbeamte?«

»Ja, bitte, folgen Sie mir. Und bitte, keine weiteren Fragen.« Frau Johannsen warf einen kurzen Blick auf die anderen Passagiere. »Die Leute dürfen nichts mitbekommen, wir sollten deshalb umgehend mein Büro aufsuchen.«

»Und meine Begleiterin?« Wieland zeigte auf Inga.

»Nein, nur Sie. Bitte!«

»Ich gehe schon mal nach oben«, sagte Inga. »Wir sehen uns dann später.« Sie machte ein besorgtes Gesicht.

Im Büro des Zahlmeisters saßen vor dem Schreibtisch ein älterer Mann in einem hellgrauen Mantel und eine jüngere Frau, die Jeans und einen orangefarbenen Anorak trug.

»Herr Schrader, das sind Kriminalinspektor Oluf Lindbøk und Kriminalassistentin Tora Brandner. Die Herrschaften haben ein paar Fragen. Bitte setzen Sie sich.« Frau Johannsen deutete auf einen freien Stuhl.

Bin ich im falschen Film? Wieland konnte sich nicht erklären, was er hier sollte. »Können Sie mir bitte sagen, um was es geht?«

Der Inspektor kam zur Sache. »Herr Schrader, Sie hatten doch ursprünglich die Kabine 490 belegt, die Sie gestern, wie wir wissen, gegen eine andere getauscht haben

»Ja, wegen der defekten Dusche. Aber, was …?«

Oluf Lindbøk hob beschwichtigend die Hand. »Bitte, wir stellen hier die Fragen, Herr Schrader! Und dies nicht ohne Grund. Sagen Sie uns bitte, wann Sie die Kabine zuletzt betreten und was Sie darin gemacht haben.«

Wieland, der noch immer nicht wusste, weswegen er befragt wurde, schaute verunsichert drein. »Vielleicht wäre es angebracht, Sie sagen mir, um was es geht. Ich versichere Ihnen, ich werde Ihnen auf jede Art behilflich sein. Nur, ich möchte schon gerne wissen, was eigentlich los ist.«

Die Kriminalassistentin schaltete sich ein. »Oluf, ich glaube, wir sollten Herrn Schrader aufklären, weswegen wir hier sind.«

Oluf Lindbøk zögerte einen Moment. »Na gut! Tora, erkläre Herrn Schrader, um was es geht.«

»Im Laufe des gestrigen Tages wurde in der Nähe von Nesna eine männliche Leiche von Fischern aus dem Wasser gezogen. Diese konnte schnell identifiziert werden. Uns lag eine Vermisstenanzeige vor, die einen gewissen Elias Skjertoft betraf. Seine Enkelin hatte diese in Bodø aufgegeben, weil ihr Großvater spurlos verschwunden ist. Besagter Großvater hatte in der Nacht vom 11. zum 12. Oktober in der Kabine genächtigt, die Sie, Herr Schrader, gebucht hatten.«

Was hatte das alles mit ihm zu tun? Wieland war bestürzt. »Sie müssen wissen, dass mir die Kabine an Bord zugewiesen wurde. Es war eine Glückskabine.«

Frau Johannsen klärte die Kriminalbeamten auf, was unter einer Glückskabine zu verstehen war.

»Nun«, sagte Oluf Lindbøk, »das ist wahrscheinlich nur von geringer Bedeutung. Uns interessiert vielmehr, weshalb Sie die Kabine getauscht haben?«

»Weil die Mischbatterie in der Duschkabine defekt war. Hat Frau Johannsen Ihnen das denn nicht gesagt?«

Frau Johannsen schüttelte den Kopf.

Tora Brandners Blick richtete sich auf die Johannsen. »Die Mischbatterie war also defekt, richtig?«

»Ja, und wir haben erst heute eine Neue anbringen können. Deshalb konnten wir Herrn Schrader nicht zumuten, länger in 490 zu bleiben.«

Tora Brandner hakte nach. »Sie haben aber Herrn Skjertoft angeboten, die Nacht in der besagten Kabine zu verbringen. Das stimmt doch, oder?«

Frau Johannsen bestätigte das. Sie wirkte verunsichert und bekam eine zunehmend blassere Gesichtsfarbe.

»Zu klären wäre«, stellte Oluf Lindbøk in den Raum, »weshalb besagter Elias Skjertoft tot und mit Würgemalen ein paar Stunden später aus dem Wasser gefischt wurde?«

Wieland, dem noch immer nicht klar war, weswegen er befragt wurde, verlor langsam die Geduld. »Kann ich noch zu irgendetwas beitragen?«

Tora Brandner nickte. »Sagen Sie uns, wann haben Sie zuletzt die Kabine 490 betreten?«

»Das war nach dem Klavierkonzert. Inga, also Frau Dornbusch und ich, haben meine Sachen geholt … Warten Sie, da fällt mir ein, ich hatte den Verdacht, dass jemand an meinem Koffer war. Im Speicher meines Fotoapparats fehlten nämlich ein paar Aufnahmen. Ich bin mir sicher, die muss jemand gelöscht haben. Jedenfalls, ich war das nicht! Zumal mir Inga zeigte, wie leicht es ist, das Schloss eines Koffers zu knacken. Deswegen habe ich mir auch einen neuen Koffer gekauft.«

»Es wird das Beste sein, wir holen Ihre Bekannte her, damit sie uns selbst berichtet, was da abgelaufen ist. Jeder Hinweis kann von Bedeutung sein.«

Lindbøk wies Tora Brandner an, Frau Dornbusch herzubitten. Die kam nach fünf Minuten zurück und sah ihren Kollegen ratlos an. »Frau Dornbusch ist nur bereit, eine Aussage zu tätigen, wenn sie vorher allein mit Herrn Schrader reden kann.«

Oluf Lindbøk stutzte. »Hat sie einen Grund genannt?«

»Soweit ich verstanden habe, möchte sie etwas aufklären. Sie versicherte, dies seien persönliche Dinge, die nichts mit der Befragung zu tun hätten. Nachher wäre sie gern bereit, Rede und Antwort zu stehen.«

Der Inspektor überlegte einen Moment. »Na gut, dann soll sie mit Herrn Schrader reden. Ich sehe hier kein Problem. Sie soll sich aber kurzfassen.«

Inga wartete vor dem Büro. Als Wieland herauskam, sah er eine sichtlich verlegene junge Frau vor sich stehen. Erst die Befragung – und nun das sonderbare Verhalten von Inga. All das führte dazu, ihn vollends zu verwirren.

»Inga, was ist denn los? Kannst du mir das bitte erklären?«

»Wieland, entschuldige bitte! Aber ich muss dir unbedingt etwas sagen. Komm, lass uns dort drüben Platz nehmen.«

Sie setzten sich auf die gepolsterte Bank hinter der Aufzuganlage. Inga holte aus ihrer Handtasche ein Foto hervor und reichte es Wieland.

»Wieland, erkennst du diese Frau?«

Er schaute verwundert auf das Foto. Es dauerte ein paar Augenblicke, dann erinnerte er sich. Die Frau auf dem Foto war jene, mit der er vor vielen Jahren in Hannover diese verrückte Nacht verbracht hatte. Aber wie kam Inga an dieses Foto und was bezweckte sie damit?

»Macht es nicht Klick bei dir?« Inga schaute ihm geradewegs in die Augen. Und weil er sich nicht äußerte, sagte sie: »Wieland, das ist meine Mutter …«

Wieland schaute Inga an, als säße ein Gespenst vor ihm.

»Deine Mutter?«

»Ja, Wieland, das ist meine Mutter. Und du, du bist mein Vater!«

Wieland wurde blass. Wie konnte das sein? Er suchte vergebens nach einem Anhaltspunkt, der die Aussage Ingas bestätigte. Da war diese Frau von damals und das kurze Intermezzo mit ihr. Kein unbedingter Beweis für eine Vaterschaft. Dennoch, Inga käme sicherlich nicht ohne triftigen Grund zu ihm.

In diese Gedanken hinein platzte Tora Brandner. »Bitte, kommen Sie! Wir müssen die Befragung fortsetzen.«

»Ich kläre dich später auf«, raunte Inga Wieland zu. Dann sagte sie zu der Kriminalassistentin: »Mein Vater und ich kommen sofort.«

»Herr Schrader ist Ihr Vater?«, wunderte sich Tora Brandner.

»Ja«, sagte Wieland, um Inga nicht in Schwierigkeiten zu bringen. »Ich hatte das vorhin wohl nicht erwähnt.«

Sie folgten Tora Brandner in das Büro. Dort saß nur noch der Inspektor. Der hielt sein Handy ans Ohr und telefonierte. Tora Brandner bat Inga und Wieland, sich zu setzen.

Der Inspektor beendete das Telefonat. Zu Tora Brandner gewandt sagte er: »Es gibt neue Erkenntnisse. Ich habe eben vom Kriminaltechnischen Institut ein paar interessante Neuigkeiten erhalten. Aber dazu später.«

»Frau Dornbusch ist die Tochter von Herrn Schrader«, informierte Tora Brandner ihren Kollegen. »Er hat vorhin vergessen, das zu erwähnen.«

»Aha«, sagte Oluf Lindbøk und schaute Inga an. »Sie sind also diejenige, die Kofferschlösser knacken kann.«

Inga sah Wieland mit einem scharfen Blick an, den er so noch nie bei ihr gesehen hatte. Offensichtlich hatte Inga die Befürchtung, in ein falsches Licht gerückt zu werden.

»Herr Inspektor«, erklärte sie. »Den besagten Trick hat mir eine Freundin beigebracht.«

»Soso!« Der Inspektor lächelte. Auch Tora Brandner konnte sich eines Lächelns nicht erwehren.

Inga gab Wieland einen Schubs in die Seite, der wohl bedeuten sollte, wenn du mich noch einmal in die Bredouille bringst, kannst du was erleben.

»Sie haben mitbekommen, dass es hier um einen Mord geht?«, fragte der Inspektor, zum eigentlichen Thema zurückkehrend.

Inga erschrak. »Nein, das habe ich nicht!«

Der Inspektor wiederholte das, was er Wieland gegenüber geäußert hatte. Inga hörte aufmerksam zu.

»Ich habe dir doch gesagt, Papa, dass was nicht stimmt!«, sagte sie und schaute triumphierend in die Runde. »Herr Inspektor, ich bin davon überzeugt, dass mein Vater verfolgt und bedroht wird. Und nun hat es statt Vater eben diesen anderen Mann erwischt … einfach ein Versehen.«

Der Inspektor beugte sich vor. »Sie meinen, der Falsche ist umgebracht worden?«

»Ja, natürlich!« Für Inga bestand kein Zweifel.

»Können Sie mir auch sagen, weshalb Ihr Vater verfolgt und bedroht wird?«

»Das ist leider noch nicht ganz klar. Aber die Lösung muss in der Vergangenheit meines Vaters liegen. Wir sind überzeugt, jemand ist an Bord, der Vater Böses antun will.«

»Das ist deine Theorie.« Wieland gab zu verstehen, dass er nicht unbedingt dieser Meinung war.

Inga beharrte auf ihrer Meinung. »Herr Inspektor, mein Vater will einfach nicht glauben, dass es so ist.«

Der Inspektor lächelte matt. »Und wieso sollte ich denken, dass es so ist?«

Inga schaute ihn verdutzt an. »Wüssten Sie sonst irgendeinen Grund, weshalb der andere Mann sterben musste? Man muss doch nur eins und eins zusammenzählen.«

»Na gut, wir werden darüber nachdenken. Vorerst muss ich Sie bitten, eine Speichelprobe abzugeben. Am Tatort ist fremde DNA gefunden worden.«

»Als Tatort steht die Kabine 490 fest?«, wollte Wieland wissen.

»So ist es. Der Mann wurde mit großer Wahrscheinlichkeit dort erwürgt. Als man ihn ins Wasser warf, lebte er schon nicht mehr.«

»Und nun verdächtigen Sie uns?«, fragte Wieland ungläubig.

»Das habe ich nicht gesagt, aber wir müssen natürlich alle Eventualitäten ins Auge fassen. In der Kabine wurden ein paar lange Frauenhaare gefunden, die bislang niemandem zugeordnet werden konnten.«

»Sie denken doch nicht etwa, die sind von mir?« Inga sprang auf. Die Empörung war ihr deutlich ins Gesicht geschrieben.

Der Inspektor erhob sich. »Bitte, beruhigen Sie sich. Ich sagte doch, wir gehen allen Anhaltspunkten nach. Wenn sich herausstellt, dass die Haare nicht die Ihren sind, wären Sie entlastet. Außerdem sehe ich bei Ihnen kein Motiv.«

»Inga, die Polizei macht doch nur ihre Arbeit«, beschwichtigte auch Wieland.

Inga beruhigte sich. Mit einem Stäbchen nahm die Kriminalassistentin ein wenig Speichel aus Ingas Mund, die es geschehen ließ, ohne sich zu sträuben. Dieselbe Prozedur wurde an Wieland vorgenommen.

Inga riss sich ein langes Haar aus. »Hier, das werden Sie doch auch benötigen, nicht?«

Die Kriminalassistentin nickte. »Danke.« Sie steckte das Haar in ein kleines Plastiktütchen.

»Können wir jetzt gehen?«, fragte Wieland.

»Selbstverständlich«, sagte der Inspektor. »Halten Sie sich aber bitte weiterhin zur Verfügung.«

Inga verharrte. »Könnten wir vielleicht ein Foto von dem Toten sehen?«

»Hier, bitte sehr.« Der Inspektor legte ein Foto vor Inga auf den Tisch. Diese nahm es in die Hand, starrte darauf und reichte es dann Wieland weiter.

»Der Tote sieht meinem Vater verdammt ähnlich«, stellte Inga fest. »Eine Verwechslung ist sehr wahrscheinlich!«

Wieland schluckte. Langsam begann er an die Möglichkeit zu glauben, auf die Inga so vehement verwies.

*****

Nachdem Inga und Wieland das Büro verlassen hatten, werteten die beiden Kriminalisten das Gehörte aus.

»Tora, ich kann mir nicht helfen, aber die beiden scheiden als mögliche Täter wohl aus. Ich erkenne überhaupt kein Motiv. Es sind auf dem Schiff knapp fünfhundert Passagiere, da könnten viele andere als Täter infrage kommen.«

Tora Brandner stimmte dem vorbehaltlos zu und sprach eine Befürchtung aus. »Was Puzzlearbeit bedeutet.«

»Zwar tischte dieses Mädchen eine komische Geschichte auf«, kam der Inspektor auf Ingas Bemerkungen zurück. »Wir sollten trotzdem diese Version im Auge behalten. Mein Bauchgefühl sagt mir, da könnte tatsächlich etwas dran sein. Tora, überlege mal. Da wechselt jemand die Kabine, und ausgerechnet in der geschieht später der Mord. Wie das Mädchen schon sagte, hier könnte man durchaus eins und eins zusammenzählen.«

»Und was ist mit den Besatzungsmitgliedern, die haben es doch leichter als jeder andere, sich Zutritt zu den Kabinen zu verschaffen? Oluf, hier sind viele Unbekannte im Spiel!«

Oluf Lindbøk steckte das Ende seines Bleistifts in den Mund, kaute nachdenklich darauf herum und legte die Stirn in Falten. »Tora, wir können das Schiff nicht festhalten. Uns bleibt wohl nichts anderes übrig, als an Bord zu bleiben. Rede du mal mit Frau Johannsen, damit sie uns zwei Kabinen zur Verfügung stellt.«

Tora Brandner nickte. Auch ihr war klar geworden, dass man das Schiff nicht so schnell würde verlassen können.

Lindbøk erhob sich. Als sie zusammen das Büro verließen, sagte er: »Es ist an der Zeit, einen Plan für die weiteren Ermittlungen aufzustellen. Tora, wenn du mit der Johannsen sprichst, frag gleich noch nach einem Flipchart, so was müssten die doch hier an Bord haben. Wenn einer von den Konferenzräumen frei ist, sollten wir darin unser Lagezentrum einrichten. Außerdem werde ich noch zwei Beamte als Verstärkung anfordern. Uns erwartet eine Sisyphusarbeit.«

*****

Wieland begab sich mit Inga in die Bibliothek, die kurz vor dem Dinner menschenleer war. Sie waren somit allein und konnten reden. Er wollte unbedingt Näheres von Inga wissen, auch wenn sie sich deswegen zum Abendessen verspäten sollten. Sie nahmen jeder in einem der breiten Lehnsessel Platz.

»Inga, ich glaube, du musst mir einiges erklären, nicht?«

»Ja, Papa. Das verstehe ich.«

Sie berichtete vom Tod ihrer Mutter, die vor einem halben Jahr einem Verkehrsunfall zum Opfer gefallen war. Im Nachlass hatte Inga neben dem Testament einen an sie gerichteten Brief gefunden, den sie erst nach dem Tod der Mutter öffnen sollte. Da der Todesfall eingetreten war, las Inga den Brief. Mit jeder Zeile stieg ihr Interesse. Als sie den zweiseitigen Brief zu Ende gelesen hatte, rannen ihr Tränen übers Gesicht.

»Ich habe den Brief in der Kabine, du kannst ihn später lesen.«

»Bitte rede weiter«, bat Wieland. Er ahnte, was kommen würde.

Inga fuhr fort. In dem Brief hatte ihre Mutter eine Art Beichte niedergeschrieben. Da war von einem Arbeitskollegen ihres Mannes die Rede, mit dem sie eine Nacht durch Hannover gezogen war. Ihr Mann war auf Dienstreise und sie war allein gewesen. Ein bisschen hatte der Alkohol Schuld gehabt, aber besagter Wieland hatte an diesem Abend sehr anziehend auf sie gewirkt, was ihre Hemmschwelle gesenkt hatte. Es war nicht ausgeblieben, miteinander ins Bett zu gehen. Dass aus dem Seitensprung keine Beziehung wurde, lag einfach nur daran, weil die Mutter ihre Ehe nicht gefährden wollte. Man sah sich zwar noch ab und an, Intimitäten fanden jedoch nicht mehr statt. Wochen später stellte Ingas Mutter fest, dass sie schwanger war.

»Sie hat mir nie etwas gesagt«, unterbrach Wieland.

»Stimmt, später hat sie es bereut. Aber Mutter wollte das bisschen heile Welt, was ihr nach der Scheidung geblieben war, nicht gefährden. Ich sollte nicht als uneheliches Kind aufwachsen. Sie hat wohl mehrfach versucht mit mir zu reden, dazu gekommen ist es allerdings nie.«

Wieland nahm Ingas Hand in die Seine. Sie ließ es geschehen und gab den Druck sanft zurück. »Ach, Papa! Dass wir uns erst jetzt kennenlernen, ist beinahe schon tragisch. Aber ich bin froh, dass es überhaupt dazu gekommen ist.«

»Du magst mich also?«

Inga lächelte. »Das müsstest du doch längst gemerkt haben.«

Wieland stand auf, zog Inga hoch zu sich und umarmte sie. So blieben sie eine ganze Weile stehen. Erst, als er seine Gefühle weitestgehend im Griff hatte, sagte er: »Inga, ich bin natürlich völlig überrascht gewesen … vorhin, als du mich sprechen wolltest. Warum hast du nicht eher was gesagt? Wir sind doch bereits ein paar Tage zusammen.«

Sie legte ihre Hände auf seine Brust und schaute ihn an. »Ich wollte dich doch erst kennenlernen. Einem Stiesel von Vater hätte ich mich nicht geöffnet.«

»Also bin ich kein Stiesel?«

»Um Gotteswillen, nein! Du warst mir schon im Bus sympathisch. Ich hab‘ dich von Anfang an gemocht.«

»Das beruhte auf Gegenseitigkeit. Ich fand deine Sommersprossen und die Zöpfe so lustig.«

»Erinnere mich bloß nicht an meine Sommersprossen!«

»Inga, die sind etwas ganz Besonderes, glaube mir. Mein Gott, was habe ich auf meine alten Tage für ein Glück. Die Frage ist nur, wie wird Eva reagieren?«

Inga lachte. »Da muss sie durch!«

»Ja, das denke ich auch.«

Wieland überlegte. »Eine Frage habe ich allerdings noch. Wie hast du mich überhaupt gefunden?«

»Oh! Das war gar nicht einfach nach all den Jahren. Mutter hatte, was du im Brief nachlesen wirst, deinen vollen Namen aufgeschrieben und einiges andere auch, sodass ich einige Anhaltspunkte hatte. Ich bin dann kurzerhand nach Dresden gefahren, um dich zu suchen.«

»Wie bist du denn auf die Idee mit den Hurtigruten gekommen?«

Inga kicherte. »Als ich endlich herausgefunden hatte, wo du wohnst, habe ich mich dorthin auf den Weg gemacht. Noch hatte ich keine Vorstellung, wie ich es anstellen sollte, mich zu outen. Da kam mir der Zufall zu Hilfe. Als ich vor deinem Haus stand, kamst du heraus und bist die Straße hochgelaufen. Ich bin dir natürlich schnurstracks gefolgt.«

»Und dann?«

»Ja, dann bist du in dieses Reisebüro gegangen. Du hast gar nicht bemerkt, dass ich die ganze Zeit nahe bei dir stand. Da ist mir diese Idee gekommen. Ich habe mir gedacht, auf dem Schiff kannst du deinen Vater wahrscheinlich besser kennenlernen als in seinem Zuhause. Und so habe ich kurzerhand dieselbe Reise gebucht, obwohl mein ganzes Erspartes draufgegangen ist. Das war es mir aber wert.«

Wieland musste lachen. »Eine unglaubliche Geschichte!«

Nach einer kleinen Schweigepause sagte Inga: »Das mit dem Mord ist schon ein Ding, nicht? Am Tisch dürfen wir nicht drüber reden. Hat der Inspektor zum Schluss nicht so etwas gesagt?«

»Hat er«, bestätigte Wieland. »Was ich aber noch gern von dir hören würde, warum hast du dich ausgerechnet vor der Befragung zu erkennen gegeben? Hätte das nicht noch etwas Zeit gehabt?«

»Ich wollte nicht mit einer Lüge aufwarten. Gegenüber der Polizei wäre das unklug gewesen.«

Sie kamen verspätet zum Dinner, was natürlich einer Erklärung bedurfte.

»Meine Tochter und ich mussten noch einiges besprechen, das hat sich etwas in die Länge gezogen.« Wieland schaute Inga an, die einen leicht abwesenden Eindruck machte.

»Hoffentlich nichts Ernstes?«, erkundigte sich Dietmar Wollenweber.

»Nein!«, entgegnete Inga und lächelte leicht. »Familiendinge, was eben manchmal zu bereden ist.«

»Ihnen ist leider die Grüne Erbsensuppe entgangen.« Frau Mecklenburg machte ein betrübtes Gesicht.

»Erbsen?« Wieland strahlte. »Ich kann Erbsen nicht ausstehen! Dafür gibt es, wenn ich das richtig gelesen habe, nachher Seelachsrücken. Da freue ich mich drauf.«

Auch Inga strahlte. »Siehst du, Papa, wieder Fisch. Wir leben hier wirklich gesund.«

Frau May lachte. »Das kann man wohl sagen!« Ob sie es ernst meinte, bezweifelte Wieland. Er vermutete eher, sie fürchtete um ihre Figur. Annegret May besaß eine ausgesprochene Rubensfigur und die hatte sie mit Sicherheit nicht von ihren Konzertbesuchen.

Herbert Langenstein schaute Wieland an. »Heute bist du an der Reihe, so wie abgemacht.«

Wieland, der in Hochstimmung war, verspürte wenig Lust, mit seiner Erlebnisgeschichte aufzuwarten. Aber versprochen war versprochen. Er hoffte, mit ein paar wenigen Sätzen davon zu kommen. Wenn es unbedingt sein musste, könnte er morgen ja nachlegen.

»Nun gut, dann will ich mal beginnen …«

Wieland - Cottbus 1973 - 1975

Wer auf die Idee gekommen war, konnte ich hinterher nicht sagen. Es war jedenfalls so, dass ich eine Antenne und Martin den alten Fernseher besorgte. Diesen hatte er einer alten Dame für 100 Mark abgeluchst. Die Antenne erhielt ich von einem Freund, der in Dresden damit experimentiert hatte, um im Tal der Ahnungslosen, wie es damals in der DDR so trefflich hieß, die beiden Programme des BRD-Fernsehens in die Wohnstube zu holen. Was ihm allerdings nur bei Überreichweiten gelang und die Antenne deshalb kaum einen Nutzen hatte.

Im Studentenwohnheim war es natürlich untersagt, die Programme des Klassenfeindes zu empfangen. In Cottbus war der Empfang mit einer ordentlichen Antenne allerdings kein Problem, was die vielen Antennen auf den Hausdächern der Stadt auf eindrucksvolle Weise bewiesen. Wir, das heißt, eine Gruppe von neun Studenten der Seminargruppe H1d, die an der Fachschule für Bauwesen in Cottbus studierte, war allerdings der Meinung, als Bürger dieses Landes sollte es niemanden verwehrt sein, mal über die Grenzen hinaus zu schauen, auch wenn es das kapitalistische Ausland war. Wenn Mauer und Stacheldraht schon verhinderten, sich persönlich vom Geschehen im anderen deutschen Staat überzeugen zu können, sollte das zumindest auf elektronischem Weg möglich sein. Dabei hatten wir neun noch nicht einmal die Politik im Auge. Uns interessierte brennend, wie der FC Bayern München gegen Schalke spielte. Im Sommer 1974 fanden außerdem die Fußballweltmeisterschaften in der Bundesrepublik statt. Ein Ereignis von eminenter Bedeutung für jeden Fußballfan.

Natürlich schauten wir auch den Tatort, die Tagesschau und

anderes mehr, wobei besonders Musiksendungen, wie der Beat-Club aus Bremen zu den Favoriten zählten. Ich kann mich noch gut an die Originalübertragung »Elvis auf Hawaii« erinnern. Für uns DDR-Bürger ein Event der Superlative.

Wir hatten im Wohnheim ein leer stehendes Zimmer okkupiert, das wir abschließen konnten. Wir machten daraus unser Fernsehzimmer. Später sollte es heißen, unseren Fernsehclub. Die Antenne hatten wir von außen nicht sichtbar unter die Zimmerdecke gehängt und in Richtung West-Berlin ausgerichtet.

Da uns bewusst war, gegen ein Verbot zu verstoßen, hielten wir neun eisern dicht und vermieden es, wenn andere Studenten anwesend waren, über interessante Filme und aktuelle Fußballspiele zu diskutieren. Das ging auch ein Dreivierteljahr gut.

Eines Tages, ich glaube, es war in einem Statik-Seminar, betrat der Hausmeister den Vorlesungssaal und sagte, der Direktor bräuchte ein paar starke Männer. Und er las von einem Zettel neun Namen ab. Ich bekam zuerst gar nicht mit, was dies bedeutete. Mein Freund *Opa*, der neben mir saß, schaltete sofort. Er erbleichte. Unser Fernsehklub war aufgeflogen!

Ich wurde in ein Zimmer geführt, wo mir ein Schreibblock und ein Kugelschreiber in die Hand gedrückt wurde, mit der Aufforderung, eine schriftliche Erklärung bezüglich unserer Fernsehtätigkeit abzugeben. Mir war mulmig im Magen, denn mir war klar, was das bedeutete. Also versuchte ich unseren Fernsehklub als das darzustellen, was er dem Grunde nach war: ein Klub für an Sport Interessierte. In meiner Erklärung machte ich jedoch einen entscheidenden Fehler. Um zu erklären, dass uns keinerlei politische Motive angetrieben hatten, schrieb ich, dass ich festhalten möchte, nicht aus staatsfeindlichen oder ähnlichen Gründen Sendungen des BRD-Fernsehens angesehen zu haben und ich alles im Übrigen ein wenig auf die leichte Schulter genommen hatte. Eine zwar ehrliche, aber verhängnisvolle Aussage. Denn was eine Woche später folgte, hätte ich mir in den schlimmsten Träumen nicht vorstellen können.

Wir neun wurden an jenem Montag zu acht Uhr am Morgen in die Mensa der Fachschule bestellt. Wir dachten, uns erwarte eine Gesprächsrunde mit der Schulleitung. Wir hofften, aus der unangenehmen Lage mit einem blauen Auge davonzukommen. Stattdessen, und das war kein Witz, empfingen uns im Foyer achtzehn Männer in Ledermänteln. Ich wusste sofort, was das bedeutete.

Jeweils zwei dieser Männer nahmen einen von uns Studenten in die Mitte und führten ihn zu den draußen bereitstehenden Pkws. Ich wurde in einen *Wolga* geschoben und wusste nicht, wie mir geschah. Mein Kopf war total leer. Ich wusste nur, jetzt bist du in den Fängen der Stasi.

Eine Viertelstunde später fand ich mich in einem Verhörzimmer wieder. Ich habe dieses als sehr groß in Erinnerung. Ein Stasi-Offizier in Zivil, etwa vierzig Jahre alt und noch nicht einmal von unsympathischem Äußeren, saß hinter einem wuchtigen Schreibtisch, auf dem etliche Akten lagen. Ich saß mindestens vier Meter entfernt auf einem unbequemen Holzstuhl. Ansonsten war der Raum leer. Mit Ausnahme dreier Stühle, die rechts von mir an der Wand standen.

Es begann ein stundenlanges Verhör. Ich musste ausführlich begründen, weshalb ich dem Fernsehclub angehört hatte, was ich auch tat. Ich sagte, ich sei eigentlich nur an Sportsendungen und Filmen interessiert gewesen. Klar, ich hätte mir auch mal die Tagesschau angeschaut, dies natürlich nicht mit irgendwelchen Hintergedanken.

Vonseiten des Vernehmers – wie ich später meiner Akte entnehmen konnte, war das ein gewisser Leutnant Schröder gewesen – wurde mir der Tatbestand der staatsfeindlichen Hetze unterstellt. Es wurde in dem Zusammenhang auf Gespräche verwiesen, die ich mit Kommilitonen geführt hatte. Ich hätte eine gegenüber der DDR feindliche Einstellung, wie sich das im

Übrigen auch in Briefen an meinen Cousin in Berlin-West zeige. Auch mein Auftreten, was meine Kleidung betreffe, sei skandalös und entspreche in keiner Weise einer sozialistischen Persönlichkeit, ganz im Gegenteil. Das Abzeichen des Fußballklubs Hertha BSC, welches ich unverfroren an meinem Anorak trage, sei ein Beleg dafür, wie ich zum Klassenfeind stehe. Ich solle doch endlich zugeben, dass ich ein Gegner des sozialistischen Gesellschaftssystems sei. Immer wieder berief sich der Leutnant auf die angeblichen Aussagen der acht mit mir verhafteten Kommilitonen, die mich in der Sache als eine Art Rädelsführer bezeichnet hätten. Meine Absicht sei, subversiv gegen DDR-Gesetze zu verstoßen.

Ich war mir keiner Schuld bewusst, hatte also nichts zuzugeben. Keinen der Vorwürfe konnte ich nachvollziehen. Diese seien abwegig, betonte ich immer wieder. Den Grund, weshalb ich die westlichen Fernsehsender geschaut habe, dächte ich ausreichend erläutert zu haben.

Der Vorgesetzte des vernehmenden Stasi-Offiziers – ein Oberleutnant Meckel, wie ich später nachlesen konnte – nahm zeitweise am Verhör teil, jedoch ohne in dieses aktiv einzugreifen. Er setzte sich an der Wand auf einen Stuhl und hörte sich an, was ich zu sagen hatte. Ins Verhör griff er erst ein, als ich einmal nicht deutlich genug auf die Fragen des Vernehmers antwortete. Er sprang hoch und drohte lautstark an, mir den Stuhl unter dem Arsch wegzuschlagen. Natürlich beeindruckte mich das, zumal mir – auch ohne diese Verbalattacke – besagtes Körperteil bereits auf Grundeis gegangen war. Ich sah mich schon von einem Gericht verurteilt und danach in einem Zuchthaus verschwinden.

Das Verhör zog sich ohne eine einzige Pause bis gegen sechzehn Uhr dreißig hin. Meine Nerven waren bis zum Zerreißen gespannt und meine Hände schweißnass. Als ich schließlich das Verhörprotokoll Seite für Seite durchgelesen hatte und anschließend unterschrieb, blieb mir das eine oder andere Blatt an den schweißigen Händen kleben.

Dem Vernehmer schien das nicht aufzufallen. Nachdem auf jedem Blatt meine Unterschrift stand, sagte er: »Schrader, alle Achtung! Sie haben sich gut gehalten, Sie können jetzt gehen.«

Mir fiel natürlich eine Zentnerlast vom Herzen. Ein Uniformierter begleitete mich hinaus, und als ich vor der Stasi-Zentrale auf der Straße stand, war mir, als sei ich neugeboren. Ich steckte mir eine Zigarette an und genoss die wiedergewonnene Freiheit.

Als ich ins Wohnheim zurückkehrte, waren alle aus dem sogenannten Fernsehklub in Opas und meinem Zimmer versammelt. Sie warteten dort schon einige Stunden. Mein Verhör hatte mit Abstand am längsten gedauert. Opa saß auf seinem Bett und heulte. Ihm hatte das Verhör am meisten zugesetzt. Man hatte ihn gegen mich ausgespielt und ihm Aussagen entlockt, wegen der er sich nun die größten Vorwürfe machte. Ich war weit davon entfernt, ihm Vorhaltungen zu machen. Ich war einfach nur froh, heil aus der Sache herausgekommen zu sein.

Wir beschlossen, unsere Stammkneipe aufzusuchen. Auf die neu gewonnene Freiheit musste natürlich getrunken werden. Bei Bier und einem gepökelten Eisbein ließen wir es uns richtig gut gehen. Natürlich war nicht zu vermeiden, dass der eine oder andere Satz zu dem eben Erlebten fiel. Der Wirt unserer Stammkneipe, der einige unserer Gesprächsfetzten aufschnappte, schüttelte verständnislos den Kopf und meinte: »Hat denn die Stasi nichts anderes zu tun?«

MS Trollfjord, 13. Oktober 2011 – Auf See

In der Bar fanden Inga, Wieland und Herbert Langenstein einen freien Tisch in einem Eckbereich. Die Männer bestellten ein Bier, Inga hatte Lust auf ein Glas Prosecco.

Herbert Langenstein, der von Wielands Geschichte tief beeindruckt war, sagte: »Wieland, wir als geborene Westdeutsche können das gar nicht nachvollziehen. Mich interessiert natürlich, auf welcher Basis und auf welchen Hinweis hin die Untersuchung der Stasi erfolgte. Gab es da Aussagen? Du hattest ja angedeutet, dass du deine Stasi-Akte eingesehen hast.«

»Ich habe mein Wissen natürlich aus meiner Akte. Die konnte ich 1992 in der Normannenstraße in Berlin einsehen. Es hieß darin sinngemäß, man könne aufgrund der genannten Schwäche des Materials nicht den Nachweis führen, dass ich der staatsfeindlichen Hetze dringend verdächtig sei. Der Clou des Ganzen ist allerdings, im sogenannten Fernsehklub war von Anfang an ein IM dabei, also ein inoffizieller Mitarbeiter der Stasi. Dieser IM trug den Tarnnamen »Kanzler«. Der Typ war ein guter Freund von mir gewesen. Seine Berichte an die Stasi waren oftmals zwar belanglos, manchmal aber auch so, dass man mir einen Strick hätte draus drehen können.«

»Ist der IM dir später mal wieder irgendwo begegnet?«, wollte Inga wissen.

»Nein, der ist mir nicht mehr unter die Augen gekommen. Der Kommilitone, der den Fernseher besorgt hatte und ich, wir wurden exmatrikuliert. Das als disziplinarische Maßnahme und zur Abschreckung. Im Übrigen auf Empfehlung der Stasi. Wir sollten uns in der sozialistischen Produktion bewähren, wie es so schön im DDR-Duktus hieß. Unter dieser Voraussetzung wurde uns in Aussicht gestellt, die Wiederzulassung zum Studium beantragen zu dürfen. Wir kehrten also nach Dresden zurück, wo ich wieder in meinem erlernten Beruf als Zimmermann arbeitete.«

»Da hast du wahrlich eine Leidensgeschichte hinter dir«, sagte Herbert Langenstein mit Bedauern.

»Es hätte schlimmer kommen können. Ich habe das Gefühl, der Stasi-Mensch, der mich verhörte, hegte eine gewisse Sympathie für mich. Schrader, alle Achtung, Sie haben sich gut gehalten, die Worte werde ich nie vergessen.«

»Zum Glück ist ja die Sache gut ausgegangen, du konntest doch später das Studium fortsetzen, oder?«

Wieland schüttelte den Kopf. »Eben nicht! Aber das ist schon wieder eine andere Geschichte, und die erzähle ich euch vielleicht morgen. Jetzt lassen wir mal die alten Geschichten ruhen, es gibt schließlich was zu feiern.«

Herbert Langenstein sah ihn erwartungsfroh an. Inga lächelte leicht, denn sie ahnte, was folgen würde.

»Ja, Herbert, kürzlich habe ich dir gesagt, Inga und ich spielen nur Vater und Tochter. Nun muss ich dir mitteilen, Inga ist wirklich meine leibliche Tochter. Klingt vielleicht kompliziert, entspricht jedoch den Tatsachen.«

Herbert Langenstein setzte das Bierglas ab und starrte Wieland an, als sei der nicht ganz normal.

»Herbert, ich verstehe dein ungläubiges Gesicht, aber es ist tatsächlich so. Inga hat sich heute mir gegenüber geoutet.« Er erzählte in wenigen Worten, wie alles zusammenhing.

Die Mimik von Herbert Langenstein wechselte von echter Überraschung zu heftigstem Erstaunen. Wieland gab zu, im umgekehrten Fall wäre es ihm ebenso ergangen.

»Das nenne ich tatsächlich einen Grund zum Feiern«, sagte Herbert Langenstein, nachdem er sich gefasst hatte.

»Auf jeden Fall!«, pflichtete Inga ihm bei. Und an den Vater gewandt: »Heute wird ausnahmsweise kein Whisky getrunken, sondern Sekt.«

»Nee, mein liebes Kind«, wehrte Wieland ab. »So ein profanes Gesöff kommt mir nicht auf den Tisch. Wir trinken heute Champagner, und zwar echt französischen. Ich habe beim Vorbeigehen an der Bar eine Flasche gesehen, und zwar von einer Sorte, die …«

»Bitte, nicht wieder einen Vortrag halten!«, rief Inga.

»Okay, okay! Ich halte mich im Zaum. Ihr gestattet aber, dass ich mich erhebe und ein Wörtchen mit dem Barkeeper rede?«

Zwei Minuten später kam Wieland mit einem Tablett zurück,

auf dem drei Gläser standen. Er stellte das Tablett auf den Tisch und reichte jedem ein Glas.

»Auf was trinken wir?«, wollte Inga wissen.

»Zuerst darauf, dass ich Vater geworden bin, dann darauf, dass Inga ihren wirklichen Vater gefunden hat und drittens darauf, dass unser frisches Familienglück ewig halten möge. Fangen wir also mit Nummer eins an.« Wieland hob sein Champagnerglas.

Inga lachte. »Nummer zwei und drei … ich ahne, es wird ein langer Abend.«

»Wo das Mädchen recht hat, hat sie recht!« Wieland zwinkerte Herbert Langenstein zu. Der lächelte und zwinkerte zurück.

»Auf euch!«, sagte Herbert Langenstein und nahm einen ersten Schluck.

Wieland tat es ihm gleich, setzte dann sein Glas ab. »Hatte ich euch schon die Geschichte von der Führungskreistagung aus dem Jahr 2007 erzählt, wo es diese Grappa-Story gab?«

»Nicht, dass ich wüsste«, sagte Inga.

»Also, wir hatten an diesem Abend keine Lust mehr nach Karlsruhe hinein zu fahren. Wir sollten dort eigentlich zu Abend essen. Es gefiel uns in dem Landhotel in Marxzell und wir beschlossen, den Abend dort zu verbringen. Nach dem Essen wurde ein echt guter Grappa serviert, dann noch einer und so fort. Gegen Mitternacht sagte die Bedienung, wenn sie weiterhin servieren solle, müssten wir ihre Überstunden bezahlen. Daraufhin schickten wir sie umgehend in den Keller, um eine neue Flasche heraufzuholen. Die Quintessenz der Geschichte war, die Firma Werner & Möller bekam eine Rechnung über tausendsechshundert Euro und wir von der Firma das strikte Verbot, bei der nächsten Tagung Hochprozentiges zu trinken.«

»Ich nehme an, du bist nicht unbedingt ein Kostverächter, oder?«, erkundigte sich Herbert Langenstein.

»Damit kein falsches Bild von mir entsteht, ich trinke normalerweise wenig, mal ein Bier, und Hochprozentiges nur bei besonderen Anlässen. Wenn es aber sein muss, so wie heute, dann wäre es eine Veralberung der Geschmacksnerven, sich an billige Produkte zu verschwenden.«

»Und wie wird man zum Kenner?«

Wieland grinste. »Ich hab‘ euch doch gerade von einer Dienstreise erzählt, nicht wahr?«

»Wie es scheint, ist er öfters auf Dienstreise gewesen«, sagte Inga und stieß mit Herbert Langenstein an. Wieland quittierte die Bemerkung mit einem breiten Lächeln.

*****

Ihr bisheriges Vorgehen kam einer Katastrophe gleich, daran war nicht zu rütteln. Die Frage war, hatte man einfach nur Pech gehabt oder war man grundsätzlich falsch vorgegangen? Nach einer eingehenden Analyse der Lage kamen sie zu dem Schluss, es hatte wohl beides eine Rolle gespielt. Auch hatten sie anfänglich die Sache zu sehr auf die leichte Schulter genommen.

»Wenn wir es zu Ende bringen wollen, darf uns kein weiterer Fehler unterlaufen«, sagte sie. Es war eine klare Feststellung, mit der sie zum Ausdruck brachte, in welcher Situation sie sich befanden.

Er nickte stumm. Man sah ihm deutlich an, wie ihm der Misserfolg zu schaffen machte.

»Wegen des alten Mannes mache ich mir allerdings die wenigsten Gedanken«, fuhr sie mit leiser aber fester Stimme fort. »Der wird so schnell nicht wieder auftauchen … im wahrsten Sinn des Wortes. Und niemand wird uns mit seinem Verschwinden in Verbindung bringen. Also haben wir aus dieser Richtung nichts zu befürchten.«

»Was mir nicht in den Kopf will, weshalb sich Schrader derart bedeckt hält?«, rätselte er und legte die Stirn in Falten. »Er hätte uns doch schon längt auffliegen lassen können.«

Sie nickte. »Das hätte er … zweifellos. Richard, offensichtlich will er das auf deutschem Boden tun. Glaube mir! Den Norwegern eine Geschichte aus vergangenen Tagen aufzutischen, würde nicht zum gewünschten Erfolg führen. Dazu ist die Sache zu kompliziert. Darüber ist sich Schrader im Klaren. Die Norweger haben kein Interesse, sich mit Dingen zu befassen, die rein innerdeutsche Angelegenheiten sind. Deshalb wartet Schrader ab. Nur deshalb! Außerdem ist er sich sicher, dass wir nicht ahnen, wie dicht er an uns dran ist. Er pokert. Und das ist unsere Chance.«

»Unsere Letzte«, sagte er.

»Genau, und deshalb muss er weg. So schnell und so unauffällig wie möglich. Wenn nötig auch das Mädchen. Unterdessen bin ich mir gar nicht mehr sicher, welche Rolle es spielt. Wir müssen auf Nummer sicher gehen.«

Er schluckte. »Um Himmelswillen! Wie sollen wir das denn anstellen?«

»Die nächste Gelegenheit haben wir oben auf dem Nordkap. Ich habe mich im Internet schlaugemacht. Wenn diesiges Wetter herrscht und wir die beiden an den Rand des Felsen locken können, müsste eine Möglichkeit bestehen. Der Wetterbericht sieht vielversprechend aus. Ich weiß, dass Schrader und das Mädchen den Ausflug gebucht haben.«

»Und wenn es keine Gelegenheit gibt?«

Sie nahm einen Schluck Rotwein. »Dann … dann wird es in Kirkenes eine Möglichkeit geben. Das wäre allerdings unsere allerletzte Option. Wir hatten ja vor, von dort zurückzufliegen.«

Nordkap, 14. Oktober 2011

Wieland erschien als erster zum Frühstück. Es war allerdings schon kurz nach neun. Die späte Stunde war dem ausgiebigen Feiern am vergangenen Abend geschuldet. Auch war diesem

Umstand das morgendliche Laufen auf Deck 6 zum Opfer gefallen. Zudem musste Wieland sich eingestehen, dass er einen schönen kleinen Kater hatte.

Von Inga war weit und breit nichts zu sehen. Er hatte vorhin noch an Ingas Kabinentür geklopft, um ihr das Zeichen zu geben, er sei unterwegs zum Restaurant.

Inga trudelte erst kurz vor zehn Uhr ein. Sie sah hinreisend aus. Die kurze Nacht schien ihr diesmal nicht viel ausgemacht zu haben, das sah Wieland auf den ersten Blick. Allerdings fehlte jegliches Make-up. Dafür hatte die Zeit wohl nicht gereicht.

»Guten Morgen, Papa«, begrüßte Inga ihren Vater.

Heute hatte die Anrede für Wieland eine völlig neue Bedeutung. Es brauchte Zeit, sich daran zu gewöhnen, dass aus dem Vater-Tochter-Spiel ein Stück reales Leben geworden war, eines, das eine besondere Dimension hatte. Gestern Abend noch war alles ein wenig spielerisch gewesen, zumal der Alkohol dazu beigetragen hatte, die neue Situation mit einer gewissen Lockerheit anzugehen. Jetzt aber, da der Alltag sie beide eingeholt hatte, war die Leichtigkeit einer nüchternen Sachlichkeit gewichen. Wieland hatte nun das Gefühl, die Inga, die er vor ihrem Outing gekannt hatte, war ihm vertrauter gewesen, als die junge Frau, die ihm jetzt gegenübersaß.

Um einen Gesprächsfaden zu finden, kam Wieland auf den gestrigen Ausflug zurück. »Wie fandst du denn unseren Trip durch Tromsø?«

»Naja, viel von der Stadt haben wir ja nicht gesehen. Allerdings fand ich die Geschichte von Anders Großvater stark.«

»Und wie findest du Anders selbst?« Wieland sah Inga prüfend in die braunen Augen. »Ich habe das Gefühl, du hast dich in ihn verknallt, oder täusche ich mich?«

Auf Ingas Wangen zeigte sich eine lebhafte Röte. Sie war sichtlich verlegen. »Also, was soll ich drum herum reden. Ja, ich glaube, ich habe mich verliebt. Das ist doch nicht schlimm, oder?«

Wieland lachte. »Keineswegs! Er ist ein netter Kerl und sehr attraktiv, wenn man das als Mann sagen darf. Ich kann dich schon verstehen. Auch wenn ich dein Vater bin, musst du mir nicht alles sagen, was zwischen euch läuft.«

Inga legte das Messer zur Seite, mit dem sie ihr Vollkornbrötchen aufgeschnitten hatte. Sie sah ihren Vater an. »Als du vorhin an die Tür geklopft hast, da war er nicht bei mir. Hast du etwa gedacht, er wäre …?«

»Und wenn schon, na und! Du musst mir nicht alles auf die Nase binden. Du musst mir nicht alles sagen, es ist schließlich deine Angelegenheit. Du bist eine erwachsene Frau, die tun und lassen kann, was sie will.«

Inga lächelte. »Da ich meine, dich in den paar Tagen recht gut kennengelernt zu haben, ist es mir ein Bedürfnis, dir zu sagen, wie ich unser Verhältnis sehe. Bisher beruhte es auf gegenseitigem Vertrauen. Und ich denke, daran wird sich auch in Zukunft nichts ändern. Papa, ich werde natürlich für mich behalten, was nur mich angeht. Aber … da war wirklich nichts.«

Sie biss herzhaft in ihr Brötchen.

Nach dem späten Frühstück schlenderten Inga und Wieland durch die Innendecks. Sie statteten auch dem Shop einen Besuch ab, wo sie sich mit weiteren Ansichtskarten eindeckten. Dann beschlossen sie, das heutige Vormittagskonzert zu besuchen.

Es war kurz vor 10 Uhr. Das Konzert würde in wenigen Minuten beginnen. Heute stand es unter dem Motto: Edvard Grieg, die Natur und die norwegische Volksmusik. Eine gute Einstimmung auf die Fahrt hinauf zum Nordkap.

Sie machten es sich im Panorama Salon auf einer der Sitzbänke bequem. In einem Lehnsessel vor ihnen saß Annegret May. Diese schlug das Buch zu, in dem sie bis dahin gelesen hatte, und begrüßte freundlich die beiden Neuankömmlinge.

Das Buch erkannte Wieland am Cover. Es war eine Biografie von Edvard Grieg. Wie Annegret May ihnen am Tisch berichtet hatte, war sie eine ausgesprochene Grieg-Liebhaberin und nur wegen der Konzerte an Bord.

Herbert Langenstein, der sich ebenfalls zu ihnen gesellte, ergatterte den letzten freien Platz neben Inga. Kaum dass er sich gesetzt hatte, betrat Rune Alver in Begleitung von Eilif B. Løtveit den Salon.

Løtveit stimmte die Zuhörer in gewohnter Weise auf das bevorstehende Konzert ein. Sie erfuhren, dass Edvard Grieg sich in den neunziger Jahren verstärkt der Volksmusik Westnorwegens gewidmet hatte. Inspiriert wurde er von der großartigen norwegischen Natur, die er bei seinen zahlreichen Wanderungen erlebte. In dieser Zeit wandte er sich insbesondere der Musik der Hardangerfidel zu. Auch machte Grieg Aufzeichnungen über Fideltänze. Griegs Schaffen bewirkte, dass auf der musikalischen Weltkarte die norwegische Volksmusik erschien. Durch seine Musik wurde den Zuhörern die norwegische Natur und Sagenwelt nahe gebracht.

Nach Løtveits einführenden Worten – diesen Part teilte er sich wie immer mit dem Pianisten, der in englischer Sprache referierte – setzte sich Rune Alver an den Flügel und griff nach einem Moment der Konzentration in die Tasten. Es ertönte der Auftaktakkord zu *Solfager und der Schlangenkönig.*

Wieland gab sich der Musik hin. Er schaute durch die großen Panoramafenster, sah die dem Festland vorgelagerten Schären und kleinen Inseln an sich vorbei ziehen. Die schroffen und teilweise sehr zerklüfteten Felsen, auf denen keinerlei Vegetation zu erkennen war, bildeten für die Musik den passenden Rahmen. Über dem tiefen Blau der norwegischen See schienen Trolle und Elfen zu tanzen. Die wechselnden Lichtspiele zwischen Meer und Wolken ließen der Fantasie freien Lauf.

Auch Inga machte einen versonnenen Eindruck. Wieland hätte gern gewusst, was ihr durch den Kopf ging und wie sie die

Musik empfand. Ging es ihr vielleicht ebenso wie ihm?

Nachdem die Volksweise *Gjendines Wiegenlied* als letztes Musikstück des Vormittagskonzertes verklungen war, klärte Annegret May ihre Tischgenossen auf, wie das Musikstück entstanden war.

Edvard Grieg hatte das Lied zum ersten Mal im Jahr 1891 bei einer seiner Wanderungen im höchsten Gebirge Norwegens, dem Jotunheimen, von einem jungen Mädchen gehört. Gjendine Slålien sang dieses Schlaflied ihren Nichten vor. Edvard Grieg war von Gjendines Gesang derart fasziniert, dass er anfing, deren Lieder in Noten zu fassen. Diese wurden dann zur Grundlage seiner Kompositionen.

»Und Sie sind wirklich nur der Konzerte wegen auf das Schiff gekommen?«, fragte Inga Annegret May.

»Es ist so. Ich finde Grieg einfach genial. Natürlich genieße ich auch die Fahrt auf der Trollfjord, die Symbiose von Natur und Musik kommt hier besonders zur Geltung. Ich finde jedenfalls, die Reise ist für mich ein wahnsinnig schönes Erlebnis. Schade nur, dass ich überhaupt nicht seefest bin.«

Wieland, der am Aushang die Wettervorhersage studiert hatte, konnte Beruhigendes vermelden. »Für die vor uns liegende Seestrecke wurde gerade einmal die Windstärke 3 vorhergesagt.«

»Damit kann ich leider nichts anfangen.« Annegret May hob die Schultern.

»Nun, Windstärke 3 bedeutet, es wird eine leichte Brise erwartet«, klärte Wieland auf.

»Es tut mir leid, aber auch darunter kann ich mir nichts vorstellen. Ich habe von der Seefahrt und all diesen Fachbegriffen überhaupt keine Ahnung.«

Wieland versuchte es anders. »Stellen Sie sich einen Wind vor, der die Blätter der Bäume leicht rascheln lässt, also weiß Gott nichts Schlimmes.«

»Apropos Schlimmes!«, warf Inga ein. »Ich hatte mir fest

vorgenommen, heute Großmutter anzurufen, ich habe das seit zwei Tagen nicht mehr getan. Ich habe das doch glatt vergessen! Die Arme wird sich ernsthafte Sorgen machen, ich habe ein ganz schlechtes Gewissen.« Sie sprang auf und lief aus dem Salon, am linken Ohr bereits das iPhone.

»Da haben wir das beste Beispiel dafür, wie die modernen Kommunikationsmittel unser Leben bestimmen«, sagte Wieland trocken und sah Inga hinterher. »Mich würde interessieren, ob die Großmutter auch ein iPhone besitzt?«

*****

Auf MS Trollfjord gibt es zwei Konferenzräume. Diese befinden sich im Vorderschiff auf Deck 5 und tragen die Namen *Nordlys* und *Polarlys*. Einer der Konferenzräume war von einer Firma belegt, deren vollzählig anwesende Führungskräfte von einem Coach in Mitarbeiterführung getrimmt wurden. Das externe Coaching wurde je Schulungstag in zwei Sitzungen abgehalten, weswegen der Konferenzraum Polarlys für die Beamten der Tromsøer Kripo nicht genutzt werden konnte. Sie quartierten sich somit im Konferenzraum Nordlys ein, welcher in seiner Größe und Ausstattung dem anderen Konferenzraum wie ein Ei dem anderen glich.

Inspektor Lindbøk hatte am frühen Morgen ein längeres Gespräch mit dem Vorstandsvorsitzenden der Hurtigruten Group ASA geführt. H. P. Stensen hatte dem Inspektor unmissverständlich klar gemacht, dass der Mord an dem alten Mann – wobei seiner Meinung nach bisher noch nicht bewiesen wurde, wo genau eigentlich das Opfer zu Tode gekommen war – auf dem Schiff keinesfalls publik gemacht werden dürfe. Der Inspektor könne sich sicherlich vorstellen, welche Auswirkungen das haben würde! Einerseits könnten die Passagiere verschreckt werden, was andererseits unabsehbare Folgen hätte. Die finanziellen Verluste, die der Hurtigruten Group ASA entstünden, würden, wenn auch nicht existenzgefährdend, einen Einschnitt bedeuten und das Unternehmen empfindlich treffen. Der Inspektor möge dies bitte bei der weiteren Vorgehensweise in seine Überlegungen mit einbeziehen. Die Hurtigruten Group ASA wäre ihm dafür dankbar und er könne sich vorstellen, den Innenminister, mit dem er im Oslo Golfklubb ab und an eine Runde Golf spiele, darüber in Kenntnis zu setzen, was die Fähigkeiten des Inspektors und das seines Teams betraf.

Selbiges Team war kurzfristig durch zwei weitere Kollegen verstärkt worden, dem Kriminalassistenten Emil Gundersen und der Polizeianwärterin Sarah Bredesen. Die Aufstockung entsprach, insbesondere was die in der Polizeiarbeit noch unerfahrene Sarah Bredesen betraf, zwar nicht ganz den Wünschen von Lindbøk. Dennoch war er dankbar, sich am Computer nicht selber durch die lange Passagierliste und die der Besatzung arbeiten zu müssen. Diese Tätigkeit, nahm er an, konnte die Polizeianwärterin nach kurzer Einweisung selbstständig erledigen.

In der anberaumten Dienstbesprechung wies Lindbøk die Mitarbeiter an, wenn sie von irgendjemandem auf dem Schiff gefragt würden, wer sie seien und zu welchem Zweck sie den Konferenzraum belegten, sich als Angestellte der Firma *Askom* auszugeben.

»Wer ist Askom?«, fragte Sarah Bredesen, der die Verwunderung ins Gesicht geschrieben stand.

»Sarah, das kannst du natürlich nicht wissen. Askom ist eine international agierende Firma aus der IT-Branche, die hauptsächlich computergestützte Programme für die Erdölindustrie entwickelt. Diese Firma ist allerdings fiktiv, verstanden?«

Sarah Bredesen nickte eifrig.

»Kollegen, bitte, sich also nicht wundern«, sagte Tora Brandner und fügte ergänzend hinzu: »Das Schild an der Tür weist uns natürlich entsprechend aus.«

»Und warum gerade diese Legende?«, fragte Gundersen.

»Ganz einfach! Wir haben seit ein paar Stunden allerhand Technik auf den Tischen stehen. Sollte sich mal ein ungebetener Passagier oder jemand von der Besatzung in den Konferenzraum verirren, wäre die Legende Askom für das hier eine plausible Erklärung, kapiert?«

Oluf Lindbøk sah keinen Grund, das Telefonat mit H. P. Stensen ins Gespräch zu bringen.

Nach der Dienstbesprechung nahm der Kriminalinspektor Tora Brandner am Arm und führte sie aus dem Konferenzraum.

»Tora«, sagte Lindbøk, »das Kleinklein wird unsere Leute noch eine Weile beschäftigen. Du solltest dich unterdessen hinten auf dem Arbeitsdeck einmal umsehen. Ich habe das Gefühl, dass man von dort aus die Leiche ins Wasser geworfen hat.«

»Darüber habe ich mir auch schon den Kopf zerbrochen«, sagte Tora Brandner. »Alle anderen Wege im Schiff sind wenig geeignet, um ohne aufzufallen, den Toten an Deck zu transportieren. Von Kabine 490 zum Arbeitsdeck sind es dagegen nur wenige Meter. Du könntest mit deiner Vermutung durchaus recht haben.«

»Also, sieh dich doch bitte noch mal um, auf dem Arbeitsdeck und im Gangbereich davor.«

»Okay, mache ich«, sagte Tora Brandner. Dann mit leisem Zweifel in der Stimme. »Sollten wir die KTU nochmals anfordern, was meinst du?«

»Guck dich erst mal alleine um, die KTU können wir immer noch hinzuziehen. Wie ein Profimord sieht mir das Ganze jedenfalls nicht aus.«

Lindbøk sprang auf. »Ich selbst werde mich inzwischen mal mit dem Sicherheitsoffizier unterhalten.«

Man traf sich im Büro des Zahlmeisters. Lindbøk bat Anders Stjernen, ihm das Sicherheitssystem an Bord zu erläutern. Sie setzten sich einander gegenüber an den Schreibtisch.

»Alle Türen zu den Arbeitsbereichen sind mit einem Zugangscode gesichert?«, fragte Lindbøk. »Ist das richtig?«

»Nein, nur bestimmte Bereiche.«

»Der Zugang zum hinteren Arbeitsdeck ist aber mit einem Code gesichert, nicht wahr? Sind die Codes alle gleich, oder gibt es verschiedene? Und wer hat alles Zugriff auf diese Codes?«

Eine Menge Fragen. Anders Stjernen war natürlich bekannt, weshalb die Kriminalpolizei an Bord war. Man hatte alle Offiziere informiert, dies verbunden mit der ausdrücklichen Bitte, ihr Wissen nicht an die Öffentlichkeit zu tragen und auch gegenüber dem Rest der Schiffsbesatzung Stillschweigen zu bewahren.

»Ja, die Tür zum Arbeitsdeck ist gesichert«, beantwortete Anders Stjernen die erste Frage. »Den Code kennen nur diejenigen, die dort zugangsberechtigt sind.«

»Bitte, fertigen Sie mir eine Namensliste an.«

»Nicht nötig«, sagte Anders Stjernen. »Die Listen sind auf unserem Rechner. Ich kann sie Ihnen schicken. Wie ich gehört habe, sind Sie, was die Computer-Technik angeht, bestens ausgerüstet.«

»Kann schon sein«, wiegelte Lindbøk ab. Es stieß ihn auf, dass dieser Offizier bereits Bescheid wusste, wie es im Konferenzraum aussah. Etwas verbindlicher fuhr er fort: »Meine Assistentin gibt Ihnen nachher unsere E-Mail-Adresse. Wie ist es aber nun mit den Codes, sind diese immer gleich?«

»Natürlich nicht, das würde ja keinen Sinn machen«, antwortete Anders Stjernen, lehnte sich entspannt zurück und schlug die Beine übereinander.

»Das hatte ich mir bereits gedacht«, brummte Lindbøk.

Die Frage war nun, konnte irgendein beliebiger Passagier an solch einen Code kommen? Wenn dies ausgeschlossen war, musste der Täter zwangsläufig aus dem Kreis der Mannschaft kommen. Das würde die Ermittlung natürlich deutlich vereinfachen. Doch Oluf Lindbøk hatte das Gefühl, so einfach würde die Sache nicht werden. Ihm klangen immer noch die Worte dieser Inga Dornbusch in den Ohren, jemand wolle ihrem Vater etwas Böses antun. Wer aus der Mannschaft hätte das um Gotteswillen sein sollen?

*****

Wieland und Inga verfolgten von Deck 6 aus die Einfahrt von MS Trollfjord in den Hafen von Honningsvåg. Ins Auge stach ihnen sofort der mächtige Berg, welcher hinter der Ortschaft steil aufragte. Auf dem Steilhang waren mehrere Reihen Lawinenschutzzäune erkennbar, die man dort verankert hatte, um die Häuser am Fuß des Berges im Winter vor den herabstürzenden Schneemassen zu schützen. Auf dem Berghang lagen vereinzelt kleinere Schneefelder. Diese kündigten den herannahenden Winter an.

Das Schiff näherte sich in langsamer Fahrt der Hafenmole und machte in unmittelbarer Nähe eines modernen dreistöckigen Gebäudes fest, das mit der in einem warmen Rotton gehaltenen Fassade und den blauen Fensterbändern die Blicke auf sich zog. In den Obergeschossen und in einem Teil des Erdgeschosses befanden sich Büros, darunter auch eine Polizeistation. Diese war durch ein Schild mit der Aufschrift POLITI gekennzeichnet. Ein Großteil des Erdgeschosses diente als Lagerhalle, worauf am großen Schiebetor ein gelbes Schild mit der Aufschrift *ISPS Terminal* hinwies.

»Sag mal, was heißt eigentlich ISPS?«, fragte Inga und zeigte auf das Schild.

»Keine Ahnung«, antwortete Wieland. »Du solltest bei Gelegenheit Anders Stjernen fragen, der kann dir die Frage sicherlich beantworten. Komm, wir müssen uns beeilen, die Busse warten schon. Wir sollten versuchen, in unserem Bus ganz vorn einen Platz zu ergattern, wenn möglich in der ersten Sitzreihe.

Wir könnten dann auf der Fahrt hinauf zum Nordkap direkt durch die Frontscheibe schauen. Das wäre von Vorteil, denn wir hätten dann eine exzellente Position zum Fotografieren.«

Inga, die Wieland hinunter auf Deck 4 folgte, um von dort aus an Land zu gehen, sagte: »Papa, vom Nordkap weiß ich so gut wie nichts. Kannst du mich vielleicht aufklären, was uns erwartet?«

»Gerne«, ließ Wieland sich nicht weiter bitten. »Uns erwartet ein platter, nackter Felsen, der sich über die Barentssee erhebt und 307 Meter hoch ist. Von dort zum Nordpol sind es circa 2000 Kilometer. Was man von da oben sieht, vorausgesetzt, die Sicht erlaubt es, ist lediglich eine riesige Wasserfläche.«

Inga verzog den Mund. »Das klingt ja nicht gerade spannend. Weswegen muss man unbedingt da hinauf fahren?«

»Das ist ja das Phänomen. Ohne auf dem Nordkap gewesen zu sein, ist man kein richtiger Nordlandfahrer. Ich selbst war schon ein paar Mal da oben, und ich kann dir nicht sagen, weshalb eigentlich. Irgendwie wird man vom Namen Nordkap magisch angezogen, anders kann ich mir das nicht erklären.«

»Na, gut«, sagte Inga. »Dann lasse ich mich einfach mal überraschen.«

*****

Im Konferenzraum Nordlys saßen der Kriminalassistent Emil Gundersen und die Polizeianwärterin Sarah Bredesen vor einem der Laptops und warteten auf die Mail mit den Passagierlisten.

»Es sind eine Menge Leute an Bord, oder?«, stöhnte Sarah Bredesen, die enorm viel Arbeit auf sich zukommen sah. Sie strich nervös eine Haarsträhne aus der Stirn.

Emil Gundersen nickte. »Wie soll man in diesem Ameisenhaufen die berühmte Stecknadel finden?«

»In dem Heuhaufen …«, korrigierte Sarah Bredesen.

»Ist doch völlig egal, Sarah«, schnaubte Gundersen. »Jedenfalls sind das jede Menge Daten, die wir durchchecken müssen. Was der gute Lindbøk sich davon erwartet, ist mir schleierhaft.«

»Er hat gesagt, wir sollen sortieren und zuordnen, sehen, ob sich irgendwo ein Muster ergibt.«

Emil Gundersen sah seine junge Kollegin mitleidig an. »Das ist mir auch klar, Sarah! Dennoch, ich wiederhole mich nicht gern, es ist die Suche nach der Nadel im …«

Sarah Bredesen hob ergeben die schmalen Schultern. »Was also schlägst du vor?«

»Natürlich tun wir das, was Lindbøk möchte. Da kommen wir nicht drum herum. Er ist schließlich der Chef. Du erstellst eine Liste, in der du die Namen in alphabetischer Reihenfolge aufführst und die Staatsangehörigkeiten zuordnest. Wer mit wem verheiratet oder sonst irgendwie liiert ist und so weiter, verstehst du? Und dann unterteilst du das Ganze noch in Altersgruppen. Das in getrennten Listen. Eine Liste beinhaltet die Rundfahrtgäste und eine die Passagiere, die nur Teilstrecken fahren. Dann sehen wir weiter. Ich befasse mich mit der Besatzungsliste.«

Er knickt also ein, dachte Sarah Bredesen. Und mir schanzt er die Hauptarbeit zu. Fehlt nur noch, dass er sagt, ich soll ihm einen Kaffee holen.

»Ach ja«, sagte Emil Gundersen. »Ein heißer Kaffee wäre nicht schlecht, oder?«

Sarah Bredesen, die für einen Moment glaubte sich verhört zu haben, giftete: »Den holst du dir aber selber!«

In diesem Moment kamen Oluf Lindbøk und Tora Brandner zurück.

Lindbøk steuerte auf Emil Gundersen zu. »Gundersen, du wirst mit uns an Land gehen. Wir dürfen diesen Schrader und seine Tochter nicht aus den Augen lassen. Egal wohin die auch bei ihren Landgängen marschieren. Tora war bei der Reiseleitung und hat erfahren, dass die beiden den Ausflug hinauf zum

Nordkap gebucht haben. Ich kann mich des Gefühls nicht erwehren, bei den beiden könnte der Schlüssel liegen.«

»Und was ist mit den Listen?«, fragte Sarah Bredesen, die nun auch noch die Besatzungsliste durchforsten musste.

»Checke diese durch, so wie besprochen. Und beeile dich bitte damit!«

Die junge Polizeianwärterin konzentrierte sich widerwillig auf das, was soeben nacheinander auf dem Bildschirm ihres Rechners erschien. Es waren drei Listen. Eine, die die Verwaltung der Sicherheitscodes zum Inhalt hatte, eine Zweite, die alle Besatzungsmitglieder mit Namen und Stellung an Bord aufführte und als Dritte erschien eine ewig lange Liste, auf der, wie sie beim zweiten Hinsehen feststellte, die 461 Rundfahrtgäste standen.

Die beiden Männer und Tora übernehmen natürlich den weitaus interessanteren Part, dachte Sarah Bredesen. Sie wäre gern bei der verdeckten Ermittlung dabei gewesen. Aber als Polizeianwärterin hatte sie eben schlechtere Karten.

Kriminalassistentin Tora Brandner, die ahnte, was in der jungen Kollegin vorging, tröstete diese: »Oben auf dem Kap soll es ziemlich windig sein. Und Schnee liegt auch schon auf dem Plateau.«

Lindbøk war bereits auf dem Weg zur Tür. »Los gehts, das Schiff legt bereits an! Tora, du kannst unterwegs berichten, was die Inspektion des Arbeitsdecks ergeben hat.«

*****

Fünf Busse standen links vom Anleger auf einem Parkplatz bereit. Hinter den Frontscheiben steckten Hinweisschilder, auf denen die jeweilige Sprache stand, die von der Reiseleitung im Bus gesprochen wurde. Inga und Wieland liefen schnellen Schrittes auf den zweiten Bus zu, auf dessen rechts hinter der Frontscheibe platzierten Schild *english / deutsch* stand.

Wie von Wieland beabsichtigt, fanden sie vorn auf der rechten Seite zwei freie Sitzplätze. Zwar nicht in der ersten Reihe, aber direkt dahinter. Die Sitzreihe vor ihnen war der Reiseleitung vorbehalten. Die dem Bus zugeordnete Reiseleiterin, eine sympathisch wirkende Endvierzigerin, stieg als letzte ein. Sie legte die Unterlagen, die sie bei sich trug, auf den Nebensitz und nahm, als der Bus sich in Bewegung setzte, ein Mikrofon zur Hand.

»Ladys and Gentleman, liebe Gäste«, begrüßte sie zweisprachig die Businsassen. »Willkommen auf der Insel Magerøya. Mein Name ist Eva Schuster und ich begleite Sie auf der Fahrt hinauf zum Nordkap.«

Der Bus fuhr ein Stück durch die Stadt und folgte anschließend der Europastraße 69, die hinauf zum Nordkap führt.

Die Fahrgäste erfuhren von Eva Schuster auf dem ersten Kilometer Wissenswertes über das Hafenstädtchen Honningsvåg. Der Ort war im Zweiten Weltkrieg bis auf die Kirche, in der sich heute eine Ausstellung befindet, die an die Zeiten der deutschen Besatzung und die Leiden der einheimischen Bevölkerung erinnert, von deutschen Truppen im Zuge der verbrannten Erde vollständig zerstört worden. Sie als Deutsche, wie die Reiseleiterin auf eine Frage bereitwillig Auskunft gab, hätte überhaupt keine Probleme, sie wohne nun schon seit über zehn Jahren auf der Insel. Die Bewohner der Insel könnten sehr wohl unterscheiden, was damals war und was heute ist. Sie fühle sich ausgesprochen wohl hier, auch wenn es manchmal sehr einsam sei. Das hauptsächlich in den Wintermonaten. Ansonsten sei sie von den Menschen, die hier lebten, der großartigen Landschaft und den Naturschauspielen – sie erwähnte ausdrücklich die Vielfalt der Nordlichter – noch immer total fasziniert.

Inga hatte aufmerksam zugehört. Sie wandte sich Wieland zu. »Immer wieder werden wir mit Erinnerungen an die dunklen Zeiten konfrontiert. Aber ich staune, wie man hier mit der Vergangenheit umgeht. In Deutschland wäre man im umgekehrten

Fall sicherlich nicht so tolerant.«

Wieland nickte bestätigend. »Hier stimme ich dir voll zu, Inga. Ich habe in Norwegen nur einmal ein unschönes Erlebnis gehabt.«

»Echt? Erzähl mal.«

»Das war auf den Vesterålen, vielleicht vor acht oder neun Jahren. Ich war damals mit dem Pkw unterwegs und wollte ein Hurtigruten-Schiff fotografieren, das auf Stokmarknes zusteuerte. Um es besser vor die Linse zu bekommen, bog ich von der Straße auf einen Feldweg ab, der direkt zum Wasser führte. Leider hatte ich übersehen, dass ich mich auf einem Privatweg befand. Als ich mit dem Fotografieren fertig war und zurück zur Straße wollte, versperrte ein Traktor den Weg.«

»Oh je, Papa! Und was hast du gemacht?«

»Ein Mann kam langsam auf mich zu, blieb etwa zehn Meter vor mir stehen und nahm eine drohende Haltung ein. Am Kennzeichen erkannte er natürlich, dass er es mit einem Deutschen zu tun hatte. Nun, für besondere Fälle und Notlagen habe ich immer was Hochprozentiges dabei. Also suchte ich aus dem Kofferraum die Flasche Wodka hervor, die ich vor der Reise gekauft hatte. Mit der ging ich auf den Norweger zu, entschuldigte mich und hielt ihm die Flasche hin. Doch ich hörte nur das Wort *Nazi*.«

Inga erschrak. »Das hört sich ja gar nicht gut an. Und wie ging es weiter?«

»Zum Glück hatte der Mann ein Einsehen. Nach einer Minute stieg er auf den Traktor und fuhr zur Seite. Die Flasche hat er nicht genommen, was ich bedauerte. Vielleicht hätte ich ihm diese nicht anbieten dürfen, wahrscheinlich hat er das als Beleidigung aufgefasst. In Stresssituationen handelt man nicht immer rational.«

»Hauptsache ist, die Sache ist gut ausgegangen.« Inga lehnte sich an Wielands Arm.

Sie fuhren am Flugplatz der Insel, dem Airport Honningsvåg

Valan, vorbei, der über die E 69 mit der Hafenstadt und dem Nordkap verbunden ist. Doch auf dem Rollfeld waren weder Flugzeuge zu sehen noch fanden irgendwelche Aktivitäten statt, die auf einen Flugverkehr schließen ließen.

Einige Kilometer weiter erreichte die Kolonne der Busse den Punkt, an dem sich die Straße gabelte. Dort bog die E 69 nach links ab. Die Straße geradeaus, die Fv 171, führte zum Fischerdorf Skarsvåg, dem mit seinen etwa sechzig Einwohnern kleinsten Ort auf der Nordkapinsel. Die Busse wurden an der Gabelung von einem Lkw mit Schneefluggeschirr erwartet.

Seit der vergangenen Nacht hatte es leicht geschneit. Eine dünne Schneedecke bedeckte die Straße. Aus Sicherheitsgründen schickte man den Bussen dieses Spezialfahrzeug voraus. Dessen Aufgabe war es, die Fahrt hinauf zum Nordkap sicherer zu machen. Denn von nun an ging es fast nur noch bergauf.

Das Räumfahrzeug beseitigte mit seinem schweren Gerät einige kleinere Schneeverwehungen und gab das Tempo für den Konvoi vor. Zwar blieb nach den Räumaktionen in der Regel auf dem Asphalt immer noch eine dünne Schicht Schnee zurück, die Spikes der Reifen verhinderten jedoch, dass die Busse auf dem Schnee ins Rutschen gerieten.

Inga, die wegen der winterlichen Verhältnisse die Fahrt als ziemlich riskant empfand, war gar nicht wohl zumute. Sie wagte kaum, aus dem Fenster zu schauen. Unbewusst klammerte sie sich an Wieland.

»Die Busfahrer verstehen ihr Handwerk«, beruhigte Wieland die Tochter. »Die fahren nicht zum ersten Mal hier herauf. Außerdem haben die Reifen der Busse Spikes.«

»Aber es ist trotzdem gefährlich!«

Wieland erklärte, weshalb in Norwegen Spikes an den Reifen nicht nur erlaubt, sondern auch zweckmäßig sind.

»Okay, ein bisschen beruhigt mich das. Trotzdem, hätte ich das vorher gewusst, wer weiß, ob ich mitgekommen wäre.«

»Angsthase«, sagte Wieland und gab der Tochter einen Stups

auf die Nase.

»Mach dich nur lustig!«, gab Inga leicht verschämt zurück. Immerhin wagte sie es, wieder einen Blick aus dem Fenster zu werfen. Die karge und zerklüftete Landschaft, die teilweise von einer dünnen Schneedecke überzogen war, schien ihrer Vorstellung zufolge nicht unähnlich der auf dem Mond zu sein.

»Eine ziemlich unwirtliche Gegend«, bemerkte Inga, nachdem sie die vorbeiziehenden Landschaftsbilder in sich aufgenommen hatte.

»Im Frühjahr und im Sommer sieht das hier ganz anders aus«, sagte Wieland. »Dann sind dort, wo du jetzt nur Schnee siehst, Moose und Flechten, kleine Wassertümpel und Seen, und man kann weidende Rentiere beobachten. Dann hat die Landschaft ein ganz anderes Gesicht.«

*****

Die Busse erreichten das Nordkapplateau. Der Wind hatte zugenommen, sodass durch den immer noch leichten Schneefall und dem über dem Kap hängenden Nebel die Sicht deutlich eingeschränkt war. Als die Fahrgäste die Busse verließen, empfing sie ein unangenehmer, fast schon eisiger Wind.

Sie hatten den Bus für die italienisch sprechenden Passagiere genommen und auf der Fahrt nochmals kurz die geplante Vorgehensweise abgestimmt. Das Wetter schien ihnen entgegen zu kommen, soweit passte eigentlich alles. Jetzt musste Schrader nur noch so reagieren, wie sie es sich erhofften.

Zuerst erkundeten sie das Plateau. Sie stellten fest, dass es durch ein Geländer an den Absturzkanten gesichert war. Doch das Geländer war nicht sehr hoch und würde kein unüberwindliches Hindernis sein. Sie schritten es ab und fanden eine geeignete Stelle. Abseits genug und wie geschaffen für ihr Vorhaben.

*****

Die Kriminalbeamten, die im gleichen Bus wie die beiden Deutschen gesessen hatten, nur weiter hinten, hatten ihre Strategie dahin gehend ausgerichtet, dass Oluf Lindbøk die Beschattung des Deutschen übernahm. Solche Aktionen waren für den erfahrenen Kriminalisten reine Routine. Er wusste, wie man sich unauffällig verhielt.

Emil Gundersen bekam die Aufgabe, dem Mädchen zu folgen, sollte sich dieses von seinem Vater trennen. Da beide Zielpersonen Emil Gundersen noch nicht zu Gesicht bekommen hatten, war die Gefahr, dass dieser als Kriminalbeamter identifiziert wurde, relativ gering. Tora Brandners Aufgabe war es, die Kollegen aus dem Hintergrund abzuschirmen und gleichzeitig auf eventuell auffällige Aktivitäten zu achten, die bei anderen Nordkapbesuchern auffielen. Sie sollte immer in Sichtweite bleiben, nicht zu dicht dran, aber auch nicht zu weit weg von den Kollegen. Sollte es irgendetwas Verdächtiges zu vermelden geben, würde sie Oluf Lindbøk über das Diensthandy informieren und das weitere Vorgehen mit ihm abstimmen. Ansonsten ließ ihr Oluf Lindbøk freie Hand, vertraute auf ihren kriminalistischen Instinkt. Der hatte Tora selten in Stich gelassen. Oluf Lindbøk schätze die beruflichen Fähigkeiten der Kollegin und hatte diese bereits als seine Nachfolgerin vorgeschlagen, wenn er, wie bereits beschlossen, in absehbarer Zeit den Dienst quittieren würde.

*****

Wieland lotste Inga erst einmal in das Besucherzentrum. In der Halle, in der sich auch ein kleines Postamt befand, führte links der Weg zu einem Souvenirshop, rechts in ein Café und geradeaus zu der Treppe, die in die Untergeschosse führte.

»Inga, ich würde dir empfehlen, dir den Panoramafilm unten im Kino anzusehen«, empfahl Wieland. »Der ist wirklich sehenswert. Da ich mir diesen schon mehrfach angeschaut habe, werde ich mich ausklinken. Mir fehlen noch ein paar Außenaufnahmen, und die würde ich gern allein und in Ruhe machen. Wenn du einverstanden bist, treffen wir uns in etwa zwanzig Minuten vor dem Postamt dort.« Wieland deutete auf die einem Kiosk ähnelnde Konstruktion.

»Okay«, sagte Inga. »Im Kino ist es sicherlich angenehm warm. Ziehe ruhig los, ich schaue mir den Film an.« Sie lief zur Treppe und war Augenblicke später aus Wielands Blickfeld verschwunden.

Wieland machte auf dem Absatz kehrt und verließ das Besucherzentrum durch den Eingang, von dem aus sie das Gebäude betreten hatten. Draußen empfing ihn der böige Wind, der ihm die immer noch herabfallenden Schneeflocken ins Gesicht trieb. Eigentlich war das Wetter zum Fotografieren ungeeignet. Doch das hielt Wieland nicht von seinem Vorhaben ab. Er hatte sich nun einmal in den Kopf gesetzt, die geplanten Aufnahmen durchzuführen.

Er steuerte auf die Skulpturen zu, die etwa hundert Meter vom Besucherzentrum entfernt auf dem Plateau standen. Die Reliefs der sieben aufrecht stehenden kreisrunden Skulpturen, die übergroßen Medaillons ähnelten, waren 1988 von sieben Kindern aus den verschiedenen Erdteilen geschaffen worden. *Barn av Jorden,* so der Name der Skulpturen. Was so viel wie Kinder der Erde heißt. Und jedes Jahr, das wusste Wieland, wurde im Juni an dieser Stelle an bedürftige Kinder ein Preis vergeben, egal, ob an eine Einzelperson oder an ein Projekt.

Den Wetterunbilden zum Trotz schoss Wieland seine Aufnahmen, benutzte dabei seinen Körper als Windbremse. Gerade hatte er zum letzten Mal auf den Auslöser der Digitalkamera gedrückt, als er eine Hand an seinem rechten Arm spürte.

Er sah zur Seite und bemerkte eine Frau. Deren Kopf steckte in der Kapuze eines Anoraks, deshalb erkannte er sie nicht sogleich. Erst beim zweiten Hinsehen machte es Klick. Es war diejenige, der er beim Aufstieg auf dem Aksla begegnet war.

»Sie entschuldigen bitte, aber mein Mann da drüben«, sie zeigte hinüber an den Rand des Plateaus, »hat einen Schwächeanfall. Können Sie vielleicht helfen?«

Wieland schaute hinüber. Wegen der schlechten Sicht erkannte er nur schemenhaft die Gestalt, die sich gekrümmt an das Schutzgeländer klammerte.

»Das Herz?«, fragte Wieland.

Die Frau nickte. Ihr flehender Blick sprach Bände.

»Gut, ich werde sehen, was ich tun kann.« Wieland lief der Frau voraus auf den Mann zu.

Der Film beeindruckte Inga. In einer Folge wechselnder Sequenzen flimmerten über die Panorama-Leinwand die vier Jahreszeiten, wie man sie auf der Nordkapinsel erleben konnte.

Als der Film zu Ende war, stieg sie die Treppe hinauf, um sich zum vereinbarten Treffpunkt zu begeben. Wieland war noch nicht erschienen.

Langsam wurde Inga unruhig, denn die zwanzig Minuten waren längst verstrichen. Sie wanderte in der Halle umher, schaute immer wieder nach Wieland aus, konnte ihn aber nirgendwo entdecken. Sie machte sich Sorgen. Nicht, dass ihm etwas zugestoßen war? Nein, das konnte sie sich eigentlich nicht vorstellen. Sie schätzte ihren Vater als umsichtig und überlegt handelnd ein.

Als immer mehr Zeit verfloss und ihr die Armbanduhr anzeigte, bereits über eine halbe Stunde mit Warten verbracht zu haben, verlor sie die Geduld. Das Ausbleiben des Vaters war nicht normal, es musste etwas passiert sein. Inga machte sich auf den Weg, um ihren Vater zu suchen.

*****

Im Konferenzraum Polarlys rauchte Sarah Bredesen der Kopf. Die Passagierliste bereitete ihr Kopfschmerzen. Sie fasste kurz zusammen, was sie bisher festgestellt hatte: Es waren 461 Rundfahrtgäste an Bord. Von diesen würden 54 in Kirkenes von Bord gehen. Weiterhin standen auf der Liste 43 Reisende – alles durchweg norwegische Staatsbürger, die ab Bergen oder einem anderen Hafen die unterschiedlichsten Teilstrecken gebucht hatten. Von diesen befanden sich laut Liste noch 25 an Bord.

Soweit, so gut! Also, alles erst einmal in alphabetische Reihenfolge bringen. Und dann die Rundfahrtgäste von solchen trennen, die nur Teilstrecken gebucht hatten. So hatte man es gefordert.

Als das getan war und die Listen ausgedruckt vor ihr auf dem Tisch lagen, fasste Sarah Bredesen die Passagiere nach Nationalitäten zusammen. Bei den Rundfahrtgästen ergab sich folgendes Bild: Deutsche 203 Personen, keine Kinder; Norweger 88 Personen, einschließlich 23 Kinder; Italiener 67 Personen, einschließlich 9 Kinder; Schweizer 40 Personen, keine Kinder; Österreicher 39 Personen, keine Kinder; Engländer 24 Personen, keine Kinder. Es waren somit sechs verschiedene Nationalitäten an Bord, darunter 32 Kinder.

Als mögliche Täter kamen höchstwahrscheinlich nur solche Personen infrage, die der Altersgruppen zwischen zwanzig und fünfzig angehörten. In der Ausbildung, so meinte Sarah Bredesen sich zu erinnern, hatte sie von einer solchen Statistik gehört. Wenn man also diese Altersgruppe betrachtete, blieben gar nicht mehr so viele Passagiere übrig. Das war schon mal ein positiver Aspekt.

Also zählte sie die entsprechenden Passagiere heraus und fertigte mit den Namen der Betreffenden eine neue Liste an. Zufrieden lehnte sie sich im Stuhl zurück. Sie würde Oluf Lindbøk vorschlagen, diese Passagiere zuerst unter die Lupe zu nehmen. Es waren ja nur noch knapp achtzig und mehrheitlich waren es Landsleute und Italiener. Ihrem Bauchgefühl nach käme als Täter sowieso nur ein Norweger in Frage. Wieso sollte ein Ausländer einen alten Norweger umbringen wollen?

Sarah Bredesen fand, dass sie sich eine Zigarette verdient hatte. Sie verließ den Konferenzraum und begab sich an Deck. Nach dem ersten Zug, den sie genussvoll inhalierte, schrak sie zusammen. Scheiße! Sie hatte die Besatzungsliste vergessen.

*****

Ehe Inga den Ausgang erreichte, stellte sich ihr ein kräftiger Mann in den Weg. »Sie sind Inga Dornbusch, richtig?«

Inga erschrak. Was wollte der Kerl von ihr? Sie lief schnell weiter, um an ihm vorbei durch die Tür zu schlüpfen. Doch der Mann hielt sie am Arm fest. Er zückte einen Ausweis und sagte in gebrochenem Deutsch: »Kriminalassistent Emil Gundersen! Ich muss Sie auffordern mir zu folgen.«

»Wieso denn, was soll das!?« Inga versuchte sich aus dem festen Griff zu lösen.

»Ich habe keine Zeit für lange Erklärungen. Ihr Vater ist in etwas hinein geraten. Das soll Ihnen aber mein Kollege Lindbøk erklären. Ich nehme an, Sie haben bereits seine Bekanntschaft gemacht?«

Inga wurde immer unruhiger. »Ja, ich kenne ihn. Aber können Sie nicht wenigstens eine Andeutung machen?«

Der Kriminalassistent schüttelte den Kopf. »Ich soll Sie hinüber in die Kaffeebar führen, dort werden in wenigen Augenblicken Ihr Vater und Kollege Lindbøk erscheinen. Also, etwas Geduld.«

Ein Stein fiel von Ingas Herzen. Dem Vater war anscheinend nichts passiert. Zumindest lebte er.

Es dauerte auch nur zwei Minuten, da tauchte Wieland an der Seite des Kriminalinspektors auf. Inga, die an einem Tisch hinten an der Fensterfront platziert worden war, sah man die Erleichterung an.

»Papa!«, rief sie, als Wieland sich anschickte, sich neben sie zu setzten. »Was ist da draußen eigentlich passiert?«

»Ich brauche erstmal einen heißen Milchkaffee«, sagte Wieland und schnäuzte in sein Taschentuch. Inga bemerkte erst jetzt, wie blass der Vater war. Er rang sichtlich mit seiner Fassung.

Oluf Lindbøk setzte zu einer Erklärung an. »Ich darf kurz zusammenfassen, was passiert ist. Wir, das heißt, meine Kollegin und ich, sind Ihrem Vater, nachdem er die Nordkaphalle verlassen hatte, in einem gewissen Abstand gefolgt. Dies unbemerkt tun zu können, wurde durch die schlechte Sicht draußen erleichtert.«

»Weshalb sind Sie meinem Vater denn gefolgt?«

»Bitte, lassen Sie mich ausreden«, grummelte der Kriminalinspektor. »Dann erfahren Sie es.«

Er berichtete in wenigen Sätzen. Inga erfuhr, dass Lindbøk den Entschluss gefasst hatte, ihren Vater nicht aus dem Auge zu lassen. Dass erst Ingas Reaktion auf den Mord an dem alten Mann ihn auf den Gedanken gebracht hatte, erwähnte er nicht.

Er und Tora Brandner waren also Herrn Schrader gefolgt. Sie hatten beobachtet, wie dieser bei den Skulpturen von einer Frau angesprochen wurde. Es gab einen kurzen Wortwechsel, dann lief der unter Beobachtung stehende mit raschen Schritten auf den Rand des Plateaus zu, gefolgt von dieser Frau. Dort stand oder besser gesagt, hielt sich ein Mann in leicht gebückter Haltung am Geländer fest. Es sah danach aus, als müsse der Mann sich abstützen, um sich halbwegs aufrecht zu halten. Dann ging alles sehr schnell.

Inga sah ihren Vater an, der den Ausführungen des Kriminalinspektors mit blassem Gesicht folgte. »Ja«, bestätigte er, »es ging dann alles wahnsinnig schnell. Ich wusste gar nicht, wie mir geschah.«

Oluf Lindbøk, der sich in seinem Redefluss unterbrochen sah, legte die Stirn in Falten. Nach einer kurzen Pause fuhr er mit der Berichterstattung fort.

Es sei dann zu einem Handgemenge gekommen, denn plötzlich packten der Mann und die Frau Herrn Schrader, um ihn, wie es den Anschein hatte, über das Geländer zu zerren. Wegen des weiter aufziehenden Nebels war die Sicht ziemlich eingeschränkt. Er war knappe fünfzig Meter entfernt und konnte das Geschehen eben noch erkennen. Tora Brandner und er spurteten los und es gelang, den sich heftig wehrenden aus den Händen des Paares befreien. Bei dieser Aktion geriet allerdings der Mann ins Straucheln, fiel über das Geländer und verschwand in der Tiefe. Sie hörten nur noch einen gellenden Schrei.

»Das ist ja schrecklich!« Inga hielt sich die Hand vor den Mund.

Wieland nickte. »Ich muss mich bei Herrn Lindbøk und seiner Kollegin bedanken. Ohne deren Einschreiten säße ich nicht hier.«

»Es kam auf jede Sekunde an, das Paar hätte sein Vorhaben beinahe verwirklicht«, bekam Wieland von Lindbøk die Bestätigung.

Inga überlegte einen Moment. »Dann ist es wohl so, dass dieses Paar auch den Mord an dem alten Mann begangen hat?«

»Wir werden das herausbekommen«, sagte Oluf Lindbøk. »Ich gehe aber stark davon aus.«

»Und was ist mit der Frau?«

»Um die kümmert sich momentan meine Kollegin. Wir haben einen Polizeihubschrauber angefordert und werden die Frau nach Hammerfest fliegen. Dort werde ich sie einem Verhör unterziehen.«

»Was ist aber mit dem Herabgestürzten?«

Lindbøk zuckte mit den Schultern. »Den hat erst einmal die See verschluckt, denke ich. Ob wir jemals seine Leiche finden werden, steht in den Sternen. Wir werden jedoch einen Rettungskreuzer zu der Stelle schicken, wo er vermutlich ins Wasser gestürzt ist. Vom Kreuzer aus kann auch die Suche am Fuß des Felsabhangs erfolgen, sollte der Tote wider Erwarten nicht im Wasser liegen.«

Die Reiseleiterin erschien am Tisch und sagte: »Die Busse fahren in einer halben Stunde. Es ist also noch Zeit für einen Kaffee.«

»Sie können gern noch die halbe Stunde hier sitzen bleiben«, sagte der Inspektor. »Ich muss mich jetzt mit meiner Kollegin ins Benehmen setzen. Wie schon gesagt, der Kollege Gundersen und ich werden mit nach Hammerfest fliegen. Tora, also meine Kollegin, wird Sie begleiten und ein bisschen auf Sie aufpassen, wenn es wieder zurück zum Schiff geht. Und sie wird nachher ein Protokoll erstellen. Die Frage, die sich mir zum Abschluss noch stellt, ist, kannten Sie denn das Pärchen?«

Wieland, dessen Gesicht wieder die sonstige Bräune zeigte, schüttelte den Kopf: »Kennen ist zu viel gesagt. Die Frau ist mir zwei- oder dreimal über den Weg gelaufen. Auf dem Schiff und oben auf dem Aksla. Mit meiner Tochter war sie mal in der Sauna, glaube ich.«

»Diese ist es also!« Inga hob die Augenbrauen. »Das wundert mich gar nicht, die Frau war mir von Anfang an suspekt. Was für Löcher die mir in den Bauch gefragt hat. Jetzt sehe ich auch einen Sinn darin. Papa, die wollte uns auskundschaften.«

»Nun, das können Sie alles zu Protokoll geben«, sagte der Inspektor. »Und der Mann, Herr Schrader?«

Wieland überlegte. »Bei dem Gerangel habe ich nicht auf sein Gesicht geachtet. Auch wurde es durch die Kapuze verdeckt. Nein, ich konnte nichts erkennen.«

Oluf Lindbøk sprang auf. »Ich glaube, der Hubschrauber ist da. Ich muss los.«

Tatsächlich hörten sie das typische Rattern von Rotoren.

Ohne die Weltkugel gesehen und auf dem Steinsockel gestanden zu haben, das hätte für den Besuch auf dem Nordkapfelsen wahrlich einen Abstrich bedeutet. Auch wenn Wieland noch unter dem Einfluss des gerade Erlebten stand, überredete er Inga, ihm dorthin zu folgen. Tora Brandner, die Oluf Lindbøk abgelöst hatte, begleitete die beiden.

»Es ist schön, wenn Sie mitkommen«, sagte Wieland. »Dann haben wir gleich jemanden, der uns fotografiert.«

Tora Brandner lachte. »So war das nicht gedacht, ich bin eigentlich zu Ihrem Schutz da.«

»Wieso Schutz? Die Gefahr ist doch vorbei, denke ich. Oder haben Sie noch Zweifel?«

»Man kann nie wissen. Es steht ja noch nicht fest, ob das Pärchen allein gehandelt hat. Das ist noch zu klären. Meine Begleitung ist eine reine Vorsichtsmaßnahme.« Tora Brandner lächelte. »Aber ich mache natürlich gern ein Foto von Ihnen.«

Es waren nur wenige Meter bis zur Weltkugel. Inga und Wieland kletterten auf den Sockel, wobei Inga aus der erhöhten Position einen ängstlichen Blick auf das nicht allzu weit entfernte Geländer am Rand des Plateaus warf, welches vorhin, wenn auch an einer anderen Stelle, Ort des schrecklichen Geschehens gewesen war. Dennoch bekam sie es hin, freundlich in die Kamera zu lächeln.

Wieder ertönte das Rattern von Rotoren. Sie sahen, wie sich über dem Dach des Besucherzentrums ein Hubschrauber mit der Aufschrift POLITI in die Lüfte erhob. Er beschrieb einen Kreis und flog in östlicher Richtung davon.

Auf der Rückfahrt hingen Inga und Wieland ihren Gedanken nach. Beide waren natürlich bedrückt und hörten nur mit halbem Ohr auf das, was die Reiseleiterin den Ausflüglern erzählte.

Als der Bus einen kurzen Stopp einlegte, damit die Insassen die Gelegenheit bekamen, sich Zelt und Rentiere eines Samen anzusehen, der rechts von der Straße sein Lager aufgeschlagen hatte, winkte Wieland uninteressiert ab.

»Der ist nur wegen der Touristen hier. Mit dem ursprünglichen Leben der Samen hat das nicht viel zu tun.« Wieland deutete hinüber auf die andere Straßenseite. »Siehst du das Haus da und den Rover davor? Das ist sein eigentliches Zuhause.«

Inga lächelte. »Papa, irgendwie wollen die Touristen doch auch was Ursprüngliches sehen.«

Tora Brandner, die ebenfalls im Bus geblieben war, sagte: »Da wir allein sind, können wir kurz drüber reden. Ich bitte Sie, sich hier im Bus nicht zu dem Vorgefallenen zu äußern. Ebenso auf dem Schiff nicht. Das könnte erstens die weiteren Ermittlungen erschweren, zweitens möchte die Hurtigruten Group ASA, dass so wenig wie möglich nach außen dringt. Der Kriminalinspektor hat mich vorhin gebeten, das mit Ihnen zu besprechen. Das geht doch in Ordnung?«

Wieland schaute Inga an. »Ich glaube, wir haben damit kein Problem, nicht wahr?«

*****

Sarah Bredesen war mit dem Durchchecken der Besatzungsliste fast fertig, als Tora Brandner durch die Tür trat. Doch statt ihre junge Kollegin nach dem Fortschritt ihrer Recherche zu fragen, setzte sie sich vor ihren Laptop und sagte: »Sarah, in wenigen Minuten wird dieser Wieland Schrader hier erscheinen, um seine Aussage zum Geschehnis oben auf dem Kap zu Protokoll zu geben.«

Sarah Bredesen war natürlich gespannt, was die Kollegin zu berichten hatte, hielt sich mit ihrer Neugier jedoch zurück. Sie hätte gern ihre aufgearbeiteten Passagierlisten präsentiert, was ihr, wie sie annahm, anerkennende Worte einbringen würde. Mit stolz geschwellter Brust schob sie die Kopien über den Tisch. Doch Tora Brandner warf nur einen flüchtigen Blick auf die DIN-A4-Blätter und schob diese dann beiseite.

»Sarah«, richtete Tora Brandner das Wort an die aus allen Wolken fallende Polizeianwärterin, »schade um deine Arbeit, aber die Mühe hättest du dir sparen können. Der Fall ist geklärt, zumindest was die Täter betrifft. Wir müssen zwar noch das

Motiv herausfinden, das ist aber nur eine Frage der Zeit.«

»Um Gotteswillen, was ist denn geschehen?«, wollte Sarah Bredesen wissen. Sie bedauerte zutiefst, dass ihre Arbeit keine Anerkennung fand. Dabei hatte sie sich doch solche Mühe gegeben! Insgeheim hatte sie auf eine Belobigung gehofft. Für die weitere Karriere wäre diese ungemein förderlich gewesen. Die Enttäuschung war ihr deutlich anzumerken.

In diesem Moment betrat Wieland den Konferenzraum. Tora Brandner nickte ihm zu und bat ihn, Platz zu nehmen. Dann stellte sie kurz ihre junge Kollegin vor.

»Herr Schrader, was auf dem Nordkap passiert ist, wissen wir ja. Wir müssen das Geschehene nur noch in eine chronologische Reihenfolge bringen. Dazu benötige ich Ihre Mitarbeit.«

Wieland nickte verständnisvoll.

»Ich werde ein Protokoll verfassen und Ihnen laut vorlesen, was ich schreibe. Wenn Sie Einwände haben oder Ergänzungen anbringen wollen, unterbrechen Sie mich bitte.«

Wieland nickte erneut.

»Gut, dann fange ich an.« Tora Brandner hämmerte den ersten Satz in die Tasten ihres Laptops. Es folgten die üblichen Fragen zur Person, ehe sie zum Wesentlichen kam. Sie schilderte das Geschehene mit klaren Worten, sodass Wieland nur wenig hinzuzufügen hatte. Die junge Polizeianwärterin hörte mit großen Augen und halboffenem Mund zu, was ihrem Gesicht den Ausdruck von kindlicher Naivität verlieh.

»Den Hergang hätten wir«, resümierte Tora Brandner, die das bisher Geschriebene noch einmal schnell überflog. »Es bleibt also weiterhin die Frage, wer sind die Täter? Herr Schrader, Sie können mir wirklich nicht sagen, wer diese sind?«

»Nein! Das hatte ich bereits mehrfach erklärt. Vielleicht bin ich schlauer, wenn ich einen Blick in das Gesicht des Mannes werfen könnte.«

»Nun, das ist vorläufig nicht möglich. Wir suchen noch immer nach seiner Leiche. Bisher hat unserem Rettungskreuzer der Wellengang zu schaffen gemacht. Man ist nicht nahe genug an den Felsen herangekommen. Ich bin allerdings überzeugt, es wird nicht mehr lange dauern, bis man den Mann findet. Durch das Fernrohr hat man am Fuß des Felsens ein Bündel ausgemacht, das durchaus der Herabgestürzte sein könnte.

»Ein Foto von seinem Gesicht könnte weiter helfen«, schlug Wieland vor.

»Okay, sobald dies möglich ist, werden wir Ihnen ein solches vorlegen. Danke, Herr Schrader. Vorläufig wäre das alles.«

*****

Abends gab es zur Abwechslung einmal kein Dreigänge-Menü, sondern ein Buffet. Am Aushang stand unter der Bezeichnung Nordkap-Buffet: *Basierend auf den besten norwegischen Zutaten der Saison lädt die Küche zu einer wahrhaftigen Festtafel. Die Meeresfrüchte dominieren das Buffet. Oft können wir auch den geschmackvollen saftigen Königskrebs servieren. In der Finnmark gehört das Rentierfleisch selbstverständlich dazu, sofern es zur Verfügung steht.*

»Mhm«, machte Inga. »Da wollen wir doch mal sehen, was zur Verfügung steht. Ich hoffe, es sind auch ein paar Salate darunter.«

»Inga, du scheinst wieder ganz munter zu sein, oder?«, fragte Wieland und stieß seine Tochter leicht in die Seite.

»Also, eines muss ich wieder einmal feststellen, Papa. Auf einer Hurtigruten-Reise kann man wirklich was erleben.«

Wieland, der sein Lachen wiedergefunden hatte, lotste seine Tochter am Buffet vorbei zum Tisch. Alle anderen waren bereits an ihrem Platz. Man sah den Ankömmlingen neugierig entgegen. Inga, die ganz normale Jeans und einen schwarzen Rollkragenpulli trug, setzte sich mit einem Kopfnicken und einem kurzen Hallo an den Tisch. Wenn jemand erwartet hatte, sie würde sich zum Buffet äußern, der sah sich bald getäuscht.

Was wiederum ihren Tischnachbarn enttäuschte. Dietmar Wollenweber sah Inga auf eine Art an, als wollte er sagen, nun rück doch endlich mit der Sprache raus.

Man erhob sich und schritt das Buffet ab. Oh ja, es gab natürlich den Königskrebs. Und es gab auch Rentierfleisch. Wieland belud seinen Teller mit beiden Köstlichkeiten, während Inga verschiedene Salate auf den Teller häufte.

»Die Beine dieser Riesenkrebse sehen ja martialisch aus«, bemerkte Inga, als Wieland mit ihr zurück an den Tisch ging. Sie sah mit einem gewissen Abscheu auf seinen Teller.

»Die Krebse sind eine Entschädigung für den heutigen Tag«, rutschte es ihm heraus.

»Wieso das, hat Ihnen der heutige Ausflug denn nicht gefallen?«, fragte Dietmar Wollenweber, der die Ohren gespitzt hatte.

Wieland hatte natürlich nicht vor, mit dem wahren Grund herauszurücken. Deshalb wiegelte er ab: »Doch, doch! Wir hatten uns nur besseres Wetter versprochen. Nicht wahr, Inga?«

Die so angesprochene nickte eifrig und blickte in die Runde. »Ja, auf dem Nordkap war es verdammt nebelig. Und der Wind war auch nicht ganz ohne.« Dann wandte sie sich direkt an Dietmar Wollenweber. »Waren Sie auch auf dem Kap? Ich habe Sie da oben gar nicht gesehen.«

Wollenweber schenkte Inga ein Lächeln. »Nein, ich habe den Ausflug abgesagt. Das Wetter war mir einfach zu schlecht. Stattdessen habe ich beschlossen, mich ein wenig in Honningsvåg umzusehen. Ich war in der Kirche und hinterher in einem netten kleinen Café. Dort bin ich mit Einheimischen ins Gespräch gekommen. Es war ein wirklich netter Nachmittag.«

Wieland, der mit einem Krebsbein kämpfte und mühsam das Innere herausschälte, brummte: »Na, dann können Sie zu Hause gar nicht berichten, wie es da oben aussieht.«

Frau Mecklenburg, die ebenfalls ihre Mühe hatte, an das Krebsfleisch zu kommen, pflichtete Wieland bei: »Selbst ich alte Frau habe mich da hinauf gewagt. Eine Hurtigrutenreise ohne Nordkap ist doch so, als würde Salz in der Suppe fehlen.«

»Ich kann das ja auf einer späteren Reise nachholen«, sagte Wollenweber, der sich kritisiert fühlte. Sein Blick wanderte zwischen den am Tisch Sitzenden umher. Er lächelte unsicher. »Wissen Sie, ich bin Hobbypilot. Da ist es unsinnig, bei schlechter Wetterlage zu starten. Wahrscheinlich ist mir diese Verhaltensweise so ins Blut übergegangen, dass ich diese auch auf andere Lebenslagen projiziere. Sozusagen automatisch, wenn Sie nachvollziehen können, was ich meine.«

So viele Sätze auf einmal hatte man von Dietmar Wollenweber noch nie gehört. Er, der sich bisher nur sporadisch an den Unterhaltungen beteiligt hatte, war eher derjenige gewesen, der zuhörte. Dem Umstand geschuldet, richtete sich das allseitige Interesse nun auf ihn.

Annegret May, die dem, was Dietmar Wollenweber gesagt hatte, interessiert gefolgt war, ohne selbst das Wort zu ergreifen, meinte: »Hobbypilot? Das ist wirklich interessant! Wie wäre es, wenn Sie uns Laien ein bisschen was aus Ihrem Pilotenleben erzählen würden? Ich kann mir vorstellen, es gibt da einiges, was interessant genug ist, um es zum Besten zu geben.«

Die Augen der Tischgenossen richteten sich auf den Angesprochenen. Es erfolgte allgemein beifälliges Nicken.

Dietmar Wollenweber, der mit der Entwicklung, die das Tischgespräch nahm, wohl nicht gerechnet hatte, schaute etwas verdutzt drein. Plötzlich stand er im Mittelpunkt und war gefordert. Zwar war er als Mitinhaber einer Werbeagentur nicht der Typ, dem man Zurückhaltung attestieren würde. Doch Dietmar Wollenweber hatte die Reise mit dem Vorsatz angetreten, sich etwas zurückzunehmen. Deshalb wollte er das, was auf dem Schiff passierte, eher aus dem Hintergrund betrachten. Kräfte tanken, das war seine Absicht, und wenn es sich ergab, Eindrücke sammeln und Ideen entwickeln. Letzteres war bitter nötig. Seine Agentur brauchte dringend Innovationen, gerade was die

Entwicklung neuer Projekte betraf. Aus diesem Grund war die Hobbyfliegerei zuletzt deutlich in den Hintergrund getreten.

»Nun gut«, sagte Wollenweber. »Ich erinnere mich an eine Begebenheit, als ich vor ein paar Jahren zusammen mit einem Freund in den USA unterwegs war. Es ist eigentlich nur eine Episode am Rande, doch zeigt diese ziemlich deutlich, wie die Amerikaner ticken. Diese kleine Episode könnte vielleicht Ihr Interesse finden. Sie ist kurz erzählt, deshalb werde ich Ihre Aufmerksamkeit auch nicht allzu lange in Anspruch nehmen.«

Dietmar Wollenweber – USA August 2008

Mein Freund Gerald Schöneberger, ebenfalls Mitinhaber unserer Werbeagentur, und ich waren im August 2008 auf einem zwei Wochen andauernden Trip in den USA unterwegs. Als viel beschäftigte Werbeleute hatten wir natürlich nicht grenzenlos Zeit. So kam uns entgegen, dass ich den Pilotenschein besaß. Wir charterten kurzerhand eine Cessna 172, ein einmotoriges viersitziges Flugzeug. Das Chartern stellte überhaupt kein Problem für uns dar. Im Vergleich mit Deutschland wird einem in Amerika das Fliegen relativ einfach gemacht. Die Bürokratie, verbunden mit jeder Menge Papierkram, so wie wir es von zu Hause kennen, gibt es dort nicht. Das Fliegen ist fast vergleichbar mit Autofahren.

Jetzt waren wir in der Lage, unsere Ziele in wesentlich kürzerer Zeit zu erreichen. Diese lagen hauptsächlich in den US-Staaten Kalifornien und Arizona. Wir wollten natürlich möglichst viel in die knapp zwei Wochen hineinpacken. Mit dem Pkw wäre das nicht möglich gewesen.

Von San Francisco aus, wo wir ein paar erlebnisreiche Urlaubstage verbracht hatten, flogen wir nach Phoenix und von dort weiter in Richtung Grand Canyon, der auf unserer Besichtigungsliste ganz weit oben stand. Die Flugzeit dorthin dauerte etwa zwei Stunden. Nach unserer Besichtigungstour, die am späten Nachmittag endete, checkten wir in der Grand Canyon Lodge ein und ließen den Tag in der Bar bei einem Glas Bourbon ausklingen. Im Laufe des Abends kam uns die Idee, auf dem Rückflug einen Umweg einzulegen, und zwar zum Nationalpark Petrified Forest.

Wir wählten eine Flugroute, die uns zuerst zum sogenannten Meteor Crater führte, einem Einschlagkrater von 1,5 km Durchmesser und bis zu 170 m Tiefe. Danach folgten wir ein Stück der legendären Route 66, an der wir uns fortan orientierten. In der Nähe von Holbrook im Navajo County hielten wir schließlich nach einer Landemöglichkeit Ausschau. Wir wurden auch schnell fündig, allerdings entpuppte sich die Landebahn als reine Schotterpiste. Auf einer solchen Piste zu landen ist zwar nicht das Problem, trotzdem ist äußerste Vorsicht geboten. Deshalb überflogen wir die Schotterpiste erst einmal in Landerichtung. Das in geringer Höhe, um eventuell vorhandene Unebenheiten oder sonstige Dinge, die das Landen schwierig oder gar unmöglich gemacht hätten, erkennen zu können. Wir entdeckten glücklicherweise nichts dieser Art. Also flogen wir eine Umkehrkurve, um die Landung einzuleiten.

Auf dem ganzen Flugfeld war kein einziges Flugzeug zu sehen, aber weit und breit auch kein Mensch. Das stimmte uns nachdenklich, denn uns war unklar, wie wir von hier weiter zum Nationalpark kommen sollten. Wir freundeten uns bereits mit dem Gedanken an, es per Anhalter zu versuchen.

Wir stellten die Cessna in der Nähe eines einsam dastehenden Gebäudes am Ende der Rollbahn ab, welches wie eine Scheune aussah. Auf dem Dach entdeckten wir einen Mann in einem blauen Overall, den wir beim Überfliegen übersehen hatten. Dieser führte am Dach Reparaturarbeiten aus. Also gab es hier doch einen Menschen.

Der Mann winkte uns vom Dach aus freundlich zu. Wir stiegen aus dem Flugzeug und näherten uns ihm. Ich fragte den

Mann, ob wir die Cessna hier stehen lassen könnten. Seine Antwort kam sofort: »No problem!«

Wir hatten uns ja bereits gefragt, welche Möglichkeit es gäbe, von hier aus unser Ziel, den Nationalpark zu erreichen. Kaum hatte ich daran gedacht, als vom Dach bereits die Frage kam, ob wir ein Auto bräuchten. Woraufhin ich antwortete: »Ja, das wäre optimal, aber eine Autovermietung sehe ich hier leider nicht. Wir wollen rüber zum Petrified Forest.«

Der Mann griff in die Hosentasche und warf uns einen Autoschlüssel zu. »Ihr könnt mein Auto haben, stellt es heute Abend vollgetankt hier wieder ab.« Mit diesen Worten wandte er sich wieder seiner Arbeit zu.

Mein Blick fiel auf einen blauen nicht mehr ganz neuen Pick-up, der neben der Scheune stand. Von der Großzügigkeit des Mannes überrascht, sahen wir uns erst einmal ungläubig an. Gerald war der erste, der die Sprache wiederfand. »Dietmar, im Land der unbegrenzten Möglichkeiten gehört so was offenbar zur Normalität.«

Wir setzten uns kurzerhand in den Pick-up und grüßten den Mann auf dem Dach beim Davonfahren mit einem dreimaligen Hupen.

Im Nationalpark hielten wir uns bis zum Nachmittag auf. Wir hätten Tage darin zubringen können. In Erinnerung geblieben sind mir besonders *The Tepes*, eine Felsengruppe, die wegen ihrer Kegelform stark an die Tipis der Prärie-Indianer erinnert. Im Crystal Forest beeindruckten uns die am Weg liegenden versteinerten Baumstämme, die einen Durchmesser bis zu einem Meter haben. Wir wären gern etwas länger geblieben, wollten aber noch vor dem Dunkelwerden nach Phoenix zurückfliegen.

Am Rollfeld angekommen, stellten wir mit Erleichterung fest, dass unsere Cessna unversehrt immer noch da stand, wo wir sie vor Stunden abgestellt hatten. Unterwegs war uns ein bisschen flau im Magen gewesen. Das Flugzeug allein zurückzulassen, beziehungsweise es in die Obhut des Mannes auf dem Scheunendach zu geben, war etwas, das in Deutschland eine höchst ungewöhnliche Handlung gewesen wäre. Flugzeug weg, statt dessen *Besitzer* eines Pick-up, keine erstrebenswerte Situation. Aber die Bedenken hatten wir uns umsonst gemacht.

Der Mann befand sich nicht mehr auf dem Dach. Er stand jetzt vor der Scheune und begrüße uns mit den Worten: »Hello Folks, how was your trip?«

»Very nice, we enjoyed the day very much«, antwortete ich.

Wir bedankten uns herzlich. Die paar Dollar, die ich ihm in die Hand drücken wollte, schlug er aus. Er sagte, es wäre ihm ein Bedürfnis gewesen, zwei Fremden zu helfen. Er reichte uns die Hand, die wir aus Dankbarkeit länger als üblich schüttelten. Dann drehte sich der Mann um, stieg in seinen Pick-up und fuhr davon. Eine Verhaltensweise, die für uns Deutsche höchst ungewöhnlich, für ihn jedoch eine Selbstverständlichkeit war.

*****

Nach dem Abendessen verspürten Inga und Wieland das Bedürfnis, in einer möglichst ruhigen Ecke über das Vorgefallene vom Tage zu reden. Trotz des harmonischen und, dank Wollenbergers kleiner Geschichte, kurzweilig verlaufenen Abendessens, ließ die beiden der Gedanke an das Warum nicht los. Weshalb hatte man es auf Wieland abgesehen und wer waren die Täter?

»Ich denke, wir können Herbert einweihen. Was meinst du?«, wandte sich Wieland an die Tochter.

»Ja, das denke ich auch. Herbert ist ein kluger Kopf, vielleicht hat er den richtigen Riecher.« Inga lief dem einige Schritte vor ihnen Hergehenden hinterher. Sie erreichte ihn noch vor dem Bordshop, hakte sich bei ihm unter und redete einen Moment lang auf ihn ein. Wieland sah, dass Herbert Langenstein nickte.

Als Wieland zu den beiden aufschloss, richtete Herbert Langenstein das Wort an ihn. »Wieland, das ist ja unglaublich! Was Inga eben andeutete, geht völlig über meine Vorstellungskraft hinaus.«

»Du sagst es, Herbert. Wenn ich es nicht selbst erlebt hätte, ginge es mir sicherlich ebenso. Aber es ist tatsächlich passiert. Wenn du nichts dagegen hast, würden wir dir gern davon berichten, vielleicht hast du ja eine Idee, was das Warum betrifft.«

»Ich habe Inga bereits meine Bereitschaft signalisiert«, sagte Herbert Langenstein. »Ob ich zur Aufklärung beitragen kann, ist allerdings fraglich. Aber ich höre mir gerne an, was du zu berichten hast. Wollen wir uns da drüben hinsetzten?« Er deutete auf die Tischgruppe, die zur Cafeteria gehörte.

»Keine schlechte Idee«, meinte Inga. »Dort sitzen Norweger, und nur solche, die Teilstrecken fahren. Es besteht somit weniger die Gefahr, belauscht zu werden. In der Bar sind zu viele Deutsche.«

»Wir sollten trotzdem nicht allzu laut reden«, mahnte Wieland. »Es gibt unter den Norwegern viele, die Deutsch verstehen. Das haben wir schon mehrfach feststellen können.«

Sie fanden rechts vom Gang einen freien Ecktisch. Seine Lage war für sie wie geschaffen, um ungestört reden zu können. Denn es bestand nur an zwei Seiten ein direkter Kontakt zu den Nachbartischen. Die dort sitzenden Passagiere waren ausschließlich Familien mit Kleinkindern, sodass man annehmen konnte, dass diese kaum ein Interesse hatten, den drei Deutschen auf den Mund zu schauen. Die Kinder beanspruchten die Erwachsenen vollauf.

Inga erklärte sich bereit, für die Getränke zu sorgen. Sie lief über den Gang hinüber zur Cafeteria.

»So, Wieland«, sagte Herbert Langenstein, »nun erzähl mal der Reihe nach, was eigentlich passiert ist. Inga sagte mir vorhin, es wollte dir jemand an den Kragen gehen. Ich habe mich doch nicht verhört, oder?«

»Nein, hast du nicht, es war tatsächlich so. Ich hatte mich von Inga getrennt, um draußen einige Aufnahmen zu machen. Von den sieben kreisrunden Skulpturen, wenn du weißt, welche ich meine?«

Herbert Langenstein schüttelte den Kopf. Er hatte den Ausflug nicht mitgemacht und wusste somit nicht, um was für Skulpturen es sich handelte. Wieland klärte ihn kurz auf und fuhr danach in seinem Bericht fort. »Eine Frau fasste mich am Arm und bat mich, ihrem Mann zu helfen. Sie zeigte hinüber, wo am Abgrund dieses Schutzgeländer steht. Durch den leichten Nebel und den sachten Schneefall war die Sicht deutlich eingeschränkt. Doch ich konnte soeben noch erkennen, wie sich eine Gestalt an besagtes Geländer klammerte, schwankend und in gekrümmter Haltung. Die Frau sagte, ihr Mann hätte eine Herzattacke. Also rannte ich los. Die Frau kam hinterher.«

Inga kehrte zurück. Sie trug ein winziges Tablett, auf dem sie drei Cappuccino platziert hatte. Sie setzte es ab und fragte: »Habe ich was verpasst?«

»Nein«, antwortete Wieland. »Ich war an der Stelle, wo ich dem Mann zu Hilfe kam.« Und nach einem Blick auf die Kaffeetassen: »Ein Whisky wäre mir jetzt lieber.«

Inga setzte sich. »Papa, heute sollten wir auf Alkohol verzichten. Wir haben schließlich nichts zu feiern, ganz im Gegenteil!«

Wieland war anderer Meinung. »Inga, ich bin dem Tod eben noch von der Schippe gesprungen! Wenn das kein Grund ist?«

»Deinen Whisky kannst du später oben an der Bar trinken.«

»So sind die Töchter, Herbert«, sagte Wieland und zwinkerte Herbert Langenstein zu.

»Papa, nun berichte endlich, was sich weiter abspielte.«

Wieland nahm einen Schluck von dem Cappuccino. Dann fasste er sich und fuhr fort: »Es sah tatsächlich so aus, als hätte der Mann ein Problem. Es schien aber nicht so dramatisch zu sein, wie ich nach dem Hilfeersuchen der Frau angenommen hatte. Ich bat somit die Frau, ihn zusammen mit mir unterzuhaken, um ihn zum Besucherzentrum zu führen. Eine andere Art der Hilfe wäre in diesem Moment wenig sinnvoll gewesen. Also fasste ich ihn unter den linken Arm. In dem Moment richtete der Mann sich auf, riss sich los und fasste mich am Oberarm. Dann spürte ich, wie mein anderer Arm gepackt wurde. Ich war so perplex, dass ich einen Moment lang nicht reagieren konnte. Ehe ich mich versah, hing ich mit dem Oberkörper über dem Geländer. Dann packte mich jemand an den Beinen, um mich darüber hinweg zu schieben. Ich ruderte hilflos mit den Armen, fand jedoch keinen Halt.«

Herbert Langenstein setzte abrupt die Kaffeetasse ab. Die Schilderung entsetzte ihn. »Wieland, wer waren denn diese schrecklichen Menschen?«

»Die Frau, das hatte ich Inga bereits gesagt, war mir vom Sehen bekannt. Eine Passagierin vom Schiff. Das Gesicht des Mannes habe ich nicht erkennen können, weil erstens alles so schnell ging und zweitens die Kapuze sein Gesicht beschattete.«

»Erzähle bitte weiter«, drängte Inga. »Der kurze Bericht des Kriminalinspektors umfasste ja keine Details. Diese hast du erst später zu Protokoll gegeben, als wir wieder auf dem Schiff waren. Da war ich aber nicht dabei, wie du weißt.«

»Ja, für das Protokoll genügten meine Aussagen.«

»Wie ging es auf dem Nordkap weiter?«, wollte Herbert Langenstein wissen, dem die Neugier ins Gesicht geschrieben stand.

Wieland nahm einen kräftigen Schluck von seinem Cappuccino, dann legte er die Arme auf die Tischplatte. Vor seinen Augen schien ein Film abzulaufen. »Als ich mich schon stürzen sah, die schier endlose Tiefe vor Augen, wurde ich zurück gerissen. Ich fiel neben dem Geländer zu Boden. Aus dieser Perspektive sah ich, wie mehrere Personen miteinander rangen. Darunter der Mann, dem ich zu Hilfe geeilt war. Die Frau kreischte laut auf und überschüttete die Personen, die mich vor dem Sturz in die Tiefe bewahrt hatten, mit deftigen Schimpfwörtern. Ich erkannte den Kriminalinspektor und seine Kollegin, diese Tora Brandner. Beide versuchten, den Mann vom Geländer wegzuzerren. Doch der riss sich unvermittelt los, macht eine Drehung mit dem Körper und stürzte nun selbst über das Geländer. Obwohl dahinter noch ein schmaler Geländestreifen vorhanden ist, fand er keinen Halt, taumelte und fiel von der Plateaukante ins Nichts. Ich hörte einen langgezogenen gellenden Schrei, der in der Tiefe rasch verhallte.«

»Und die Frau?« Inga hing wie gebannt an Wielands Mund.

»Die riss sich los und rannte davon. Doch Tora Brandner war einen Tick schneller und holte sie nach wenigen Metern ein, warf sie zu Boden und hielt ihr die Arme auf dem Rücken fest. Dann legte sie der Frau Handschellen an. Das ging alles rasend schnell. Selbst der Kriminalinspektor konnte sich ein paar anerkennende Worte nicht verkneifen. Ich stand inzwischen wieder aufrecht und verfolgte, wie die Frau, die nach wie vor wüste Schimpfwörter ausstieß, abgeführt wurde. Ich sage euch, diese Frau ist eine Furie!«

»Wer ist diese Frau überhaupt? Wenn sie auf dem Schiff war, muss man doch ihren Namen und die Herkunft kennen.« Herbert Langenstein sah erst Wieland, dann Inga an.

Wieland nickte zustimmend. »Das habe ich Tora Brandner auch gefragt. Diese sagte, man müsse das anhand der Passagierliste noch herausfinden. Die Frau selbst schweigt. Wahrschein lich sitzt sie jetzt in Hammerfest in einer Polizeizelle.«

»Dieser Mann, war der ihr Ehemann?«, wollte Herbert Langenstein wissen.

»Auch das weiß ich nicht«, antwortete Wieland. »Es ist aber zu vermuten. Zumindest waren die beiden liiert.«

Inga hakte ein: »Papa, man muss wohl davon ausgehen, dass der Mann tot ist. Nach dem Sturz in die Tiefe ist das doch wahrscheinlich, oder? Von da oben sind es immerhin 300 m.«

»Ja, so ungefähr. Auch ich kann mir nicht vorstellen, dass der

Mann den Sturz überlebt hat. Bei den zahlreichen Felsvorsprüngen … einfach unmöglich!«

Herbert Langenstein stellte noch eine Frage: »Wieland, wieso war die Polizei so schnell zur Stelle? Wenn ich dich richtig verstanden habe, muss die ja kurz nach deinem Kontakt mit dem Pärchen auf der Bildfläche erschienen sein.«

»Das ist richtig«, ergriff Inga das Wort. »Die Polizei hat Papa beschattet, weil sie hoffte, mit dieser Aktion vielleicht einen anderen Fall aufklären zu können.«

»Das ist nicht nachvollziehbar für mich, tut mir leid.« Herbert Langenstein hob die Hände.

»Kann ich verstehen«, sagte Wieland. »Das ist alles ja auch ziemlich kompliziert. Damit du verstehen kannst, musst du wissen, dass es an Bord zwei Tage zuvor einen Mord gegeben hat. Deswegen ist die Polizei aufs Schiff gekommen. Wir wurden befragt, sollten unser Wissen aber nicht weitertragen. Deshalb haben wir dir davon nichts erzählt.«

»Trotzdem verstehe ich die Beschattungsaktion nicht.«

Inga stöhnte ungeduldig. »Man hat einen alten Mann, einen Norweger, anstelle von Wieland umgebracht. Es war eine Verwechslung, es sollte Wieland treffen.«

»Wofür die Polizei aber noch keine Beweise hat«, gab Wieland zu bedenken.

»Papa!« Inga schlug sacht mit der Hand auf den Tisch. »Das dürfte ja nun wohl klar sein.«

Herbert Langenstein stellte die entscheidende Frage. »Nun sagt mir bitte, weshalb diese ungeheuerlichen Taten?«

»Darauf gibt es einfach keine Antwort«, sagte Wieland. »Ich habe mir schon den Kopf zermartert, aber ich stehe vor einem Rätsel. Mir will dafür einfach kein Grund einfallen.«

Inga schaltete sich ein. »Papa, ganz so kompliziert ist es nicht. Ich hatte ja schon mehrfach die Vermutung geäußert, die Lösung muss in deiner Vergangenheit liegen. Schon als man deine Kabine durchsucht hatte, erinnerst du dich? Und dann, als wir vom Tod des alten Mannes erfuhren.«

»Du denkst, der Mord und der Anschlag auf Wieland hängen irgendwie zusammen?«, fragte Herbert Langenstein.

»Richtig, Herbert.« Inga nickte mehrmals. Dann wandte sie sich an Wieland. »Siehst du, Papa! Herbert hat das auch sofort erkannt. Es wäre doch gelacht, wenn wir die Motive nicht rausbekämen. Krame einfach mal in deiner Vergangenheit, da wird sich schon was finden.«

»Okay, dann muss ich eben noch mal in meinem Gedächtnis kramen, vielleicht fällt mir doch was ein.«

Herbert Langenstein wurde nachdenklich. »Du hast nach der Fernsehgeschichte und der Exmatrikulation doch weiteres Ungemach gehabt. Das hattest du erwähnt, ohne näher darauf einzugehen. Du wolltest uns später davon erzählen. Es muss also noch etwas geben, an das du ungute Erinnerungen hast.«

Wieland zuckte die Schultern. »Da gibt es tatsächlich eine Menge. Ich muss einfach mal in Ruhe drüber nachdenken. Dazu benötige ich allerdings ein geistiges Getränk!«

Wieland stand auf. Inga und Herbert Langenstein erhoben sich ebenfalls.

»Ihr geht doch sicherlich in eure Kabinen, nicht?«, fragte Wieland.

Inga lächelte und stupste Herbert Langenstein an. »Er will allein sein. Lassen wir ihn also ziehen.«

Kirkenes 15. Oktober 2011

Der unangenehm starke Wind vom Tage hatte sich in den Nachtstunden zu einem schweren Sturm ausgeweitet. MS Trollfjord konnte deshalb nicht den Hafen von Vardø anlaufen, der starke Seegang mit den Meter hohen Wellen verhinderte dieses Vorhaben.

Für Inga bedeutete der Sturm eine unruhige Nacht. Sie kam

sich in ihrem Bett vor wie auf einem Schaukelpferd, nur mit dem Unterschied, dass sie lag statt saß. Die Bewegungen des Schiffes machten ihr arg zu schaffen. Es dauerte auch nicht lange, da verspürte sie ein flaues Gefühl im Magen. Es war eben noch auszuhalten. Doch als sie sich erhob, um einen Schluck aus der Wasserflasche zu nehmen, begann sich alles um sie herum zu drehen. Rasch ließ sie sich wieder ins Bett fallen. Aber an Schlaf war nicht zu denken.

So ging es bis weit nach Mitternacht. Irgendwann in den Morgenstunden fiel sie dann doch noch in den Schlaf, träumte etwas von Seeungeheuern und von Felsen stürzenden Menschen und merkte nicht, wie die See sich langsam beruhigte. Am Ende war ihr Schlaf tief und von erholsamer Wirkung, sodass sie am Morgen, wenn auch verspätet, den neuen Tag mit dem ihr eigenen Enthusiasmus begrüßte. Allerdings hatte sie Vadsø verpasst, das 7.30 Uhr angelaufen wurde. Das war ausgerechnet der Hafen, den das Schiff nur einmal ansteuerte und deshalb besonders bedauerlich.

Für die Morgentoilette blieb ihr kaum Zeit, denn sie hätte längst im Bordrestaurant sein müssen. Als sie draußen neben der Tür den Zettel entdeckte, der in der Halterung für Informationen steckte, und diesen überflog, wurde ihr schnell klar, dass sie sich nicht zu beeilen brauchte. Wieland hatte ihr eine Nachricht hinterlassen. Er schrieb, sie müsse sich keine Sorgen machen. Aber er sei noch gestern Abend in Berlevåg von Bord gegangen, da die Polizei ihn in Hammerfest benötigte. Er würde in Kirkenes wieder aufs Schiff steigen. Spätestens aber in Hammerfest, wenn die Trollfjord auf der südgehenden Route diesen Hafen anlief. Mehr könne er ihr im Moment nicht sagen, aber es sei wirklich alles okay. Er habe sie nicht in der Nachtruhe stören wollen, deshalb diese Botschaft. Liebe Grüße und bis zum Wiedersehen eine gute Fahrt.

Inga überlegte kurz. Sie hatten Berlevåg gegen 22.30 Uhr erreicht, da war sie bereits eine Stunde im Bett gewesen und hatte in der Biografie von Edvard Grieg gelesen, die sie sich von Annegret May ausgeborgt hatte. Mit der Schaukelei war es erst nach Verlassen des Hafens richtig losgegangen. Ab diesem Zeitpunkt war das Lesen völlig unmöglich gewesen. Wieland hatte sie oben in der Bar vermutet. Sie wusste ja, ihm konnte die unruhige See nichts anhaben.

Inga steckte den Zettel in die Gesäßtasche ihrer Jeans und suchte das Bordrestaurant auf. Es war kurz nach 9 Uhr und das Restaurant schon ziemlich leer. Sie schaute sich suchend um und entdeckte an einem Zweiertisch Frau Mecklenburg. Weil Inga das Bedürfnis hatte, mit jemanden zu reden, steuerte sie diesen Tisch an.

»Einen schönen guten Morgen«, sagte Inga. »Wenn der Stuhl hier noch frei ist, würde ich mich gern zu Ihnen setzen. Ich hoffe, es ist Ihnen recht.«

Frau Mecklenburg hob erstaunt den Kopf. Dann huschte ein Lächeln über ihr Gesicht. »Aber gerne, Frau Dornbusch!«

Inga setzte sich. »Wenn ich es mir als die Jüngere erlauben darf, ich fände es wahnsinnig schön, wenn wir uns duzen würden.«

Frau Mecklenburg errötete leicht. Diese Offerte hatte sie nicht erwartet. Inga erkannte, dass der Mecklenburg das Angebot zwar schmeichelte. Doch wusste diese offensichtlich nicht, wie sie damit umgehen sollte. Woraus Inga den Schluss zog, sie müsse das Zepter in die Hand nehmen.

»Wir sind nun schon sechs Tage zusammen auf dem Schiff, da ist doch eine gewisse Vertrautheit zwischen uns entstanden. Für die restlichen Tage an Bord wäre es wirklich schön, wenn wir uns beim Vornamen anreden würden. Was meinst du?«

Die Mecklenburg zögerte einen Moment, dann nickte sie und schaute Inga an. »Ich finde deinen Vorschlag vernünftig. Dagegen ist nichts einzuwenden. Also, um es kurz zu machen, ich bin die Anneliese. Für den Namen kann ich nichts, den haben sich meine Eltern ausgedacht.«

Inga lachte. »Anneliese, das klingt doch gut! Diese altdeutschen Namen sind doch stark in Mode. Und, was mich betrifft, meinen Namen kennst du ja bereits, oder?«

»Natürlich! Du bist die Inga, ein wirklich schöner Name.«

»Oh, danke! Den hat mir meine Mutter gegeben. Und dafür bin ich ihr noch immer dankbar.«

Anneliese Mecklenburg schaute Inga prüfend an. »Gehe ich richtig in der Annahme, dass deine Mutter nicht mehr lebt?«

Ingas Augen wurden plötzlich feucht. »Ach, weißt du, ihr Tod ist noch gar nicht lange her. Ich hätte mir gewünscht, auch sie hätte mal so eine Seereise machen können. Dazu ist es nun leider nicht gekommen. Anneliese, sieh mal hier …« Inga fasste in den Ausschnitt ihres Pullis und förderte ein silbernes Medaillon zutage. Sie klappte es auf und reichte es ihrer Tischgenossin. Was sie sagte, klang fast trotzig: »Sieh, da drin ist meine Mutter. Sie begleitet mich auf dieser Reise, ob sie nun will oder nicht.«

Anneliese Mecklenburg streckte ihre Hand aus und berührte die von Inga. »Du hast sie sehr geliebt, nicht wahr?«

Inga nickte stumm.

»Auch ich habe meine Mutter sehr geliebt«, sagte Anneliese Mecklenburg. »Lange habe ich sie leider nicht gehabt, sie ist kurz nach dem Krieg gestorben. Ich glaube, sie hat nicht verwunden, dass mein Vater im Feld geblieben ist.«

»Anneliese, dann warst du ja früh eine Waise.«

»Ja. Ich bin in verschiedenen Waisenhäusern aufgewachsen, bis zu meinem achtzehnten Lebensjahr. Da ich mich immer nach einer Familie gesehnt habe, bin ich schnell in eine Ehe gestolpert. Diese hielt gerade einmal zwei Jahre. Seither gehe ich allein durchs Leben. Inga, ich hoffe, dir bleibt sowas erspart.«

Eine Weile beschäftigten sich beide Frauen mit ihrem Frühstück. Dann ergriff Inga das Wort.

»Anneliese, ich finde, du siehst nicht übel aus. Weshalb

machst du nicht mehr aus dir? Du musst dem Leben zeigen, dass es mit dir zu rechnen hat. Ein paar nette Klamotten, dann sieht alles schon ganz anders aus. Weißt du, was wir machen?«

Anneliese Mecklenburg schaute Inga fragend an.

»Ganz einfach! Wir beide gehen in Kirkenes auf Einkaufstour.« Inga lachte vergnügt auf.

»Meinst du das im Ernst?«

»Na, klar!«, krähte Inga. »Wir machen aus dir eine schicke Dame, du wirst es sehen. Ich bin überzeugt, auf dem Schiff wirst du noch davon profitieren.«

Inga bestrich ein Brötchen dick mit Honig. Die turbulente Nacht hatte ihr mächtig Hunger gemacht. Außerdem war sie ziemlich zufrieden mit sich und der Welt, was ebenfalls dazu beitrug, den Appetit anzuregen. Allerdings musste sie sich mit dem Frühstück beeilen, denn das Restaurant schloss normalerweise 10 Uhr. Somit blieb nur noch wenig Zeit. Inga meinte, bereits ungeduldige Blicke des Service-Personals auszumachen.

*****

Von Vadsø ging die Fahrstrecke quer über den Varangerfjorden hinüber nach Kirkenes, dem Wendepunkt. Die Fahrtzeit würde etwa zwei Stunden und fünfundvierzig Minuten betragen. Die voraussichtliche Ankunftszeit sollte etwa 10 Uhr sein. Trotz des nächtlichen Sturmes hatte MS Trollfjord nur eine Viertelstunde Verspätung. Die Ankunftszeit entsprach somit in etwa dem Fahrplan. Allerdings gab es an diesem Morgen kein Konzert, der Zeitrahmen war dafür zu eng.

Auch für Ingas Laufrunden war die Zeit zu knapp. Stattdessen nahm sie sich vor, eine längere Mail an die Großeltern zu schicken. Hierfür reichte die Zeit. Sie hätte dies natürlich über ihr iPhone machen können, doch die Benutzung der vier Computer in der Internetecke war kostenfrei. Weshalb sich also nicht dieser bedienen?

Es war schon erstaunlich, wie ihre Großmutter mit dem Laptop umging, für eine Frau in ihrem Alter nicht eben selbstverständlich. Inga konnte sich vorstellen, dass die Großmutter schon mehrfach in ihr Postfach geschaut hatte, hoffend auf eine Nachricht. Die letzte hatte Inga vor zwei Tagen versandt. Zu berichten gab es dem Grunde nach eine Menge. Die Anschläge auf Wieland würde sie jedoch nicht erwähnen. Die Großeltern würden es früh genug erfahren. Wozu diese in unnötige Aufregung versetzen?

Inga suchte ihre Kabine auf und wechselte die Kleidung. In Leggins und legerem Pulli, darüber den gelben Anorak, machte sie sich auf den Weg zum Außendeck. Schon wollte sie eine der Treppen neben den Aufzügen nehmen, die hinunter zu Deck 6 führten, als ihr dieser weißhaarige Mann auffiel. Der lichtete mit besonderer Akribie die großformatigen Fotos ab, die an der Wand gegenüber den Aufzügen hingen. Er benutzte zum Fotografieren ein Stativ und beschattete mit einer großformatigen Pappe die Bilder. Inga erkannte den Zweck. Das Licht, das seitlich durch die Panoramafenster fiel, erzeugte Spiegelungen auf den Verglasungen der Fotos. Die Pappe diente dazu, diesen störenden Effekt zu beseitigen.

Die großformatigen Fotos, hier auf Deck 7 waren es insgesamt sechs, hatten sämtlich das gleiche Motiv. Der Fotograf hatte einen Gletscher in dem Moment auf den Film gebannt, als sich Eismassen aus der steilen, gewaltigen Eiswand lösten und mit brachialer Gewalt ins Meer stürzten. Inga fand die Aufnahmen unheimlich beeindruckend. Von Natur aus neugierig, wollte sie natürlich wissen, wo die Aufnahmen entstanden waren.

»Entschuldigen Sie«, sprach sie den fotografierenden Herrn auf Deutsch an, in der Annahme sie läge damit richtig. »Können Sie mir sagen, wo die Aufnahmen gemacht wurden?«

Der Mann drehte sich zu ihr um und lächelte. »Natürlich, junge Frau.« Er deutete auf eines der Schilder unter den Fotos.

»Kongsbreen, Svalbard. Wir nennen die Inselgruppe im Eismeer allerdings Spitzbergen. Der Fotograf Mikael West Hammer hat diese Aufnahmen hier im August 2000 gemacht.«

»Sind Sie Berufsfotograf?«, wollte Inga von ihrem Landsmann wissen.

Wieder lächelte der Mann. »Nein, ich betreibe das Fotografieren rein hobbymäßig. Seit meiner Pensionierung habe ich endlich die Zeit dazu.«

»Das sieht aber richtig profimäßig aus, so wie Sie ihre Aufnahmen machen.«

Der Mann lachte. »Gott bewahre! Ich bin wirklich ein Laie. Wenn es Sie interessiert, junge Frau, dann kann ich Ihnen noch etwas Bemerkenswertes hier auf dem Schiff zeigen. Haben Sie Lust?«

»Natürlich, gerne!« Inga war gespannt, wohin sie der Hobbyfotograf führen würde.

Der Mann, ein großer, schlanker Typ, dessen Alter Inga auf Mitte sechzig schätzte, ging ihr voran und führte sie durch einen der Kabinengänge zur heckseitigen Treppenanlage. Dort blieb er auf dem Zwischenpodest von Deck 7 zu Deck 8 stehen. Er deutete auf die an der Wand hängenden Fotos.

»Diese Landschaftsaufnahmen sind in der Region Sortland entstanden, also auf den Vesterålen.«

Inga betrachtete die Bilder und las die Bildbeschreibungen. Das eine Bild zeigte die Landschaft von Maurnes (2001), das andere den Fjellsenden vom Rogsøytjorden aus fotografiert (2002); Fotograf war ein gewisser Espen Tollefsen. Auch wenn die Landschaftsaufnahmen sehr schön waren und die Fotografien sie ansprachen, so fiel es Inga schwer, etwas Besonderes darin zu sehen. Sie schaute ihren Begleiter ziemlich ratlos an.

Als er Ingas Miene sah, musste der Mann unwillkürlich lachen. »Ich kann mir denken, was Ihnen durch den Kopf geht. Für den normalen Betrachter sind die Aufnahmen sicherlich wunderbar anzuschauen, aber nichts Außergewöhnliches. Die Besonderheit liegt für mich in dem Umstand begründet, dass ich hier auf einen bekannten Namen stoße, nämlich den von Espen Tollefsen.«

Er zeigte auf den Namen unter den Fotografien. »Ich war vor meiner Pensionierung Pfarrer an der katholischen Pfarrkirche St. Konrad von Parzham in Falkensee. Espen Tollefsen, der aus Oslo stammt, ist ein international renommierter Fotograf, der sich auch künstlerisch betätig. Diesem Fotografen verdanken wir den Entwurf der Glastrennwand, die wir zwischen der Kirche und dem Foyer des neuen Gemeindezentrums errichtet haben. Nun entdecke ich Fotos von Espen Tollefsen hier auf dem Schiff. Eine wirkliche Überraschung!«

»Sagen Sie, Falkensee liegt doch bei Berlin, oder?« Inga meinte, bereits einmal in der Nähe gewesen zu sein.

»Ganz recht, junge Frau. Wenn es Sie wieder einmal in die Gegend verschlägt, müssen Sie unbedingt unsere Kirche besuchen. Schon allein wegen der Glastrennwand. Aber auch unsere Kirche, die Grundsteinlegung datiert aus dem Jahr 1934, ist ein kleines Schmuckstück. Unser Gemeindezentrum wurde übrigens im Juni dieses Jahres eingeweiht. Und wenn Sie dann noch etwas Zeit haben, kommen Sie doch einfach auf einen Kaffee bei mir vorbei. Ich würde mich sehr freuen.«

Inga bedankte sich und lief hinunter auf Deck 6. Sie sagte sich wieder einmal, wen man auf einer Hurtigruten-Reise alles kennenlernt, das ist einfach phänomenal.

MS Trollfjord befand sich bereits im Bøkfjorden, bis Kirkenes war es also nicht mehr weit. Auf Deck empfing Inga strahlender Sonnenschein und dazu eine Temperatur, die für den Landgang in Kirkenes wie geschaffen war. Sie stellte sich an die Reling und genoss die Sonnenstrahlen.

*****

MS Trollfjord legte leicht verspätet 10.20 Uhr am Kai in Kirkenes an. Inga hatte sich mit Anneliese Mecklenburg auf Deck 4 verabredet. Sie hoffte, Wieland entweder an der Rezeption oder auf dem Weg zur Gangway anzutreffen. Sie hoffte allerdings vergeblich, denn eine der Frauen an der Rezeption winkte sie heran und reichte ihr einen Zettel. Noch ehe sie einen Blick darauf geworfen hatte, wusste sie, der Papa würde in Kirkenes nicht an Bord kommen. Die kurze Nachricht lautete: Muss noch einen Tag in Hammerfest bleiben, wir sehen uns also erst dort. Liebe Grüße und bis bald. Nichts Näheres, keine Erklärung. Inga war natürlich enttäuscht. Weshalb musste er länger bleiben, welchen Grund gab es dafür? Ihr Puls stieg merklich an, die Ungewissheit zerrte an den Nerven.

Anneliese Mecklenburg kam ihr in dieser Situation gerade recht. Sich ablenken und nicht mehr nachdenken müssen, das war im Moment das Beste. Die Aufgabe, aus Anneliese Mecklenburg eine fesche ältere Dame zu machen, würde sie vorerst auf andere Gedanken bringen.

Den Ausflug an die russische Grenze hatten sich beide geschenkt. Wieland, der sich bestens auskannte, hatte gesagt, diesen Ausflug müsse man nicht unbedingt buchen, da gäbe es bessere. Von Russland selbst sehe man relativ wenig. Rechts über dem Fluss eine Kirche mit Zwiebeltürmen, dann gäbe es noch den Schlagbaum und ein Stück weiter hinten einen Fahnenmast mit der russischen Flagge. Das sei im Grunde genommen alles. Ach ja, am Parkplatz stehe noch ein kleines Holzhäuschen, in dem man diverse Souvenirs erwerben könne wie diese Matroschkas, diese mehrfach ineinander verschachtelten Figuren. Empfehlenswert wäre dagegen ein Stadtrundgang, auch wenn Kirkenes sich nicht mit Bergen, Trondheim oder Tromsø vergleichen ließe. Dafür sei die Stadt einfach zu klein. Auch hätte die Stadt natürlich nicht diese Anzahl an Sehenswürdigkeiten.

Weil Inga mit Anneliese ohnehin in ein Einkaufscenter wollte, passte der Stadtrundgang weitaus besser ins Konzept. Beide machten sich also zu Fuß auf den Weg und verließen das

Hafengelände. Sie folgten dem Havneveien bis zur Europastraße E 6, überquerten diese und liefen weiter in Richtung Stadtzentrum. Nach hundert Metern erreichten sie eine Straße, die in das dortige Wohngebiet führte.

Sie kamen an Häusern unterschiedlicher Bauart vorbei. Inga schlug vor, sich nicht allzu lange mit dem Betrachten der Örtlichkeiten aufzuhalten, auch wenn Anneliese Mecklenburg sich gern das eine und andere Haus am Weg näher angeschaut hätte. Dies könne immer noch auf dem Rückweg geschehen, meinte Inga. Sie hatte die Absicht, das Einkaufcenter, welches man ihr an der Rezeption beschrieben hatte, auf dem kürzesten Weg zu erreichen. Anneliese Mecklenburg ein neues Outfit zu verpassen, diese Idee stand noch immer im Vordergrund. Inga ließ sich davon auch nicht abbringen. Forschen Schrittes marschierte sie voran, wobei ihr anfangs gar nicht auffiel, dass der weitaus älteren das angeschlagene Tempo Mühe bereitete. Anneliese Mecklenburg versuchte einigermaßen Schritt zu halten, bekam jedoch bald Atembeschwerden. Als Inga das heftige Atmen bemerkte, mäßigte sie das Tempo und sagte: »Anneliese, bitte entschuldige! Ich renne gedankenlos einfach voraus und bedenke nicht, dass ich eine ältere Dame an meiner Seite habe. Dabei haben wir fast drei Stunden Zeit.«

Anneliese Mecklenburg nickte dankbar. »Die zweiundsiebzig, die ich inzwischen auf dem Buckel habe, machen sich langsam bemerkbar.« Sie lachte. »Ich bin weiß Gott kein junges Ding mehr.«

Die beiden Frauen erreichten trotz des gemäßigten Tempos alsbald die Kirkegate, folgten dieser bis zur Fußgängerzone im Zentrum der Stadt. Rechts und links wurde die Fußgängerzone von kleinen Geschäften gesäumt, darunter auch eines mit der Bezeichnung *Husfliden* auf dem Werbeschild. Bis zum *AMFI*, dem modernen Einkaufcenter, waren es von hier nur noch wenige hundert Meter.

»Anneliese, schau dir einmal die Straßenschilder an«, sagte

Inga. »Unter jedem ist ein Zweites in einer anderen Sprache. Kannst du mir vielleicht sagen, was diese fremdartigen Schriftzeichen bedeuten?«

»Oh ja, das kann ich, es ist kyrillisch. Die Straßennamen auf dem zweiten Schild hat man in russischer Sprache verfasst. Wieso, das kann ich dir allerdings nicht sagen.«

Inga hielt im Gehen einen Moment inne. »Und woher weißt du das mit der russischen Sprache?«

»Inga, ich könnte dir eine Geschichte aus meiner Kindheit erzählen. Willst du sie vielleicht hören?«

Inga überlegte nicht lange. »Schieß los, Anneliese. Ob wir nun ein paar Minuten später ins *AMFI* kommen, das ist doch egal, oder?«

Anneliese Mecklenburg, Februar 1945

Dass Krieg war, wusste Anneliese, dass er aber bereits ihr Dorf in Samland an der Ostsee erreicht hatte, war schlimm genug. Zwar waren es keine Panzer oder Geschütze, die sich auf der Straße näherten, in der sie ihr Zuhause hatte. Es waren nur ein kleines offenes Auto und dahinter ein Lastwagen. Auf dem Lastwagen standen Männer in fremdartigen Uniformen, die mit ihren Gewehren herumfuchtelten und ständig in die Luft schossen. Die verschreckten Bewohner suchten daraufhin schleunigst ihre Häuser auf. In wenigen Minuten war die Straße menschenleer.

Nur Anneliese blieb wie angewurzelt stehen. Sie starrte gebannt auf die fremden Männer. Die sprangen von ihrem Lastwagen und drangen zu zweit oder zu dritt in die umliegenden Häuser ein. Einer kam auf Anneliese zu. Dieser trug eine bessere Uniform als die anderen Männer. Seine Kopfbedeckung war sonderbar, sah wie ein Teller mit Blende aus, nicht so wie die Kopfbedeckungen der anderen. Diese glichen eher Schiffchen, welche mit dem Kiel nach oben lagen. Ganz so wie die Boote der Fischer, wenn diese mit Teer bestrichen wurden, um sie seetauglich zu machen.

Die Kopfbedeckung des Mannes, der jetzt direkt vor ihr stand, zierte ein roter Stern. Anneliese fand, der Stern glich dem am Abendhimmel, nur dass dieser hier nicht in silberhellem Ton erstrahlte. Aber es war zweifelsohne ein Stern, und der gefiel ihr sehr.

Anneliese bemerkte nicht, wie einige der anderen Männer ihr Elternhaus betraten. Sie wunderte sich nur, warum die Großmutter, die vor dem Haus auf der Bank gesessen hatte, plötzlich aufsprang, laut aufschrie und heftig gestikulierend ins Innere des Hauses rannte.

Der Mann in der besseren Uniform hielt Anneliese am Arm fest. Sie wollte sich losreisen, konnte sich aber aus dem festen Griff nicht befreien. Die Stimme des Mannes war dunkel und auf seltsame Art beruhigend, sodass Anneliese ihren Widerstand aufgab und dem Mann in das stoppelbärtige Antlitz schaute. Seine blauen Augen betrachteten sie mit einer Wärme, so wie sie es von ihrem Vater kannte. Doch dieser war weit weg, so weit, dass sie nicht wusste, wann er wieder nach Hause kommen würde. Dass er im Krieg war, das wusste Anneliese. Zwar wusste sie nicht, was Krieg eigentlich bedeutete, aber sie spürte, für ihre ganze Familie war der Krieg eine schlimme Angelegenheit. Die besänftigende Art des uniformierten Mannes konnte daran nichts ändern. Auch nicht, als sie erkannte, dass dieser Mann sie vor etwas beschützen wollte.

Es drangen Schreie aus dem Elternhaus. Anneliese hatte solche noch nie gehört, sie gingen ihr durch Mark und Bein. Trotz der hohen, schrillen Töne erkannte sie die Stimme der Mutter und realisierte, dass sich die Mutter in argen Nöten befand. Noch nie hatte sie ihre Mutter derart schreien gehört. Sie begriff, es musste etwas Schreckliches passiert sein.

Dann ertönte ein Schuss.

Anneliese zerrte am Arm des Mannes, ohne sich losreisen zu können. Auf diese Versuche reagierend, redete der Mann in einer fremden Sprache auf sie ein. »Djebuschki, obnimaju tebja. Eto woina!«

Anneliese verstand keines der Worte, doch der Ton seiner Stimme besänftigte sie. Außerdem verriet ihr der Blick in sein Gesicht, dass sie nicht allein in ihrem Schmerz war. Als die Schreie verklangen und die fremden Soldaten das Grundstück verlassen hatten, bewegte sich Anneliese mit schweren Schritten langsam auf das Haus zu. Von der Haustür aus schaute sie dem Manne nach, der mit gesenktem Haupt seinen davon eilenden Kameraden folgte und in das kleine Auto stieg. Die beiden Fahrzeuge setzten ihre Fahrt fort und waren bald Annelieses Blicken entschwunden.

Es vergingen einige Minuten, dann erschien die Mutter in der Tür und nahm Anneliese fest in den Arm. Dass nicht alles gut war, spürte die Tochter, doch wichtig war allein, dass die Mutter sie festhielt. In den Armen der Mutter dachte Anneliese an den fremden Mann mit dem roten Stern auf der Mütze, der sie vom Haus fern gehalten hatte. Anneliese wagte durch die Tür einen Blick ins Haus. Ihre Augen mussten sich einen Moment lang an die Dunkelheit gewöhnen. Doch dann sah sie den Großvater. Sie krampfte die Hände in die Arme der Mutter und schluchzte. Der Großvater lag leblos am Boden. Um seinen Körper breitete sich eine Blutlache aus.

*****

Anneliese war damals sechs Jahre alt, ein Alter, in dem man manches verdrängt. Doch das Geschehen hatte sich eingebrannt, verfolgte sie in ihren Träumen selbst dann noch, als sie vom Mädchen zur Frau reifte. Ihre Erinnerungen wurde sie niemals los, auch wenn sie im Laufe des Älterwerdens versuchte, zu vergessen. Über das Erlebte zu sprechen, fiel ihr äußerst schwer. Sie hatte ein ganzes Leben lang nicht geschafft, sich zu öffnen. Dass sie in der Lage war, Inga von ihrem Trauma zu berichten, war ein kleines Wunder.

»Und an jenem Tag«, kam Anneliese zum Schluss, »sah ich zum ersten Mal kyrillische Buchstaben. Die Soldaten hatten, bevor sie unser Haus verließen, drei Wörter an die Tür zum Wohnzimmer geschrieben, die ich kleines Mädchen nicht verstand … mit dem Blut meines Großvaters.«

Inga schrak zusammen. Was Anneliese ihr offenbarte, erschütterte sie zutiefst. Stumm schritten die Frauen nebeneinander her. Inga wurde langsam klar, weshalb Anneliese sich an Bord mit dem Erzählen zurückgehalten hatte.

»Wir müssen auch nicht shoppen gehen«, sagte Inga schließlich, der dieses Vorhaben jetzt unwichtig erschien. »Wir können uns auch drüben auf dem Rathausvorplatz auf eine Bank setzen und uns unterhalten. Das Wetter hält ja gottseidank aus.«

Anneliese schüttelte den Kopf. »Kommt gar nicht in Frage, Inga! Wir machen das, was du vorgeschlagen hast. Irgendwie freue ich mich auf die Shoppingtour.«

Weil sie das moderne Wort für das Einkaufen verwendete, musste Inga lachen. Sie fand, Anneliese wirkte nach ihrer Erzählung gelöster, irgendwie befreit.

Auf dem Rückweg kamen sie an dem sowjetischen Ehrenmal vorbei, welches man weithin sichtbar auf einer Anhöhe errichtet hatte. Die übermannsgroße Statue stellte einen sowjetischen Soldaten mit einer Maschinenpistole vor der Brust dar, stehend auf einem etwa drei Meter hohen Natursteinsockel.

»Anneliese, ich kann mir denken, was dir jetzt durch den Kopf geht«, sagte Inga, als sie sah, wie ihre Begleiterin den Mund zusammen presste. »Man muss allerdings bedenken, wir Deutschen haben in Norwegen ganz schön gehaust. Deshalb wurde die Rote Armee als Befreier begrüßt.«

»Du hast sicherlich recht, Inga. Es hat auf beiden Seiten viel

Leid gegeben. Wenn man aber selbst betroffen ist, sieht man zuerst nur das, was einem Selbst widerfahren ist.« Und nach einer Pause sagte sie: »Ich verstehe allerdings nicht, warum man hier Straßennamenschilder in kyrillischer Sprache aufhängt? Das kann doch unmöglich mit dem Krieg zu tun haben.«

»Dazu könnte Papa was sagen«, sagte Inga, die sich nicht imstande sah, etwas zur Aufklärung beizutragen. Sie zuckte ratlos mit den Schultern und nahm sich vor, bei passender Gelegenheit Anders Stjernen zu fragen. Dieser würde ihr dann auch gleich erklären können, was das gelbe Schild mit der Aufschrift *ISPS Terminal* bedeutete, welches sie bei der Einfahrt in den Hafen von Honningsvåg und jetzt auch an der Lagerhalle im Hafen von Kirkenes gesehen hatte.

Ein Stück weiter, die Straße hinunter, fiel Anneliese und Inga ein seltsames Bauwerk auf. Sie entdeckten es neben einem der Wohnhäuser, hinter dem das Gelände einige Meter steil anstieg. Das Bauwerk bestand aus einer gegen den Hang gebauten rohen Betonmauer sowie einer zweiten Mauer gleicher Bauart, die frei stehend im Abstand von etwa zwei Metern vor der anderen stand. In der Mauer am Hang befand sich eine Stahltür, die durch ein großes Vorhängeschloss gesichert war. Der Zugang ließ darauf schließen, dass sich dahinter eine unterirdische Räumlichkeit befand. Zu der Stahltür führte von der Straße eine Holzstiege herab.

Inga entdeckte an der vorderen Mauer straßenseitig ein verwittertes Holzschild mit der Aufschrift *Andersgrotta.* Sie kramte in ihrem kleinen Rucksack und förderte einen Reiseführer hervor. Nach einer Minute des Suchens hatte sie die richtige Stelle gefunden. Sie las vor: »Die Andersgrotta ist ein Luftschutzkeller und wurde im Jahr 1943 erbaut, um sich vor den Luftangriffen der Roten Armee zu schützen. Man kann den Bunker besichtigen. Es gibt in ihm auch einen kleinen Film zu sehen.« Und nach einer kleinen Pause sagte sie mit leiser Stimme: »Es wurden darin sogar Kinder geboren.«

Anneliese sagte: »Dass ich an die Russen keine guten Erinnerungen habe, ist dir doch klar, nicht wahr?«

»Anneliese, natürlich verstehe ich das. Wenn ich hier aber lese, dass Kirkenes im Zweiten Weltkrieg wegen seiner strategischen Lage stark umkämpft war – ab 1941 waren hier 30.000 deutsche Soldaten stationiert – und von sowjetischen Flugzeugen laufend bombardiert wurde, kann man schon verstehen, warum die Einheimischen dies in ihrer Erinnerung behalten. Hier steht, Kirkenes war in Norwegen die meist bombardierte Stadt. Es sollen mehr als 300 Angriffe gewesen sein. Erst im Oktober 1944 marschierten sowjetische Truppen ein. Bei ihrem Rückzug haben die Deutschen bis auf zwanzig Häuser alle Gebäude in Brand gesteckt. Also die, die nach den Bombenangriffen noch übrig geblieben waren. Anneliese, wir können wirklich froh sein, in der heutigen Zeit zu leben. Gott, es muss damals schrecklich gewesen sein!«

Inga stieg die Gangway empor und erblickte zu ihrer Freude Anders Stjernen, der zusammen mit einem weiblichen Besatzungsmitglied den Kartencode der wieder zusteigenden Passagiere scannte. Als er Inga sah, die noch immer die Einkaufstüten von Anneliese Mecklenburg trug, lächelte er breit. »Na, hat der Einkauf geklappt?«

Sie musste lachen. Inga hatte ihm von der in Kirkenes geplanten Einkaufstour erzählt. »Alles bestens! Meine Tischnachbarin ist jetzt mit dem Nötigsten ausgestattet … Ach, Anders, ich habe noch eine kleine Bitte. Ich hätte gern mehr von Kirkenes gewusst. Hast du irgendwann am Nachmittag ein wenig Zeit für mich? Vielleicht kannst du mir ja auf die Sprünge helfen. Geht das?«

»Natürlich, gerne.« Anders Stjernen nahm Inga zur Seite. »Bis circa 16 Uhr habe ich dienstfrei, wir können uns sofort nach dem Ablegen treffen. Ich schlage vor, in der Cafeteria. Geht das in Ordnung?«

»Natürlich!«, strahlte Inga. Sie lachte Anders noch einmal zu und lief dann eilig davon. Beinahe hätte sie die Tüten in ihrer Hand vergessen. Sie schaute sich nach Anneliese Mecklenburg um und erspähte diese schließlich an der Treppenanlage neben den Aufzügen.

»Entschuldige bitte, Anneliese«, sagte Inga, als sie die Gesuchte einholte. »Hier, bitte, dein Einkauf.« Sie drückte Anneliese Mecklenburg die Tüten in die Hand. »Ich freue mich jetzt schon, dich heute Abend im neuen Outfit zu sehen. Also, bis später.«

Inga stürmte davon. Es hieß nun, sich schnell umzuziehen und ein leichtes Make-up aufzulegen. Dafür blieb nicht allzu viel Zeit. Ein Blick auf die Armbanduhr zeigte ihr, es war kurz vor 12.45 Uhr. Die Trollfjord würde also in wenigen Minuten ablegen. Anders Stjernen warten zu lassen, das wollte sie unbedingt vermeiden.

*****

Pünktlich um 12.45 Uhr löste MS Trollfjord die Taue von den Pollern. Im 257 km entfernten Hammerfest beendete man in der Polizeistation, welche sich unweit des Hurtigruten-Anlegers in der Parkgata befand, zeitgleich die Mittagspause.

Im ersten Obergeschoss saßen sich der Kriminalinspektor Oluf Lindbøk, die Kriminalassistentin Tora Brandner und Marion Kräutner in einem Verhörraum gegenüber, getrennt durch den breiten Tisch, der mittig im Raum stand. Der Kräutner waren die Handschellen abgenommen worden, mit denen man sie hereingeführt hatte. Auf dem Tisch stand ein Aufnahmegerät, sonst war die Tischplatte leer.

Die beiden Kriminalbeamten waren gespannt, ob die Kräutner bereit war auszusagen. Bisher hatte diese sich nicht zur Sache geäußert und auch nicht zu ihrer Person. Sie schwieg hartnäckig und hatte den Mund nur zu dem Zweck geöffnet, um in gebetsmühlenartiger Weise einen Rechtsbeistand zu fordern. Ohne einen solchen würde sie kein einziges Wort sagen, hatte sie erklärt.

»Nun, Frau Kräutner«, sagte Oluf Lindbøk. »Auch wenn Sie meinen, uns ihre Identität verheimlichen zu müssen, so wissen wir doch inzwischen Ihren Namen. Anhand der Passagierliste der MS Trollfjord und gewisser Zeugenbefragungen war es nicht allzu schwer, dies herauszufinden. Auch waren wir in den letzten Stunden nicht gerade untätig. Wir haben uns mit dem Bundeskriminalamt der Bundesrepublik Deutschland in Verbindung gesetzt. Von dort haben wir sehr interessante Informationen erhalten, die Sie und Ihren tödlich verunglückten Ehemann betreffen.«

Tora Brandner erhob sich und ging zu dem Beistelltisch, der hinter ihr an der Wand stand. Sie schenkte sich und dem Kollegen aus einer Thermokanne eine Tasse Kaffee ein. Dann fragte sie, ob Marion Kräutner ebenfalls einen Kaffee wünsche. Nachdem die Kräutner schweigend genickt hatte, füllte sie eine dritte Tasse. Diese brachte sie der Frau und nahm dann wieder neben dem Kriminalinspektor Platz.

Oluf Lindbøk schaute Marion Kräutner eindringlich an. »Wir haben inzwischen die Leiche Ihres Mannes geborgen. Diese ist auf dem Weg nach Hammerfest. Noch liegen die Motive Ihrer Taten im Dunkeln, doch wir sind zuversichtlich, dass Herr Schrader Ihren Mann identifizieren wird und wir dann wissen werden, welches Motiv hinter Ihren Taten steckt. Wir haben inzwischen die Kenntnis, dass Sie und Ihr Mann seit Jahren unter einer falschen Identität leben.« Oluf Lindbøk räusperte sich lautstark. »Beziehungsweise gelebt haben. Die Erkenntnis haben wir infolge des Kontaktes mit den Kollegen aus Deutschland gewonnen. Sie scheinen jedenfalls die Namen wie Ihre Hemden zu wechseln.«

Marion Kräutner lächelte dünn. Sie spielte die Coole, was ihr überzeugend gelang. Auch sah man ihr nicht an, ob es in ihr arbeitete. Es schien alles an ihr abzuprallen.

»Frau Kräutner, oder wie Sie nun heißen mögen, wir haben einen DNA-Abgleich mit den Haaren vorgenommen, die wir in jener Kabine auf der Trollfjord fanden, in der der Mord geschah. Die DNA stimmt mit der Ihren überein. Es sind eindeutig Ihre Haare. Wollen Sie sich vielleicht hierzu äußern?«

Oluf Lindbøk fixierte sein Gegenüber. Auch Tora Brandner war die Spannung anzumerken. Doch die Kräutner dachte nicht im Entferntesten daran, sich zu äußern. Wenn die Kriminalisten nun annahmen, daran würde sich im weiteren Verlauf des Verhörs etwas ändern, lagen sie daneben. Wie viele Fakten sie vor der Kräutner auch ausbreiteten, die Kräutner war nicht zu beeindrucken.

Zehn Minuten später stellte Oluf Lindbøk resigniert das Aufnahmegerät ab und bat Tora Brandner, die Frau hinauszuführen.

Als Tora Brandner zurückkam, sagte Lindbøk: »Wir wissen noch nicht einmal, welche Staatsbürgerschaft die Frau eigentlich hat. Die deutschen Kollegen konnten das nicht schlüssig beantworten. Fest steht nur, die Kräutners lebten bis vor Kurzem noch in der Schweiz, davor sollen sie sich längere Zeit in Deutschland aufgehalten haben. Eine ziemlich verzwickte Angelegenheit, Tora!«

*****

Anders Stjernen setzte sich an einen freien Tisch vor einem der Panoramafenster. Bis Inga erscheinen würde, wollte er die Zeit nutzen. Er zückte sein Notizbuch, um einige Sätze zu notieren. Die Idee, etwas am Sicherheitssystem zu verbessern, war ihm gekommen, als ihn dieser Kriminalinspektor befragt hatte. Er vertiefte sich derart in seine Gedanken, dass er das Kommen von Inga nicht bemerkte. Erst als diese sich leise räusperte, sah er von seinen Notizen auf.

Inga trug ihren ärmellosen schwarzen Rollkragenpullover,

dazu Jeans in der gleichen Farbe. Ihre schulterlangen Haare umspielten das Gesicht, das sie dezent geschminkt hatte. Anders vergaß seine Aufzeichnungen und blickte wie gebannt in das Gesicht der jungen Frau. Deren lustige Sommersprossen übten einen besonderen Reiz auf ihn aus.

»Hallo, hier bin ich.« Inga lächelte verlegen. Sie wusste den Blick von Anders nicht zu deuten. Und weil Anders schwieg, sie in einem fort nur anstarrte, fragte sie: »Darf ich mich setzen?«

Inga schien es, als wachte Anders Stjernen aus einem Traum auf. Er schien in Gedanken ziemlich weit weg gewesen zu sein. Nun aber, mit der Wirklichkeit konfrontiert, fand er relativ rasch die Fassung wieder. Er schnellte hoch und bot Inga einen Stuhl an.

»Natürlich, bitte setze dich. Es ist schön, dass wir uns etwas länger unterhalten können, der Dienst hat mich davon leider immer abgehalten. Deshalb konnte ich mich um dich auch nicht so kümmern, wie ich mir das gewünscht hätte.«

Inga, die bemerkte, dass Anders sie bewundernd anblickte, legte die anfängliche Verlegenheit ab und strahlte ihn an. Schade, dachte sie, dass wir hier nicht allein sind. Wer weiß, was passieren würde, wären wir es? Gut, sagte sie sich, dann löchere ich ihn eben erst einmal mit meinen Fragen. Das andere, ja – was erhoffe ich mir eigentlich? – das muss eben noch warten.

»Anders«, fing Inga an. »Ich war heute mit meiner Tischnachbarin in der Stadt. Wir beide wissen so gut wie nichts über Kirkenes.«

»Okay«, sagte Anders. »Ich hole schnell mal zwei Kaffee, dann erzähle ich dir was über die Stadt.«

Nachdem er ihren Wunsch, einen Cappuccino trinken zu wollen, entgegen genommen hatte, lief er los. Sie schaute der großen Gestalt in der dunklen Uniform nach. Ihre Großmutter hätte gesagt, ein Bild von einem Mann.

Seine Abwesenheit nutzend, angelte sie ihren Kosmetikspiegel aus der Umhängetasche und warf einen schnellen Blick hinein. Alles war roger, wie ihre Freundin Laura es ausdrücken würde. Es gab nichts zu bemängeln. Und als er mit den zwei Kaffeetassen zurückkam, war der Spiegel längst wieder in der Umhängetasche verschwunden.

Inga blickte durch das Fenster. Die Trollfjord hatte den Bøkfjorden verlassen und steuerte Vardø an, welches 16 Uhr erreicht werden sollte. Zuvor musste eine offene Seestrecke in der Barentssee durchquert werden. Glücklicherweise war die See ruhig und damit die Gefahr, seekrank zu werden, relativ gering. Für Inga ein beruhigender Aspekt.

Anders Stjernen nahm einen Schluck von seinem Cappuccino, dann sah er Inga über den Tassenrand hinweg an. Nachdem er die Tasse, die ein Abbild der Trollfjord zierte, abgesetzt hatte, sagte er: »Inga, du willst also etwas über Kirkenes wissen?«

Sie nickte eifrig.

»Okay! Dann vielleicht erst einmal ein paar Fakten. Die Stadt ist Verwaltungssitz der Kommune Sør-Varanger, hat etwa 7000 Einwohner und bekam erst 1999 das Stadtrecht. Nach Russland sind es etwa zehn Kilometer, nach Finnland fünfunddreißig. Der Ort entstand als Verschiffungshafen für das Eisenerz, welches in dem riesigen Tagebau außerhalb der Stadt, den man im Übrigen auch besichtigen kann, abgebaut wurde. 1996 stellte man die Eisenerzförderung ein, diese wurde inzwischen aber wieder aufgenommen. Die meisten Einwohner lebten früher vom Erzabbau, heute ist der Haupterwerb der Fischfang und der Dienstleistungssektor. Es gibt auch eine Schiffswerft. Vielleicht hast du die beiden russischen Trawler gesehen, die unten am Kai liegen?«

»Ja, diese rostigen Dinger.«

Anders Stjernen zuckte mit den Schultern. »Offensichtlich pflegen die Russen ihre Schiffe nicht so, wie wir das tun. Aber hierzu will ich mir kein Urteil erlauben. Zurück zum Thema: Kirkenes ist auch Sitz eines russischen Generalkonsuls. Und es gibt einmal im Monat einen *Russen-Markt*. Dann kommen Busse aus Murmansk herüber, es werden Verkaufstische auf dem Rathausplatz aufgestellt. Diese stellt übrigens die Stadt. Ja, dann ist in der Stadt ganz schöner Trubel. Auf den Tischen breiten die Russen alles Mögliche aus. Vom Samowar, selbst Gestrickten, Glas- und Töpferwaren bis hin zu Musikinstrumenten. Man munkelt, es wird auch Schnaps verkauft, natürlich schwarz unter dem Tisch. Früher sollen sogar Waffen unter der Hand gehandelt worden sein. Das ist allerdings nicht bewiesen. Erwischt wurde meines Wissens niemand.«

»Deshalb also die Straßenschilder in Russisch, nicht wahr?«, fand Inga eine logische Erklärung.

»Die Russen lassen einen Teil des eingenommenen Geldes in den Geschäften hier, was der Stadt natürlich zugutekommt. Die Schilder sind aber nicht allein wegen des Russen-Marktes angebracht worden. Es wird ja auch offiziell Handel mit Russland getrieben. Die Grenznähe wirkt sich natürlich aus und macht vieles möglich, und im gewissen Sinn auch einfacher. Die Region profitiert davon.«

Anders nahm einen Schluck vom Cappuccino, ehe er mit seinen Ausführungen fortfuhr. »Am Stadtrand gibt es ein sehr ungewöhnliches Bauwerk. Das Snowhotel Kirkenes, ein Hotel ganz aus Schnee gebaut. Wenn es dich im Winter mal hierher verschlägt, musst du es dir unbedingt ansehen.«

»Ein Hotel ganz aus Schnee?«, fragte Inga ungläubig.

»Ja, es wird jeden Winter neu aufgebaut. Geöffnet ist es vom zwanzigsten Dezember bis zum zwanzigsten April jeden Jahres, und das seit 2006.«

»Ist es da drinnen nicht sehr kalt?«

»Naja, die Innentemperaturen betragen minus vier bis minus sechs Grad Celsius. Aber keine Sorge, man muss nicht frieren. Auf den Betten, die auch aus Schnee sind, liegen kuschlige Schlafsäcke. In denen kommst du eher ins Schwitzen.«

Inga staunte. »Anders, da habe ich ja doch noch `ne Menge

erfahren. Papa hätte sicherlich einiges gewusst, aber ob er das mit dem Snowhotel weiß, das wage ich zu bezweifeln.«

»Weil du gerade deinen Vater erwähnst, weshalb ist er denn in Berlevåg ausgestiegen? Ich habe davon vom Zahlmeister gehört.«

»Anders, das ist eine komplizierte Geschichte.« Inga hatte vor, ihn in das Geschehene einzuweihen. Doch Anders legte einen Finger auf den Mund. »Es ist besser, du erzählst es mir nicht hier, wo andere Leute mithören können. Ich schlage vor, wir gehen ein Stück durchs Schiff, und zwar dorthin, wo die Passagiere nicht hin dürfen. Unten im Schiffsbauch sind wir ungestört und du kannst berichten, was los ist.«

Inga sprang begeistert auf. »Toll, Anders! Das ist wirklich ein guter Vorschlag.«

Nun würde sich doch noch erfüllen, was sie sich insgeheim erhofft hatte. Nämlich mit ihm allein zu sein.

*****

Wieland hielt sich in dem Moment, als Anders Stjernen nach ihm fragte, im Rica-Hotel Hammerfest auf. Das Hotel, ein moderner Bau aus braunen Klinkerziegeln und großen Glasfassaden, lag an der Sørøgata, unweit der Polizeistation. Sein Einzelzimmer kostete die Nacht 175 Euro, eine Summe, die für norwegische Verhältnisse noch annehmbar war. Für die Zimmerkosten interessierte Wieland sich allerdings nur am Rande, sozusagen für eventuell spätere Aktivitäten in dieser Gegend. Denn seinen jetzigen Aufenthalt bezahlte die örtliche Polizeibehörde.

Wieland hatte nach der Befragung durch Oluf Lindbøk, der Tora Brandners Protokoll mit ihm noch einmal durchgegangen war, einen kleinen Stadtrundgang unternommen. Zu Mittag hatte er im Hotelrestaurant ein ordentliches Dreigangmenü, bestehend aus einem vorzüglichen Gurken- und Tomatensalat, gedünstetem Lachs mit Rosmarinkartoffeln und jungem Gemüse, sowie einem Käseteller, genossen, um sich schließlich für ein kleines Mittagsschläfchen auf sein Zimmer zu begeben. Man hatte ihm gesagt, die Leiche träfe am Nachmittag in der rechtsmedizinischen Abteilung des Hammerfest-Sykehus-Krankenhauses ein. Zur Identifikation würde er deshalb am späteren Nachmittag gebeten.

Nach einem etwas längeren Mittagsschlaf, der seinem angekratzten Nervenkostüm zuzuschreiben war, weckte ihn 17.25 Uhr das Zimmertelefon. Er schreckte hoch, im ersten Moment nicht wissend, wo er sich befand. Als er die Stimme von Tora Brandner im Hörer vernahm, fand er langsam in die Wirklichkeit zurück. Es wurde ihm gesagt, ein Polizeiwagen sei unterwegs, er solle in fünf Minuten in der Hotellobby sein.

Wieland eilte ins Bad und rieb sich, noch leicht benommen, den Schlaf aus den Augen. Nachdem er vor dem Spiegel flüchtig die Haare gekämmt hatte, schlüpfte er in den Anorak und fuhr mit dem Aufzug hinunter zur Lobby. Dort empfing ihn Oluf Lindbøk. Dieser begleitete ihn hinaus, wo halb auf dem Gehweg ein Wagen mit der fetten Aufschrift POLITI parkte.

Der Wagen fuhr in Richtung Hafen zur Nedre Molla und von dieser zum Sykehusveien, über den sie schließlich das Krankenhaus erreichten. Oluf Lindbøk wies den Fahrer an, auf dem Parkplatz auf sie zu warten. Er führte Wieland in das große moderne Gebäude mit der weißen Putzfassade. Sie stiegen hinab ins Kellergeschoss und folgten einem langen Gang, der vor einer Glastür endete.

Oluf Lindbøk betätigte einen Klingelknopf. Auf das Klingelzeichen hin öffnete sich die Tür automatisch. Sie durchschritten einen weiteren Gang und kamen zu einer Tür, vor der sie ein Mann mittleren Alters in grüner Operationskleidung erwartete. Dieser stellte sich kurz als Dr. Soundso vor. Wieland verstand dessen Namen nicht, da dieser sehr leise sprach.

Sie betraten einen großen saalartigen Raum, dessen fensterlosen Wände deckenhoch verfliest waren. Der Fußbodenbelag aus ebenfalls weißen Fliesen glänzte vor Sauberkeit. In der Mitte des Raumes standen zwei Metalltische. Über diesen hingen mehrere großformatige Deckenleuchten, deren helles Licht sich im Edelstahl der Tische spiegelte. Das Ambiente machte auf Wieland einen äußerst nüchternen und sterilen Eindruck.

Auf dem mittleren Tisch lag eine Gestalt, zugedeckt mit einem weißen Laken. Der Kriminalinspektor trat näher und lüftete über dem Kopf der Leiche das Tuch. Dann winkte er Wieland heran. »Bitte, schauen Sie sich den Toten genau an.«

Wieland schaute in das wachsbleiche Antlitz des Toten. Der Mann mochte etwa siebzig Jahre alt geworden sein, schätzte er. Aus dem markanten Gesicht ragte spitz die Nase hervor. Die Augen waren geschlossen.

Wieland betrachtete lange das Gesicht. Gleichzeitig rollte vor seinem inneren Auge eine Reihe von Bildern ab. Wer da vor ihm lag, dessen war er sich nicht völlig sicher, aber er dachte in eine bestimmte Richtung. Um ganz sicher zu gehen, müssten die Augen des Toten zu sehen sein. Denn an den Mann, an den er dachte, hatte er eine ganz spezielle Erinnerung.

»Seine Augen müsste ich sehen können«, sagte Wieland.

»Die Lider kann der Doktor etwas zurückschieben«, sagte Olaf Lindbøk und verständigte sich mit dem Rechtsmediziner auf Norwegisch.

»Gut, dann soll er es tun.«

Als Wieland die hellblauen kalten Augen sah, nickte er kurz. »Ja, ich erkenne den Mann.«

Oluf Lindbøk, der gespannt auf Wielands Reaktion gewartet hatte, machte ein zufriedenes Gesicht. »Okay, dann ist ja alles in Butter. Sie werden verstehen, dass ich neugierig bin. Mich interessiert vorrangig, welche Staatsbürgerschaft der Tote hat. Dies konnte bislang nicht eindeutig geklärt werden.«

»Welche er zuletzt hatte, kann ich nicht beantworten. Ich weiß lediglich, welche er vor etwa fünfunddreißig Jahren besaß.«

Oluf Lindbøk zeigte echte Enttäuschung. »Schade! Es wäre natürlich von eminenter Bedeutung, die jetzige zu kennen.«

*****

Zum Abendessen erschien Inga zum ersten Mal ohne den Vater. Natürlich wurde sie gefragt, wo dieser denn sei. Weil sie nicht den wahren Grund nennen wollte, sagte sie: »Papa hat sich in den Kopf gesetzt, sich in Hammerfest etwas länger umzusehen. Was er dort eigentlich treibt, weiß ich auch nicht so genau. Er sagte lediglich, er wolle sich mit jemanden treffen. Mit wem, das hat er nicht gesagt. Er wird uns sicherlich davon erzählen, wenn er wieder zurück ist.«

Ingas Erklärung genügte den verbliebenen Anwesenden, es kamen keine weiteren Fragen. Annegret May und Dietmar Wollenweber hatten beide von Kirkenes aus die Heimreise angetreten, sodass man im Moment nur zu dritt am Tisch saß. Allerdings hätte Anneliese Mecklenburg am Tisch gut und gerne als Neue durchgehen können, so sehr hatte sich ihr Äußeres verändert. Sie trug einen weißen Pullover, welcher um den Schultergürtel eine dezente Stickerei aufwies. Den Hals drapierte ein Seidenschal von gleicher Farbe. Der halblange schwarze Rock betonte leicht die schlanke Figur. Und passend zum Rock steckten die Füße in halbhohen lackledernen Pumps. Die von grauen Strähnen durchzogenen dunklen Haare ließ sie locker auf die Schultern herabfallen, was ihr die Strenge aus dem Gesicht nahm. Herbert Langensteins Miene war deutlich anzumerken, dass ihn diese Verwandlung überraschte. Er schaute Anneliese Mecklenburg mit ganz anderen Augen an.

Es traten ein Mann und eine Frau an den Tisch. Das Paar war in Kirkenes an Bord gekommen und sollte die Tischrunde komplettieren. Der Mann war mittleren Alters, die Frau deutlich jünger. Die am Tisch sitzenden schenkten schlagartig ihre Aufmerksamkeit den Neuankömmlingen.

»Horst Eberlein«, stellte sich der Mann vor, ein stämmiger Vertreter seines Geschlechts. »Und das hier«, er warf einen Blick auf die Frau an seiner Seite, eine vollbusige Blondine in einem grünen Etuikleid und mit etwas zu viel Make-up im Gesicht, »ist meine Lebensgefährtin Alina. Wir beide freuen uns auf eine interessante Seereise und eine nette Tischrunde. Ich bin jedenfalls froh, mit Landsleuten am Tisch zu sitzen. Wir werden sicherlich unterhaltsame Abende miteinander verbringen.«

»Herzlich willkommen«, sagte Herbert Langenstein und übernahm es, die beiden Frauen und sich vorzustellen. »Ein weiterer Tischgenosse, Herr Wieland Schrader, der Vater von der reizenden jungen Dame dort«, er deutete auf Inga, »weilt derzeit noch an Land und wird in Hammerfest wieder zu uns stoßen.«

Nachdem sie die Blondine ausgiebig gemustert hatten, sahen sich Anneliese Mecklenburg und Inga vielsagend an. Inga musste sich arg zusammenreisen, um nicht loszukichern. Rasch widmete sie sich der Speisekarte.

»Oh!«, sagte Inga, die eine kleine Pause gebraucht hatte, um sich zu sammeln. »Rentier habe ich noch nie gegessen. Ehrlicherweise muss ich sagen, ich tue mich damit ein bisschen schwer. Bei Rentier muss ich unwillkürlich an Rudolf denken. Den zu verspeisen, das würde mir in der Seele wehtun. Ich glaube, ich beschränke mich auf die norwegische Fischcremesuppe aus erlesenem Fisch und Juliennegemüse. Das ist doch was!«

Auch die Nachspeise fand ihre Zustimmung. »Moltebeeren aus der Finnmark unter Sauerrahm, serviert mit knusprigem Gebäck, das klingt doch echt verlockend, oder?« Sie wandte sich an die Neuankömmlinge. »Was sagen Sie dazu?«

»Rentiersteak, das lassen wir uns auf keinen Fall entgehen«, erwiderte Horst Eberlein. »Wann bekommt man das in Deutschland schon mal auf den Tisch? Selbst für mich als Metzgermeister ist das eine äußerst seltene Delikatesse. Junge Frau, Sie lassen sich da was entgehen. Nicht wahr, Schatz?« Er wandte sich seiner Lebensgefährtin zu.

Diese nickte brav und flötete: »Ja, Schatz, da hast du völlig recht.«

Die harte Aussprache ließ erkennen, aus Deutschland stammte die Frau nicht. Diese Alina, so vermutete Inga, musste irgendwoher aus Osteuropa stammen, vielleicht aus Russland oder der Ukraine. Der Metzgermeister, den Inga als Aufschneider einstufte, hatte sich offenbar ein williges Täubchen an Land gezogen. Inga tat die Blondine irgendwie leid. Die schien in einem goldenen Käfig gefangen zu sein. Der teure, protzige Schmuck, den die Lebensgefährtin des Metzgermeisters an Hals, Armen und Händen trug, passte so gar nicht zu ihr. Sie war eher der Aschenputtel-Typ. Und den Schmuck, das stand für Inga fest, hatte die Blondine bestimmt nicht mit ihrer Hände Arbeit erworben. Deren Aufmachung machte deutlich, auf welche Attribute der Metzgermeister Wert legte.

Inga lächelte leicht. Wen man hier so alles kennenlernt, das war einfach unglaublich.

Eine Unterhaltung wollte nicht recht zustande kommen. Es wurde eine ziemlich einseitige Angelegenheit. Horst Eberlein erzählte ununterbrochen von seinen Metzgerläden, von denen er insgesamt sieben besaß, in und um Pforzheim herum. Seine Partnerin hing ihm an den Lippen, als hörte sie das alles zum ersten Mal. Sie stützte ihre Ellenbogen auf den Tisch und verschränkte die Hände unter dem Kinn, was zwangsläufig zum leichten Vorbeugen des Oberkörpers führte. Diese Körperhaltung hatte zur Folge, dass man reichlich Einblick in den Ausschnitt des Etuikleides erhielt. Inga nahm an, die Frau kokettierte in voller Absicht mit ihren Reizen. Allzu viel, so vermutete Inga, hatte diese Alina wohl nicht im Kopf. Da mussten eben andere Attribute herhalten, um auf sich aufmerksam zu machen. Und was den Metzgermeister anging, dem schien ausnehmend gut zu gefallen, wie sich seine Partnerin präsentierte. Beinahe jeder zweite Blick von ihm schweifte über den zu zwei Drittel freiliegenden Busen.

Die Tiraden von Horst Eberlein nahmen kein Ende, sodass Inga darüber nachzudenken begann, welche Möglichkeiten es gab, um das Pärchen auf schnellstem Wege wieder loszuwerden. Doch ihr fiel einfach nichts Gescheites ein. Es fehlte der Papa. Der, da war sie sich ziemlich sicher, hätte eine vernünftige Idee gehabt. Da dieser aber nicht anwesend war, würde sie das Thema nach dem Essen erst einmal mit Herbert Langenstein und Anneliese Mecklenburg erörtern. Dass auch die beiden über den Zuwachs am Tisch nicht begeistert waren, sah man ihnen an.

*****

Zurück im Hotel, brauchte Wieland erst einmal ein ihn aufmunterndes Getränk, denn die Leichenschau war nicht spurlos an ihm vorübergegangen. Zuerst suchte er aber sein Zimmer auf, um den Anorak loszuwerden. Wechselsachen hatte er nicht dabei, nur frisches Unterzeug und seine Waschutensilien. Er machte sich im Bad ein wenig frisch und fuhr anschließend mit dem Lift hinunter in die Bar.

Wieland bedauerte, Inga nicht an seiner Seite zu haben. Ihm war danach, eine nette Unterhaltung zu führen. Außerdem hätte er gern jemandem von dem Vorgefallenen erzählt, wie vor vielen Jahren alles angefangen hatte und nun ein Ende fand.

Er steuerte auf die nicht allzu große Bar zu, die wegen der edlen Materialien, aus denen der Bartresen und die rückseitige Regalwand bestanden, recht nobel wirkte. Wieland schwang sich auf einen der Barhocker, die sämtlich mit hohen Rückenlehnen ausgestattet waren. Ob nun die Lehnen ein innenarchitektonisches Stilelement verkörperten oder ihre Daseinsberechtigung darin fanden, lediglich ein rückwärtiges Herabfallen zu verhindern, entzog sich Wielands Kenntnis. Jedenfalls, das fand er, waren die Lehnen eine sinnvolle Einrichtung für den Fall, sollte jemand zu sehr über die Stränge schlagen.

Es war kurz nach 18.30 Uhr. Weit und breit war kein Gast zu sehen, auch nebenan in der Hotellobby nicht. Er sah trotz dieses Umstandes keinen Grund, um sich verloren vorzukommen. Wieland war im Laufe der Jahre in vielen Hotels zu Gast gewesen und fast immer hatte sich irgendwann im Laufe des Abends eine Gesprächsmöglichkeit ergeben. Man musste halt nur abwarten.

Bevor er sich dem Barkeeper erklärte, warf Wieland einen Blick in die Getränkekarte. Noch war er nicht fündig geworden, als ihn jemand von hinten ansprach. Er drehte sich um und erblickte Oluf Lindbøk. Dieser war dabei, seinen Mantel abzulegen.

»Was verschafft mir die unverhoffte Ehre?«, fragte Wieland sarkastisch. Er war nicht gerade begeistert, dem Kriminalinspektor zum dritten Mal an diesem Tag zu begegnen. Auf eine solche Gesellschaft hätte er liebend gern verzichtet.

»Gibt es noch Fragen, Lindbøk? Ich habe Ihnen doch alles gesagt, was ich weiß.«

Oluf Lindbøk schwang sich auf den freien Barhocker links neben Wieland. »Keine Sorge, Schrader, das ist nicht der Grund, weswegen ich hier bin. Nachdem geklärt ist, woher Sie den Toten kannten und Sie mir ein mögliches Motiv für die Taten des Ehepaars nannten, scheint der Fall so gut wie gelöst zu sein. Nein, mich interessiert eher, und das ist von rein persönlichem Interesse, was Sie damals in der DDR erlebt und durchgemacht haben. Für mich als Norweger ist manches, was ich von Ihnen bisher gehört habe, nur schwer begreifbar.«

»Das kann ich verstehen«, brummte Wieland und fragte sich, ob er Lindbøks Bitte erfüllen sollte. Ja, warum eigentlich nicht? Schließlich war es doch egal, mit wem er hier im Hotel den Abend verbrachte. Unsympathisch war Lindbøk ihm nun auch wieder nicht.

Zum Du übergehend, fragte Lindbøk: »Kann ich dich zu etwas einladen?«

Wieland, der nebenher weiterhin die Getränkekarte studiert hatte, meinte lapidar: »Gerne, aber der Single Malt aus den Highlands, den ich mir soeben ausgeguckt habe, kostet ein kleines Vermögen.«

»Lass mich raten«, sagte Lindbøk. »Soweit ich weiß ist hier der mit Abstand teuerste Whisky ein einundzwanzigjähriger *Aberfeldy*. Den bekommst du in Hammerfest nur im Rica-Hotel.«

Dass sich Lindbøk als Whiskykenner entpuppte, war für Wieland eine angenehme Überraschung. Seine Stimmung verbesserte sich schlagartig. Hatte er in dem Kriminalinspektor gar einen Bruder im Geiste getroffen? Wer sich mit Whiskys auskannte, konnte kein schlechter Mensch sein. Ihm war jedenfalls noch niemand begegnet, der zugleich Whiskyexperte und ein Rindvieh gewesen wäre.

Wieland löste die rechte Hand von der Messingrohrumrandung des Tresens und streckte sie Lindbøk hin. »Also, ich bin der Wieland.«

Lindbøk schlug ein und sagte: »Oluf … Kriminalinspektor auf Zeit. Ich lasse mich nämlich Frühpensionieren. Wahrscheinlich war das mit den beiden Toten mein letzter Fall.«

»Da haben wir ja einen guten Grund, um etwas Ordentliches zu trinken, Oluf!« Wieland hob den Arm und winkte den Barkeeper heran. Zu Lindbøk gewandt, sagte er: »Oluf, bestellst du bitte? Du sprichst eindeutig das bessere Norwegisch.«

»Okay!« Lindbøk grinste. »Ich hatte dich ohnehin eingeladen. Zwar ist mein Beamtengehalt nicht besonders üppig, dafür reicht es aber noch.«

Wieland lachte. »In Deutschland könnte ein Kriminalinspektor sich solch einen Whisky wahrscheinlich nicht leisten, zumindest hört man in den Fernsehkrimis immer wieder, wie schlecht die Jungs bei uns bezahlt werden.«

Der Barkeeper schob zwei Whiskygläser über den Tresen, in denen goldgelb der Single Malt funkelte.

Oluf Lindbøk stieß sein Glas an das von Wieland. »Skål!«

»Skål!«, sagte auch Wieland. »Wenn ich mich nicht irre, wurde dieser Single Malt im Wold Whiskies Award 2007 als der beste Festland Single Malt ausgezeichnet. Also lassen wir Nase und Gaumen sprechen.«

Über Lindbøks Gesicht huschte ein zufriedenes Lächeln. Er schnüffelte am Glas. »Vorhanden ist auf jeden Fall eine fruchtige Sanftheit, das Aroma ist jedenfalls sehr, sehr angenehm.«

»Hm«, brummte Wieland. »Das kann ich nur bestätigen. Sag' mal Oluf, wenn ich mir die Frage erlauben darf, weshalb gehst du in die Frühpensionierung? Du bist doch höchstens Mitte fünfzig.«

Oluf Lindbøk nickte. »Wieland, meine Frau und ich haben auf einer Insel in der Nähe von Kristiansund ein altes Bauernhaus gekauft. Das bauen wir zu einem Gästehaus um. Es gibt auf dem Grundstück außerdem ein paar einfache Schlafhütten. Im Haus selbst richten wir sechs Gästezimmer ein. Meine Frau und unsere beiden Töchter werden die Gäste, die hoffentlich zahlreich kommen, beköstigen und umsorgen. Der Gast erhält bei uns sozusagen Familienanschluss. Im Erdgeschoss befindet sich ein großer Saal mit einem langen schweren Holztisch, an dem bis zu vierzehn Leute Platz haben. Unsere Philosophie ist, den Gästen, die nicht nur aus Norwegen zu uns kommen sollen, neben der herrlichen Natur ein familiäres Umfeld zu bieten. Außerdem schaffen wir uns ein paar Reitpferde an.«

Wieland pfiff anerkennend durch die Zähne. »Nun verstehe ich, warum du den Job an den Nagel hängst. Ich kann mir vorstellen, fürs Umbauen wird jede Hand benötigt. Hast du außer deinen drei Frauen noch ein paar Leute, die dir helfen?«

»Ja, im Moment verlegt ein Elektriker neue Leitungen. Anschließend müssen die Wände verputzt werden. Auch ein Teil des Dachstuhls ist sanierungsbedürftig, da könnte ich noch einen Zimmermann gebrauchen.«

Wieland nahm einen zweiten Schluck vom *Aberfeldy*. Seine Nase schnupperte am Aroma. »Neben einem Hauch von Vanille und verkohlten Holz ist da noch was … wirklich, ein verteufelt edles Gesöff!«

»Eine Note von Heidekrauthonig vielleicht?«, vermutete Oluf Lindbøk.

»Könnte stimmen.« Wieland stellte sein Glas ab. »Das Finish ist jedenfalls phänomenal, es ist lang mit einem deutlich trockenen Ende.«

»Er gleitet wie ein guter Likör über die Zunge«, schickte Oluf Lindbøk zufrieden hinterher. Dann huschte ein Schatten über sein Gesicht. »Ich fürchte, dieser Single Malt könnte mein vorläufig letzter sein, meine Frau würde mit dem Kopf schütteln, wenn sie wüsste, wofür ich mein Geld ausgebe. Für unser Gästehaus mussten wir bei der Bank einen Kredit aufnehmen. Und es steht noch nicht einmal fest, ob der reicht.«

»Oluf, du sagtest vorhin, du könntest noch einen Zimmermann brauchen … neben dir sitzt einer.«

Oluf Lindbøk schaute Wieland überrascht an. »Das hätte ich nicht erwartet.« Und nach einem Moment des Nachdenkens: »Hast du nicht Lust, mir zu helfen? Als Gegenleistung hättest du freie Übernachtung und Kost. Und manchmal auch einen guten Whisky.«

»Naja, ich arbeite schon viele Jahre nicht mehr in dem Beruf und fürchte, ich bin ein wenig aus der Übung. Trotzdem vielen Dank für dein Angebot.«

»Schade Wieland, das hätte so gut gepasst. Was ist denn deine jetzige Tätigkeit?«

»Ich bin Bauingenieur, leite in Dresden die Niederlassung einer großen Bauunternehmung. Wir modernisieren Häuser. Dem Grunde nach bin ich genau in dem Metier tätig, in dem du dich jetzt versuchst. Handwerklich bin ich zwar auf dem Laufenden, aber selbst Hand anzulegen, da mache ich mir nichts vor, ist nicht mehr mein Ding. Aber eines kann ich tun, noch einen von dem vorzüglichen Single Malt ausgeben.«

Oluf Lindbøk lachte. »Ausschlagen werde ich dieses Angebot natürlich nicht. Nun aber bist du dran, Wieland. Bisher haben wir nur über mich geredet. Ich bin gespannt, was du zu erzählen hast.«

Dresden 1975 – 1977

In der Firma wollten mir die Kollegen den Ausschluss vom Studium erst gar nicht glauben. Selbst der Betriebsdirektor, den ich aufsuchte, um mich mit dieser Nachricht bei ihm zurückzumelden, machte ein einigermaßen erstauntes Gesicht. Nachdem ich ihm den Hergang erläutert hatte, sagte er, er halte den Beschluss der Ingenieurschule für völlig überzogen. Auf der anderen Seite war er erfreut, über eine weitere Fachkraft verfügen zu können. Er sagte mir, am Dresdner Schloss ständen Erneuerungsarbeiten an, wofür er einen Zimmermann wie mich gut gebrauchen könne. Ich sei ein alter Hase und mit den Arbeiten bestens vertraut.

Ich war zwar froh, wieder in meiner alten Firma arbeiten zu können und damit eine Aufgabe zu haben. Aber ich würde wohl noch eine Weile brauchen, um mich mit der neuen Situation abzufinden. Der erzwungene Neuanfang wurde mir von den Kollegen allerdings leicht gemacht. Sie empfingen mich mit einem Hallo, so als wäre ich nie weg gewesen.

Die Zimmerer-Brigade, in die man mich steckte, bestand aus nur drei Zimmerleuten, dem Brigadier Gottfried Schaller, Frank Nickel und mir. Mit den beiden Kollegen hatte ich früher schon oft zusammen gearbeitet.

Harte Arbeit macht zwangsläufig durstig. Also genehmigten wir uns nach der Arbeit in der Regel das eine und andere Bier. Wir hielten uns immer an das gleiche Prozedere. Bis circa zwei

Stunden nach dem Mittag arbeiteten wir äußerst hart, um das Arbeitssoll zu schaffen. Dann wurde der Jüngste losgeschickt, um eine Tasche mit Bier zu holen. Das war in der Regel immer ich. Wir tranken zumeist Dresdner Biere – *trinkste zweie, schiffste viere* –, Radeberger Pilsner gab es äußerst selten, und wenn doch, dann hauptsächlich unter dem Ladentisch. Das Bier tranken wir an Orten, wo wir unsere Ruhe hatten und an denen man uns nicht so schnell entdecken würde. Während der Arbeitszeit Bier trinken, das war strikt verboten.

Ich arbeitete mich schnell wieder ein, merkte aber, dass die Zeit auf der Schulbank ihre Spuren hinterlassen hatte. Nach den ersten Arbeitstagen bekam ich regelmäßig einen gehörigen Muskelkater.

Die Monate vergingen und es kam die Zeit, um ernsthaft darüber nachzudenken, ein Schreiben an die Ingenieurschule in Cottbus auf den Weg zu bringen. Keine Frage, ich wollte das unterbrochene Studium unbedingt wieder aufzunehmen. Und ich war der felsenfesten Überzeugung, dass die Voraussetzungen dafür vorlagen. Um die Neubewerbung mit maßgebenden Fakten zu unterlegen, bat ich den Betriebsdirektor, mir ein möglichst gutes Arbeitszeugnis auszustellen, was dieser auch ohne weiteres Nachfragen tat.

Nachdem wir drei Zimmerleute unseren Auftrag, das Einschalen von Kreuzgewölben in der Dresdner Schlossruine, ausgeführt hatten, beorderte man uns hinüber in den Semperbau am Dresdner Zwinger. Im Inneren der Gemäldegalerie der Alten Meister standen Renovierungsarbeiten an, für die man Arbeitsgerüste benötigte. Die Stadt Dresden als Bauherr hatte sich das notwendige Gerüstmaterial kurzerhand von der katholischen Kirche ausgeliehen. Diese hatte das aus westdeutscher Produktion stammende Gerüstmaterial von ihren Glaubensbrüdern aus dem anderen Teil Deutschlands als Spende erhalten. Das Gerüst wurde im Wesentlichen für die Aufbauarbeiten in und an der

Dresdner Hofkirche verwendet. Nun wurde die katholische Kirche als Eigentümer des Gerüstmaterials für gut genug befunden, der Stadt dieses Gerüst ausleihen zu dürfen. Normalerweise hatten die Stadtoberen aufgrund ihrer sozialistischen Prägung mit der Kirche nicht allzu viel am Hut. Aber der Stadt war bekannt, dass mit dem Gerüstmaterial der Kirche pfiffige Konstruktionen herstellbar waren. Außerdem war es so gut wie neu und nicht so rostig wie viele der Gerüste aus den VEB-Betrieben.

Jetzt kamen wir Zimmerleute ins Spiel. Denn unsere Firma hatte über die Jahre hinweg in der Katholischen Hofkirche Arbeiten ausgeführt. Wir kannten uns mit diesem Typ Stahlrohrgerüst also bestens aus und waren die Experten, die gebraucht wurden.

Es war Mittwoch, und das Arbeitssoll hatten wir bis vierzehn Uhr geschafft. Nichts sprach also dagegen, nach getaner Arbeit das eine oder andere Bier zu sich zu nehmen. Neben dem Dresdner Zwinger in Richtung Semperoper befand sich ein unübersichtliches Gelände mit jeder Menge an Wildwuchs, das sich trefflich dazu eignete, für ein Weilchen unsichtbar zu bleiben. Auf dem Hosenboden sitzend öffneten wir mit dem Zimmermannshammer die Kronenverschlüsse der Bierflaschen.

Nachdem er einen ordentlichen Schluck aus seiner Flasche genommen hatte, fragte Gottfried: »Wieland, denkst du wirklich, dass man dich zum Studium wieder zulässt?«

»Warum nicht? Ich habe im Übrigen die Bewerbung bereits losgeschickt. Mir ist allerdings unklar, was die in Cottbus unter *Bewährung in der sozialistischen Produktion* verstehen. So formuliert stand es jedenfalls in meinem Studienbuch.«

Frank schüttelte den Kopf. Er zündete sich eine seiner filterlosen *Salem*-Zigaretten an und spuckte ein loses Tabakkrümel aus. »Darauf würde ich nicht setzen«, sagte er. »Die Parteibonzen wollen keine Laus in ihrem Pelz. Und mehr als eine

Laus bist du nicht für die.«

»Du meinst, die Neubewerbung ist zwecklos?«

»Du wirst es sehen, Wieland. Es gibt aber auch einen anderen Weg.«

»Da bin ich aber gespannt!«

»Warum stellst du keinen Ausreiseantrag? Du bist ungebunden, was hindert dich eigentlich daran, diesen scheiß Staat zu verlassen? Das Studium kannst du auch im Westen fortsetzen.«

Ich war von dem Vorschlag nicht begeistert. »Nee, das kommt für mich nicht in Frage. Noch habe ich die Hoffnung, wieder zugelassen zu werden.«

Gottfried und Frank lächelten mitleidig, steckten die Köpfe zusammen und tuschelten. Was sie beredeten, verstand ich nicht. Also widmete ich mich meinem Bier und ließ den Tag einen guten Mann sein.

»Eigentlich wollten wir es dir nicht sagen«, sagte Frank und fing an, an einem Perlmuttknopf seiner Zimmermannsweste zu drehen. Nach kurzem Zögern und einem Blickaustausch mit Gottfried rückte er mit der Sprache heraus: »Wieland, ich denke, dir können wir trauen, wir kennen uns schließlich lange genug. Also sagen wir es dir, in der Annahme, dass du es für dich behältst. Wir beide haben nämlich die Schnauze voll von der scheiß DDR und wollen in den Westen.«

Ich fragte natürlich, wie sie das bewerkstelligen wollten. Doch über einige vage Andeutungen, mit denen ich wenig anfangen konnte, gingen die beiden nicht hinaus. Hier hielt sich ihr Vertrauen in Grenzen. Ich entnahm den Äußerungen zwar, dass sie an keinen Ausreiseantrag dachten, was sie aber in der Sache unternehmen wollten, behielten sie für sich. Eigentlich blieb als Möglichkeit nur die sogenannte Republikflucht, entweder über die grüne Grenze in der Tschechoslowakei oder Ungarn. Ein ganz heißes Ding und für mich keine Option. Deshalb hakte ich auch nicht nach. Sie schwenkten dann auch schnell auf ein anderes Thema um.

Die Renovierungsarbeiten in der Gemäldegalerie waren beendet und wir hatten den Auftrag, die Gerüste wieder abzubauen. Als ich allerdings an jenem Montag frühmorgens die Gemäldegalerie betreten wollte, um an meinen Arbeitsplatz zu kommen, wurde ich von zwei Polizisten am Eingang abgefangen. Diese verwehrten mir den Zugang. Auf meine Frage, warum ich nicht an meinen Arbeitsplatz dürfe, bekam ich keine Antwort.

Ich verstand die Polizeimaßnahme natürlich nicht und drohte mit einer Beschwerde. Daraufhin riefen die Polizisten einen Mann in Zivil herbei, der sich kurz und knapp als Leutnant der Staatssicherheit auswies, ohne mir jedoch seinen Dienstausweis zu zeigen. Da ich weiterhin darauf bestand, zu meinem Arbeitsplatz zu müssen, packte der Stasi-Mann mich kurzerhand rüde am Arm und zerrte mich in Richtung des Parkplatzes vor der Semperoper. Dort stand ein blassblauer *Wolga*, dessen Motor lief. Bei seinem Anblick kamen in mir sofort ungute Erinnerungen hoch.

Ein weiterer Mann in Zivil eilte herbei und half dem Oberleutnant, mich in den *Wolga* zu schieben. In Arbeitsklamotten, Schlaghose und Zimmermannsweste, ging es ab in Richtung Dresdner Neustadt. Es war mir sofort klar, welchen Weg der *Wolga* nehmen würde. Das Ziel konnte nur die Stasizentrale in der Bautzner Straße sein. Einen Grund nannte man mir während der Fahrt natürlich nicht. Was eigentlich gespielt wurde, blieb somit im Dunkeln. Dass ich in etwas Oberfaules hineingeraten war, musste mir allerdings niemand sagen.

Während der gesamten etwa zehnminütigen Fahrt grübelte ich über die Festnahme nach. Meine Beschwerde konnte nicht der Grund gewesen sein, das wäre zu läppisch gewesen. Es musste irgendetwas anderes sein. Doch bisher hatte man es nicht für nötig gehalten, mich aufzuklären. Ich hatte im Bauch ein höchst ungutes Gefühl.

Wenige Minuten später saß ich auf einem Holzstuhl vor einem Schreibtisch, der fünf Meter von mit entfernt im Raum stand. Ich hatte ein Déjà-vu-Erlebnis, keine Frage. Der Stasi-Offizier, der sich am Anfang des Gesprächs kurz mit Rang und Namen vorstellte, war mir nicht nur total unsympathisch, ich erkannte in ihm außerdem jenen Typ, der in Cottbus kurz der Vernehmung beigewohnt und angedroht hatte, mir den Stuhl unterm Arsch wegzuhauen. Die kurzen rotblonden Haare, die scharfe spitze Nase und den schmallippigen Mund hatte ich nicht vergessen. Aus dem Oberleutnant war allerdings ein Hauptmann geworden.

Die jetzige Situation glich ganz der in Cottbus, zumindest vorerst. Denn dieser Hauptmann Meckel versuchte nun, mir irgendein Geständnis abzuringen.

»Schrader, nun geben Sie doch endlich zu, dass Sie von der Tat gewusst haben!«, schnarrte der Hauptmann.

»Welche Tat denn?«, fragte ich verwundert. Noch immer kannte ich den Grund nicht, weswegen ich hier saß.

»Sie werden mir doch allen Ernstes nicht weiß machen wollen vom Gemäldediebstahl Ihrer beiden Kollegen nichts zu wissen. Das können Sie vielleicht ihrer Großmutter erzählen, aber nicht mir!« Der Hauptmann schnaubte verächtlich.

Ich fiel aus allen Wolken. »Um Gotteswillen, welches Gemälde denn?«

Der Hauptmann sprang auf. Sein Gesicht zeigte eine unnatürlich rötliche Färbung. »Nun reicht es mir aber, Sie Verbrecher! Die Sixtinische Madonna ist schließlich kein x-beliebiges Gemälde, es ist das Prunkstück der Gemäldesammlung Alter Meister!«

»Die Sixtinische Madonna …?«, stammelte ich und riss Augen und Mund auf.

Das Verhör zog sich an diesem denkwürdigen Montag stundenlang hin. Ich blieb selbstverständlich die ganze Zeit bei der Aussage, nichts zu wissen. Ich hatte ja nun wirklich keine Ahnung. Lediglich aus dem Wenigen, das man mir sagte, reimte ich mir etwas zusammen. Gottfried und Frank hatten das Gemälde wahrscheinlich deswegen entwendet, um ihre Ausreise in den Westen zu erzwingen. Das gestohlene Gemälde sollte offenbar als Druckmittel dienen. Ein höchst gewagtes Unternehmen! Wie nahe ich der Wahrheit gekommen war, erfuhr ich allerdings erst später.

Der Hauptmann arbeitete mit allen möglichen Psycho-Tricks, drohte, wenn ich bei meiner Aussage bliebe, mit schlimmen Repressalien. Zwischendurch versuchte er es auf die sanftere Tour, versprach mir, mich davonkommen zu lassen, vorausgesetzt ich würde offenlegen, wo sich das Gemälde jetzt befände. Er schien unter enormem Erfolgsdruck zu stehen. Man erwartete von ihm ein Resultat, das war klar. Vielleicht hing gar seine Karriere davon ab? Jedenfalls, ich saß ich in der Zwickmühle und drohte zwischen den Mahlsteinen zerrieben zu werden.

»Ich nehme an, die Tat wurde in der vergangenen Nacht begangen?«, fragte ich vorsichtig.

Der Hauptmann erwiderte nichts, starrte mich nur mit seinen kalten blassblauen Augen an.

»Wenn Sie beabsichtigen, mich mit der Tat in Verbindung zu bringen, dann muss ich Sie enttäuschen. Ich war den ganzen Abend und die Nacht bei meiner Freundin Susi. Wir haben zusammen mit Freunden bis weit in den Morgen hinein gefeiert. Dafür gibt es eine Menge Zeugen.«

Obwohl Hauptmann Meckel mir schließlich doch abnahm, kein Tatbeteiligter gewesen zu sein, blieb ich trotzdem in Untersuchungshaft. Ich wurde der Mitwisserschaft beschuldigt. Man wollte unter allen Umständen Näheres zum Tathergang erfahren. Man stellte mir immer wieder die gleichen Fragen, Stunde um Stunde, Tag um Tag. Und ich gab immer die gleichen Antworten, ich hatte schließlich nichts zuzugeben. Allerdings weigerte der Hauptmann sich beharrlich, mir meine Unkenntnis abzunehmen.

Die überraschende Wende kam in der darauffolgenden Woche. Ich wurde aus der Untersuchungshaft entlassen mit der Maßgabe, mich zu keiner Person über das Vorgefallene äußern zu dürfen, auch nicht gegenüber der Familie. Man legte mir ein diesbezügliches Schreiben vor, welches ich unterzeichnen musste. Außerdem wurde ich darauf hingewiesen, dass mir bei Zuwiderhandlung eine deftige Haftstrafe drohte. Hauptmann Meckel, den ich längst zum Teufel wünschte, sagte noch, ich sei natürlich unter ständiger Beobachtung. Sollte sich der geringste Anhaltspunkt dafür finden lassen, ich sei doch in die Tat involviert, würde man sich ganz schnell wiedersehen. Ich sehe seinen höhnischen Gesichtsausdruck noch heute vor mir.

Zu Hause erwartete mich in Form eines Briefes der Ingenieurschule Cottbus die nächste Überraschung. In diesem hieß es, es sei nicht erkennbar, dass sich meine Einstellung zum Staat und seiner sozialistischen Gesellschaftsordnung geändert habe. Mein Verhalten während der Zeit der Bewährung in der sozialistischen Produktion hätte deutlich erkennen lassen, dass es mir weiterhin am nötigen Willen fehle, um zur sozialistischen Persönlichkeit zu reifen. Die Fortsetzung des Studiums sei aus diesem Grund nicht gerechtfertigt. Keine weitere Begründung!

Natürlich fiel ich aus allen Wolken. Mir war klar, hier hatte die Stasi die Hand im Spiel, und ich dachte an die letzten Worte von Hauptmann Meckel.

Zum Überlegen benötigte ich nur wenige Tage. Ich setzte mich schließlich hin und schrieb einen Antrag auf Ausbürgerung aus der DDR. Diesen begründete ich mit meiner Unzufriedenheit mit den gesellschaftspolitischen Verhältnissen in der DDR und der Verweigerung des Staates, mir die Fortsetzung des Studiums zu ermöglichen. Außerdem führte ich die Akte der KSZE von Helsinki an, nach der es jedem DDR-Bürger gestattet sei, die DDR jederzeit verlassen zu dürfen. Und diese Akte hatte der Vorsitzende des Staatsrates der DDR, Erich Honnecker, mit unterschrieben. Ich gab den Brief an einem Dienstag persönlich beim Rat des Stadtbezirkes im Stadtteil Blasewitz ab.

Wie nicht anders zu erwarten war, es kam nach vier Wochen die Ablehnung. Daraufhin erneuerte ich jeden Monat den Ausbürgerungsantrag. Doch die Abteilung Inneres, an die ich meine Anträge richtete, reagierte nicht. Es herrschte absolute Funkstille. Das zerrte natürlich an meinen Nerven und nach einem Jahr hatte ich endgültig die Nase voll. In meinem Zorn äußerte ich Freunden gegenüber, ich hätte den Plan am 1. Mai im Zuge der staatlich gelenkten Maidemonstration meine Ausreise zu fordern. Ich spiele mit dem Gedanken vor dem Demonstrationszug ein Pappschild herzutragen, auf dem ich meiner Forderung nach Ausreise deutlich Ausdruck verleihen würde.

Drei Tage vor dem 1. Mai klingelten mich früh um fünf Uhr zwei Männer in Ledermänteln aus dem Bett. Als ich die Wohnungstür öffnete, wurde mir barsch befohlen, mich schleunigst anzuziehen. Zehn Minuten später befand ich mich wieder einmal in einem *Wolga*, dessen Fahrziel die Stasizentrale in der Bautzner Straße war. Dort führte man mich in ein Zimmer, in dem bereits jener Hauptmann Meckel wartete, dessen Bekanntschaft ich schon mehrfach gemacht hatte.

»Ich habe Ihnen doch gesagt, Schrader, dass wir uns wiedersehen werden. Wieder sind Sie auffällig geworden, aber das war ja vorhersehbar. Schrader, auf solche Elemente wie Sie kann unser Staat gut und gerne verzichten. Doch wir werden Ihnen die Sache nicht leicht machen. Sie hatten schließlich vor, in subversiver Weise den Arbeiter- und Bauernstaat zu diffamieren, was wir uns keinesfalls bieten lassen. Das werden Sie doch verstehen, nicht wahr? Die geplante Plakataktion hat Ihnen endgültig das Genick gebrochen!« Der Hauptmann lächelte süffisant.

Kein Zweifel, dieser Stasi-Offizier hatte mich voll auf dem Kieker. Da biss die Maus keinen Faden ab!

Ich war natürlich verpfiffen worden, keine Frage. Jahre später, nach dem Fall der Mauer, konnte ich in Dresden meine Stasi-Akte einzusehen. Dieser entnahm ich, dass mich ein gewisser IM »Heinrich«, ein ehemaliger Freund, ans Messer geliefert hatte.

*****

Oluf Lindbøk war Wielands Erzählung mit wachsendem Interesse und Ausrufen des Erstaunens gefolgt. Was der Deutsche berichtete, klang für ihn unglaublich. Obwohl er berufsbedingt ein ausgezeichnetes Vorstellungsvermögen besaß, war ihm manches von dem, was Wieland erzählte, kaum vorstellbar. Einiges musste Wieland deshalb noch erklären.

»Wieland, dieser Hauptmann Meckel ist tatsächlich der Tote vom Nordkap? Ich frage dich deshalb noch mal, weil mir als Norweger deine Geschichte sehr kurios vorkommt und es mir deshalb ziemlich schwer fällt, das Geschehene nachzuvollziehen. Ich muss zugeben, dass ich mich in der jüngeren Geschichte Deutschlands nicht allzu gut auskenne.«

Wieland sah versonnen in sein fast leeres Whiskyglas. »Ja, der Meckel ist tatsächlich der Tote. Ich habe ihn zwar nicht gleich erkannt, schließlich war er damals geschätzte vierzig Jahre jünger. Doch die Augen, mit denen er mich fixierte, habe ich nicht vergessen. Was aber diese Frau betrifft, da bin ich vollkommen ratlos. Die ist mir früher nie begegnet. Zumindest erinnere ich mich nicht an sie. Oluf, ihr müsst schon allein herauszufinden, welche Rolle sie spielt.«

»Die kochen wir weich, darauf kannst du dich verlassen! Was ich aber noch gern wissen möchte, wie ist das mit dem Gemälde ausgegangen?«

Wieland grinste. »Ich bin wegen der geplanten Plakataktion natürlich in den Knast gekommen, was nicht anders zu erwarten war. Damit war meine unfreiwillige Rückkehr nach Cottbus besiegelt. Statt Ingenieurschule das Gefängnis. Zwei Jahre und zehn Monaten hatte man mir aufgebrummt. Gottseidank hat mich die Bundesrepublik Deutschland nach acht Monaten Haft freigekauft. Ich habe dann in Hannover ein neues Studium begonnen. Etwas später habe ich Gottfried und Frank wiedergetroffen. Wir haben in der Düsseldorfer Altstadt in einer urigen Kneipe Wiedersehen gefeiert. Dort haben sie dann die Katze aus dem Sack gelassen.«

»Da bin ich aber neugierig.«

»Um es kurz zu machen, die beiden sind am frühen Morgen unseres letzten Arbeitstages durch ein Fenster, welches sie am Abend zuvor geöffnet, aber nicht wieder verriegelt hatten, in die Gemäldegalerie Alte Meister eingestiegen. Die Überwachungstechnik zur damaligen Zeit war ziemlich primitiv, was den Einstieg durch das ungesicherte Fenster zum Kinderspiel machte. Dann haben sie, wofür sie eine Lösung fanden, das Sicherheitssystem am Gemälde lahmgelegt. Es ging alles ganz schnell. Das Gemälde, welches circa zwei mal drei Meter misst, schnitten sie einfach aus dem Rahmen, rollten es zusammen und verließen die Galerie durch das Fenster, durch das sie eingestiegen waren.«

»Was ein eindeutig krimineller Akt war.«

»Oluf, sicherlich war er das. Doch Gottfried und Frank waren Kerle, die das wenig interessierte. Für sie zählte nur das Resultat. Und zu Schaden ist am Ende gottseidank niemand gekommen.«

»Und wie ging es weiter?«

»Nun, sie hatten bei einem Pragbesuch – du musst wissen, in die damalige Tschechoslowakei konnten wir DDR-Bürger mit einem Tagesvisum reisen – in einer Bierkneipe einen Flussschiffer kennengelernt und haben mit diesem im Laufe des Abends Brüderschaft getrunken. Dieser Schiffer, ich glaube er hieß Pavel, war es dann, der das Gemälde mit seinem Schubschiff auf der Elbe nach Hamburg beförderte und es zusammen mit einem Schreiben den dortigen Behörden aushändigte.«

»Das war Teil des Planes?«

Wieland nickte. »Genau! Unsere beiden Helden hatten sich inzwischen beim Dresdner Oberbürgermeister gemeldet, mit der Aussage, das Gemälde werde zurückgegeben, vorausgesetzt, man ließe sie beide auf kürzesten Weg in die Bundesrepublik reisen. Dieser Plan ging schließlich auf. Zwar versuchte die Stasi herauszubekommen, wohin die beiden das Gemälde gebracht hatten, hatte damit aber keinen Erfolg. Wie schon gesagt, Gottfried und Frank waren gestandene Kerle, denen man nicht so leicht einen Schrecken einjagen konnte. Und die Stadtoberen standen mächtig unter Druck. Das Gemälde war verschwunden, wie sollte man das der Öffentlichkeit erklären? Du musst wissen, die Sixtinische Madonna ist einfach unersetzbar! Es ist zweifelsohne eines der berühmtesten Gemälde der italienischen Renaissance. Angekauft wurde es 1754. Es war übrigens schon einmal aus der Galerie verschwunden. Die Sowjetunion, eine der Siegermächte des Zweiten Weltkrieges, hatte die Sixtinische Madonna als Teil der Beutekunst nach Moskau gebracht. Die Rückgabe an die DDR erfolgte meines Wissens 1955.«

»Und wie ist das Gemälde aus Hamburg zurückgekommen?«

»Das haben die beiden deutschen Staaten untereinander geregelt. Die Hamburger Behörde hat das Gemälde der Ständigen Vertretung der DDR in der Bundesrepublik Deutschland eine Woche nach dem Raub übergeben. Inzwischen waren Gottfried und Frank ausgereist. Allerdings musste die geplante Wiedereröffnung der Gemäldegalerie Alte Meister um eine weitere Woche verschoben werden. Die Jungs hatten die Leinwand ja aus dem Rahmen geschnitten, um das Diebesgut durch das Fenster zu bekommen. Der Rahmen des Gemäldes, dieser war allein schon ein Kunstwerk, musste der geringfügig reduzierten Größe der Leinwand angepasst werden. Dafür brauchte man einige Tage.«

Oluf Lindbøk hatte noch eine letzte Frage. »Und deine ehemaligen Kollegen sind die einfach so davongekommen?«

»Nein, aber die Sache ging für sie relativ glimpflich aus. Es gab nämlich einen Deal. Die staatlichen Stellen in der DDR hatten natürlich ein Interesse daran, nichts an die Öffentlichkeit dringen zu lassen. Wenn Gottfried und Frank schwiegen, sie nichts gegenüber Dritten erzählen würden, insbesondere natürlich der Presse, so hatte man es mit den Vertretern der Bundesrepublik ausgehandelt, wäre man mit einer Bewährungsstrafe, ausgesprochen von einem ordentlichen Gericht der Bundesrepublik Deutschland, letztendlich einverstanden. Unter dem Vorbehalt, dass alles unter Ausschluss der Öffentlichkeit abliefe. Alle Seiten warten am Ende somit ihr Gesicht.«

Oluf Lindbøk grinste. »Eine wirklich komische Geschichte. Wenn nicht so viel Ernsthaftes dahinter stecken würde, könnte man glatt darüber lachen. Okay, Wieland, ich schlage vor, wir trinken einen letzten *Aberfeldy* und lassen ab jetzt die Vergangenheit ruhen.«

Der Vorschlag fand Wielands sofortige Zustimmung. Er winkte den Barkeeper heran und gab die Bestellung auf. »Oluf, die letzte Runde geht auf meine Rechnung. Trinken wir auf dein Gästehaus. Vielleicht kann ich meine Frau ja dazu bewegen, mit auf deine Insel zu kommen.«

»Das würde mich natürlich sehr freuen, Wieland. Du kannst das schon mal als Einladung betrachten.«

Der Deutsche und der Norweger stießen mit den Gläsern an, die ihnen der Barkeeper über den Tresen gereicht hatte. Beide fanden, der Whisky schmeckte mit jedem Schluck besser. Was Wieland veranlasste, Oluf Lindbøk zu überreden, noch ein Weilchen zu bleiben.

Hammerfest / Tromsø, 16. Oktober 2011

Am frühen Morgen erreichte MS Trollfjord Honningsvåg, wo dem Schiff für das Be- und Entladen gerade einmal fünfzehn

Minuten zur Verfügung standen. Inga entließ Anders Stjernen kurz nach 5.30 Uhr aus ihrer Kabine, damit der Sicherheitsoffizier, dessen Dienst 6.00 Uhr begann, während der Anlandung seinen Pflichten nachgehen konnte. Sie blieb noch eine Weile liegen und genoss die kuschlige Wärme, die Anders im Bett zurückgelassen hatte.

Zum Frühstück setzte sich Inga zu Anneliese Mecklenburg und Herbert Langenstein an den Tisch. Dieser stand vor einem Panoramafenster. Inga warf einen Blick auf die leicht bewegte See, auf deren Wellengipfeln Schaumkronen tanzten. Auf die Stabilität des Schiffes wirkte sich der Wellengang jedoch nicht aus, dazu war er zu schwach.

Inga kam noch einmal auf ihr abendliches Gespräch oben im Panorama-Salon zurück. Das Thema waren die beiden neuen Tischgäste gewesen.

»Warten wir also auf Papa, der wird schon eine Lösung finden. Den Rest der Reise möchte ich auf keinen Fall mit dem Metzgermeister und seiner Lebensgefährtin am Tisch verbringen. Ihr habt euch ja ähnlich geäußert.«

Herbert Langenstein nickte. »Ja, weiterhin mit diesen Menschen am Tisch zu sitzen, das fände ich schrecklich. Was ich mich die ganze Zeit schon gefragt habe, weshalb fahren die beiden überhaupt mit den Hurtigruten? Diese Leute kann ich mir sehr gut auf einem Kreuzfahrtschiff vorstellen, aber doch nicht hier!«

»Wenn die Herrschaften nicht in Kirkenes zugestiegen wären, läge die Vermutung nahe, sie hätten sich im Schiff vertan«, sagte Anneliese Mecklenburg. Trocken fügte sie hinzu: »Vielleicht sind sie auch nur ins falsche Flugzeug gestiegen und müssen nun notgedrungen mit den Hurtigruten vorlieb nehmen.«

Ingas Fantasie malte sich diese Situation bildhaft aus. Was umgehend dazu führte, in einen ihrer herzhaften Lachanfälle zu verfallen. Es dauerte eine Minute, ehe sie in der Lage war, sich wieder an der Unterhaltung zu beteiligen.

»Ich stelle mir gerade vor, wie die beiden in Kirkenes aus dem Flieger steigen und dumm aus der Wäsche …« Die Stimme versagte ihr den Dienst und aus den Augen schossen Tränen. Verzweifelt suchte sie in den Taschen ihrer Jeans nach einem Taschentuch.

»Hier, bitte«, sagte Anneliese Mecklenburg, die flink ein Papiertaschentuch aus ihrer Handtasche fischte.

»Danke…«, stöhnte Inga, noch immer nicht Herr ihrer Stimme. Sie nahm das Taschentuch und wischte sich verschämt die Tränen von den Wangen.

Herbert Langenstein, der den Heiterkeitsausbruch mit einem Schmunzeln verfolgt hatte, setzte seine Kaffeetasse ab. »Ich nehme eher an, das Reisebüro hat den Metzgermeister nicht informiert, was es mit den Hurtigruten auf sich hat. Oder seine Lebensgefährtin hat gebucht und nicht verstanden, was das für eine Schifffahrt ist.«

Das war zu viel! Inga sprang hoch und stürzte aus dem Restaurant.

Anneliese Mecklenburg und Herbert Langenstein kannten inzwischen Ingas Lachanfälle und waren nicht unbedingt überrascht, als diese plötzlich davon stürmte.

»Wie man so herzhaft lachen kann?«, Herbert Langenstein schüttelte leicht amüsiert den Kopf.

»Ich wollte, ich könnte auch so lachen«, sagte Anneliese Mecklenburg und schaute mit abwesender Miene hinaus auf die See.

Diese Äußerung stimmte Herbert Langensein nachdenklich. Er vermutete, seine Tischgenossin hatte es im Leben nicht leicht gehabt. Doch sie hatte sich auf der Reise verändert, blühte regelrecht auf. Und sie war in den letzten Tagen merklich lockerer geworden. Auch ihr neues Outfit belegte das, keine Frage. Die Reise schien ihr wirklich gut zu tun.

*****

MS Trollfjord legte pünktlich 11.15 Uhr am Hurtigruten-Kai in Hammerfest an. Inga hatte sich mittig auf Deck 6 postiert und hielt von dort aus nach Wieland Ausschau. Dieser stand unten auf dem Kai und richtete den Blick suchend nach oben. Inga hatte ihn schnell entdeckt. Er stach mit seinem roten Anorak unter den zehn, zwölf Leuten, die das Anlegemanöver der Trollfjord verfolgten, unübersehbar heraus. Als sich ihre Blicke kreuzten, winkte er zum Schiff hinauf. Inga war erleichtert und winkte heftig zurück. »Na, endlich!«

»Warte hier bitte fünf Minuten«, sagte Wieland, als sie sich vor der Rezeption in die Arme nahmen. »Ich will nur schnell etwas anderes unterziehen, ich bin gleich zurück.« Damit löste er sich aus den Armen der Tochter und eilte raschen Schrittes zur Aufzugsanlage.

Inga brannte natürlich vor Neugier. Sie konnte es kaum erwarten von ihm zu hören, was er in Hammerfest erlebt hatte. Es musste in der Zwischenzeit ja einiges passiert sein. Schließlich hatte man den Vater nicht ohne Grund vom Schiff geholt.

Inga hielt sich etwas abseits, um die von Bord gehenden Passagiere, die zur Gangway drängten, vorbeizulassen. Ein paar Minuten später trat Herbert Langenstein zu ihr. »Ich würde mir gern die Kirche ansehen, deren spitzen Turm wir von Weiten gesehen haben. Vielleicht willst du ja auch dorthin?«

»Ja, sicherlich. Aber Vater ist wieder da. Ich möchte abwarten, was er vorhat.«

»Dass Wieland wieder zurück ist, ist eine gute Nachricht. Ihr beiden habt miteinander sicherlich eine Menge zu bereden.« Herbert Langenstein deutete mit diesen Worten an, er würde auch allein auf Besichtigungstour gehen, wenn Vater und Tochter die Absicht hätten, unter sich bleiben zu wollen.

Inga, die seine Worte genauso verstand, schüttelte den Kopf: »Nein, Herbert, ich kann mir natürlich vorstellen, dass auch du neugierig darauf bist, was Papa zu erzählen hat. Vor dir haben wir außerdem keine Geheimnisse.«

»Schön! Dann warten wir gemeinsam auf Wieland, er muss ja bald erscheinen, nicht?«

Kaum hatte Herbert Langenstein dies gesagt, als Wieland die Treppe herunter kam. »Die Aufzüge sind im Moment arg frequentiert, da habe ich die Treppe genommen. Ein bisschen Bewegung tut mir außerdem gut.«

Wieland schüttelte Herbert Langenstein die Hand. »Wollen wir gemeinsam hinüber zur Hammerfest-Kirke gehen? Ich finde, die müsst ihr euch ansehen.«

Inga lachte. »Damit hätten wir ja alle Fragen geklärt.«

»Wieso?«, fragte Wieland, der die Ironie nicht sogleich verstand.

»Wir waren uns vorhin nur nicht im Klaren, welches Ausflugsziel du vorschlagen würdest. Du kennst dich doch in Hammerfest bestens aus und hast vielleicht neue Ideen, bedingt durch deinen gestrigen Aufenthalt hier.«

»Ich hatte ganze andere Dinge im Kopf. Davon erzähle ich euch, wenn wir den Stadtrundgang hinter uns haben.«

Inga, die ihre Neugier zügeln musste, sagte: »Papa, wenn du einverstanden bist, mache ich heute mal die Stadtführerin.« Sie holte aus der rechten Tasche ihres Anoraks einen Zettel hervor. »Anders hat mir einiges aufgeschrieben, ich kann euch also mit den notwendigen Infos versorgen.«

Wieland schmunzelte. »Wunderbar, Inga. Vielleicht hast du ja was auf dem Zettel, was neu für mich ist. Ich bin sehr gespannt.«

Inga bedachte ihn mit einem Blick, der in etwa ausdrückte, du traust mir wohl gar nichts zu? Nach einem kurzen Blick auf den Zettel sagte sie: »Zuerst besichtigen wir die evangelische Kirche, so wie du es vorgeschlagen hast.«

Sie verließen das Hafengelände und folgten der Sjøgata, bis sie zwei Straßenkreuzungen weiter auf die Sørogata stießen. Dort bog Inga rechts ab. Der Weg führte sie ein paar Hundert Meter weiter an dem roten Backsteinbau des Rica-Hotels vorbei. Wieland deutete mit der Hand auf das Hotel. »Ich muss schon sagen, ein wirklich nobler Schuppen. Ich habe mich darin sehr wohl gefühlt.«

Wieland berichtete zwar, dass er mit Oluf Lindbøk am vergangenen Abend zusammengesessen hatte, erwähnte aber nicht das Whiskygelage. Denn bei dem *Weilchen*, um das er Oluf Lindbøk gebeten hatte, war es dann doch nicht geblieben. Noch hatte er im Ohr, wie sein neuer Freund dem Barkeeper zu später Stunde anbot, er könne der Polizei die Überstunden in Rechnung stellen, sollte dessen Arbeitszeit wegen Lindbøks Ermittlungstätigkeit überschritten werden. Der Kriminalinspektor betitelte die Ermittlungen als »Fall Nordkap«. Wieland hatte in sich hinein gelächelt, weil er unwillkürlich an jenen Abend im Landhotel Marxzell vor etlichen Jahren denken musste. Damals hatte es eine ähnliche Situation gegeben. Nur war es nicht um Whisky, sondern um Grappa gegangen.

Sie erreichten bald schon die Langkirche mit dem markanten spitzen Turm. Inga holte ihren Zettel hervor und las ab: »Die evangelische Kirche wurde nach einem Entwurf des Architekten Hans Magnus 1961 aus Beton errichtet und soll die Trockengestelle für Fische symbolisieren. Die Kirche war Teil eines großen Aufbauprogramms. Sie steht an der Stelle jener Kirche, die ausbrannte, als die deutsche Wehrmacht sich 1944 aus der Finnmark zurückzog.«

Wieland stellte einen Vergleich her. »Wegen der Form des Baukörpers besteht eine gewisse Verwandtschaft zu der Eismeerkathedrale in Tromsø, die allerdings keinen solchen Glockenturm besitzt. Kommt, lasst uns hineinschauen!«

Sie gerieten in einen Kindergottesdienst. Die Kirche war etwa zu einem knappen Viertel gefüllt und es ging dank der Kinder ziemlich lebhaft zu. Ein Teil der Kinder schien mit einer Art Kirchenspiel beschäftigt zu sein. Dieses fand unter Beteiligung einiger Erwachsener, vermutlich der Eltern, vor dem Altar statt. Die drei Deutschen wollten natürlich keine Störenfriede sein und verharrten in der Nähe des Einganges.

»Seht mal, das Glasfenster dort«, raunte Inga und zeigte auf das große dreieckige Glasgemälde auf der Altarseite. Es bestand aus fünfzehn Segmenten. Inga schaute kurz auf ihren Zettel und erklärte: »Das Glasgemälde widmet sich dem Thema Auferstehung Christi.«

Links vom Eingang bemerkte Herbert Langenstein einen etwa meterhohen Kerzenständer aus schwarzem Metall. Der obige, ringförmige Metallrahmen war mit einer Reihe von aufrecht stehenden Metalldornen bestückt, auf die man Kerzen gesteckt hatte. Nur wenige Dorne waren unbenutzt.

Herbert Langenstein entrichtete den Obolus für eine Kerze, indem er eine Zehnkronenmünze in den Schlitz des Spendenbehälters warf. Er zündete seine Kerze an einer bereits brennenden an und steckte sie auf einen freien Dorn. Inga und Wieland folgten seinem Beispiel.

Die Drei beobachteten eine Weile das Treiben der farbenfroh gekleideten Kinder und verließen, nachdem der Pfarrer den Gottesdienst beendet hatte, im Pulk der aus der Kirche eilenden Kinderschar das Gotteshaus. Draußen wurden sie von einem leicht bewölkten Himmel und der warm auf sie herabstrahlenden Sonne empfangen.

Vor der Kirche stieß Inga den Vater an. »Papa, es ist vielleicht besser, du erzählst uns hier und jetzt, wo nicht dauernd Menschen um uns herum sind, von dem, was du erlebt hast.«

»Das wäre vielleicht geschickt«, unterstützte Herbert Langenstein Ingas Vorschlag.

»Also gut«, sagte Wieland und berichtete der Reihe nach von seinen Erlebnissen. Inga und Herbert Langenstein hörten aufmerksam zu.

Herbert Langenstein unterbrach Wielands Redefluss ein einziges Mal. »Und diese Frau weigert sich immer noch, den Mund aufzumachen?«

»Ja! Aber lassen wir vorerst das Thema ruhen. Das Wetter ist einfach zu schön. Inga wird uns jetzt erklären, wohin uns der Weg führen wird, nicht wahr?«

»Ja, ein wirkliches Traumwetter.« Herbert Langenstein blinzelte in die Sonne. »Man merkt die vier Grad gar nicht. Ich habe mir sagen lassen, um diese Jahreszeit kann schon Schnee liegen. Wir haben wirklich ausgesprochenes Glück.«

»Weil du von Jahreszeiten redest, Herbert«, ergriff Inga das Wort, als sie der Kirkegate stadteinwärts folgten, »zu dem Thema habe ich auch etwas auf meinem Zettel. Dazu aber später.« Sie machte eine geheimnisvolle Miene.

»Da bin ich aber gespannt«, sagte Wieland. »Ich finde, du machst dich als Fremdenführerin wirklich gut.«

»Und ob!«, pflichtete Herbert Langenstein Wieland bei. »Auch ich bin gespannt, was uns Inga präsentieren wird.«

Sie näherten sich dem Hafen. Inga deutete mit dem Arm hinüber auf die rechte Straßenseite. Auf dem dort leicht ansteigenden parkähnlichen Gelände mit dem Stadtberg Salen im Hintergrund stand ein ungewöhnliches Bauwerk. Wegen seiner bemerkenswerten Form und der blauen Farbe war es nicht zu übersehen. Inga blieb stehen. Sie sah sich in der Pflicht, ein paar Worte zu verlieren.

»Dieser blaue Musik-Pavillon, den ihr dort seht, ist ein Geschenk an die Stadt zu deren 200-jährigem Stadtjubiläum im Jahr 1989.«

Herbert Langenstein, der als Erster seinen Blick zur anderen Straßenseite schweifen lies, betrachtete mit Interesse das ausladende Bauwerk, das sich zwischen Straße und Hafenbecken befand. Er fragte Inga, was für ein Gebäude dieses sei.

Sie schaute auf ihren Zettel. »Das ist das *Arktisk Kultursenter,* kurz *AKS* genannt.«

Mit seiner modernen Fassade aus Beton, Glas und rotem Holz war das Gebäude ein wirklicher Blickfang. Wieland, der zuletzt im Herbst 2007 Hammerfest besucht hatte, war beeindruckt. Er hatte damals eine Baustelle vorgefunden, nun stand er vor dem fertigen Bauwerk und war begeistert, was entstanden war. Sein Bauingenieur-Herz hatte gestern schon höher geschlagen, als sie auf dem Weg zum Krankenhaus an dem Gebäude vorbeigefahren waren. Nun wollte er Näheres wissen. Er hoffte, auf Ingas Zettel würde auch etwas stehen, was die Architektur des AKS betraf.

Inga, die ihre Begleiter näher an das Gebäude heranführte, sah auf ihren Zettel. »Das AKS wurde offiziell am 17. Januar 2009 eröffnet. Es beherbergt Konzertsäle, Theater und Galerien. Außerdem gibt es eine regionale Tanzbühne und ein Studio, in welchem die über die Grenzen Norwegens bekannte Jazzformation LINK ihr Zuhause hat. Man hofft nach den Verlusten von Arbeitsplätzen und Einwohnern, dass das AKS dazu beitragen möge, neue Wirtschaftszweige zu erschließen. Das AKS trägt übrigens den Spitznamen *Blauer Diamant*.«

»Was mit der Architektur zu tun hat?«, fragte Wieland, dem dieser Aspekt am meisten interessierte.

»Genau! Die Fassade reflektiert die arktischen Jahreszeiten. So erstrahlt diese im Winter in einem kalten Blau. Die Beleuchtung entsteht durch das Zusammenspiel von energiesparenden LED‘s mit der äußeren Haut, die aus Glaspaneelen besteht. Diese sind aus Einscheibensicherheitsglas, auf das man Schneekristalle aufgedruckt hat. Die Glaspaneele hängen als Klimapuffer im Abstand von 60 cm vor der Betonhülle. Im Sommer dominieren dagegen die in einem warmen Rotton gestrichenen Holzpaneelen. Ich hoffe, ich habe alles richtig aufgeschrieben und erklärt.«

»Wunderbar, Inga.«, lobte Herbert Langenstein. Und Wieland war anzusehen, dass er auf seine Tochter stolz war.

»Verfolgt die Beleuchtung einen besonderen Zweck?«, wollte Wieland abschließend wissen.

Inga schaute erneut auf den Zettel. »Natürlich! Habe ich glatt überlesen. Die Beleuchtung imitiert im Winter das flackernde

Nordlicht.«

»Das war zuerst auch mein Gedanke«, sagte Wieland. Auch Herbert Langenstein fand diese Erklärung einleuchtend.

Als sie ein Stück weiter geschlendert waren und Herbert Langenstein etwas zurückblieb, um Fotos zu schießen, fragte Wieland seine Tochter: »Sag' mal Inga, was auf deinem Zettel steht, das hat dir alles Anders aufgeschrieben? Ihr müsst ja in meiner Abwesenheit eine Menge Zeit miteinander verbracht haben.«

»Und wenn es so wäre?«

»Dann ist das gut so, denke ich. Inga, meine Meinung kennst du ja.«

»Hm«, machte Inga. »Ehe ich es vergesse zu sagen, Anders Dienst ist in Tromsø zu Ende. Seine zweiundzwanzig Tage sind dort rum. Und nun die große Überraschung. Er fährt weiter mit uns. Er hat nämlich vor, seine Eltern in Oslo zu besuchen.«

Wieland legte den Arm um Ingas Schulter. »Und was bedeutet das für uns?«

»Zum Beispiel, dass er zum Abendessen mit an unserem Tisch sitzt. Das haben wir so besprochen. Es gibt aber noch was, über das wir uns dringend unterhalten müssen. Man hat uns nämlich ein unmögliches Pärchen an den Tisch gesetzt!«

Inga berichtete, wie das gestrige Dinner verlaufen war, und beschrieb anschaulich, wie Wieland sich diesen Metzgermeister und seine Lebensgefährtin vorzustellen hatte.

»Vielleicht hast du ja eine Idee, wie wir diese Leute wieder loswerden? Herbert, Anneliese und ich hatten bisher keine. Unsere Hoffnung ruht nun auf dir, Papa.«

»Mhm«, machte Wieland nachdenklich. »Wir werden schon eine Lösung finden.«

Nach einem kurzen Abstecher zum Eisbärenklub kehrten Inga, Herbert und Wieland zu MS Trollfjord zurück, wo sie sogleich Zeuge eines ungewöhnlichen Vorfalls wurden. Im Hafenbecken dümpelten – soweit man blicken konnte – jede Menge leerer Plastikflaschen. Sie fragten sich natürlich, was passiert war und erkundigten sich bei einem am Kai stehenden Passagier.

Dieser schilderte kurz das Geschehene. Demzufolge sei einer der Gabelstaplerfahrer beim Versuch einen Kistenstapel mit Leergut anzuheben, allzu forsch vorgegangen. Der Stapel sei daraufhin ins Wanken geraten und gegen einen anderen Stapel geprallt, der dann weitere Stapel mit sich gerissen habe. Sämtliche Kisten seien ins Wasser gefallen und alle Flaschen aus den Kisten gerutscht. Die Flaschen hätten sich rasch im Hafenbecken verteilt und der leichte Wellengang habe nun dazu beigetragen, das Leergut immer weiter in Richtung See zu treiben.

Wieland machte eines der orangefarbenen Arbeitsboote von MS Trollfjord aus, deren Dreimannbesatzung damit beschäftigt war, die treibenden Flaschen einzusammeln. Man benutzte zum Herausfischen die leeren Getränkekisten.

»Der Hafenkapitän gestattet dem Schiff die Ausfahrt erst dann, wenn die letzte Flasche an Land ist«, erklärte der Mann.

Inga sagte launig: »Das kann dauern …«

Herbert Langenstein, der wieder zu ihnen stieß, meinte: »Man wird mindestens eine Stunde brauchen. Nun wird wohl der Fahrplan des Schiffes ins Wanken geraten.«

»Lassen wir die armen Seeleute einfach ihre Arbeit machen«, sagte Inga. »Ich würde mir gern das nachmittägliche Klavierkonzert anhören. Wir können eh nichts an dem Vorgefallenen ändern.«

Nach Ingas Worten schritten sie in Richtung Gangway, vor der sich infolge der an Bord drängenden Passagiere ein kleiner Stau gebildet hatte.

*****

Kurz vor 14 Uhr traf man sich im Panorama-Salon. Anneliese Mecklenburg, die ebenfalls erschien, musste in der City eine

Damenboutique entdeckt haben, denn sie trug einen schicken neuen Hosenanzug. Als sie den Salon betrat, huschte über ihr Gesicht ein kleines stolzes Lächeln.

»Schau an«, murmelte Herbert Langenstein und bot Anneliese Mecklenburg den freien Platz an seiner rechten Seite an. Diese setzte sich und schlug das schmale Programmheft auf.

»Ich glaube, ich habe eine Idee«, sagte Wieland.

»Bezüglich des Pärchens?«, fragte Inga.

Wieland nickte. »Wir sagen, wir erwarten noch zwei andere Mitglieder der Familie, wovon eines bereits an Bord ist, das andere wird demnächst zusteigen. Wir möchten natürlich zusammensitzen und brauchen deswegen sechs Plätze. Zusammenrücken geht nicht, es würde am Tisch zu eng werden. Also, wenn Anders bei uns sitzt, sind wir schon fünf. Jetzt brauchen wir nur noch die sechste Person, versteht ihr?«

Das leuchtete ein. Inga war allerdings skeptisch, ob der Plan funktionieren würde.

»Ach ja«, fuhr Wieland fort. »Anders geben wir als deinen Verlobten aus, Inga. Das wäre Punkt eins. Punkt zwei ist, die vermeintlich sechste Person, die natürlich nie kommen wird, ist jemand aus Anders Familienkreis. Ein Onkel oder eine Tante, okay? Damit schlagen wir das Pärchen elegant aus dem Feld. Notfalls können wir aber auch an einen anderen Tisch umziehen.«

Wielands Vorschlag, Anders Stjernen als ihren Verlobten auszugeben, entlockte Inga ein kleines Lächeln. Sie fand die Idee gar nicht so schlecht. Diese hatte einen gewissen Charme. Sie stieß Wieland in die Seite. »Du bist ein verdammter Intrigant, Papa. Alle Achtung, das hätte ich dir gar nicht zugetraut. Man muss auf solch eine Idee erst mal kommen.«

»Du kennst dich mit solchen Winkelzügen doch ebenfalls aus«, konterte er. »Ich denke nur an unser Vater-Tochter-Spiel.«

Inga lachte. »Ich glaube, wir nehmen uns beide nichts.«

In diesem Moment betrat Rune Alver gefolgt von Eilif B. Løtveit den Salon. Die beiden Männer wurden mit starkem Applaus empfangen. Unter den erwartungsfrohen Konzertbesuchern befand sich eine ganze Anzahl neuer Gesichter.

»Wir reden später weiter«, flüsterte Wieland Inga zu. Diese nickte und entspannte sich, wartend auf die ersten Takte aus *Der Brautmarsch aus Telemark*, Teil der Norwegischen Bauerntänze Op. 72.

Brautmarsch, dachte Inga, und lies sich fallen. Schnell war sie mit ihren Gedanken weit weg, sodass die Auftaktakkorde wie aus weiter Ferne in ihr Bewusstsein drangen.

*****

Wieland und Inga stellten sich am Eingang des Restaurants auf und warteten ab, bis der Metzgermeister und seine Lebensgefährtin den Tisch aufsuchten. Nun war der Zeitpunkt gekommen, Farbe zu bekennen. Inga stieß den Vater an, der das als Zeichen auffasste, in Aktion zu treten. Kurz entschlossen schritt Wieland zum Tisch und setzte sich. Was er mit dem Pärchen besprach, konnte Inga aus der Entfernung nicht verstehen. Sie las an der Mimik der drei Personen am Tisch jedoch ab, dass es keine Komplikationen gab.

Sie sah den Vater wieder aufstehen, sich kurz verbeugen und gemessenen Schrittes auf sie zukommen. Es war ihm anzumerken, wie schwer es ihm fiel, ein zufriedenes Grinsen zu verbergen.

»Inga, die Sache ist geritzt«, sagte er. »Die beiden waren natürlich überrascht. Letztendlich haben sie aber Verständnis für unser Anliegen gezeigt. Inga, deine Beschreibung des Pärchens war perfekt. Ich habe deshalb, so nehme ich an, sofort die richtigen Worte gefunden. Also, damit ist jetzt alles in trockenen Tüchern.«

»Bleiben wir an unserem Tisch?«

»Ja, wir bleiben.« Wieland schaute über die Schulter zurück. »Ich glaube, die beiden sprechen wegen eines neuen Tisches gerade mit jemandem vom Servicepersonal. Soweit ich verstanden habe, wollen sie an einen Zweiertisch.«

Inga schaute neugierig zu dem Pärchen hinüber. Sie kicherte. »Da kann er mit ihr ungestört turteln.«

Wieland sagte: »Schau bitte nicht direkt hin. Wir müssen ja nicht unbedingt zeigen, wie sehr uns der Deal freut.«

»Recht hast du, Papa«, sagte Inga und richtete ihre Aufmerksamkeit auf die Speisekarte an der Wand.

»Brie auf Toast mit Feigensirup und Salat«, las Inga. »Salat ist immer gut. Freuen tue ich mich auf den Eismeersaibling mit Sauce hollandaise, Spargel … und Roswald-Kartoffeln. Mir ist nur nicht geläufig, was Roswald-Kartoffeln sind. Kannst du mir da vielleicht helfen?«

Wieland schüttelte den Kopf. »Ich habe keine Ahnung.« Er zeigte auf das Dessert. »Hättest du mich nach dem Käsekuchen mit Waldbeerenkompott gefragt, könnte ich dir was Vernünftiges sagen.«

Inga prustete los, kam aber relativ schnell wieder zu sich. Sie hatte Anders Stjernen erspäht, der den Gang herunterkam. Der hochgewachsene Schiffsoffizier war unter den zum Restaurant strömenden Passagieren natürlich nicht zu übersehen.

»Hey, einen schönen guten Abend«, begrüßte er Vater und Tochter. »Meine Ablösung ist bereits an Bord und hat mir angeboten, dass sie schon jetzt ihren Dienst antritt. Eigentlich dauert meiner bis zur Ankunft in Tromsø. Deshalb kann ich nun mit euch zusammen das Abendessen einnehmen. Das heißt, wenn ihr an eurem Tisch einen Platz für mich habt.«

Inga strahlte. »Selbstverständlich haben wir einen, nicht wahr, Papa?«

Der Angesprochene lachte. »Anders, wir freuen uns, dich an unserem Tisch begrüßen zu dürfen.« Dann wandte er sich an Inga. »Hast du Anders schon gesagt, für was ich ihn gegenüber dem Pärchen ausgegeben habe?«

»Oh!« Inga presste eine Hand auf den Mund. »Habe ich glatt vergessen! Also, Anders, um den Tisch für uns freizubekommen, hat Papa dich als meinen Verlobten ausgegeben. Ich hoffe, dir ist die Notlüge nicht unangenehm.« Sie schaute Anders leicht verunsichert an.

Zum ersten Mal hörten sie Anders Stjernen aus voller Brust heraus lachen. »Köstlich!«, rief der zum Verlobten avancierte. Er fasste Inga um die Taille, schlenderte mit ihr zum Tisch und. flüsterte ihr ins Ohr: »Das war gar keine schlechte Idee«,

Inga schaute ihn mit einem zuckersüßen Lächeln an. »Das war Vaters Idee, nicht meine!«

Nach dem Dinner, das wie im Flug vergangen war und bei dem die mit Abstand angenehmste und lockerste Atmosphäre geherrscht hatte, fragte Anders, ob er alle zu einem kleinen Drink in die Bar einladen dürfe. Anneliese Mecklenburg bedankte sich, lehnte aber ab. Sie begründete ihre Ablehnung mit plötzlicher Müdigkeit. Herbert Langenstein nahm die Einladung an.

Sie verabschiedeten Anneliese Mecklenburg und fuhren mit dem Aufzug hinauf auf Deck 8. Unweit des Bartresens fanden sie einen freien Tisch. Inga stieß Wieland an und sagte, sodass Anders Stjernen es nicht hören konnte: »Papa, es müssen nicht immer diese hochprozentigen Dinge getrunken werden. Heute bitte keinen Whisky, versprochen?«

»Okay.«, sagte Wieland. »Warten wir ab, was Anders vorschlägt.«

Als hätte Wieland das Stichwort gegeben, fragte Anders Stjernen nach den Getränkewünschen. »Also ich«, sagte er, »ich würde gern einen Whisky trinken. Und ihr beiden, Wieland und Sie, Herr Langenstein, vielleicht ebenfalls? Und du Inga, wäre dir ein Glas Sekt recht?«

Wieland verzog keine Miene. Als Herbert Langenstein Anders Stjernens Vorschlag mit einem »sehr gerne« bestätigte, schlug er in die gleiche Kerbe. Inga sagte nichts, warf Wieland aber einen Blick zu, der an Deutlichkeit nichts zu wünschen übrig ließ.

Wieland überließ Anders die Auswahl der Getränkesorten, obwohl er, zumindest zum Thema Whisky, gern etwas gesagt hätte. Was soll's, sagte er sich, der Klügere gibt nach. Damit war das Thema für ihn erledigt.

Sie saßen noch keine zehn Minuten am Tisch, als sich das Smartphone von Anders Stjernen meldete. Er hielt es ans Ohr und machte, nachdem er der Stimme im Lautsprecher einen Moment lang zugehört hatte, ein ernstes Gesicht. Er sagte zweimal nein, einmal ja, mehr nicht, dann beendete er das einseitige Gespräch.

»Ist es etwas Dienstliches?«, fragte Inga.

Anders Stjernen schaute leicht irritiert in die Runde und zog die Stirn in Falten. »Nein, es ist Großvater. Er teilt mir eben mit, dass er in Tromsø an Bord kommt.«

»Damit erledigt sich unser Besuch bei ihm, oder?«

»Ja, Inga. Leider ist das so. Ihr merkt sicherlich, sehr begeistert bin ich nicht. Aber alles Reden ist zwecklos. Der Alte macht ja sowieso was er will.«

»Das wäre die sechste Person an unserem Tisch.« Wieland grinste und schlug sich vergnügt auf den Oberschenkel. »Anders, mach nicht ein so bedrücktes Gesicht!«

Anders nahm einen kräftigen Schluck aus seinem Glas. »Ihr kennt Großvater nicht. Der hat einen Dickkopf, das glaubt ihr gar nicht. Er will wieder einmal auf Tour gehen. Wahrscheinlich wieder eine Beschaffungsfahrt. Mit seinen zweiundneunzig Jahren denkt er immer noch, er kann die Welt einreißen.«

»Sei doch froh, Anders«, sagte Inga. »Dein Großvater ist nicht krank und bettlägerig, hat in seinem Oberstübchen noch alle beisammen, das ist doch ein Segen. Also, Anders, ich mag deinen Großvater.«

»Inga, man kann das natürlich so sehen. Wundert euch aber

bitte nicht, wenn irgendetwas passiert. Und es passiert immer etwas.« Anders schaute vielsagend in die Runde. Dann warf er einen Blick auf seine Armbanduhr. »Bis Tromsø sind es noch anderthalb Stunden, trinken wir noch ein Glas?«

»Ich schwenke auf Mineralwasser um«, sagte Wieland. Er erntete ein zufriedenes Lächeln von Inga.

Herbert Langenstein erhob sich. »Es ist schon spät. Ich glaube, ich verabschiede mich lieber. Den Großvater werde ich dann morgen kennenlernen. Also, eine gute Nacht.«

»Gut, dann trinken wir ein Mineralwasser«, sagte Anders als Herbert Langenstein gegangen war. »Und du, Inga?«

»Ebenfalls, ich vertrage eh keinen Alkohol.«

Anders lief zur Bar und gab die Bestellung auf. Inga, die ihm hinterher schaute, meinte: »Irgendwie verstehe ich Anders schon. Es ist sicherlich nicht immer leicht für ihn. Papa, wir müssen ihm helfen auf den Großvater aufzupassen. Anders ist hier schließlich der Safety Officer! Er hat eine wahnsinnige Verantwortung. Er kann sich keinen Fauxpas leisten.«

»Das sehe ich genauso. Gut, dann passen wir eben gemeinsam auf den Alten auf.«

*****

Das Schiff erreichte mit leichter Verspätung Tromsø. Anders Stjernen, Inga und Wieland hielten sich schon eine Viertelstunde vor der Anlandung in der Nähe der Rezeption auf. Als sich endlich die Tür zur Gangway öffnete, stürmte Anders als Erster hinunter. Wieland und Inga konnten ihm gar nicht so schnell folgen.

Und wirklich, Anders Großvater stand unweit der Gangway neben einem dunkelgrauen PKW, dessen Scheinwerferlicht sich in das Dunkel der Nacht bohrte.

Der alte Mann trug eine lange dicke Lederjacke mit Pelzkragen und eine breitgerippte, braune Manchesterhose. Auf dem

Kopf saß eine alte Schiffermütze, die aussah, als stammte sie noch aus dem Zweiten Weltkrieg. Die Füße des Großvaters steckten in hohen Schnürstiefeln, die er auf Hochglanz gebracht hatte.

Wieder musste Wieland feststellen, der Großvater wirkte keineswegs wie zweiundneunzig.

Die Begrüßung fiel mehr oder minder herzlich aus, entsprechend der jeweiligen Erwartungshaltung. Inga umarmte den Alten und wollte ihm den kleinen Koffer abnehmen, den dieser neben dem Auto abgestellt hatte.

»Nee, min Deern, das schaffe ich schon alleine. Ich werde mir von einer hübschen jungen Dame doch nicht den Koffer tragen lassen!«

Inga lachte. Auch wenn es ein bisschen altmodisch klang, wie der Großvater seine Komplimente machte, so gefiel ihr doch seine rauherzliche Art. Diese Art war ihr nicht ganz unbekannt, eine solche hatte auch ihr eigener Großvater.

»Großvater Johan«, sagte Inga, »wir alle freuen uns sehr, dich bei uns zu haben.«

»Auch Anders?«

»Natürlich auch Anders, er zeigt es nur nicht so deutlich. Ich glaube, ich kenne ihn inzwischen ziemlich gut.«

»Dann ist ja alles in Ordnung«, sagte der alte Mann, griff in seine rechte Jackentasche und warf seinem Enkel den Autoschlüssel zu. »Anders, bitte sei so gut und schaffe Buckel auf das Schiff.«

»Welchen Buckel denn?«, fragte Inga

Hier klinkte sich Wieland ein. »Ich glaube, das kann ich erklären. Vor uns steht nämlich ein sogenannter Buckelvolvo. Diese Bezeichnung verdankt er seiner Heckpartie, die wie ein Buckel geformt ist.«

»Das ist vollkommen richtig«, bestätigte Johan Magnussen und setzte an, weitere Details seines Volvos zu beschreiben.

Anders unterbrach seinen Großvater. »Ehe ihr hier anfriert,

solltet ihr hinauf aufs Schiff gehen. Ich bugsiere den Wagen inzwischen hinunter aufs Autodeck.« Mit diesen Worten bestieg er den Volvo und fuhr ihn langsam zur bereits geöffneten Ladeluke.

Großvater Johan setzte sich in Bewegung und stieg mit Inga Schritt für Schritt die Gangway empor.

»Inga, ich hoffe, Anders weiß, was für ein Juwel er sich mit dir eingefangen hat.«

Inga lachte. »Ich bin mir gar nicht sicher, ob ich ein Juwel bin.«

Johan Magnussen schaute Inga geradewegs ins Gesicht. »Man muss dich nur ansehen, min Deern, dann weiß man Bescheid. Wenn ich sowas sage, dann stimmt das auch!«

Das über sie ausgeschüttete Lob machte Inga verlegen. Um vom Thema wegzukommen, führte sie den alten Mann zur Rezeption, damit er einchecken konnte. Anders Stjernen, der sich kurz nach dem Anruf des Großvaters um eine Kabine gekümmert hatte, trug allerdings die Schlüsselkarte noch bei sich. Doch die diensttuende junge Frau an der Rezeption wusste Bescheid. »Herzlich willkommen, Herr Magnussen. Ich wünsche Ihnen einen angenehmen Aufenthalt.«

»Großvater, du hast Kabine 765, diese ist neben der von Papa und meiner«, sagte Inga.

Wieland nahm Johan Magnussen den kleinen Koffer ab, den der eigensinnig die steile Gangway hinauf geschleppt hatte. Johan Magnussen lies es geschehen und brummte etwas Unverständliches.

»Ihr Enkel, Herr Magnussen, wird gleich hier sein und Sie in die Kabine begleiten«, sagte die junge Frau hinter dem Tresen. Sie lächelte dem Großvater zu.

Der strich den buschigen Schnauzbart glatt und fixierte die blonde Frau. »Seit ich das letzte Mal auf solch einem Dampfer war, Gott, das ist schon ein paar Jährchen her … da waren die Mädchen bei Weitem nicht so hübsch.«

»Genau das ist es!«, sagte Anders Stjernen, der wieder zu ihnen stieß. Er schaute abwechselnd Inga und Wieland an. »Großvater macht relativ wenig Unsinn, jedenfalls keinen, der großen Schaden anrichtet. Aber seine Zunge im Zaum halten, das kann er nicht.«

Anders Stjernen nahm Wieland den Koffer ab. »Komm, Großvater, es ist Zeit, deine Kabine aufzusuchen.«

Der Großvater blieb stocksteif stehen. »Junge, ich dachte, wir trinken zur Begrüßung noch ein Gläschen …«

»Meinetwegen«, sagte Anders Stjernen und warf Inga und Wieland einen Blick zu, der deutlich ausdrückte, es sei sinnlos, sich diesem Wunsch verschließen zu wollen.

Vesterålen und Lofoten, 17. Oktober 2011

Am anderen Morgen saß man im Bordrestaurant gemeinsam beim Frühstück – sozusagen in Familie. Inga staunte, was Anders alles verputzte und machte große Augen. Der blonde Offizier bemerkte ihre Reaktion. »Das Frühstück ist meine Hauptmahlzeit, daraus schöpfe ich Kraft für den ganzen Tag.«

»Das hat er schon als kleiner Junge so gehalten«, bemerkte der Großvater, der selbst über einen gesunden Appetit verfügte, was für einen Mann seines Alters nicht eben selbstverständlich war. Jedenfalls schienen ihm die Brote, die er dick mit Wurst und Käse belegte, ausgezeichnet zu schmecken. Es gab nur eines, was er nicht toll fand, und das war der Kaffee.

»Dieses Getränk ähnelt, um es vorsichtig auszudrücken, farblich zwar Kaffee, ist aber irgendetwas, das ich nicht definieren kann.«

Seine Kritik stieß bei Inga und Wieland zwar auf wenig Verständnis, sie scheuten sich jedoch, dem Großvater zu widersprechen. Anders verzog nur leicht den Mund. Er war offenbar solche Bewertungen gewöhnt.

Der Großvater sah von seinem Teller auf, auf dem die dritte dick belegte Scheibe Brot darauf wartete, verspeist zu werden.

»Wieland, Anders hat gestern Abend noch eine Andeutung gemacht, mit der ich wenig anfangen kann. Kannst du mich bitte aufklären? Stimmt es, dass man dir ans Leben wollte?«

»Soll ich?«, fragte Wieland Anders Stjernen.

Dieser nickte. »Großvater gibt eh keine Ruhe. Er muss nur seine Lautstärke reduzieren, wenn er Zwischenfragen stellt.« Er wandte sich direkt an Johan Magnussen. »Hörst du, Großvater! Rede bitte nicht so laut, die anderen Passagiere dürfen auf keinen Fall was von dem mitbekommen, was Wieland erzählt.«

Der Großvater nickte verstehend. »Okay, okay!«

Wieland holte weit aus, berichtete detailliert, was passiert war, und brachte alles in Zusammenhang mit den Dingen aus seiner Vergangenheit. Johan Magnussen hörte aufmerksam zu. Wider Erwarten kam keine einzige Zwischenfrage.

»Ich hatte gleich die richtige Vermutung«, sagte Inga. »Aber Papa wollte mir anfangs nicht glauben. Zum Glück ist ja alles gut ausgegangen.«

»Ich sage ja«, krähte der Großvater, »die Deern hat was. Anders, du kannst dich glücklich schätzen, solch eine kluge Freundin zu haben. Ich kann mir nicht helfen, aber sie erinnert mich immer wieder an Kaja.«

Es wurde still am Tisch. Johan Magnussen schien tief in Gedanken versunken zu sein. Inga war die erste, die das Wort ergriff und ein neues Thema anschnitt. »Großvater, sag' mal, was ist denn das für ein Schlitten, den du fährst?«

Johan Magnussen war sofort hellwach. Er strich sich über den Schnauzbart und es schien, als fingen seine Augen zu leuchten an. »Min Deern, es ist ein Volvo PV 544, ein Buckelvolvo, wie Wieland gestern treffend bemerkte.«

Anders Stjernen ergänzte: »Es handelt sich um einen Oldtimer Baujahr 1960. Das Auto ist heute ein kleines Vermögen wert.«

Wieland, der für Oldtimer ein Herz hatte, interessierte sich für die technischen Details. Vom Großvater kamen diese wie aus der Pistole geschossen. »Benziner … 4 Zylinder … Hubraum 1582 ccm … 60 PS. Das 4-Ganggetriebe ist synchronisiert. Die Höchstgeschwindigkeit wird mit 137 km/h angegeben. Ich habe den Wagen aber schon auf 150 km/h beschleunigt.«

»Ich glaube, hier übertreibt Großvater ein wenig.« Anders Stjernen lächelte. »Aber keine Frage, sein Volvo ist ein wirklich tolles Gefährt. Und Großvater pflegt seinen *Buckel* mit einer Leidenschaft, die bewundernswert ist.«

»Naja, ich bin Maschineningenieur, also einer, der sich mit Motoren auskennt. Da hat man eben ein besonderes Verhältnis zur Technik«, sagte Johan Magnussen bescheiden.

Inga, die bisher stumm zugehört hatte, sagte: »Ich verstehe nicht die Bohne von dem, über was ihr da redet. Aber hat sich jemand von euch schon mal Gedanken gemacht, was Großvater Johan eigentlich vorhat? Ich finde, er sollte in seinem Alter nicht solche Touren unternehmen. Anders, sag du mal was!«

Ehe Anders Stjernen antworten konnte, meldete sich der Großvater zu Wort. »Min Deern, du kannst beruhigt sein, ich habe alles unter Kontrolle.«

Anders Stjernen warf Inga einen verstehenden Blick zu. »Sie hat vollkommen recht, Großvater. Wir würden uns die größten Vorwürfe machen, wenn dir etwas zustieße. Großvater, wir meinen es doch nur gut mit dir.«

Johan Magnussen schien langsam in sich zusammen zu fallen. Er starrte über Anders Stjernens Kopf hinweg ins Leere. Inga, der die Verhaltensänderung auffiel, wurde von heftigem Mitleid gepackt. Es wurde ihr schlagartig bewusst, Johan Magnussen hielt sich nur deshalb solange am Leben, weil er noch Ziele hatte und sein Alter einfach negierte. Daraus schöpfte er seine Lebenskraft.

»Großvater«, sagte Inga. »Natürlich kannst du tun und lassen was du willst.« Sie stieß Anders Stjernen an. »Nicht wahr, Anders?«

Dann legte sie ihre Hand auf die von Johan Magnussen und drückte diese. »Bitte, versuche uns zu verstehen, Großvater. Wir machen uns doch nur Sorgen um dich. Das verstehst du doch?«

Über Johan Magnussens Gesicht huschte ein heller Schimmer. Er legte seine andere Hand auf die von Inga. »Natürlich verstehe ich das, min Deern.«

Fest stand, der Großvater hatte an Inga einen Narren gefressen.

*****

MS Trollfjord näherte sich der Risøyrenna, einer Fahrstrecke, die zwischen den Inseln Andøya und Hinnøya verläuft. Die ausgebaggerte Rinne besteht seit 1922 und wird durch Baken markiert. Sie erspart den Schiffen den Umweg über den Tjeldsund.

Inga hatte Wieland animiert, wieder einmal ein paar Runden auf Deck 6 zu drehen. Diese Aktivitäten waren wegen seines Landaufenthalts zuletzt ins Wasser gefallen. Zwar fehlte ihm nicht unbedingt die Lauferei, doch er fand, ein bisschen Bewegung könne kein Fehler sein. Anders Stjernen meinte, auch er könne ein wenig Bewegung gebrauchen und schloss sich den beiden an.

In Runde sechs liefen sie an Johan Magnussen vorbei, der an der Reling bei den Rettungsbooten stand und seinen Blick über das Wasser schweifen ließ. Der alte Mann verfolgte, wie sich das Schiff zwischen den Baken, die übermannshoch aus dem Wasser ragten und den 4,5 km langen Kanal markierten, seinen Weg bahnte. Es sah alles so unkompliziert und selbstverständlich aus. Doch Johan Magnussen wusste, die Schiffsführung musste gerade in diesem Streckenabschnitt besondere Obacht walten lassen. Er hatte in den Jahren, in denen er auf allen möglichen Meeren rund um die Welt unterwegs gewesen war, zwar ganz andere Engstellen befahren, noch enger und unüberschaubarer. Jedoch waren diese Zeiten längst vorbei. Es war ihm bewusst, ein solches Erlebnis wie das heutige, davon würde es in seinem Leben nicht mehr viele geben. Deshalb kostete er jede Minute aus und war froh, bei seinen Beobachtungen nicht gestört zu werden.

Er entdeckte auf einer der Baken einen großen weißgefiederten Vogel. Das große Schiff schien diesen wenig zu beeindrucken. Er ließ sich bei seiner Rast überhaupt nicht stören. Weiter draußen, hinter den Baken, aber noch weit genug entfernt vom backbordseitigen Küstenstreifen, machte Johan Magnussen im seichten Wasser ein paar sandbankähnliche Geländeerhebungen aus. Diese glichen kleinen Inseln. Sie waren zum Teil mit Schilf und hohen Gräsern bewachsen. Auf ihnen fanden die unterschiedlichsten Vogelarten sicheren Unterschlupf und auch einen Platz zum Brüten. Die flachen Erhebungen schienen sehr beliebte Orte zu sein, denn sie wurden von vielen Vogelarten frequentiert.

In Runde acht verhielten die drei Läufer einen Moment, um mit dem Großvater ein paar Worte zu wechseln.

»Seid bitte vorsichtig auf Deck«, ermahnte er sie. »Ich habe mit meiner Unbedachtheit auf Deck von M 382, wie ihr ja wisst, eine schlimme Erfahrung gemacht. Okay, die Sache ist gut ausgegangen, aber darauf kann man sich ja nicht immer verlassen.«

Inga und Wieland lachten. Anders nickte nur, er hörte die mahnenden Worte nicht zum ersten Mal.

»Wenn ich es recht bedenke«, fuhr Johan Magnussen in seiner Rede fort, »dann hat mich das Missgeschick auf die richtige Seite des Lebens gespült. Sonst hätte ich Kaja nie kennengelernt.«

»So hat alles seine gute Seite«, sagte Inga und unterband mit

Mühe das aufkommende Lachen. Es fiel ihr schwer, vollkommen ernst zu bleiben. Doch sie wollte Johan Magnussen nicht verletzen.

*****

Voraus lag Stokmarknes, die Kreisstadt der zu den Vesterålen gehörenden Insel Hadseløya. Schon von weitem sah man das Hurtigruten-Museum und das davor aufgedockte Museumsschiff MS Finnmarken.

Wieland, der mit Inga und Herbert Langenstein auf Deck 6 vorn am Bug stand, erläuterte: »Das moderne neue Gebäude, das ihr vor euch seht, steht seit 1999. Vorher war das Museum in einer schönen alten Villa untergebracht, die zuvor der ehemaligen Hurtigruten-Reederei Vesterålens Dampsskipselskab als Verwaltungsgebäude diente. Doch die Villa platzte mit der Zeit aus den Nähten, sodass man zwangsläufig an ein neues und größeres Gebäude denken musste.«

»Wir haben hier nur eine Stunde Aufenthalt, stimmt das?«, fragte Herbert Langenstein.

»Richtig! Für einen Museumsbesuch ist das nicht allzu viel Zeit. Aber auch so ist der Besuch des Museums ein unbedingtes Muss. Jedenfalls, ich als eingefleischter Hurtigruten-Fan denke so.«

»Wir kommen natürlich mit!«, entschied Inga. Sie schaute nach Anders Stjernen aus, der jedoch nirgends zu sehen war. Er wird uns schon bemerken, beruhigte sie sich und richtete die Augen wieder auf die vor ihnen liegende Ortschaft und das Museumsschiff.

»Warum hat man das Schiff mit einer Plane abgedeckt?«, wollte Inga wissen.

»Die Korrosion macht dem alten Schiff arg zu schaffen, deshalb muss es vor Witterungseinflüssen geschützt werden. Man munkelt, die Finnmarken wäre reif fürs Verschrotten.« Wieland, so zeigte es sich wieder einmal, war gut informiert. »Es wird darüber nachgedacht, MS Lofoten als schwimmendes Museumsschiff zu installieren und gegen die alte Finnmarken auszutauschen. Die Finnmarken zu restaurieren, dieser Aufwand ist wohl ziemlich hoch. Auch im reichen Norwegen sitzt das Geld nicht locker.«

»Wäre der Tausch denn tatsächlich gerechtfertigt?«, fragte Herbert Langenstein.

»Ich denke schon. Auch die Lofoten ist kein neues Schiff, zwar ist es sieben Jahre jünger als die alte Finnmarken, aber eben auch ein ziemlich alter Kahn, wenn ich das so salopp ausdrücken darf.«

»Okay, genug der Vorrede!«, sagte Inga ungeduldig und hielt erneut nach Anders Stjernen Ausschau. »Wir sollten langsam runter auf Deck 4 gehen, die Trollfjord wird jeden Moment anlegen.«

Auch Wieland vermisste Anders Stjernen. »Ob Anders Probleme mit seinem Großvater hat?«

Inga zuckte mit den Schultern. »Ist gut möglich …«

*****

In Kabine 765 gab es eine heftige Diskussion. Johan Magnussen trug sich mit der Absicht, nur in seinem langärmeligen rot karierten Holzfällerhemd das Hurtigruten-Museum zu besuchen. Anders bestand jedoch darauf, der Großvater müsse seine dicke Lederjacke überziehen.

»Großvater, willst du dir etwa eine Erkältung holen? Das Außenthermometer zeigt schließlich nur plus 8°C!«

»Ich schwitze mich in der Jacke im Museum doch zu Tode!«, blieb Johan Magnussen stur. »Außerdem sind es bis zum Museum nur ein paar Hundert Meter, was soll da schon passieren? Junge, ich bin in meinem ganzen Leben nicht krank gewesen, weshalb soll ich gerade jetzt damit anfangen?«

»Großvater, du kannst die Jacke im Museum doch ausziehen, wenn es unbedingt sein muss«, argumentierte Anders Stjernen, der langsam die Geduld verlor. »Bitte, sei einsichtig! Wieland und Inga warten sicherlich schon auf uns.«

Als Johan Magnussen den Namen des Mädchens hörte, gab er schließlich den Widerstand auf und ließ sich von seinem Enkel in die Lederjacke helfen.

Anders Stjernens Smartphone meldete sich. Es war Inga, die sich erkundigte, wo sie denn blieben. Er beruhigte sie und sagte, sie kämen in drei Minuten.

»So, Großvater, jetzt aber los!« Anders Stjernen schob den Großvater zur Tür.

Sie benutzten einen der Aufzüge, fuhren hinunter auf Deck 4 und fanden den Bereich um die Rezeption und am Schiffsausgang menschenleer vor.

»Wo sind denn nun die beiden?«, fragte der Großvater.

»Sie warten draußen auf dem Kai. Komm, wir sollten uns sputen!«

Die wenigen Stufen bis hinab zur Gangway und dann die steile Gangway selbst, für den Großvater waren es Hindernisse, die er mit äußerster Vorsicht in Angriff nahm. Anders Stjernen fasste den Großvater unter den Arm, was sich dieser gefallen ließ, jedoch unverständlich vor sich hin brummelte. Langsam, einen Fuß vor den anderen setzend, schritten sie die Gangway hinunter. An deren unterem Ende warteten Inga und Wieland.

»Min Deern … Wieland«, sagte der Großvater, als er sicheren Boden unter den Füßen spürte, »entschuldigt bitte unsere Verspätung, aber Anders und ich mussten noch etwas Wichtiges besprechen.«

Anders Stjernen machte Inga hinter dem Rücken des Großvaters mit der Hand ein Zeichen, das wohl bedeuten sollte, sie müsse das Gesagte keineswegs ernst nehmen. Inga nickte verstehend.

»Großvater, nun aber schnell!«, sagte sie, hakte sich bei dem alten Mann ein und zog diesen sanft aber zielstrebig mit sich, was sich der auch anstandslos gefallen ließ. Auf dem Weg zum Museum machte er Inga ein paar Komplimente. Sie nahm diese lachend entgegen, ohne jedoch weiter darauf einzugehen. Wieland, der mit Anders und Herbert Langenstein in einem gewissen Abstand folgte, bekam zwar nicht viel von dem mit, was der Großvater und Inga besprachen. Aber der alte Mann und die junge Frau redeten in einer Art miteinander, die den Anschein erweckte, als würden sie sich schon viele Jahre kennen.

Am interessantesten fanden sie das Museumsschiff. Sie erreichten es über die Gangway, mit der das Schiff mit dem Museum verbunden war. MS Finnmarken nahm sie mit ihrem nostalgischen Charme sofort gefangen.

Wieland sagte: »Wo läuft man heutzutage noch auf solchen Holzplanken?«

Zuerst besichtigten sie die Kommandobrücke. Im Vergleich mit der Trollfjord war diese sehr überschaubar. Auch war die technische Ausstattung mit dem modernen Schiff nicht zu vergleichen. Diese vermittelte anschaulich, wie ursprünglich die Seefahrt noch zu der Zeit gewesen war, als man das Schiff in den Dienst stellte.

Inga fand in einem Nebenraum einen meterhohen länglichen Holzschrank vor, der mit einer Anzahl großer Schubladen ausgestattet war. Sie trat heran und betrachtete die oben auf dem Schrank ausgebreitete große Seekarte.

»In den Schubladen lagerten seinerzeit alle möglichen Seekarten«, erläuterte Anders. »Die Schiffsrouten wurden damals noch mit Zirkel und Winkelmesser berechnet und in solche Karten eingetragen, wie in diese hier. Heute berechnet den Kurs der Computer. Zwar haben wir für Notfälle immer noch Karten an Bord. Die kommen aber höchst selten zum Einsatz.«

»Das hat uns auch schon Jesper Gundersen, der Chief Officer gesagt, als wir während der Durchfahrt des Stokksundes auf der

Brücke waren«, sagte Inga.

»Er sagte sogar«, fügte Wieland hinzu, »so etwas wäre noch nie vorgekommen.«

Anders Stjernen lächelte. »Das stimmt schon, aber wir Offiziere und Steuerleute sind angehalten in gewissen Abständen an den Karten zu üben, damit wir, sollte unser Wissen im Ernstfall benötigt werden, es sicher und schnell anwenden können.«

»Das leuchtet ein«, sagte Wieland. »Wie heißt es so schön: Übung macht den Meister.«

Sie wanderten über die Schiffsplanken des Oberdecks, das mit jener Plane überspannt war, die sie bereits von der Trollfjord aus wahrgenommen hatten. In Hecknähe, am dortigen Treppenabgang, standen zwei Korbstühle mit hohen Lehnen, offenbar ein Überbleibsel der seinerzeitigen Decksausstattung. Inga verspürte den Drang sich in einen hineinzusetzen, verzichtete jedoch darauf, denn stabil wirkten die Stühle wahrhaftig nicht. Stattdessen stieg sie die Treppe hinab, gefolgt von Wieland, Herbert Langenstein und Anders.

Wo aber war der Großvater geblieben?

Dieser hatte sich unbemerkt bereits ein Deck tiefer begeben. Dort hatte er es sich im ehemaligen Bordrestaurant bequem gemacht. Er saß in einem von den gepolsterten roten Sesseln und wartete auf seine Begleitung. Inga und die zwei Männer atmeten hörbar auf, als sie Johan Magnussen so entspannt dasitzen sahen.

Noch ehe Anders seinen Unmut äußern konnte, weil der Großvater sich davon gemacht hatte, ohne ein Wort zu verlieren, hörte man den alten Mann seelenruhig sagen: »Was, Wieland? Das hier ist doch was, oder? Ich bekomme richtig Lust auf einen anständigen Kaffee. In solch einer feinen Umgebung wird das Kaffeetrinken zum reinen Vergnügen.«

Das ehemalige Bordrestaurant machte mit seiner Holzvertäfelung und den sonstigen Einrichtungsgegenständen einen altehrwürdigen und gediegenen Eindruck. Auf den Tischen lagen weiße Tischdecken, die mit blauen Stickereien versehen waren. Die Sessel mit ihrer roten Polsterung passten farblich gut zu dem dunkelblauen Teppichboden. Nichts wirkte so, als wäre es alt und verbraucht. Man hatte das Gefühl, als sei hier gestern noch diniert worden.

Wieland sah sich interessiert um. »Tolle Einrichtung! Johan, ich fürchte aber, hier wird es keinen Kaffee geben. Es sei denn, wir gehen hinüber ins Museumscafé. Vorausgesetzt, es gibt im Museum eine solche Einrichtung.«

»Nee, nee, Wieland, auf einen Kaffee dort verzichte ich gern!« Er erhob sich und zog eine goldene Taschenuhr aus der Hosentasche. Er warf einen Blick darauf. »Kinder, ich glaube, ich marschiere langsam zurück zum Schiff. Ihr könnt euch hier ja noch eine Weile umschauen, wenn ihr wollt.« Damit setzte er sich in Bewegung.

»Ich komme mit, Großvater«, sagte Inga und hakte sich bei Johan Magnussen ein. Sie zwinkerte den drei Männern zu.

*****

Am späteren Nachmittag bog MS Trollfjord in den schmalen, nur wenige Hundert Meter breiten und circa dreißig Kilometer langen Raftsund ein. Der Sund wird innerhalb des ersten halben Kilometers von der Raftsundbrücke, einer filigran-eleganten Spannbeton-Balkenbrücke überspannt. Die Brücke, die Ende 1998 nach knapp vierjähriger Bauzeit der Nutzung übergeben wurde, verbindet die Lofoten-Insel Austvågøya mit der Vesterålen-Insel Hinnøya.

»Eine tolle Brücke!«, bestaunte Inga das Bauwerk.

»Ja, das kann man wohl sagen«, pflichtete Anders Stjernen bei. Er stand zusammen mit Wieland, Herbert Langenstein und Anneliese Mecklenburg neben Inga an der Reling auf Deck 6.

Er ergänzte: »Zum Zeitpunkt ihrer Fertigstellung war die *Raftsundbrua* die längste freitragende Betonbrücke der Welt.

Sie ist ein Beispiel hoher Ingenieurkunst.«

Wieland, der auf MS Nordkapp während des Baus der Brücke den Raftsund befahren hatte, erinnerte sich an die halb fertigen Brückenbögen. Diese ragten, ausgehend von den Pfeilern auf beiden Uferseiten und dem mittig im Sund stehenden Pfeilerpaar, freitragend über das Wasser, um im Zuge weiterer Betonierabschnitte an Länge zu gewinnen und schlussendlich zusammenzuwachsen. Vor dieser Baukunst zog Wieland den Hut. Er selbst kannte sich zwar nicht mit der Technologie des Spannbetonbaus aus, zumindest aber wusste er, dass man für die Herstellung der einzelnen Segmente eine Gleitschalung benötigte. Im vorliegenden Fall erfolgte die Montage der Schalung in schwindelerregender Höhe, ein Umstand, der die Arbeiten nicht einfacher machte.

Wieland schaute nach oben und sagte: »Soweit ich weiß, beträgt die lichte Höhe 45 Meter.«

»Für die Planung der Brückenhöhe war nicht nur die gewollte Durchfahrtshöhe der Fixpunkt, sondern maßgeblich waren auch die Höhenlagen der beiden Straßenanbindungspunkte«, warf Anders Stjernen ein.

»Welche Straße führt über die Brücke?«, wollte Herbert Langenstein wissen.

»Die Europastraße 10. Sie nimmt ihren Anfang in Å. Das liegt im Süden der Lofoten. Im weiteren Verlauf überquert die Europastraße den Raftsund. Und zwar über diese Brücke hier. Dann geht es hinüber nach Narvik. Von dort aus durchquert die Europastraße Norwegen und Schweden und endet schließlich in Luleå am Bottnischen Meerbusen.«

Der Raftsund zeigte sich an diesem Nachmittag von seiner mystischen Seite, was die an Deck stehenden Passagiere sofort in den Bann zog. Die Fotoapparate und Videokameras richteten sich wie von selbst auf die nebelverhüllten Spitzen der bis zu tausend Meter hohen Felswände und die zahlreichen Rinnsale, die von den Berghängen herabstürzten. Unten, an den Füßen der Felswände und nahe am Wasser lagen verstreut einige kleine Gehöfte. Deren farbenfrohe Fassaden bildeten einen Gegenpol zu der wilden Natur. Die langsam immer dichter werdenden Wolkenschichten sorgten für eine Stimmung, die beeindruckend war. Kaum ein Sonnenstrahl fand mehr den Weg hinab in den Sund. Das Wasser nahm von Minute zu Minute eine immer dunklere Färbung an, was das mystische Moment weiter verstärkte.

»Ist das nicht überwältigend?«, rief Inga beeindruckt, als sie den Blick auf die steilen Felswände richtete. »Das könnten die Kulissen für eine dramatische Oper sein. Rune Alver sollte seinen Flügel auf Deck 9 aufstellen und etwas aus *Peer Gynt* vortragen. Etwas, was hierher passen würde. Zum Beispiel: *In der Halle des Bergkönigs*.«

»Könnte ich mir gut vorstellen«, stimmte Wieland zu. »Aber im Trollfjord wäre es noch eine Spur dramatischer. Wie ich gehört habe, werden wir in den Fjord hineinfahren.«

»Und dort ist es noch eindrucksvoller?«

»Mit Sicherheit, du wirst es erleben.« Wieland machte eine geheimnisvolle Miene.

Anders Stjernen, der hinzutrat, fasste Inga um die Taille und flüsterte ihr etwas ins Ohr. Inga lachte auf. Es war allerdings ein verunsichertes Lachen. Ungläubig fragte sie: »Was? In den Whirlpool?«

Wieland, der davon nichts mitbekam, wunderte sich, dass Johan Magnussen nirgendwo zu sehen war. Er fragte Anders Stjernen.

»Ach, der Großvater!«, antwortete dieser. »Der macht sicherlich sein obligatorisches Mittagsschläfchen.«

Anders Stjernen irrte sich. Sein Großvater stand oben auf Deck 9 und verfolgte mit fachkundigem Interesse das Manövrieren des Schiffes im engen Raftsund. Ihm entging zwar nicht das bemerkenswerte Naturschauspiel, das vor seinen Augen stattfand und von dem der Großteil der Passagiere total fasziniert war. Doch er hatte in seinem langen Leben ganz andere Stimmungsbilder erlebt, sodass ihm das jetzige nicht gar zu sehr beeindruckte. Er genoss allerdings in vollen Zügen, sich hoch oben durch die freie Natur zu bewegen, auch wenn es auf einem Schiff war, das seiner Meinung nach zu viele Menschen an Bord hatte.

Als er von einem Mann mittleren Alters in einem roten Anorak und gleichfarbiger Wollmütze angesprochen wurde, reagierte er im ersten Moment etwas zurückhaltend. Aber er ließ sich dann doch auf ein Gespräch ein, denn Johan Magnussen war dem Grunde nach ein kommunikativer Mensch.

»Sie sehen wie jemand aus«, sagte der Wollmützenträger, »der sich von Wind und Wetter nicht so leicht umwerfen lässt. Sind Sie vielleicht gar selbst zur See gefahren?«

Johan Magnussen schaute den Mann prüfend an. »So was erkennen Sie?«

Der Mann lächelte breit und deutete auf den Fotoapparat, der vor seiner Brust hing. »Wissen Sie, ich bin Berufsfotograf und habe einen Blick für die Menschen.«

»Was fotografieren Sie denn so? Ich meine … hier auf dem Schiff.«

Dem Fotografen schien der alte Mann zu gefallen. Er selbst war offensichtlich jemand, der sich ebenfalls viel und gern in der offenen Natur bewegte. Sein Gesicht war zwar nicht ganz so wettergegerbt wie das des alten Mannes, doch es offenbarte diesem, dass kein Weichei vor ihm stand.

»Ich habe einen Auftrag von einem großen deutschen Magazin bekommen, der mich an die norwegische Küste führt. Das Magazin will auf ein paar Hochglanzseiten den Lesern die Postschifffahrt von heute nahe bringen. Ich liefere die entsprechenden Aufnahmen und Anregungen für den Text. Um den Text selbst kümmern sich andere. Bekommen habe ich den Auftrag, weil ich gewisse Referenzen vorweisen kann. Denn ich fotografiere schon seit Jahren die norwegische Küstenlandschaft.«

Johan Magnussen nickte zufrieden. »Sowas Ähnliches habe ich mir gedacht.«

»Nun würde ich gern von Ihnen hören, weshalb Sie auf dem Schiff sind?«,

»Zum Vergnügen reise ich nicht, das schicke ich voraus. Ich bin in einem gewissen Alter, wo man nicht mehr ganz so agil ist, sich aber noch nicht hinter dem Ofen verkriechen möchte. Also suche ich ab und zu einen Ausgleich. Jetzt bin ich auf dem Weg nach Hamburg, dorthin, wo ich geboren wurde.«

»Heißt das, Sie sind Deutscher und leben in Norwegen?«

»Sie haben es beinahe erraten. Ich lebe bereits viele Jahre hier, eigentlich fast das ganze Leben, wenn man die Jugendjahre mal außen vor lässt. Deutscher war ich einmal, mein Lieber.«

Der Fotograf war begeistert. »Sie schickt mir der Himmel! Wir machen Folgendes, schlage ich vor: Ich schieße ein paar Aufnahmen von Ihnen und Sie erzählen mir ein bisschen aus Ihrem Leben. Ich bin zwar, wie ich schon sagte, kein schreibender Journalist, aber Ihre Lebensgeschichte scheint so interessant zu sein, dass Sie mir diese unbedingt erzählen müssen. Also, ich bin der Roger Freitag!« Er reichte dem alten Mann die Hand.

Dieser erwiderte den kräftigen Händedruck. »Ich bin Johan Magnussen, Maschineningenieur, jetzt außer Dienst.«

»Kommen Sie, Johan«, forderte Roger Freitag seinen Gesprächspartner auf, »wir gehen ein paar Schritte weiter. Ich mache da drüben ein paar Aufnahmen von Ihnen.«

Der Fotograf bat Johan Magnussen sich näher an die Reling zu begeben, neben den dort hängenden Rettungsring. Mit der beeindruckenden Felskulisse im Hintergrund würde das ein ausgezeichnetes Motiv ergeben. Der alte Mann nahm die erbetene Position ein. Er setzte eine Miene auf, die erkennen ließ, wie sehr er die Aufmerksamkeit genoss, die ihm zuteilwurde.

»Und nun stellen Sie sich bitte dort oben an den Whirlpool«, forderte Roger Freitag den alten Mann auf, nachdem er die ersten Aufnahmen gemacht hatte.

Johan Magnussen setzte sich in Bewegung und lief gemächlichen Schrittes zu der Schräge, die hinauf auf das etwa ein Meter hohe Podest führte, das sich in der Mitte von Deck 9 befand und in das man zwei kreisrunde Whirlpools eingelassen hatte. Johan Magnussen hatte den vorderen Pool noch nicht ganz erreicht, als er abrupt stehen blieb.

Der Fotograf sah, dass der alte Mann die beiden Personen musterte, die in altmodischen blauweiß gestreiften Badeanzügen ihrem Badevergnügen nachgingen. Fast war Roger Freitag geneigt, den alten Mann für einen Voyeur zu halten, vermutete dann aber, dass dieser sich von irgendetwas irritiert fühlte. Um herauszufinden, was das war, lief er auf den immer noch wie angewurzelt Dastehenden zu. Dieser zeigte jetzt mit ausgetrecktem Zeigefinger auf die beiden Personen im Pool und sagte: »Das ist mein Enkel Anders mit seiner Verlobten! Ich frage mich, ob die beiden der Teufel reitet?«

»Ist Ihr Enkel nicht Offizier hier an Bord?«, fragte der Fotograf, der den Mann im Whirlpool schon ein paar Mal gesehen hatte, allerdings in Uniform. Er witterte ein belebendes Element für die geplante Story.

»Das stimmt zwar, aber er ist seit gestern nicht mehr im Dienst. Er begleitet mich lediglich nach Bergen, und das als Passagier.«

Schade, dachte Roger Freitag, der gehofft hatte, etwas Pikantes in die Story hineinpacken zu können. Nun erwies sich das Ganze leider als völlig harmlos. Trotzdem, das Pärchen im Whirlpool war eine Aufnahme wert, schon wegen der lustig wirkenden altmodischen Badeanzüge. Er machte sich bereit und schraubte einen anderen Filter vor das Objektiv seiner Kamera.

»Halt!«, rief Johan Magnussen. »Da müssen Sie erst meinen Enkel fragen.«

Inga, die das Gespräch der beiden Männer verfolgt hatte,

wandte sich dem Fotografen zu. »Mein *Verlobter* und ich haben nichts dagegen! Nicht wahr Anders?«

Anders Stjernen sagte nichts, er nickte nur stumm. Er zeigte sich von der Absicht des Fotografen, ihn mit seiner angeblich Verlobten fotografieren zu wollen, aber mehr noch von den Worten seiner Begleiterin überrascht, sodass ihm die Worte fehlten. Inga dagegen schien die Situation äußerst lustig zu finden. Sie konnte sich vor Lachen kaum in ihrer Sitzposition halten.

Ingas Unbekümmertheit beruhigte Johan Magnussen. Er hatte deshalb nichts mehr einzuwenden.

MS Trollfjord bog unterdessen in den schmalen Trollfjord ein, was den Akteuren am und im Pool beinahe entgangen wäre. Roger Freitag reagierte als Erster. »Sie beide im Whirlpool und im Hintergrund die Felswände, das ist der Hit!«

Er ging auf die Knie und richtete seine Kamera auf das Paar, darauf bedacht, die nahen Felswände mit auf das Bild zu bekommen. Klick, klick!

*****

Wieland hatte von Deck 6 aus nichts von dem Vorhaben des jungen Paares mitbekommen. Er verfolgte gemeinsam mit Herbert Langenstein die Einfahrt in den Trollfjord und hatte nur dafür einen Blick. Dieses Highlight erleben zu dürfen war ein seltener Glücksumstand, denn während des Winterfahrplanes fuhren die Hurtigruten-Schiffe normalerweise nicht in den Fjord hinein. Doch der relativ milde Oktober hatte noch nicht für die Massen an Schnee und Eis oben auf den Berghängen gesorgt, die durchaus zur Gefahr für die Menschen unten auf den Schiffen werden konnten. Noch war der enge Fjord problemlos zu befahren, und dieses Erlebnis wollte man den Passagieren natürlich nicht vorenthalten. Der Trollfjord war schließlich der berühmteste Fjord Norwegens.

Die steilen Felswände kamen dem Schiff stellenweise bedrohlich nahe. Erst am Ende weitete sich der Fjord, sodass dort das große Schiff wenden konnte. Unter Einsatz von Bug- und Heckstrahlruder drehte das Schiff auf der Stelle. Dennoch schien es so, als wären es nur wenige Meter, die Bug und Heck von den Felswänden trennten. Spektakulärer hätte ein Schiffsmanöver nicht sein können.

Auf Deck 9 war Roger Freitag noch immer damit beschäftigt, das junge Paar in seinen nostalgischen Badeanzügen zu fotografieren. Zwar hatten die beiden inzwischen den Whirlpool verlassen. Inga war von Anders Stjernen in ein großes Badehandtuch gewickelt worden und stand mit tropfnassen Haaren da, wobei sie von einem Bein auf das andere trat. Anders Stjernen bemühte sich, seine Freundin so gut es ging trocken zu rubbeln.

»Nun aber rasch hinein, min Deern«, sagte der Großvater. »Nicht, dass du dich noch erkältest. Und du, mein Junge, mit dir rede ich noch ein Wörtchen!«

»Großvater, mach dir bloß keine Sorgen«, versuchte Inga die Bedenken des alten Mannes zu zerstreuen. »Ich bin Sportlerin und total abgehärtet, mir macht das Bad überhaupt nichts aus.«

Der Großvater war skeptisch. »Vielleicht ist es so, wer weiß? Seitdem ich von M 382 gefallen bin und diese schrecklichen Minuten in dem kalten Wasser der Norwegischen See zugebracht habe, bin ich äußerst vorsichtig geworden. Ich meine es ja nur gut mit dir, min Deern.«

»Ich weiß, Großvater. Ich weiß das zu schätzen.«

»Wenn ich Sie so reden höre, Johan«, sagte Roger Freitag, »dann müssen Sie eine Menge erlebt haben. Davon müssen Sie mir unbedingt erzählen. Und auch davon, was Sie in Hamburg vorhaben.«

»Hamburg?«, schaltete sich Anders Stjernen ein. »Hat Ihnen mein Großvater gesagt, er will nach Hamburg?«

»Hat er«, bestätigte Roger Freitag.

Anders Stjernen wandte sich kurz dem Großvater zu. »Ich muss mit Inga ins Warme. Großvater, wir beide sprechen uns aber noch!« Mit diesen Worten fasste er Inga um die Hüfte und lief mit ihr los.

Der Großvater blieb mit einem unguten Gefühl zurück. Er sah Roger Freitag an und schluckte. »Sie hätten das mit Hamburg nicht sagen sollen, jetzt ist die Katze aus dem Sack. Ich werde auf dem Schiff keine ruhige Minute mehr haben. Mein Enkel wird nämlich alles tun, um mich von meinem Plan abzuhalten.«

»Kommen Sie, Johan. Ich spendiere Ihnen an der Bar ein Bier. Und dann erzählen Sie mir ganz in Ruhe, was Sie auf dem Herzen haben.«

»Kann es auch ein Aquavit sein?«, fragte Johan Magnussen.

»Aber sicher!« Der Fotograf lachte. Dann stapfte er zusammen mit dem alten Mann über das Deck, auf dem Inga und Anders nasse Fußspuren hinterlassen hatten.

*****

Abends am Tisch war natürlich das Bad der beiden jungen Leute ein Thema. Anneliese Mecklenburg kam nicht umhin, dem jungen Paar ihren Respekt zu zollen.

»Ach Gott, wenn ich nochmal so jung wäre, vielleicht hätte ich es auch getan!«

Inga stieß ihren Freund an. »Sag mal, Anders, wo hattest du eigentlich so schnell die Badeanzüge her? Ich hatte ganz vergessen, dich danach zu fragen.«

Anders Stjernen lachte. »Den du anhattest, den habe ich von Sylvi Mortensen ausgeliehen. Sylvi ist die Assistentin des Zahlmeisters. Und ich weiß, dass sie immer ihren Badeanzug dabei hat.«

»Aber dieses nostalgische Ding, wer trägt denn heute noch so was?«

Anders lächelte. »Es gibt Poolpartys, da gehören solche Klamotten einfach dazu. Die gestreiften Ganzkörperbadeanzüge sehen nicht nur lustig aus, sie erfüllen nebenher auch noch ihren Zweck. Bei den Partys sind sie natürlich der Geck. Inga, einen anderen Badeanzug habe ich in der Kürze der Zeit nicht auftreiben können.«

»War ja auch nicht weiter schlimm, dem Fotografen haben wir jedenfalls gefallen.«

Wieland, der etwas verspätet an den Tisch kam, entschuldigte sich damit, ein Telefonat mit einem gewissen Oluf Lindbøk geführt zu haben. Bis auf Anneliese Mecklenburg wussten alle, wer der Mann war. Inga war natürlich neugierig. Sie beugte sich hinüber zu Wielands Ohr und fragte im Flüsterton: »Papa, gibt es etwa Neuigkeiten?«

Wieland nickte, machte aber eine Bewegung mit der Hand, um klarzustellen, dass er jetzt nicht reden konnte. Inga verstand die abwehrende Geste. Sie hakte nicht nach, obwohl sie vor Neugierde beinahe platzte.

»Was steht denn heute Schönes auf der Speisekarte?«, fragte Anneliese Mecklenburg und blätterte in der Karte. Ehe sie etwas vorlesen konnte, traten drei Frauen vom Servicepersonal an den Tisch und servierten die Vorspeise.

»Kartoffel- und Porreesuppe mit Croutons und Trüffelöl«, sagte die junge Frau, die Inga den Teller hinstellte. »Guten Appetit!« Es war das erste Mal, dass man Deutsch sprach. In der Regel sprach das Servicepersonal Englisch.

Die Suppe wurde gelöffelt, ohne dass jemand ein Wort sprach. Inga, die zuerst den Teller geleert hatte, putze sich den Mund mit der Serviette und sagte: »Also, dann schauen wir nach, was es als Hauptgericht gibt. Anneliese, gibst du mir bitte die Speisekarte?«

Anneliese Mecklenburg reichte die Karte über den Tisch.

»Schön, es gibt Fisch«, sagte Inga. »Dorschrücken mit Kartoffelmus, Buffé de Bourgogne, Erbsenpüree und Rucola ...«

Wieland hob die Schultern. »Kann mir jemand sagen, was ich unter Buffé de Bourgogne zu verstehen habe?«

Alle schüttelten den Kopf. Herbert Langenstein sagte: »Lassen wir uns einfach überraschen. Was gibt es eigentlich zum Nachtisch, Inga?«

»Joghurt-Panna Cotta mit marinierten Kirschen, sicherlich sehr lecker.«

Es fiel auf, dass Johan Magnussen sich ungewöhnlich still verhielt. Auch Anders Stjernen war nicht sehr gesprächig. Inga und Wieland warfen sich ein paar verstehende Blicke zu. Ihnen war klar, zwischen dem Großvater und dem Enkel musste etwas vorgefallen sein, was den beiden die Stimmung verhagelte. So verlief der Abend weiterhin ziemlich ruhig, denn auch Inga und Wieland hingen jetzt ihren Gedanken nach. Als Anneliese Mecklenburg sich erhob und verabschiedete, weil sie müde sei, wie sie sagte, drängten auch die anderen zum Aufbruch.

»Wir gehen noch kurz hinauf in die Bar«, wandte sich Wieland an die am Tisch verbliebenen. »Dort suchen wir uns eine ruhige Ecke. Denn es gibt etwas zu berichten.«

Man hatte einen freien Tisch gefunden, der weit genug entfernt von der Tanzfläche stand. Dort war man halbwegs sicher vor Lärm, aber auch vor allzu neugierigen Passagieren. Alle schauten Wieland erwartungsvoll an. Dieser setzte das Glas ab, aus dem er einen kräftigen Schluck genommen hatte, sammelte sich einen Moment, ehe er sich anschickte, das Wort zu ergreifen.

»Papa, mach es nicht so spannend«, mahnte Inga.

Wieland schaute in die Runde. »Also, damit ihr nicht vor Neugierde umkommt, es hat sich in Hammerfest was getan. Die Frau will endlich auspacken.«

Inga rutschte ungeduldig auf ihrem Sessel herum. »Mehr weißt du nicht?«

»Nein, aber nun kommt es. Oluf Lindbøk wird übermorgen nach Trondheim fliegen und will sich mit mir treffen. Er sagte, seine Frau würde ihn vom Flugplatz abholen. Er sagte außerdem noch, seine Zeit als Polizist sei nun endgültig vorbei und er freue sich, auf seiner Insel den Handwerker spielen zu dürfen. Inga, Oluf wartet auf uns im Flughafengebäude und wird uns über die aktuellen Untersuchungsergebnisse informieren. Er ist sich so gut wie sicher, dass die Frau reden wird.«

»Hat er auch gesagt, wieso es zu der Wende gekommen ist?«, wollte Anders Stjernen wissen.

»Ja, hat er. Als man der Frau eröffnete, dass sie in Norwegen ihren Prozess bekommt und nicht in die Schweiz oder gar nach Deutschland ausgeliefert wird, sei die Dame auf einmal gesprächig geworden. Allerdings will sie nur im Beisein eines Anwaltes reden. Der Anwalt ist morgen dabei. Oluf ist ziemlich optimistisch gestimmt.«

Herbert Langenstein wunderte sich. »Wieso kann Oluf Lindbøk sofort weg? Wird er in Hammerfest denn nicht mehr gebraucht?«

»Nun ja, er und Tora Brandner gehören eigentlich der Polizei in Tromsø an. In Hammerfest waren die beiden nur deshalb, weil Hammerfest näher am Nordkap liegt. Nun hat man diese Frau aber nach Tromsø gebracht. Dort hat die Brandner das Sagen. Sie wurde inzwischen zur Kriminalinspektorin befördert und löst Oluf Lindbøk ab. Oluf ist definitiv raus aus der Sache.«

»Ich finde es anständig, dass Oluf Lindbøk uns auf dem Laufenden hält«, meinte Inga.

Wieland wunderte das nicht. Oluf Lindbøk war an dem Abend in Hammerfest fast schon zu einem guten Freund geworden, da waren solche Gesten nichts Ungewöhnliches. Ungewöhnlich hoch dagegen war Wielands Whisky-Rechnung gewesen, und das, schätzte er ein, wusste Olaf Lindbøk natürlich zu würdigen.

»Okay«, sagte Inga. »Jetzt würde ich gerne wissen, weshalb zwischen euch beiden, Großvater und dir Anders, Funkstille herrscht.«

Der Großvater schaute Inga wie ein Hund an, den man getreten hatte. »Min Deern, Anders verbietet mir nach Hamburg zu fahren. Dabei schaffe ich das spielend. Wirklich!«

»Von Hamburg hast du uns aber nichts gesagt, als du aufs Schiff kamst, Großvater. Wir dachten alle, du wolltest nur `nen kurzen Trip rüber nach Dänemark machen. Kleine Kaffee- und Alkoholbeschaffungsfahrt und so.«

Anders nickte bestätigend. »Inga sagt es, Großvater.«

»Nun mache ich euch beiden einfach mal einen Vorschlag«, sagte Inga. »Da Anders nach Oslo will, um die Eltern zu besuchen, fahrt ihr gemeinsam dorthin, und zwar im *Buckel*. Anders spendiert dir dann, lieber Großvater, eine Fährfahrt nach Kiel und wieder zurück. Du kannst dich somit in Deutschland und im Duty Free auf der Fähre mit dem Allernötigsten eindecken, wenn du das möchtest. Was haltet ihr davon?«

Enkel und Großvater schauten sich an. Beiden schien der Vorschlag zu gefallen, jedenfalls kam kein Protest. Der Großvater vermittelte den Eindruck, als sei er erleichtert. Wieland vermutete, mit der Hamburg-Fahrt hätte sich dieser höchstwahrscheinlich übernommen. Das war dem alten Mann wohl auch klar, nur zugeben würde er es nicht. Und Anders hatte jetzt eine echte Sorge weniger, auch wenn er nun den Großvater länger als gedacht am Hals hatte.

»Jetzt trinken wir noch einen ordentlichen Whisky«, sagte der Großvater sichtlich munterer geworden. »Und dir, lieber Wieland, überlasse ich die Auswahl.«

Wieland ließ sich das nicht zweimal sagen. Er sprang auf und lief hinüber zur Bar. Dort herrschte ein ziemliches Gedränge, aber er schaffte es, dem Keeper seine Wünsche mitzuteilen. »Haben Sie noch den hervorragenden Bruichladdich The Laddy im Angebot?«

Der Barkeeper schaute Wieland an, als hätte ihn dieser beleidigt. Er zeigte mit dem Daumen auf das gläserne Regal in seinem Rücken. »Mein Herr, dort stehen nur die allerbesten

Sorten! Ich kann Ihnen auch einen Glenallachie empfehlen, der ist ebenfalls rund und mild im Geschmack.«

»Nein.« Wieland schüttelte den Kopf. »Ich bleibe beim Bruichladdich, davon vier Einfache, aber bitte kein Eis! Außerdem noch ein Glas von dem französischen Champagner, bitte.«

Der Großvater strich sich über den Schnauzbart, als Wieland das Tablett auf den Tisch setzte. »Ich kann erschnuppern, was uns erwartet. Wieland, mein Kompliment! Ich muss neidlos anerkennen, von Scottish Whisky hast du tatsächlich Ahnung. Und wenn ich so was sage, dann kannst du dir was drauf einbilden. Wenn wir nicht schon beim Du wären, würde ich es dir jetzt anbieten.«

Anders Stjernen sagte zu Wieland: »Ein größeres Kompliment vom Großvater gibt es nicht.«

Brønnøsund, 18. Oktober 2011

Zum Frühstück saßen alle zusammen, nur Anneliese Mecklenburg fehlte. Wie Herbert Langenstein erfahren hatte – er sagte nicht wann und wo – habe sie die halbe Nacht mit der Seekrankheit zu kämpfen gehabt. Auf der Überfahrt von den Lofoten nach Bodø war es ziemlich stürmisch gewesen, weswegen sie kaum geschlafen hätte. Nun würde sie den Schlaf wohl nachholen und ihr Frühstück erst später einnehmen.

Für Inga und Wieland war es der letzte Tag an Bord von MS Trollfjord, denn schon am anderen Vormittag würden sie das Schiff verlassen. Aber auch Anders und der Großvater beabsichtigten, in Trondheim von Bord zu gehen.

»Mit *Buckel* ist es über die E 6 bequemer«, nannte Anders Stjernen den Grund. »Von Bergen aus ist es eine ziemlich anstrengende Fahrt. Viele Steigungen und viele Kurven. Warum es sich unnötig schwer machen?«

»Toll!« Inga war begeistert. »Dann sehen wir uns vielleicht

noch ein bisschen länger. Ich will ja nicht unverschämt sein, wäre es zu viel verlangt, wenn ihr Papa und mich zum Airport bringen würdet?«

Der Großvater legte seine Hand auf die linke von Inga. »Min Deern, das hatten wir ohnehin vor. Nicht wahr, Anders?«

Der Angesprochene zögerte einen Moment, dann nickte er. Inga war sich sicher, die beiden Männer hatten miteinander über einen solchen Freundschaftsdienst nicht gesprochen. Sie lächelte still vor sich hin.

»Schade, dass ihr uns alle verlasst«, bedauerte Herbert Langenstein. »Deshalb müssen wir heute Abend an der Bar auch noch einen zünftigen Abschiedstrunk nehmen. Bis dahin wird unsere Langschläferin sicherlich wieder fit sein. Sie wird sich ja davon nicht ausschließen wollen, denke ich.«

»Nee, Herbert«, stimmte ihm Inga zu. »Anneliese wird mit Sicherheit dabei sein wollen.«

»Wenden wir uns erst einmal dem heutigen Tag zu«, sagte Wieland, um das Thema zu beenden.

»Gut, was also gibt es heute zu sehen?«, fragte Inga.

»Da wären die Sieben Schwestern und natürlich der Torghatten«, sagte Anders Stjernen. »Und abends in Rørvik können wir ein anderes Hurtigruten-Schiff besichtigen. Es ist die Polarlys, sie liegt fast zeitgleich mit uns im Hafen..«

Damit waren alle Fragen geklärt und die Höhepunkte des Tages abgesteckt.

*****

MS Trollfjord kam auf der Strecke von Sandnessjøn nach Brønnøysund an den Sieben Schwestern vorüber, einer einzigartigen Felsformation. Die Sonne meinte es an diesem frühen Nachmittag recht gut und tauchte die sieben Berggipfel in ein helles warmes Licht. Wieland, der die Sieben Schwestern seit Langem wieder einmal bei richtig schönem Wetter sah – er hatte hier während der vorangegangenen Fahrten nur selten solch wunderbares Wetter erlebt – beeilte sich, das prachtvolle Bild mit seiner Digitalkamera einzufangen.

Inga, die mit Anders Stjernen neben dem Vater auf Deck 6 stand, tat es ihm nach. Als sie damit fertig war, fragte sie: »Wie kommen die Berge eigentlich zu ihrem Namen, Papa?«

Ehe Wieland antworten konnte, ergriff Anders Stjernen das Wort: »Der Sage nach sollen sieben Jungfrauen, die sich auf der Flucht vor dem König Hestmannen befanden, von diesem hier eingeholt worden sein. Worauf sich die Jungfrauen vor ihm niederwarfen und bei Sonnenaufgang zu Stein erstarrten.«

»Hestmannen?«, erinnerte sich Inga. »Haben wir auf der nordgehenden Route nicht einen Berg gesehen, der diesen Namen trug?«

»Ja, bei der Polarkreisüberquerung«, bestätigte Wieland, froh etwas zum Thema beitragen zu können. Seitdem Anders Stjernen ständig an Ingas Seite war, kam er kaum noch dazu, sich Inga als Kenner des Landes zu präsentieren. Der Norweger hatte natürlich die umfassenderen Kenntnisse. Er war schließlich hier aufgewachsen und kannte die norwegische Küste aus dem ff. Deswegen hielt Wieland sich absichtlich etwas zurück, stets darauf bedacht, sich nicht gar zu sehr in den Vordergrund zu schieben.

»Ich schau mal nach dem Großvater«, sagte Wieland, der dachte, das junge Paar würde ganz gerne mal allein sein. Er schlenderte einmal über das Deck, fuhr dann mit einem der Aufzüge nach oben, wo er sich auf dem Außendeck 9 unter die Passagiere mischte, die den langsam aus dem Blickfeld entschwindenden Sieben Schwestern nachschauten.

Wieland blickte sich um, konnte den Großvater aber auch hier nicht entdecken. Der musste irgendwo im Inneren des Schiffes stecken. Er machte sich also wieder auf den Weg, stieg die Treppe hinab zu Innendeck 5 und suchte dort die Cafeteria auf. Er entdeckte Johan Magnussen an einem Tisch, zusammen mit dem Fotografen. Der alte Mann war so ins Gespräch vertieft, dass er Wieland erst bemerkte, als dieser an den Tisch trat.

»Hey, Wieland!« Der alte Mann war sichtlich erfreut, Ingas Vater zu sehen. »Komm, setz dich, wir sind gerade bei einem interessanten Thema.«

Roman Freitag schmunzelte. »Eigentlich redet Johan die ganze Zeit, ich höre nur zu. Aber es ist höchst interessant, was er zu erzählen hat. Es wird nicht viele Deutsche geben, die das erlebt haben, was er erlebt hat. Ich garantiere euch, von Johan wird das Magazin mit Sicherheit eine Geschichte erzählen. Ich habe mir entsprechende Notizen gemacht.«

»Das kann ich mir denken.« Wieland nickte verstehend. Um was für ein Thema es in dem Gespräch gegangen war, das war vollkommen klar.

Johan Magnussen zeigte auf die leer getrunkene Kaffeetasse vor sich auf dem Tisch und sagte: »Wieland, heute habe ich dem Mädel hinter dem Tresen gezeigt, wie ein anständiger Kaffee gekocht wird. Nix mit Kaffeemaschine und so. Du wirst es nicht glauben wollen, zusammen haben wir einen richtig guten Kaffee auf den Tisch gezaubert.« Der Großvater strich sich schmunzelnd über den widerborstigen Schnauzbart. »Ich habe in meinem Gepäck nämlich immer ein Päckchen Kaffee und auch ein paar Filtertüten dabei.«

»Was ich nur bestätigen kann, ich meine, das mit dem guten Kaffee«, sagte Roger Freitag. »Johan ist ein Meister der Kaffeekochkunst.«

Der Großvater überhörte das Lob, jedenfalls tat er so. Er sah den Fotografen fragend an. »Äh … Roman, wo waren wir gleich stehen geblieben?«

»Lass es für heute gut sein, Johan. Du hast so viel erzählt, das muss ich erst einmal in Ruhe sortieren.«

Er ist also auch bei dem Fotografen beim Du angelangt, stellte Wieland fest. Somit musste Roman Freitag dem Großvater nicht unsympathisch sein. Allerdings war die vertraute Anrede in Norwegen nicht unbedingt ein Kriterium für Sympathie, man redete sich fast immer mit Du an.

*****

MS Trollfjord näherte sich Brønnøysund. Wieland stand mit Inga und Herbert Langenstein vorn auf Deck 6. Sie verfolgten, wie das Schiff sich an den vorgelagerten kleinen Inseln vorbei schlängelte und in den nicht sehr breiten Sund einfuhr, um schließlich in langsamer Fahrt den Hurtigruten-Kai anzusteuern. Zuerst fiel allen das unmittelbar am Wasser stehende, große moderne Gebäude auf. Wieland, der vor etlichen Jahren mit dem Pkw in der Gegend unterwegs gewesen war, wusste natürlich, um was für ein Bauwerk es sich handelte.

»Das ist das Brønnøysund Register Centre, eine staatliche Verwaltungsbehörde für das Management zahlreicher elektronischer Register. Es verwaltet unter anderem das Register der Insolvenzen, das Register der politischen Parteien und das Register der Business Enterprises. Im zuletzt genannten werden die norwegischen und alle ausländischen Unternehmen, die in Norwegen ihren Sitz haben, erfasst.«

»Wow!« Inga schaute Wieland respektvoll an. »Das kam ja wie aus der Pistole geschossen. Papa, woher weißt das alles?«

»Als ich 1997 mit dem Wagen an der Küste unterwegs war, habe ich in Brønnøysund für zwei Tage Station gemacht. Später, als ich wieder zu Hause war, habe ich mich eingehend über das Register Centre informiert. Der Grund meines Hierseins war allerdings nicht das Centre, sondern der Torghatten. Den wollte ich unbedingt einmal besteigen.«

»Und, hast du?«

»Selbstverständlich! Ich erzähle euch später davon, wenn wir mit dem Schiff näher am Berg sind. Schaut doch mal geradeaus nach vorn.« Er zeigte in südliche Richtung, wo die den Sund überquerende Brücke nicht zu übersehen war. Ein gutes Stück dahinter erhob sich auf einer Landzunge markant der berühmte Berg.

»Ich sehe das Loch gar nicht«, wunderte sich Herbert Langenstein.

»Das Loch im Berg ist aus unserer momentanen Position nicht zu sehen. Aber keine Bange, Herbert, das Schiff fährt extra einen Bogen, dann können wir durch den Berg ein Stück Himmel erkennen.«

Anders Stjernen kam eiligen Schrittes auf sie zu, seltsamerweise in Uniform. Ein Umstand, der natürlich Fragen aufwarf.

»Wieso trägst du jetzt wieder Uniform, Anders?«, wollte Inga wissen. »Musst du etwa wieder Dienst tun, jemanden vertreten oder so?«

»Nein, nein«, beruhigte Anders die Freundin. »Das hat einen anderen Grund. Es kommt nämlich eine hochrangige Person von der Reederei an Bord. Man hat mich gebeten, den Mann vom Flugplatz abzuholen und an Bord zu begleiten. Diese Person, von der ich selbst noch nicht weiß, wer sie ist, kommt euretwegen an Bord, liebe Inga und lieber Wieland. Mehr kann ich euch im Moment nicht sagen. Ich wurde lediglich beauftragt, euch diese Nachricht zu überbringen. Alles Weitere erfahrt ihr, wenn ihr nach eurem Landgang wieder an Bord seid.«

Direkt am Hurtigruten-Anleger befindet sich in dem langgestreckten Gebäude, welches sich auf der rechten Seite direkt an das Brønnøysund Register Centre anschließt, das *Passasjerterminal.* Über der Zugangstür, auf der Stirnseite des sich darüber befindenden schmalen Vordaches, verkündete die Werbung: Grill-Kafe-Kiosk-Isbar. Wieland, der sich natürlich auch hier aus- kannte, sagte: »Wenn ihr das beste Softeis Norwegens schlecken wollt, dann müsst ihr euch hier eins kaufen.«

Mit diesen Worten schritt Wieland voran. Inga, Herbert Langenstein und Anneliese Mecklenburg – letztere hatte sich inzwischen den drei Freunden angeschlossen – folgten ihm, da sie neugierig geworden waren. Im Inneren des Terminals, das eher einem größeren Kiosk ähnelte, in den man eine Wartezone eingerichtet hatte, drängelten sich die Leute. Wieland stellte sich an der Verkaufstheke an das Schlangenende und gab, als er nach einigen Minuten des Wartens an der Reihe war, seine Bestellung auf. Als er dem jungen Verkäufer auf dessen Frage antwortete, er möchte gern das Eis ohne jegliche Zutaten wie Schokostreusel oder Ähnlichem, war das für seine Begleitung ein Signal, es ihm gleich zu tun.

Eis schleckend verließen alle vier das Terminal. Inga und Anneliese Mecklenburg waren beide der gleichen Meinung. Sie fanden das Softeis hervorragend. Ein so wohlschmeckendes Eis hatten sie in Norwegen nicht vermutet. Herbert Langenstein, der wohl kein Eisliebhaber war, äußerte sich nicht.

»Papa, wie bist du überhaupt darauf gekommen, dir gerade hier ein Softeis zu holen?«, wollte Inga wissen.

»Den Tipp habe ich vor Jahren von einem Besatzungsmitglied der Kong Olav bekommen, als ich auf dem alten Kahn von Trondheim nach Brønnøysund gefahren bin.«

»Auf welchem Postschiff bist du eigentlich noch nicht gefahren?«

Wieland überlegte. »Kann ich dir im Moment nicht sagen, viele sind es jedenfalls nicht.«

Sie liefen langsam den Kai hinunter und schauten, nachdem sie den Bug von MS Trollfjord passiert hatten, hinüber auf die gegenüberliegende Seite des Sundes. Wieland zeigte auf die Bauten, die, weil sie ein kleines Stück in den Sund ragten, mit ihren Vorderfronten auf einer Reihe von Holzpfählen standen. Mit den spitzen Dächern und den farblich unterschiedlich gestalteten Fassaden fielen diese natürlich besonders auf.

»Vor Jahren habe ich von dem Hotel aus, das ihr da drüben seht, eine Exkursion gemacht, deren Zweck war, den Torghatten zu erkunden.«

Inga hatte ganz anderes im Kopf als sich Gedanken über einen Berg zu machen, den sie noch nie gesehen und dessen Namen sie hier zum ersten Mal gehört hatte. Ihr gingen die Worte von Anders Stjernen nicht aus dem Kopf. Sie wandte sich deshalb an den Vater: »Wer mag der Mann nur sein, den Anders abholt? Und, was mag er von uns wollen?«

Wieland zuckte mit den Schultern. »Inga, das kann ich dir nicht beantworten. Aber ich bin natürlich genauso gespannt wie du.«

Herbert Langenstein kombinierte: »Das kann ja nur mit den sonderbaren Vorfällen zu tun haben. Ich meine, die oben auf dem Nordkap und auch auf dem Schiff.«

»Das habe ich mir auch schon gedacht«, sagte Wieland. »Lassen wir uns einfach überraschen.«

Nach einer Stippvisite in Brønnøysund kehrten die vier Deutschen an Bord zurück. An der Rezeption erwartete sie bereits Anders Stjernen. Er stand dort zusammen mit einem Mann, der einen Blazer und eine Klubkrawatte trug. Der Mann mittleren Alters fiel weniger wegen seiner Körpergröße auf, er maß mindestens ein Meter neunzig, sondern wegen seines Outfits. Derart gekleidet war in der Regel keiner der Hurtigruten-Passagiere. Wieland vermutete, nun den Mann vor sich zu haben, den Anders vom Flugplatz abholen sollte. Er hatte sich nicht getäuscht, denn der Mann kam mit ausgestreckter Hand auf ihn zu.

»Herr Schrader, ich bin hocherfreut, Sie wohlbehalten an Bord von MS Trollfjord begrüßen zu dürfen. Mein Name ist Hendrik Peer Stensen. Ich bin der Vorstandsvorsitzende der Hurtigruten Group ASA. In dieser Eigenschaft habe ich selbstverständlich Kenntnis von den bedauerlichen Vorfällen hier an Bord und am Nordkap. Die Hurtigruten Group ASA bedauert sehr, was Ihnen zugestoßen ist und möchte sich bei Ihnen für die Unannehmlichkeiten in aller Form entschuldigen. Als kleines Dankeschön für Ihre Kooperation in den letzten Tagen laden wir Sie und Ihre Tochter heute zu einem gemeinsamen Dinner ins Restaurant »Saga Hall« ein.«

Wieland war überrascht. »Eine Einladung zum Dinner …?«

»Ja, ich würde gern mit Ihnen ins Gespräch kommen, um mehr Details über die Hintergründe zu erfahren. Aber … sagen Sie, andere Passagiere haben doch keine Kenntnis von dem, was das Vorgefallene betrifft, nicht wahr?«

»So ganz war das nicht zu vermeiden. Der Herr dort«, Wieland wies auf Herbert Langenstein, der mit Anneliese Mecklenburg im Begriff war, einen der Aufzüge zu betreten, »sitzt allabendlich mit an unserem Tisch. Da ist es schwer …«

H. P. Stensen unterbrach Wielands Rede. »Der Herr ist dann natürlich ebenfalls eingeladen. Würden Sie ihm das freundlicherweise ausrichten?«

Inga legte ihre Hand auf Wielands Armbeuge. »Und was ist mit Anneliese und dem Großvater?«

»Die beiden wissen natürlich ebenfalls davon«, bestätigte Wieland, obwohl das nicht ganz stimmte. Gegenüber Anneliese Mecklenburg hatte man ja Zurückhaltung gewahrt. Wieland verkniff sich mit Mühe ein Lächeln. Dieser Schachzug war typisch für Inga. Seine Tochter hatte die Absicht, Anneliese Mecklenburg etwas Gutes zu tun. Nun, ihm sollte es recht sein.

»Gut, dann die beiden Herrschaften eben auch noch!« Auf H. P. Stensens hoher Stirn erschien eine senkrechte Falte.

»Gegenüber anderen Passagieren haben wir Stillschweigen bewahrt, so wie versprochen, Herr Stensen«, versicherte Wieland.

»Dann ist es ja gut!« H. P. Stensens Gesichtszüge entspannten sich. »Ich erwarte Sie dann alle um 19 Uhr im Restaurant. Wir werden eine kleine Tafel ganz hinten im Heck herrichten, etwas abseits vom übrigen Restaurantbetrieb.«

Inga war in Gedanken wieder einmal voraus. Kaum dass H. P. Stensen sich entfernt hatte, stöhnte sie: »Mein Gott! Was ziehe ich bloß an?«

Anders Stjernen zuckte die Schultern. »Ich kenne nicht den Inhalt deines Koffers, aber etwas Nettes wirst du doch dabei haben, oder? Viele Umstände musst du dir allerdings nicht machen, wir sind hier schließlich auf einem Schiff der Hurtigruten und nicht auf einem mondänen Kreuzfahrtschiff.«

»Mache dich so zurecht, wie du es am ersten Abend getan hast«, riet Wieland der Tochter. »Dann kannst du nichts falsch machen.«

»Meinst du wirklich?«

»Aber sicher!« Wieland setzte sich in Bewegung. »Jetzt sollten wir erst einmal an Deck gehen. Die Fahrt aus dem Brønnøysund hinaus und später dann der Torghatten, das dürfen wir nicht verpassen.«

Anders Stjernen entschuldigte sich, er müsse, sagte er, noch etwas vorbereiten. Also folgten Inga und Wieland Herbert Langenstein und Anneliese Mecklenburg, die sich bereits auf Deck 6 befanden. Sie betraten in dem Moment das Außendeck, als das Schiff unter der den Sund überspannenden Brücke hindurch fuhr. Auch auf dieser Brücke standen wieder Menschen, die den Passagieren unten auf dem Schiff zuwinkten. Ein Bild, das sich auf der Reise immer wieder zeigte, denn in den Küstenregionen gab es eine Vielzahl solcher Brücken. Und auf diesen standen jedes Mal irgendwelche Leute, die mit Interesse die Durchfahrt der Schiffe verfolgten. Die sogenannten Postschiffe waren bei den Betrachtern offensichtlich besonders beliebt.

Es dauerte eine gute halbe Stunde, ehe sich MS Trollfjord dem markanten hutförmigen Berg näherte. Auf der Steuerbordseite wuchs dieser langsam zur vollen Größe an. Aber auch jetzt war das Loch noch nicht zu sehen. Wieland bat um etwas Geduld. Das Schiff müsse noch um den Schärengarten, der sich vor der etwa fünfzehn Kilometer langen Insel ausbreitete, auf deren südlichem Ende sich der Berg erhob, einen Bogen schlagen. Dann erst wäre das berühmte Loch in der vollen Größe zu sehen.

Und tatsächlich, als MS Trollfjord den Schwenk nach Westen machte, sah man den gewaltigen Spalt im Berg und auch das Licht, das durch den Berg fiel. Zuerst war es nur ein kleiner heller Lichtpunkt. Dieser wuchs schnell an, je weiter MS Trollfjord sich nach Westen bewegte. Nach wenigen Minuten war das Loch in seiner vollen Größe zu sehen.

Inga schaute Wieland fragend an. »Papa, du kannst uns doch sicherlich sagen, wie das Loch in den Berg gekommen ist, nicht wahr?«

Auch Anneliese Mecklenburg und Herbert Langenstein hatten ein Interesse, dieses Phänomen der Natur erklärt zu bekommen. Und Wieland war nur zu gern bereit, sein Wissen kund zu tun.

»Natürlich, ich kann euch eine plausible Erklärung liefern«, sagte Wieland, der jetzt ganz in seinem Element war. »Es gibt eine Geschichte, oder besser gesagt eine Sage, die die Entstehung des Loches erklärt. Diese besagt, ein Pfeil des Hestmannen sei es gewesen, der dieses Loch geschaffen hat. Hestmannen wollte seine Geliebte, die ihn verschmähte, niederstrecken. König Sømna, der das zu verhindern suchte, warf schnell seinen Hut dazwischen. Der Hut wurde von dem Pfeil durchbohrt, fiel hernieder und wurde bei Sonnenaufgang zu Stein. Soweit die Sage. In Wirklichkeit ist das Loch natürlich auf völlig andere Weise entstanden, und zwar in der letzten Eiszeit. Der schwere Eispanzer drückte die Landmasse in den Erdmantel, sodass die Meeresbrandung schließlich den Fels aushöhlte.«

»Das Letztere klingt mir zu profan«, sagte Inga. »Das mit dem Hestmannen gefällt mir viel besser. Dieser Kerl muss unheimlich aktiv gewesen sein. Wo der überall seine Spuren hinterlassen hat, das ist einfach unglaublich.«

Sie wandte sich vom Berg ab und warf einen Blick auf ihre Armbanduhr. »Gott, ich muss zusehen, mich zurecht zu machen. Bis zum Dinner ist gar nicht mehr so viel Zeit!« Mit diesen Worten lief sie davon und rief über die Schulter: »Papa, wenn es so weit ist, klopfe bitte an meine Kabinentür …«

Anneliese Mecklenburg folgte Inga eiligen Schrittes. Wieland, der ihr die Einladung des Aufsichtsratsvorsitzenden der Hurtigruten Group ASA überbracht hatte, musste noch jetzt über ihre Reaktion lächeln. Anneliese Mecklenburg war natürlich überrascht gewesen und auch ein wenig erstaunt. Doch ihr Erstaunen war schnell in Freude umgeschlagen.

Den beiden Frauen hinterher schauend, sagte er trocken: »Das sind Momente, wo ich froh bin, nicht als weibliches Wesen geboren worden zu sein.«

Herbert Langenstein nickte zwar nur, signalisierte damit aber unmissverständlich seine Zustimmung.

»Wieland«, sagte dieser, »nun können die Frauen gar nicht mehr hören, was du noch zu erzählen hast. Das ist wirklich schade.«

»Da kann man nichts dran ändern, Herbert.« Wieland zog aus dem Anorak ein kleines Notizbüchlein hervor. »Ich kann mir auch nicht immer alles merken. Deshalb habe ich mir einige Notizen gemacht. Die Fakten sollten schon stimmen.«

»Ich nehme an, du hast in deinem Büchlein alles stehen, was es zum Torghatten zu sagen gibt.«

»Genau«, bestätigte Wieland. »Ich nenne dir mal ein paar Eckdaten. Also, das Loch im Torghatten liegt bei 112 Höhenmetern, der Berg selbst ist 260 Meter hoch. Die lichte Höhe des Lochs wird mit 35 Meter angegeben, die Breite soll 15 bis 20 Meter betragen. Wie ich bereits andeutete, bin ich vor etwa zehn Jahren in dem Loch gewesen. Das sogar zweimal nacheinander. Den Grund nenne ich dir später.«

Wieland schien alles bildlich vor sich zu sehen.

»Ich habe das Loch erreicht, indem ich mich dem Berg von der Rückseite näherte, also von der uns abgewandten Seite. Dort gibt es einen steilen schmalen Pfad, der zum Loch hinauf führt. Die Öffnung im Berg ist auf dieser Seite wesentlich kleiner und schmaler. Im Berginneren geht es zunächst leicht bergab, ehe man zu einer Holzstiege kommt. Diese erleichtert das Herabsteigen auf dem dort steiler abfallenden Terrain. Dann gelangt man wieder auf ebeneres Gelände, und bis zum Ausgang des Loches ist es dann nicht mehr weit. Die Strecke im Inneren des Berges misst insgesamt 169 Meter. Hat man endlich den Ausgang erreicht, muss man einen steilen Geröllhang hinabsteigen. Unten geht der Hang in Wiesen über und man kommt zu einem Bauernhof. Ich habe allerdings keine Ahnung, ob der noch bewirtschaftet wird. Schließlich ist alles schon länger her. Und außerdem, das habe ich bei meiner Wanderung ebenfalls erkunden können, kann man bei Ebbe einige der vorgelagerten kleinen Inseln bequem zu Fuß erreichen.«

»Weshalb warst du eigentlich ein zweites Mal am Torghatten, hattest du einen bestimmten Grund?«

Wieland lachte. »Als ich mir zu Hause meine Videoaufnahmen angesehen habe, bin ich vor Schreck fast vom Stuhl gefallen. Alle Aufnahmen waren gestört, die Kamera hatte einen Defekt. Während der Reise habe ich den leider nicht bemerkt. Was also tun?«

Das war Herbert Langenstein natürlich klar. »Dann bist du verrückter Hund bei der nächsten Gelegenheit noch mal zum Torghatten gefahren.«

»So war es, Herbert. Ich wollte unbedingt ein ordentliches Video haben.«

Das Schiff hatte inzwischen eine weite Schleife gezogen und den Kurs in Richtung Süden eingeschlagen.

Wieland schaute sich auf Deck um. »Ich habe seit dem Frühstück nichts mehr von Johan Magnussen gesehen und gehört. Ich frage mich, wo kann der alte Mann nur sein?«

»Ich habe ihn vorhin mit diesem Fotografen gesehen, ehe ich hinaus aufs Deck ging. Die beiden waren derart im Gespräch vertieft, dass sie mich nicht wahrgenommen haben.«

Wieland musste lachen. »Der Großvater ist für den Fotografen offenbar ein dankbares Objekt. Und der Alte hat wohl Gefallen daran gefunden, im Fokus zu stehen. Gönnen wir es also dem Alten.«

*****

H. P. Stensen entpuppte sich als charmanter Plauderer. Bevor man die Vorspeise zu sich nahm, leicht geräucherter marinierter Lachs mit Ziegenkäsecreme und Erbsenflachbrot, bestellte er für alle einen Rotwein und sagte, nachdem die junge Frau vom Service-Personal den Wein eingeschenkt hatte: »Zuerst möchte ich auf Ihr aller Wohl trinken. Besonders freut mich natürlich, Herrn Schrader wohlbehalten in unserer Mitte begrüßen zu dürfen.«

Er hob sein Glas und stieß mit Wieland an, den man neben H. P. Stensen platziert hatte. Auch mit Inga, die zur H. P. Stensens Rechten saß, stieß er an.

»Mein Fräulein«, sagte er. »Ich muss nicht extra betonen, wie umwerfend Sie ausschauen. Unser Safety Officer kann sich glücklich schätzen, eine solch hübsche Verlobte zu haben.«

»Verlobte?« Inga schaute erst Anders Stjernen an, dann in die Runde. »Wer hat Ihnen denn das gesagt?«

H. P. Stensen nickte in die Richtung Johan Magnussens. »Anders Großvater war so freundlich, mich darauf aufmerksam zu machen. Aber ich finde, unser Safety Officer hätte mich selbst in Kenntnis setzten sollen. Solch eine wunderbare Nachricht muss man mir doch nicht vorenthalten. Was sagen Sie dazu, Herrschaften?« Er schaute reihum.

Anders Stjernen und Inga schien der Atem stillzustehen. Auch Wieland brauchte einen Moment, um das Gesagte zu verdauen. Er stieß unter dem Tisch den Großvater an und zog eine Miene, die deutlich ausdrückte, der Großvater solle um Himmelswillen den Mund halten. Zu H. P. Stensen gewandt, sagte er: »Herr Stensen, die Verlobung ist noch nicht offiziell, da ist

Herr Magnussen wohl etwas vorgeprescht.«

»Wie dem auch sei, jedenfalls ist es was Positives. Nach den Unannehmlichkeiten, die Sie hatten, Herr Schrader, ist das doch eine gute Nachricht. Ich schlage vor, wir trinken auf das junge Paar.«

Alle erhoben die Gläser. Niemand sagte ein Wort. Inga und Anders spielten das Spiel mit und hielten sich mit irgendwelchen Bemerkungen zurück. Allerdings war Inga anzumerken, dass es ihr schwerfiel, den Mund zu halten.

H. P. Stensens Gesichtsausdruck wechselte ins leicht Ernsthafte. Ihm schien wieder bewusst zu werden, was der Grund seiner Anwesenheit war. Einen Moment lang suchte er nach den richtigen Worten, äußerte sich dann aber deutlich: »Die Hurtigruten Group ASA möchte Ihnen allen danken. Sie haben über das Vorgefallene Stillschweigen bewahrt. Irgendwelche Gerüchte oder schlimmer noch, wenn die Presse davon erfahren hätte, bitte glauben Sie mir, das alles hätte unserem Unternehmen erheblich geschadet. Nun sind Sie es gewesen, die das verhindert haben, was durchaus nicht selbstverständlich ist. Uns ist das wohl bewusst und wir wissen das zu schätzen. Deshalb haben wir uns im Vorstand natürlich Gedanken gemacht, wie wir Ihre Kooperationsbereitschaft honorieren können.«

H. P. Stensen legte eine kleine Pause ein, damit die Anwesenden das Gesagte einordnen konnten. Da niemand sich äußerte, fuhr er nach einem zweiten Schluck Rotwein in seiner Rede fort. »Herr Schrader, Ihnen und Ihren Anverwandten und Freunden wird die Hurtigruten Group ASA demnächst ein Schreiben zukommen lassen, in dem stehen wird, dass Sie für das kommende Jahr zu einer Expeditions-Seereise auf unserem Expeditionsschiff MS Fram eingeladen werden. Sie werden die beeindruckenden Landschaften in den antarktischen Gewässern und die Tierwelt in diesem entlegenen Teil der Welt kennenlernen. Den Reisetermin stimmen Sie bitte kurzfristig mit uns ab. Ich persönlich freue mich jedenfalls, Sie alle an Bord von MS

Fram begrüßen zu dürfen.«

Wieland, dem die Freude im Gesicht geschrieben stand, sah sich als Erster zu einer Reaktion in der Lage. »Ich möchte mich im Namen aller hier am Tisch Versammelten für die Einladung bedanken, Herr Stensen. Ich für meinen Teil kann jetzt schon sagen, mich wird nichts davon abhalten, diese großartige Reise anzutreten. Und ich hoffe, ich kann meine Frau überzeugen, mit mir gemeinsam auf Reisen zu gehen.«

»Ich bin natürlich auch dabei!«, rief Inga. »Wie ist es mit Anders? Darf der mich begleiten?«

H. P. Stensen schaute Inga schelmisch an. »Fräulein Inga, das müssen wir uns von der Reederei noch überlegen … Aber nein, natürlich wird auch er dabei sein!« Er lachte.

»Bitte, nennen Sie mich nur Inga, das Fräulein können Sie getrost weglassen.«

»Gerne, Inga!« H. P. Stensen lächelte charmant.

»Wenn ich auch mal was sagen darf …« Johan Magnussen zwirbelte seinen Schnauzbart und sah dem Vorstandsvorsitzenden der Hurtigruten Group ASA direkt in die Augen. »Ich bin ein alter Mann und kein junger Hüpfer. Auch wenn ich wesentlich agiler bin als der alte Torben Utlander von nebenan, wenn ich das bemerken darf. Aber das soll Sie wenig interessieren. Eine solche Reise mute ich mir schon noch zu, ich habe jedoch so meine Bedenken. Also, wenn der Kaffee auf MS Fram wie der hier an Bord der Trollfjord ist, dann fürchte ich, hätte ich ein kleines Problem. Allerdings könnte ich, wenn Sie gestatten, Kaffee und Filtertüten mitbringen und als Kaffeekoch fungieren. Ich versichere Ihnen, Passagiere und Besatzung werden ihr Schiff in den höchsten Tönen loben.«

H. P. Stensen blieb der Mund offen stehen. Er war ein weltgewandter und schlagfertiger Mann, jetzt aber setzte aus, was ihn auszeichnete. Inga, die sich mit einer Hand den Mund zuhielt, konnte nur mit Mühe ein Lachen zurückhalten. Dies aber nur für einen kurzen Moment. Es platzte dann doch voll aus ihr heraus.

Ingas Lachen steckte alle anderen an. Erst fiel H. P. Stensen ein, dann Anneliese Mecklenburg und Herbert Langenstein, zum Schluss Wieland. Nur Anders Stjernen und der Großvater lachten nicht. Zwar versuchte Anders Stjernen zu lächeln, doch sein Lächeln wirkte sehr gequält. Der Großvater schien die Reaktion auf seine Worte nicht zu verstehen, er schaute ratlos von einem zum anderen.

Als der letzte Lacher verklungen war, ergriff H. P. Stensen das Wort, noch immer ein Lächeln auf den Lippen. »Lieber Herr Magnussen, das muss ich mit dem Kapitän der Fram besprechen, in die Schiffsführung kann ich ihm natürlich nicht hineinreden. Aber Jan Hendrik Pedersen ist ein patenter Mann, der wird schon eine Lösung finden.«

Der alte Mann nickte zufrieden. »Das denke ich auch. Wer solch ein Schiff führt, der ist auch flexibel.«

Der Hauptgang wurde serviert. Die Unterhaltung drehte sich dabei um die Küstenschifffahrt im Allgemeinen und die Erlebnisse, welche man während der Reise bisher hatte. H. P. Stensen gab einen Abriss, was das Reedereiwesen der vergangenen Jahre in seiner Gesamtheit betraf, beleuchtete es aus heutiger Sicht und zog eine kurze Bilanz. Dann leitete er die Unterhaltung über zu anderen Themen, um seine Gäste nicht mit Dingen zu überfrachten, die zum Abend vielleicht nicht ganz so gut passten. Er sorgte für eine lockere Atmosphäre und achtete darauf, dass die Gläser immer mit Wein gefüllt waren.

H. P. Stensen erkundigte sich allerdings noch, wie der aktuelle Stand in Sachen »Hurtigruten-Affäre« sei, wie er die Geschehnisse betitelte. Wieland übernahm es, ihm einen kurzen Überblick zu verschaffen. H. P. Jensen schüttelte mehrmals sichtlich beeindruckt den Kopf. Als Wieland zum Ende gekommen war, erhob er sein Glas und prostete seinen Tischgästen zu.

Nach mehr als zwei Stunden und einem exzellenten Menü

verabschiedete der Vorstandsvorsitzende der Hurtigruten Group ASA seine Gäste, nicht ohne anzumerken, wie sehr er es genossen habe, mit ihnen zu plaudern.

»Wissen Sie«, sagte er zum Schluss, »und bitte verstehen Sie mich nicht falsch, ich habe den Eindruck gewonnen, Sie waren zufrieden mit dem, was Ihnen hier auf dem Schiff geboten wurde. Jetzt, nachdem ich Sie alle in guter Stimmung hier auf dem Schiff erlebt habe, kann ich mit einem guten Gefühl an meinen Schreibtisch zurückkehren.«

Der Abschiedsdrink wurde oben in der Bar eingenommen. Die Frauen tranken Sekt, die Männer Whisky, den natürlich Wieland aussuchte. Dieses Mal hörte Wieland auf den Barkeeper und stimmte zu, als der ihm erneut den Glenallachie empfahl.

»Der eignet sich für Einsteiger, er ist besonders mild«, sagte Wieland und stellte das Tablett mit den Getränken auf den Tisch. »Der Sekt, bin ich überzeugt, wird euch Frauen zufriedenstellen, denn er kann mit seiner Frische punkten.«

Sie stießen mit den Gläsern an. Wehmut schien sich einzustellen. Doch diese wurde schnell dadurch kompensiert, dass man den Getränken zusprach und es genoss, in dieser Runde beieinander zu sitzen.

»Nun haben wir leider die Polarlys im Hafen von Rørvik verpasst!« Wieland setzte eine wehmütige Miene auf. Doch einen Moment später hellte sich sein Gesicht auf. »Ach, egal! Freuen wir uns auf das nächste Jahr in der Antarktis.«

Herbert Langenstein meldete sich zu Wort. »Ich glaube, ich spreche auch im Namen von Anneliese. Wir beide sind glücklich, euch kennengelernt und diese wunderbaren Tage mit euch verbracht zu haben, mal die Vorfälle ausgeblendet, die euch, liebe Inga und lieber Wieland, belastet haben. Glücklicherweise ist ja alles gut ausgegangen. Ich habe selten ein so harmonisches Miteinander erlebt. Dafür möchten wir uns, Anneliese und ich, herzlich bedanken. Ganz abgesehen davon, dass wir nun auch in den Genuss dieser Antarktis-Reise kommen werden, was einfach unbeschreiblich ist.«

Inga und Anders Stjernen verabschiedeten sich zuerst. Wieland sah dem jungen Paar nach und sagte: »Ich bin wirklich gespannt, wie das mit den beiden weitergeht …«

»Unsere Reise war in jeder Beziehung eine Bereicherung«, sagte Anneliese Mecklenburg mit dünner Stimme. Sie kramte in ihrer Handtasche nach einem Taschentuch.

Trondheim Airport, 19. Oktober 2011

Sie hatten noch vor dem Frühstück gepackt und die Koffer im Gepäckraum auf Deck 4 zwischendeponiert. Nach dem ausgiebigen Frühstück, das man ohne Anneliese und Herbert Langenstein einnahm – die beiden hatten den Ausflug in die Stadt gebucht – checkten man aus und holten sein Gepäck.

Anders Stjernen und Wieland schafften die Gepäckstücke hinunter aufs Autodeck, um sie im Volvo zu verstauen. Inga und der Großvater verließen unterdessen MS Trollfjord.

Während sie auf dem Kai darauf wartete, dass der Buckelvolvo auftauchte, ließ Inga ihren Blick ein letztes Mal über das große Schiff gleiten. Dabei kamen in ihr die Erinnerungen hoch. Eigentlich wurde ihr erst jetzt so richtig bewusst, was sich in den zehn Tagen an Bord von MS Trollfjord abgespielt hatte. Neben einigen Überraschungen, wobei ihrem Gefühl nach eindeutig die positiven überwogen, waren es vorrangig die Menschen, die sie in Erinnerung behalten würde. Mit Herbert Langenstein und Anneliese Mecklenburg blieb sie selbstverständlich in Verbindung, das hatte sie versprochen. Man hatte die Telefonnummern und die Adressen ausgetauscht mit der gegenseitigen Versicherung, sich sofort zu melden, wenn man zu Hause angekommen war.

Das Hupen des Volvos riss Inga aus ihren Gedanken. Anders

Stjernen, der hinter dem Lenkrad saß, steuerte den Wagen bis kurz vor die Gangway und stoppte dort ab. Wieland sprang aus dem Wagen, öffnete beide Seitentüren und bat Inga und den Großvater einzusteigen.

Johan Magnussen schaute Wieland verständnislos an. »Ich soll auf dem Rücksitz Platz nehmen?«

»Ja, Johan. Du und Inga, ihr sitzt hinten. Anders kennt den Weg zum Airport. Also ist es besser, wenn er fährt.«

Dem Großvater war es überhaupt nicht recht, auf den Rücksitz verfrachtet zu werden. Er fühlte sich in seiner Ehre verletzt und brummelte mürrisch vor sich hin. Nach einem kurzen Blickkontakt mit seinem Enkel fügte er sich aber. Neben Inga zu sitzen, das besänftigte ihn ein wenig. Ehe er einstieg, strich er sanft mit einer Hand über die in der Morgensonne glitzernde Karosserie.

»Anders, bitte vergiss nicht, der Buckel braucht kein Zwischengas, das Getriebe ist synchronisiert!« Mit diesen Worten ließ Johan Magnussen sich auf das rote Lederpolster der Rückbank fallen.

Da nicht für alle Gepäckstücke im Kofferraum Platz war, nahm Wieland, der vorn neben Anders Stjernen saß, dessen Reisetasche auf den Schoß. Anders Stjernen legte den ersten Gang ein und beschleunigte vorsichtig den Wagen. Der Großvater verfolgte mit Argusaugen, was sein Enkel mit dem Wagen machte. Doch Anders Stjernen fuhr den Wagen butterweich an. Es gab nichts zu beanstanden. Dem Großvater blieb nichts anderes übrig als anerkennend zu nicken.

Im Terminal des Airports herrschte großes Gedränge. Für Wieland war es nicht leicht, Oluf Lindbøk in dem Gewusel der hin- und herlaufenden Menschen ausfindig zu machen. Doch dann sah er den Kriminalinspektor an einem Tisch sitzen, der zu dem Kiosk am Hallenende gehörte. Er winkte ihm zu.

Anders Stjernen, der sich Ingas Koffer angenommen hatte,

blieb stehen. »Ihr habt jetzt euren Treff, da will ich natürlich nicht stören. Es ist wohl besser, ich verabschiede mich jetzt.«

Wieland nickte und reichte Anders Stjernen die Hand. »Anders, ich muss nicht extra betonen, welche Freude es mir gemacht hat, dich kennenzulernen. Ich hoffe doch, dass wir uns bald wiedersehen werden. Was Inga angeht, das wird sie dir selber sagen. Ich lasse euch beide jetzt allein und begrüße erst einmal Oluf Lindbøk. Alles Gute, Anders, und vielen Dank für die Fahrt hierher.«

Die beiden Männer drückten sich noch mal die Hände. Vom Großvater hatten Wieland und Inga sich bereits im Volvo verabschiedet, was nicht ganz ohne Tränen abgegangen war. Den heftigsten Anflug von Rührung hatte eindeutig der Großvater gezeigt. Aber auch Ingas Wangen waren nicht trocken geblieben. Sie hatte in den wenigen Tagen ihrer Bekanntschaft von ihm eine Wärme empfangen, die außergewöhnlich war. Nie zuvor war ihr ein fremder Mensch derart herzlich entgegengetreten. Johan Magnussen hatte ihr Herz im Sturm erobert. Nun war man mit dem Versprechen auseinandergegangen, sich möglichst bald wiederzusehen. Der Großvater hatte das Wort »Hochzeitsfeier« in den Mund genommen, was bei Inga ein herzliches Lachen hervorgerufen hatte. Sie hatte den Großvater kurz aber heftig umarmt und war dann losgerannt, um Anders und Wieland einzuholen, die vorausgeeilt waren.

»Hey, Wieland!«, begrüße Oluf Lindbøk den auf ihn Zukommenden.

Wieland stellte seinen Koffer ab und reichte dem Kriminalinspektor die Hand. »Schön, dich zu sehen, Oluf. Du hast also Wort gehalten. Das finde ich stark. Wieviel Zeit hast du mitgebracht?«

»Meine Frau will mich in etwa zwei Stunden hier abholen. Wieland, wann geht denn dein Flieger?«

»In knapp drei Stunden, somit haben wir genügend Zeit. Ich hole erstmal etwas zum Trinken. Kaffee, Wasser oder Bier? «

Oluf Lindbøk erhob sich. »Wieland, das ist meine Sache. Heute bist du mein Gast. Wo ist übrigens deine hübsche Tochter? Ihr fliegt doch zusammen zurück?«

»Inga verabschiedet sich von ihrem Freund.«

»Von diesem Seemann?«

»Ja. Es scheint sich etwas Ernstes anzubahnen. Er ist ein wirklich netter Kerl, Oluf.«

Oluf Lindbøk lief die wenigen Schritte hinüber zum Kiosk und bestellte zwei Cappuccino. Als er zurück zum Tisch kam, fragte er: »Wollen wir ohne deine Inga anfangen oder warten wir noch?«

Wieland schüttelte den Kopf. »Oluf, fang ruhig an, ich kann nicht garantieren, dass Inga in den nächsten Minuten erscheint.«

»Also, gut!« Oluf Lindbøk sammelte sich, ehe er fortfuhr. »Ich gebe dir mal einen Abriss von dem, was gestern gelaufen ist. Wie ich schon angedeutet hatte, die Verhaftete hat tatsächlich Wort gehalten und im Beisein eines Anwaltes ausgesagt. Allerdings nicht glaubhaft. Sie gibt ihrem toten Mann die alleinige Schuld. Dieser sei der Initiator des Mordes und des Mordversuchs gewesen.«

»Der Mord an dem Norweger war ja wohl eine Verwechslung, nicht wahr?«

»Richtig! Elias Skjertoft, der Tote vom Schiff, kam ums Leben, weil er in deiner ehemaligen Kabine schlief und dir zufällig ziemlich ähnlich sah. Die Frau, die sich Marion Kräutner nennt, wälzt beide Taten auf den Ehemann ab.«

»Eigentlich kenne ich nur das Ende der Geschichte, vieles andere ist für mich unerklärlich«, resümierte Wieland.

»Zur Identität der Frau sage ich später noch etwas. Die Frau leugnet jedenfalls dabei gewesen zu sein, als das Opfer erwürgt wurde. Doch das nützt ihr nichts. Wir haben in der Kabine DNA gefunden, die wir ihr zuordnen konnten. Die Haare im neu aufgezogenen Bettzeug stammten nachweislich von ihr. Wir können also nachweisen, dass sie in der Kabine war, nachdem du sie geräumt hattest.«

»Was sagt ihr Anwalt dazu?«

»Der sagt, man könne seiner Mandantin gar nichts nachweisen. Es gäbe keinen einzigen Beweis für ihre Schuld. Im Gegenteil, sie hätte die schreckliche Tat gerne verhindert. Nur habe ihr Mann nicht auf sie gehört. Was natürlich an den Haaren herbeigezogen ist, denn ihre Anwesenheit in der Kabine spricht dagegen. Im Grunde kann man ihr nur nicht nachweisen, den Mord begangen zu haben. Ob Beihilfe zum Mord vorliegt, das muss ein Gericht klären.«

Wieland kratzte sich nachdenklich am Kinn. Ihn interessierten natürlich die Dinge, die in unmittelbarem Zusammenhang mit seiner Person standen. Er hoffte, von Oluf Lindbøk etwas in dieser Richtung zu erfahren und fragte: »Oluf, hat sie gesagt, weshalb man mir ans Leben wollte? Ihr Mann war zwar der Stasi-Offizier, der mir damals in Dresden übel mitgespielt hat und dem ich meinen Gefängnisaufenthalt in Cottbus zu verdanken hatte. Dass dieser aber der Tote vom Nordkap ist, das habe ich erst in der Rechtsmedizin in Hammerfest festgestellt. Ich wusste außerdem ja gar nicht, dass er an Bord der Trollfjord war. Was ist also der Grund? Was befürchtete der Mann eigentlich?«

Oluf Lindbøk grinste. »Er hatte einen triftigen Grund, Wieland. Die Frau sagte, es hätte alles in Marxzell begonnen …«

Landhotel Marxzell, 17. Mai 2007

Die Führungskräfte der Firma Werner & Möller waren pünktlich angereist. Den ursprünglichen Plan, nach Karlsruhe hineinzufahren, um dort zu Abend zu essen, verwarf man schnell. Man fühlte sich im Restaurant des Landhotels wohl und genoss die Gemütlichkeit des rustikal eingerichteten Gastraumes. Weshalb sollte man sich also auf den Weg nach Karlsruhe machen?

Das Essen konnte sich wirklich sehen lassen und auch der Grappa, den man auf Verdacht bestellt hatte. Wieland Schrader, der Technische Leiter der Niederlassung Dresden, fühlte sich ausgesprochen wohl in der Runde seiner Kollegen, was dazu führte, dass er an diesem Abend äußerst gesprächig war. Das war ansonsten nicht unbedingt seine Art. Ein Grund dafür war sicherlich der vorzügliche Grappa, welchem er und die Kollegen ordentlich zusprachen.

Schraders Kollegen kamen, bis auf den Leipziger Technischen Leiter und dessen Kaufmännischen Leiter, sämtlich aus dem westdeutschen Raum. Für sie war natürlich interessant zu hören, was dem Kollegen Schrader im Osten zugestoßen war. Wieland Schrader ließ sich deshalb nicht lange bitten und erzählte den Kollegen, was er in den siebziger Jahren in der DDR erlebt hatte.

Es verging Stunde um Stunde. Allein der Bereichsleiter und seine Sekretärin suchten ihre Zimmer auf. Sie zogen angesichts der bevorstehenden Tagung den erholsamen Schlaf einem Trinkgelage vor.

Im Verlauf des Abends wurde immer wieder eine neue Flasche Grappa bestellt und in relativ kurzer Zeit geleert. Kurz nach Mitternacht trat die Bedienung an die Tafel und verkündete den dort verbliebenen Gästen, ab sofort müsse man ihr die Überstunden bezahlen, wenn man weiterhin bedient werden wolle.

Nach kurzer Beratung wurde die Bedienung in den Keller beordert, um eine weitere Flasche des vorzüglichen Grappas heraufzuholen. Der Kellergang erfolgte zusammen mit dem Technischen Leiter Schrader, der die junge Frau zu dem Zweck begleitete, das Suchen nach der richtigen Flasche zu beschleunigen. Zwar stand Wieland Schrader inzwischen auf etwas unsicheren Beinen. Dennoch brachte er nach zehn Minuten die seiner Meinung nach richtige Flasche herauf. Die Kollegen quittierten es mit Applaus.

Die Chefin des Landhotels, die hinter dem Rezeptionstresen Ordnung machte, sah die Bedienung aus dem Gastraum kommen. Das verwunderte sie, denn das Fräulein Hitzinger hatte längst Feierabend. Sie fragte die Hitzinger nach dem Grund ihrer Anwesenheit und erfuhr im Laufe des Gesprächs auch von dem Kellergang mit einem gewissen Herrn Schrader. Auf ihre Frage, ob sich dieser Herr dem Fräulein Hitzinger gar unsittlich genähert habe, schüttelte diese verneinend den Kopf. Allerdings habe seine ständige Fragerei genervt.

»Frau Moosleitner«, sagte die Hitzinger, »etwas seltsam hat sich der Herr Schrader im Keller schon verhalten. Er hat mich pausenlos gelöchert, wollte dies und das über das Hotel wissen. Auch über Sie, Chefin, und Ihren Mann hat er mich ausgefragt. Er wollte unbedingt wissen, wer die Hoteliers seien und ob diese von hier stammen. Ein komischer Mensch, nicht wahr?«

Richard Moosleitner kam zur Tür herein, zurück von seinem Stammtisch. Seine Frau erzählte ihm sogleich, was sie von der Hitzinger gehört hatte. Richard Mossleitner wollte das schon als weibisches Geschwätz abtun, überlegte dann aber einen Moment lang. Schließlich warf er einen Blick in den Gastraum. Er machte die Tür einen Spalt weit auf und achtete darauf, unbemerkt zu bleiben. Soweit dies aus seiner Position möglich war, studierte er die Gesichter der Männergesellschaft. Dann fragte er die Hitzinger, wer dieser Herr Schrader sei.

Nun schaute auch diese durch den Türspalt. Es sei der Dritte von rechts, sagte sie. Selbiger Herr, der seinen Kollegen irgendetwas erzählte.

Richard Moosleitner kam das Gesicht des Mannes bekannt vor. Schrader …? Er überlegte. Dieses Gesicht und dazu der Name, das half ihm auf die Sprünge. Verdammt! Was hatte der Kerl hier zu suchen?

Er war sich sicher, diesen Kerl in den siebziger Jahren ins Gefängnis nach Cottbus geschickt zu haben. Dieser Schrader war ein verdammt zäher Bursche gewesen, aber gerade das hatte ihn gereizt, ihm zu zeigen, wer das Sagen im Staat hatte. Er fragte sich erneut, was dieser Schrader mit seiner Anwesenheit wohl bezweckte. In seinem Gehirn läuteten die Alarmglocken.

»Schatz«, wandte er sich an seine Frau, »schau doch bitte mal auf das Meldeformular. Ich muss wissen, wo dieser Herr Schrader herkommt.«

Die Moosleitner wühlte einen Moment lang in einem Papierstapel, dann zog sie das geforderte Formular hervor. »Er heißt Wieland Schrader und er kommt aus Dresden.« Sie schaute ihren Mann fragend an. Sein bleiches Gesicht irritierte sie.

»Schatz«, krächzte er, »ich glaube, wir müssen unsere Zelte hier ganz schnell abbrechen. Der Schrader ist ein alter Kunde von mir. Ich bin überzeugt, der hat mich wiedererkannt, als ich am Nachmittag draußen die Hecken schnitt!«

*****

Wieland schaute Oluf Lindbøk ungläubig an. »Dieser Mossleitner und mein Stasi-Hauptmann sind ein und dieselbe Person? Mein Gott, ich habe in dem Landhotel damals bestimmt niemand wiedererkannt. Der Mann muss unter Verfolgungswahn gelitten haben!«

Oluf Lindbøk zuckte mit den Schultern. »Muss wohl so gewesen sein. Die Verhaftete hat jedenfalls ausgesagt, ihr Mann hätte tatsächlich Angst davor gehabt, aufzufliegen. Deshalb meinte er, Marxzell ganz schnell den Rücken zukehren zu müssen. Die Frau schlug dagegen vor, dir für dein Schweigen eine größere Summe anzubieten. Dem Ehemann war das aber zu unsicher. Also beschloss man, aus Marxzell zu verschwinden. Das Ehepaar hat sich dann vorerst in Österreich aufgehalten. Dort beauftragten sie einem Anwalt mit dem Verkauf des Landhotels. Ein paar Wochen später sind sie in die Schweiz übergesiedelt. Sie haben sich in der Nähe von Genf ein Chalet gekauft.«

»Wo sind sie erneut auf mich gestoßen?«

»Anders herum, Wieland!« Oluf Lindbøk konnte sich ein Schmunzeln nicht verkneifen. »Du seist auf sie gestoßen, sagte die Frau. Die Postschiffreise sei ein Wunsch ihres Mannes gewesen, sie selbst stehe eher auf Kreuzfahrten. In Bergen bist du ihnen über den Weg gelaufen und Richard Kräutner, so hieß der Mann gemäß seiner Schweizer Identität, hat dich wiedererkannt. Das soll auf dem Fischmarkt gewesen sein. Er hat dich dort wohl aus Versehen angerempelt. Zuerst war ihm nicht klar gewesen, ob du ihn erkannt hattest. Doch dann, in der Bar am Torget, da war er sich sicher. Du hättest ihn dort lange auffällig gemustert, sagte die Frau. Was den Kräutner veranlasste, sich schnell aus dem Staub zu machen. Seitdem hat das Paar dich ständig beobachtet, und es erfolgte die Durchsuchung deiner Kabine. Sie hofften, einen Hinweis darauf zu bekommen, was deine Anwesenheit auf MS Trollfjord erklärt hätte. Auf deinem Fotoapparat haben sie dann Aufnahmen entdeckt, die ihn zeigten. Das war für sie der Beweis, dass du hinter ihm her warst.«

»Lachhaft!« Wieland grinste schwach. »Der Mann muss mir zufällig vor die Linse gekommen sein!«

»Jedenfalls war er der Ansicht, du seist ihm auf der Spur. Er vermutete, du hättest die Absicht, ihn bei der Einreise nach Deutschland der Polizei auszuliefern. Das Ehepaar wollte von Kirkenes aus nach Genf fliegen. Und der Flug wäre über Frankfurt gegangen.«

Wieland sah Inga kommen. »Oluf, ich sehe, meine Tochter ist im Anmarsch. Wollen wir eine kleine Pause einlegen?«

»Damit nachher keine Hektik ausbricht, solltet Ihr erst einmal einchecken«, schlug Oluf Lindbøk vor.

»Okay! Guter Ratschlag.« Wieland erhob sich.

Inga begrüßte Oluf Lindbøk. »Schön, dass Sie für uns Zeit gefunden haben, Herr Kriminalinspektor.«

»Kriminalinspektor außer Dienst, bitte ... Seit heute.«

»Natürlich!« Inga lächelte. »Mein Vater hat mir davon erzählt. Für Ihr neues Leben wünsche ich Ihnen jedenfalls viel Glück.«

Das Einchecken war schnell erledigt. Anschließend suchten sie wieder den Tisch am Kiosk auf. Bis zum Abflug nach Oslo, wo sie zwischenlanden würden, hatten Inga und Wieland noch zwei Stunden Zeit.

»Was mich interessiert«, sagte Wieland und rückte seine Brille zurecht, »wie ist das eigentlich mit den Identitäten. Der Stasi-Offizier hieß ehedem Meckel, später dann Moosleitner und nun Kräutner. Weshalb er die Identitäten gewechselt hat, kann ich mir denken, doch wie hat das Paar diese ständigen Wandlungen bewerkstelligt? Hast du da Erkenntnisse, Oluf?«

Auch Inga war brennend interessiert.

»Noch habe ich keine Ahnung, Wieland. Wir stehen aber in Verbindung mit dem Bundeskriminalamt der Bundesrepublik Deutschland. Dort geht man inzwischen einem Hinweis nach. Allerdings hat dieser noch zu keinem Resultat geführt. Was man uns bisher sagen konnte, ist, dass irgendwie auch das Bundesamt für Verfassungsschutz involviert ist.«

»Der Verfassungsschutz?« Inga riss erstaunt die Augen auf.

»Ja, aber das Amt hat offenbar nur wenig Interesse daran, etwas zur Aufklärung beizutragen. Der deutsche Kollege vom BKA, mit dem Tora Brandner gesprochen hat, ließ allerdings durchblicken, er wolle an der Sache dran bleiben. Es gäbe da eine Querverbindung. Mehr könne er im Moment aber nicht sagen.«

Inga war enttäuscht. »Mehr gibt es nicht?«

»Etwas gibt es noch. Die verschiedenen Identitäten des Paares sind sämtlich echt. Das macht die Sache kompliziert. Es ist so, als gäbe es zwei Ehepaare. Eines, das den Namen Moosleitner trägt und eines mit dem Namen Kräutner. Die Geburtsurkunden sind jedenfalls nicht gefälscht. Dass daran etwas faul sein muss, wissen wir inzwischen. Das Seltsame ist, weder die Behörde in Marxzell noch die in Genf können in ihren Akten etwas finden, was unsauber wäre. Solange die Kräutner oder Moosleitner, oder wie sie nun heißen mag, sich hierzu nicht äußert, bleibt dieser Punkt im Dunkeln. Die Frau ist nicht bereit, Licht in die Angelegenheit zu bringen. Dies wohl auf Anraten ihres Anwalts. Offensichtlich hofft man, wenn man zu diesem Thema schweigt, mit einem blauen Auge davonzukommen. Anders kann ich mir das Verhalten nicht erklären.«

»Ein starkes Stück!« Inga war sichtlich empört. Wieland dagegen war gelassen. »Die Zeit wird gegen diese Frau arbeiten, da bin ich mir sicher.«

Es sollte der Schlusssatz sein. Eine attraktive blonde Frau in einem grünen Ledermantel mit Pelzkragen trat an den Tisch. Oluf Lindbøk erhob sich und stellte die hochgewachsene Frau Inga und Wieland vor: »Das ist meine Frau Kaia«. Diese schenkte den beiden Deutschen ein freundliches Lächeln.

»Das sind Wieland und seine Tochter Inga, von denen ich dir am Telefon erzählt habe«, sagte Oluf Lindbøk, sich seiner Frau zuwendend. »Kaia, ich dachte, du bringst Mara und Lene mit, hattest du nicht so was angedeutet?«

Kaia Lindbøk schüttelte den Kopf. »Nein, da hast du was falsch verstanden. Die Mädchen werden zu Hause gebraucht, die Arbeit macht sich nicht von selbst.«

»Schade!« Inga zeigte sich ein wenig enttäuscht. Sie hätte gerne die Töchter der Lindbøks kennengelernt.

»Vielleicht kommen Sie nächstes Jahr einfach mal zu uns«, sagte Kaia Lindbøk und schaute Inga mit einem kleinen, aber gewinnenden Lächeln an. »Wir würden uns freuen. Dann lernen Sie auch unsere Töchter kennen.«

Da haben wir ja mächtig was vor, dachte Inga. Die Antarktisreise und dazu diese Einladung! Und Anders wird auch zu seinem Recht kommen wollen. Das alles auf die Reihe zu bekommen, würde nicht einfach sein.

Nachdem die Lindbøks sich verabschiedet hatten – die Frau hatte nach einer Viertelstunde auf ihre Uhr geschaut und auf die Heimfahrt gedrängt – nahmen Inga und Wieland ihre Bordkarten in die Hand und gingen durch die Kontrolle.

Im Flieger hing Wieland seinen Gedanken nach. Er ließ Bilder der Reise noch einmal an sich vorüberziehen. Als er an die Hochzeitsgesellschaft in Ålesund dachte und sich die Reaktion von Inga beim Anblick des Brautpaares ins Gedächtnis rief, drängte sich ihm sogleich die Frage auf, die er ihr schon längst hatte stellen wollen.

»Inga, sag' mal, in Ålesund vor der Kirche und auch in Bergen, als diese Mädchen durch Bryggen tollten, bekamst du einen gewissen Gesichtsausdruck. Den konnte ich nicht deuten. Du wirktest auf mich, als würdest du dich an etwas Trauriges erinnern. Ich habe damals nicht gewagt, dich zu fragen. Jetzt, wo wir vertrauter sind, frage ich dich, ob du mir dazu vielleicht etwas sagen möchtest?«

Inga schaute den Vater mit einem kleinen Lächeln an. »Dass du es bemerkt hast, finde ich stark! Nun, da ich jetzt drüber reden kann, nenne ich dir den Grund. Die Reise hat bei mir schließlich einiges verändert.«

Inga suchte nach Worten. Wieland ließ sie gewähren, wollte ihre Gedanken nicht stören. Fast ahnte er, was Inga ihm sagen würde.

»Papa, ich war schon einmal verlobt. Helge und ich hatten vor, sehr bald zu heiraten. Ich, die Studentin und er, der Berufsunteroffizier. Fast drei Jahre waren wir zusammen, dann traf Helge eine einschneidende Entscheidung. Er meldete sich zu einem Einsatz nach Afghanistan. Ich bat ihn, dies nicht zu tun. Ich hatte Angst um ihn. Außerdem wäre er viele Monate weg gewesen und die Hochzeit wäre vorläufig ins Wasser gefallen. All meine Bitten halfen nichts, Helge blieb bei seiner Entscheidung. Ja, Papa, dann kam es leider so, wie es kommen musste. Wir trennten uns. Ich hatte erkannt, welcher Egoist er dem

Grunde nach war. Zwar bekam ich einen Knacks, doch ich schaffte es, mich aufzuraffen und mein Studium mit der erforderlichen Intensität fortzusetzen.«

Inga sah den Vater an und lächelte. »Papa, der Knacks ist Vergangenheit, er hat sich in Wohlgefallen aufgelöst. Und wenn am Anfang unserer Reise noch ein kleiner Rest vorhanden war, so ist der jetzt endgültig weg. Hier schau!« Sie zeigte ihm den Ring an ihrem Finger. »Den habe ich von Anders. Wenn Großvater Johan gesagt hat, wir seien verlobt, dann stimmt das beinahe. Wir haben tatsächlich vor, uns zu verloben, auch wenn das heutzutage manche vielleicht altmodisch finden. Papa, obwohl ich Anders erst wenige Tage kenne, fühle ich tief in mir drin, dass er es ernst meint und der Richtige für mich ist.«

Wieland war nicht überrascht, dennoch berührten ihn die Worte. »Liebe Inga! Ich habe dich als lebenslustiges und fröhliches Mädchen kennengelernt. Ich gönne dir dein jetziges Glück. Wenn du mich fragst, was ich von Anders halte, dann kann ich nur sagen, du hast die richtige Wahl getroffen.«

Inga strahlte. Man sah, für sie war die Welt in Ordnung. Doch wie so oft schon war sie mit den Gedanken bereits woanders. Sie zeigte aufgeregt den Mittelgang hinunter.

»Papa, schau nur! Der Stuart hat die gleichen O-Beine wie Popeye.« Sie brach bei diesem Vergleich in ihr wohlbekanntes Lachen aus.

Wieland stellte sich die Comic-Figur des Seemannes vor und stimmte in Ingas Lachen ein. Der Heiterkeitsausbruch schreckte die Passagiere auf den Vorder- und Rücksitzen auf. Neugierige Blicke folgten. Wieland amüsierte das.

Als Wieland in Ingas Gesicht sah, dachte er, wer so herzhaft lachen kann, der muss ein wirklich glücklicher Mensch sein.

Inga vertrat die Meinung, Abschiednehmen sollte man nicht zu sehr ausdehnen, es mache nur melancholisch. Außerdem hatte man sich vorher bereits alles gesagt. Der Abschied im Airport von Oslo fiel dementsprechend kurz aus. Ingas Flieger startete zuerst, Wieland aber musste noch fast eine Stunde warten. Genug Zeit, um sich Gedanken darüber zu machen, wie er seiner Frau Eva die erwachsene Tochter erklären sollte.

*****

Dresden, sieben Monate später

Wieland konnte seine Aufgeregtheit kaum verbergen. Er stand an der Seite von Eva auf dem Bahnsteig und blickte voll innerer Spannung dem einfahrenden Zug aus Hannover entgegen. In der Hoffnung, in einem geöffneten Fenster eine winkende Hand zu erblicken, schaute er die lange Reihe der Waggons entlang.

Der Zug hielt mit einem Kreischen. Eva und Wieland liefen zur Mitte der langen Wagenreihe. Dann endlich sah Wieland die Tochter. Diese kletterte vorsichtig aus dem Waggon, wobei Anders Stjernen ihr helfend die Hand hielt.

Jetzt sah es Eva. »Du Schuft«, sagte sie und stieß Wieland in die Seite. »Du hast mir verheimlicht, dass du Großvater wirst.«

Unter Ingas sommerlichem Kleid wölbte sich deutlich ein Babybauch. Wieland lachte, nahm Eva an die Hand und lief der Tochter entgegen. Inga strahlte über das ganze Gesicht, warf sich Wieland in die Arme und schaute gleichzeitig neugierig auf die Frau an dessen Seite. Eva gefiel ihr sofort, und das war wichtig. Nun würde sie das verlängerte Wochenende unbeschwert genießen können. Was auch dem kleinen, in ihrem Bauch heranwachsenden Menschen zugutekommen würde.

Eva musterte den großen Norweger, der auf Wielands Wunsch seine Uniform trug. Sie musste sich eingestehen, er gefiel ihr in dieser Aufmachung ausnehmend gut. Sie hatte sich zwar einen stattlichen jungen Mann vorgestellt, doch als der Norweger vor ihr stand, war sie sichtlich beeindruckt.

»Ich soll euch schön von meinen Großeltern grüßen«, sagte

Inga. »Sie erinnern sich gern an den Besuch von Papa nach Weihnachten. Nächste Weihnachten feiern wir dann alle zusammen in Norwegen. Anders und ich laden euch schon jetzt dorthin ein.«

»Und was ist mit der Heirat?«, fragte Eva.

»Erst bringen wir mal das Baby zur Welt. Geheiratet wird irgendwann später. Aber zur Taufe rechne ich mit euch.«

»Kennt ihr denn schon das Geschlecht eures Babys?«, fragte Eva. Wieland wunderte sich, dass diese Frage erst jetzt kam. Wenn es um Babys ging, dann wollte Eva immer alles haarklein wissen.

»Nein, wir lassen uns überraschen. Junge oder Mädchen, uns ist beides recht.«

»Und wo werdet ihr wohnen?« Wieland hatte zwar gehört, Tromsø sei eine Option, wusste aber nichts Näheres.

»Wir werden vorerst im Obergeschoss des Hauses der Eltern von Anders wohnen. Später, das können Anders und ich uns gut vorstellen, ziehen wir vielleicht nach Bergen. Aber solange Großvater Johan lebt, bleiben wir natürlich in Tromsø.«

Die Fahrt hinauf zum Stadtteil Oberloschwitz dauerte eine knappe halbe Stunde. Als Wieland die Garagenzufahrt ansteuerte und Inga das zum Teil bewaldete Grundstück mit dem renovierten Altbau sah, stellte sie fest: »Ihr wohnt hier wirklich idyllisch.«

»Das finden wir auch«, sagte Wieland. »Wir haben von hier oben fast so eine schöne Aussicht, wie der Großvater in Tromsø. Nur das da unten kein Sund ist und auch kein Berg, sondern die Elbe sich durchs Tal windet.«

Inga, noch immer beeindruckt, schnitt ein anderes Thema an. »Was den Großvater betrifft, der freut sich mächtig darauf, mit euch beiden in die Antarktis zu fahren. Ich kann ja nun leider nicht mitkommen.« Sie deutete auf ihren Bauch. »Da sind ja noch Anneliese und Herbert, da seid ihr beide in netter Gesellschaft.«

»Ich nehme an, Anders bleibt bei dir?«

Der legte seine Hand auf die von Inga und drückte sie. »Ich kann Inga in dem Zustand doch nicht allein lassen. Es ist schon nicht einfach, den Job auf MS Trollfjord mit der gebotenen Sorgfalt auszuüben. Meine Gedanken sind doch ständig bei ihr.«

Eva, die vorn neben Wieland saß, drehte sich um. »Daran tust du gut, Anders. Frauen brauchen in anderen Umständen besonders viel Aufmerksamkeit und Zuneigung.«

*****

Es war ein relativ milder Maiabend. Man hatte sich draußen auf der Terrasse um den offenen Kamin gruppiert. Wieland legte ab und an ein Holzscheit in die Glut, sodass eine wohlige Wärme die vor dem Kamin Sitzenden umspielte. Auf dem flachen Tisch standen eine Flasche Rotwein, eine Flasche Mineralwasser und eine Flasche Whisky.

»Anders!« Wieland zeigte auf die grüne Flasche mit dem schwarzen Etikett. »Der *Ardbeg Ten Single Islay Malt* ist genau das, was wir beide jetzt benötigen. Ein wirklicher Genuss, das kann ich dir versprechen.«

Er wandte sich seiner Frau und Inga zu. »Eva, du trinkst doch lieber den Rotwein, oder? Und du Inga, du trinkst sicherlich ein Mineralwasser, du hattest ja noch nie einen Bock auf Hochprozentiges. In deinem Zustand sind die scharfen Sachen ohnehin nicht das Richtige, nicht wahr?«

»Völlig richtig!«, bestätigte Inga. »Aber lasst euch den Whisky schmecken, ich gönne ihn euch. Ich denke, Eva und ich kommen auch so zurecht.«

Eva nickte und schenkte Inga von dem Mineralwasser ein. Sie selbst bediente sich an der Rotweinflasche.

Inga zog die Decke, mit der sie sich eingehüllt hatte, fester um sich und ließ den Blick über das Elbtal schweifen. In der anbrechenden Dunkelheit war es kaum noch erkennbar. Sie fand, es lag etwas in der Luft, was Leichtigkeit erzeugte und den Abend zu etwas Besonderem machte. Man war gelöst und genoss das Beieinandersein.

Weil sich vorerst die Gespräche um Dinge drehten, die vorrangig sie und Anders betrafen, wurde es Inga mit der Zeit einfach zu langweilig. Sie hatte an anderen Themen ein größeres Interesse. So zum Beispiel, ob es neue Erkenntnisse im Fall der »Hurtigruten-Affäre« gab.

»Papa, hast du wieder etwas von Oluf Lindbøk gehört?«

Wieland schaute in die Runde. »Ja, er hat mich vor ein paar Tagen angerufen. Man ist jetzt so weit, um Anklage zu erheben. Die Dinge haben sich in eine Richtung entwickelt, die das zulässt.«

Inga und Anders warteten gespannt auf Wielands Bericht. Eva, die bereits informiert war, stand auf, um rasch aus der Küche etwas zum Naschen zu holen.

»Es ist wohl so«, begann Wieland seinen Bericht, »dass das Bundeskriminalamt den Verfassungsschutz auf gewisse Ereignisse hingewiesen hat, die sich Ende der neunziger Jahre ereignet haben. Wie man Oluf sagte, ist damals ein Beamter des Verfassungsschutzes ums Leben gekommen, ein gewisser Michaelis. Es soll ein tragischer Unfall gewesen sein. Jetzt erst fand man heraus, dass dieser Michaelis dem Stasi-Major und dessen Frau – Meckel ist Mitte der achtziger Jahre nochmals befördert worden –, kurz vor dem Zusammenbruch der DDR zu neuen Identitäten verhalf. Zu einer Bundesdeutschen und später einer Schweizer. So konnte das Paar untertauchen. Die Meckels sahen sich zu diesem Schritt gezwungen, denn der Major hatte verdammt viel Dreck am Stecken. Man befürchtete nicht ohne Grund, der Stasi-Major könnte irgendwann zur Rechenschaft gezogen werden. Es war ja absehbar, dass die DDR in nicht allzu ferner Zukunft in der Bundesrepublik aufgehen würde.

Deshalb setzte sich die Meckel mit diesem Michaelis in Verbindung. Die Meckel gehörte damals zum Geflecht des DDR-Devisenbeschaffers Schalck-Golodkowski und operierte zeitweise in der Bundesrepublik. Dort hatte sie früh schon engen Kontakt zu dem besagten Michaelis. Dieser war, wie sich nun erst herausstellte, ein Doppelagent. Michaelis stand sowohl in Diensten des Bundesamtes für Verfassungsschutz als auch in Diensten des Ministeriums für Staatssicherheit der DDR.«

Wieland nahm einen Schluck Whisky und prostete Anders zu. Inga, die seinem Bericht mit Interesse gefolgt war, sah sich in ihrer Vermutung bestätigt. »Papa, ich habe dir ja von Anfang an gesagt, du warst dem Paar im Weg. Schließlich kanntest du die wahre Identität des Stasi-Offiziers.«

»Was ihr noch nicht wisst, die Meckel wird nun doch nach Deutschland überstellt. Das haben die deutschen mit den norwegischen Behörden vereinbart.«

Inga schaute ungläubig. »Und warum?«

Wieland stellte sein Glas auf den Tisch. Er schaute seine Tochter auf eine Art an, die sie an ihm nur zu gut kannte. Nun macht er es wieder einmal spannend, dachte sie.

Wieland ließ schließlich die Katze aus dem Sack. »Weil man der Meckel vorwirft, den Michaelis umgebracht zu haben.«

»Himmel!«, rief Inga aus. »Das ist ja ein Ding! Weshalb soll sie denn das getan haben?«

»Ich habe euch doch erzählt, dass der Michaelis dem Paar die neuen Identitäten verschafft hat. Wie es ausschaut, war der Mann ein Spieler und hatte Schulden. Da ist er wohl auf die Idee gekommen, die Meckels zu erpressen. Allerdings ist er bei der Meckel an die Falsche geraten. Die hatte schnell einen Plan, wie man den Erpresser loswerden konnte. Es sieht so aus, als hätte sie in Absprache mit ihrem Mann ein Verhältnis mit dem Michaelis angefangen. Wahrscheinlich hat sie ihm auch Geld versprochen. Das Liebespaar in Anführungszeichen hat sich dann in einem Hotel in Köln getroffen. Dort ist dieser Michaelis vom Balkon gestürzt und hat sich das Genick gebrochen. Die Meckel hat den Sturz als Unfall dargestellt, und das kam dann auch so in die Akten.«

»Die Meckel oder Kräutner, wie sie sich jetzt nennt, scheint auf solch angebliche Unfälle spezialisiert zu sein«, warf Anders ein. Diese Bemerkung fand Inga zwar komisch, doch sie schaffte es, nicht laut loszulachen.

»Wie doof muss man sein, um immer wieder mit der gleichen Masche seine Taten zu begehen?« Inga verzog leicht den Mund.

»Eine gute Frage«, stimmte ihr Wieland zu. Er füllte das Glas von Anders auf und auch das seine.

»Papa, du hast an Bord einmal gesagt, du trinkst eigentlich kaum Hochprozentiges, manchmal bloß ein Bier. Ich glaube dir viel, lieber Papa, nur das nicht!«

»Halt!« Wieland hob die Hand. »Ich sagte, ich trinke Hochprozentiges nur bei besonderen Anlässen. Und heute, denke ich, haben wir solch einen Anlass. Oder seht ihr das anders?«

Wieland nahm einen Schluck aus seinem Glas und genoss den Abgang des Single Malt.

Eva lächelte nachsichtig. Sie kannte natürlich die Sprüche ihres Mannes. Aber er hatte ja auch nichts Falsches gesagt. Hochprozentige genoss er wirklich nur zu Anlässen, die nicht zum Tagtäglichen gehörten. Sein kleiner Whiskyvorrat stand manchmal monatelang unberührt im Schrank.

»Sag mal, Inga«, wandte sich Eva an Inga. »Was ist eigentlich mit deinem Studium?«

»Ich muss ja nun bald eine kleine Zwangspause einlegen. Das ist aber nicht weiter schlimm. Anders und ich sind uns einig, dass ich in eine Babypause gehe und erst einmal eine Weile zu Hause bleibe. Danach werde ich das Studium in Tromsø fortsetzen.«

Anders nickte. »Ja, Inga lernt schon fleißig Norwegisch.«

»Dann lass mal was hören, Inga«, forderte Wieland die Tochter auf.

Inga überlegte einen Monat, dann sagte sie: »Jeg er glad for å være her med deg i Dresden.«

»Wow! Das klingt ja perfekt.« Wieland schaute mit einem Blick in die Runde, der in etwa ausdrückte, seht bitte her, das ist meine Tochter.

»Und was heißt das auf Deutsch?«, wollte Eva wissen.

»Na, dann ratet mal.« Inga lachte.

Anders flüsterte Eva die Übersetzung ins Ohr. Diese lachte leise auf, erhob ihr Glas und prostete Inga wortlos zu. Dann wandte sie sich an alle. »Morgen ist Sonntag. Außerdem ist schönes Wetter angesagt. Wie denkt ihr über einem kleinen Stadtbummel?«

Inga nickte zustimmend. »Eine wirklich gute Idee. Ich kenne Dresden überhaupt noch nicht, was natürlich auch auf Anders zutrifft. Wenn wir den Spaziergang nicht zu sehr ausdehnen, mag es gehen.« Sie deutete auf ihren Babybauch.

»Wir nehmen natürlich Rücksicht«, sagte Anders. »Aber ein kleiner Stadtbummel wäre wirklich nicht schlecht.«

Und Wieland meinte: »Vielleicht könnten wir uns im Anschluss noch die Sixtinische Madonna ansehen ….«

Danksagung

Mein besonderer Dank gilt Herbert Striepens, der mir mit Rat und Tat zur Seite stand, sodass aus einem Manuskript dieser Roman entstand.

Ebenso danke ich all denen, die mich bei der Schaffung von Inhalten durch ihre Ideen inspiriert haben. Hier gilt mein Dank insbesondere Werner Schmidt, der mich, was die Hobbyfliegerei angeht, professionell beraten hat.

Hervorheben möchte ich ausdrücklich die Geduld meiner Frau Beate, die diese immer dann an den Tag legte, wenn ich wieder einmal in meiner Schreibstube verschwand.

Mein Dank gilt ebenso der Tischrunde, der ich während meiner Reise auf MS Trollfjord im Oktober 2011 angehörte. Wenn Personen in diesem Roman gewisse Ähnlichkeiten mit Personen aus dieser Tischrunde aufweisen sollten, so geschieht das rein zufällig. Allerdings gebe ich unumwunden zu, dass diese Tischrunde meine Fantasie beflügelt hat.

Ausdrücklich bedanke ich mich bei den Besatzungsmitgliedern von MS Trollfjord, die mir an Bord im März 2013 die Recherchen ermöglichten. Durch die freundliche Vermittlung von Magne Skjerdal (Tour Guide) war es möglich, in Bereiche des Schiffbetriebs Einblick zu nehmen, die einem Passagier der Hurtigruten in der Regel verschlossen bleiben.

W. G. A. Knobloch

tredition®

www.tredition.de

Über tredition

Der tredition Verlag wurde 2006 in Hamburg gegründet. Seitdem hat tredition Hunderte von Büchern veröffentlicht. Autoren können in wenigen leichten Schritten print-Books, e-Books und audio-Books publizieren. Der Verlag hat das Ziel, die beste und fairste Veröffentlichungsmöglichkeit für Autoren zu bieten.
tredition wurde mit der Erkenntnis gegründet, dass nur etwa jedes 200. bei Verlagen eingereichte Manuskript veröffentlicht wird. Dabei hat jedes Buch seinen Markt, also seine Leser. tredition sorgt dafür, dass für jedes Buch die Leserschaft auch erreicht wird.
Autoren können das einzigartige Literatur-Netzwerk von tredition nutzen. Hier bieten zahlreiche Literatur-Partner (das sind Lektoren, Übersetzer, Hörbuchsprecher und Illustratoren) ihre Dienstleistung an, um Manuskripte zu verbessern oder die Vielfalt zu erhöhen. Autoren vereinbaren unabhängig von tredition mit Literatur-Partnern die Konditionen ihrer Zusammenarbeit und können gemeinsam am Erfolg des Buches partizipieren.
Das gesamte Verlagsprogramm von tredition ist bei allen stationären Buchhandlungen und Online-Buchhändlern wie z. B. Amazon erhältlich. e-Books stehen bei den führenden Online-Portalen (z. B. iBookstore von Apple) zum Verkauf.
Seit 2009 bietet tredition sein Verlagskonzept auch als sogenanntes "White-Label" an. Das bedeutet, dass andere Personen oder Institutionen risikofrei und unkompliziert selbst zum Herausgeber von Büchern und Buchreihen unter eigener Marke werden können.
Mittlerweile zählen zahlreiche renommierte Unternehmen, Zeitschriften-, Zeitungs- und Buchverlage, Universitäten, For-

schungseinrichtungen, Unternehmensberatungen zu den Kunden von tredition. Unter www.tredition-corporate.de bietet tredition vielfältige weitere Verlagsleistungen speziell für Geschäftskunden an.
tredition wurde mit mehreren Innovationspreisen ausgezeichnet, u. a. Webfuture Award und Innovationspreis der Buch-Digitale.
tredition ist Mitglied im Börsenverein des Deutschen Buchhandels.

W. G. A. Knobloch beschreibt in seinem Roman Situationen, die er so oder auf ähnliche Weise erlebt hat. Es sind im Wesentlichen jene Situationen, in die Wieland, der Hauptprotagonist des Romans, als Student in Cottbus und Dresden hinein gerät. Auch können einige Geschehnisse auf MS Ttrollfjord den Erlebnissen des Autors zugeordnet werden. Die Klavierkonzerte des Pianisten Rune Alver an Bord von MS Trollfjord im Oktober 2011 hat es tatsächlich gegeben. Der Handlungsstrang des Romans basiert somit auf der Verflechtung von tatsächlich Erlebten mit fiktivem Geschehen.

Anmerkung des Autors:
Auf keinem der Hurtigruten-Schiffe, auf die der Autor einen Fuß gesetzt hat – auch nicht auf MS Trollfjord – ist jemals ein Mord geschehen oder ein Passagier auf gewaltsame Weise ums Leben gekommen. Dem Autor ist jedenfalls nichts dergleichen bekannt.

W. G. A. Knobloch, geboren 1946 in Dresden, ist gelernter Zimmermann. Er studierte in Cottbus Bauingenieurwesen, ehe er 1978 in den anderen Teil Deutschlands wechselte. Seit 1995 lebt er wieder in seiner Heimatstadt Dresden. Er leitete dort bis zu seinem Ruhestand in einer Bauunternehmung den Unternehmensbereich Altbaumodernisierung,

Sollte der geneigte Leser Fragen zur Romanhandlung haben, kann der Autor unter nachfolgender E-Mail-Adresse angeschrieben werden: w.g.a.knobloch@web.de